まむし三代記

木下昌輝

JN031631

朝日文庫

本書は二〇二〇年二月、小社より刊行されたものです

まむし三代記／目次

【主な登場人物】

斎藤道三《さいとうどうさん》の一族

法蓮房《ほうれんぼう》　道三の父親。松波庄五郎、長井新左衛門などと名乗る。
斎藤道三　峰丸、長井新九郎などをへて斎藤道三と名乗る。
豊太丸《とよたまる》　道三の嫡男。新九郎、范可などをへて、斎藤義龍と名乗る。
松波高丸《まつなみたかまる》　道三の祖父。応仁の乱を生き抜く。
孫四郎《まごしろう》、喜平次《きへいじ》、帰蝶《きちよう》、深芳野《みよしの》　道三の息子と娘、妻。

美濃《みの》国守護　土岐《とき》家

土岐政房《まさふさ》　美濃国守護。次男の頼芸を寵愛し、混乱を引き起こす。
土岐頼武《よりたけ》、頼純《よりずみ》　政房の嫡男と孫。父子ともに通称は二郎。頼芸と敵対する。
土岐頼芸《よりなり》　幼名は多幸丸。政房の次男で、長男の頼武と対立する。
花佗《かだ》夫人　政房の愛妾で、頼芸の生母。

小守護代　長井《ながい》家

長井越中守《えっちゅうのかみ》、弥次郎《やじろう》、玄佐《げんさ》、忠左衛門《ちゅうざえもん》　頼芸を擁して、頼武や守護代斎藤家と敵対する。

法蓮房の仲間
源太《げんた》、宝念《ほうねん》、馬の助《うまのすけ》、牛次《ぎゅうじ》、石弥《せきや》

その他
田代三喜《たしろさんき》　明国《みん》で学んだ、医聖と呼ばれる医者。
范可《はんか》　明国の男で、棒術の達人。
一渓《いっけい》　幼名、菖蒲丸。叔母のお光に育てられ、後に三喜の弟子に。
日運《にちうん》　幼名、毘沙童。幼くして出家し、法蓮房と出会う。

細川京兆家《ほそかわけいちょう》
細川勝元《かつもと》　応仁の乱の東軍総大将。
細川政元《まさもと》　勝元の嫡男。半将軍と渾名される奇癖の人。

伊勢湾商圏《いせ》の実力者
堀田《ほった》、蜂須賀《はちすか》、福島《ふくしま》、水野《みずの》、佐治《さじ》

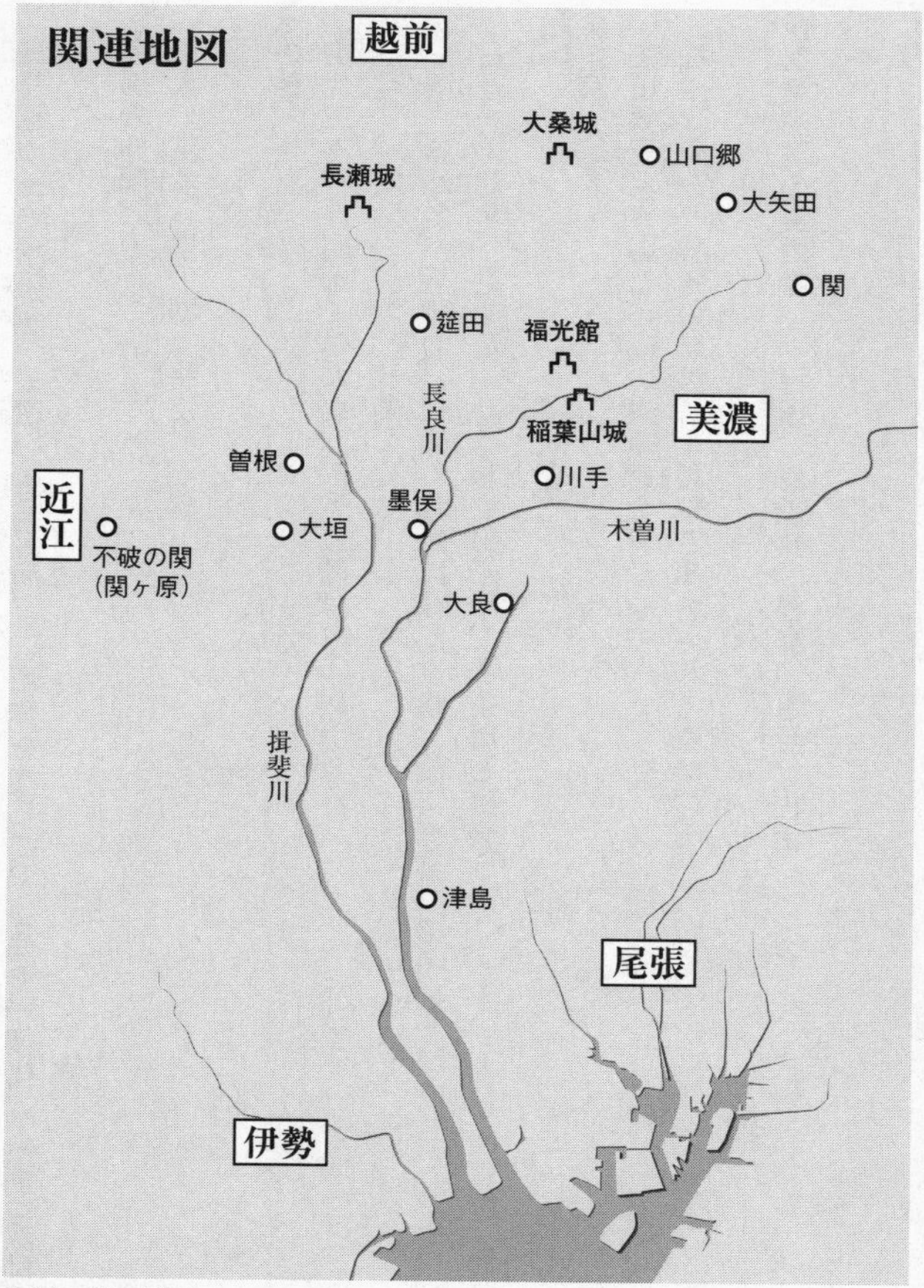
関連地図
越前
大桑城
山口郷
長瀬城
大矢田
関
筵田
福光館
長良川
美濃
稲葉山城
曽根
川手
近江
墨俣
大垣
木曽川
不破の関
（関ヶ原）
大良
揖斐川
津島
尾張
伊勢

作図：谷口正孝

まむし三代記

弘治《こうじ》二年（一五五六）、四月二十日——

国さえもたやすく滅ぼしてしまうものが、大量に発見された。

美濃《みの》の地においてである。

奇《く》しくも、この日、ひとりの男が討たれた。

まむしと恐れられた斎藤道三《さいとうどうさん》である。不思議な男だ。梟雄《きょうゆう》と恐れられたが、その反面、文化をこよなく愛する癖《へき》もあった。西行《さいぎょう》の桜の歌を好み、後に安土城を建てる大工岡部《おかべ》又右衛門《またえもん》とともに造った茶室の庭には一面に桜の木が植えられていた。茶の湯の秘伝を伝授され、戦陣でも茶会を開いた。家族に対しても情は篤く、戦乱をさけるために息子を伊勢《いせ》や尾張《おわり》の実力者のもとに送っている。

そんな男が、国を滅しかねないものを集め、秘蔵した。

より正確を期すなら、道三とその父親——法蓮房《ほうれんぼう》の二人が、である。

道三の父親は美濃へわたり、異例の出世をとげる。無論のこと、その陰には国を滅ぼしかねない凶器の存在があった。

道三の親子二代の国盗《くにと》りに、この凶器が暗躍する。

いつしか、道三と法蓮房らは凶器のことをこう呼ぶようになった。

国滅ぼし——と。

道三父子はいかにして、国滅ぼしを駆使したのか。ふたりの男の目をかりよう。
ひとりは斎藤道三──若きころの名を長井《ながい》新九郎《しんくろう》という。
今ひとりは、道三一族三代の死によりそった男──源太《げんた》だ。
応仁《おうにん》の乱《らん》が終結して二十五年後の京の外れの荒れ寺から物語をはじめたい。
十二歳の童の源太は、法蓮房という若き僧侶と出会う。

蛇ノ章

蛇ノ一

雑穀のにぎり飯を食《は》もうとした、源太《げんた》の口が止まる。今、なんといったのだ。

「この国は病んでいる」

誰かが、そういわなかったか。賢《さか》しげな声だった。後ろを振りむくと、ひとりの若い僧の姿がある。歳《とし》のころは二十代半ば、青光りする頭に綺麗《きれい》に剃《そ》られた髭《ひげ》、僧衣は旅の途中のように汚い。が、引き締まった体躯《たいく》は、厳しい荒業を幾度も経験したことを容易に想像させた。左手でにぎるのは、六尺棒だ。両端には、槍《やり》の石突《いしづき》がついている。

源太は、鉄を縫いつけた鉢巻きの位置を片手でなおした。目の前には屋根の崩れた山門があり、カラスたちがずらりと並んでいる。

京の外れの荒れ寺には、源太を含め六人の男たちが集まっていた。応仁《おうにん》の乱《らん》以降、急速に増えた足軽、僧兵くずれ、山賊に堕《おぼ》したと思しき元百姓、柿色の帷子《かたびら》をきた男は元馬借《ばしゃく》（運送業者）だろう。つどった男たちはみな凶相持ちで、だからこそ余計にこの若い僧侶のたたずまいは目立った。

源太は、にぎり飯を口にほうりこみ、先ほどの僧侶の言葉を反芻《はんすう》した。

——この国は病んでいる。

口の中が反吐《へど》で満たされる。唾棄するのと、別の男が前をとおりすぎるのは同時だった。米粒まじりの唾が、男の爪先にべったりとつく。柿色の帷子をきた馬借くずれだった。

「おぅーい、小僧」小汚い烏帽子《えぼし》の位置を手で整えつつ、馬借くずれが血走った目で源太を見下ろす。といっても男がとりわけ巨軀なわけではない。源太は、数えで十二歳の童なのだ。

「いつからわしは、お前のたん壺《つぼ》になったんだ」

馬借くずれの男が凄《すご》むが、源太は怖いとも思わなかった。それよりも酒くさいことに閉口した。

「悪かったな」微塵《みじん》も思っていないが答える。目をすぐにそらした。この男よりも、棒をもつ若い僧侶が気になる。この国は病んでいる、とはどういう意味だ。

応仁の乱がおこったのが、三十五年前の応仁元年（一四六七）。以来、この国は乱れに乱れている。干ばつや長雨による飢饉《ききん》は毎年のようにおこり、民を守るべき守護大名は力を失っている。家臣たちが台頭し、次々と下克上《げこくじょう》がおきる。守護大名を束ねる将軍家も同様で、九年前の明応《めいおう》二年（一四九三）に丹波《たんば》や畿内《きない》に勢力をもつ細川政元《ほそかわまさもと》が政変をおこし、新しい将軍を擁立したほどだ。童の源太でも、今が末法の世だとわかる。が、あの若い僧は「この国は病んでいる」といった。病気であるならば、治せるということか。

ふと頭によぎったのは、この荒れ寺までの道中で出会った行き倒れだ。にぎり飯を、あやうく恵みそうになった。行き倒れるものは見捨てる。さもなくば奪う。それが乱世の生き方だ。

「おい、小僧、聞いてんのかぁ」すえた酒の臭いが鼻をついた。

「なんで、お前みたいな餓鬼がここにいる。身の丈にあわぬ刀を背負って、大人の真似《まね》事《ごと》か」

馬借の男は、源太の背負っている刀を指さした。大人でもあつかいの難しい大ぶりの刀だ。童の源太には野太刀にも相当する。

「おいらはもう一人前だ。子供あつかいするな」

「一人前だと。人を殺《や》ってからほざきな」

失笑しそうになった。人殺しなど、五年前にとっくにすませている。

源太が生まれたのは、十一年前の延徳《えんとく》三年（一四九一）、尾張《おわり》の村だ。七歳のころに、両親は戦乱をさけ近江《おうみ》の親戚をたよった。そこで、馬借一揆《いっき》という乱に遭遇する。近江国に攻めこんだ美濃の兵を、馬借たちが襲ったのだ。馬借一揆の犠牲になったのは、美濃の兵だけではない。村々も襲われた。源太の父は殺され、母は凌辱《りょうじょく》された。舌を嚙《か》みきった母の骸《むくろ》を執拗に犯す馬借を、源太は背後から刺した。

「へえ、お前があの馬借一揆の生き残りとはな。大したもんだ。じゃあ、それから何人殺した。どうせ、女子供ばかりだろう」

馬借くずれが、源太を見下す。

どうして、こんなに気持ちがささくれだつのだろう。わかった。あの若い坊主の賢しげな言葉だけが原因ではない。それ以上に、今目の前で源太を詰《なじ》る男だ。柿色の帷子を身につけている。柿帷子は馬借の装いだ。源太が最初に手にかけた男も——つまり馬借一揆で両親を殺した男も柿帷子を身につけていた。

再度、唾棄する。今度は太ももを汚した。

馬借くずれの顔が、真っ赤にそまる。

「わしの自慢の足に二度も唾を吐かれちゃあ、黙っていられねェ。その体に礼儀を教えてやる」

馬借の手が、腰の刀へのびる。源太はそれを待っていた。蹴りを放った反動で間合いをとると同時に、背に負う刀を一気にぬいた。虚をつかれた馬借くずれは、刀を握りそこねている。

源太は一気に刀をふり落とす。馬借がかぶっていた烏帽子が両断された。

振りおろした刀が、大地に食いこんでいた。馬借はぽかんと口を開けている。左右に割れた烏帽子が、はらはらと地面に落ちた。

源太の刀の根元にそえられているものがある。石突だ。先ほどの僧侶の棒か。ゆっくりと振りむく。若い僧侶が、石突のある棒を手元にもどすところだった。顔を凝視する。目鼻口は整い、ほれぼれするほどの美形だ。

「どういうつもりだ、坊さん」なぜ、おいらの殺しを邪魔する、と目で凄んだ。

「無駄な殺生はするな」

源太のこめかみの血管が脈打つ。左足をすって間合いをつめると、気圧《けお》されたのか立ちすくんでいた馬借くずれが後ずさった。

「童よ、言葉を変えようか。お前の腕ではおれを斬れん」

正論だった。先ほどの棒さばきは尋常ではない。

構えをとき、刀を背に負う鞘《さや》にしまった。正面から敵《かな》わないならば、騙《だま》し討ちにするだけだ。源太は笑みを浮かべる。まわりにいた男たちがたじろぐ。相当醜い作り笑いだったようだ。

「坊さん、名前を教えてくれよ」

「法蓮房《ほうれんぼう》だ。京の妙覚寺《みょうかくじ》で学んだ」

嫌がらせのために聞いたのだが、僧侶は躊躇《ちゅうちょ》する素振りを見せなかった。

「妙覚寺ということは、法華《ほっけ》坊主か」

近年、一向宗《いっこうしゅう》や法華宗が急速に力をつけている。南無阿弥陀仏《なむあみだぶつ》や南無妙法蓮華経《なむみょうほうれんげきょう》の声があちこちの巷《ちまた》でうるさい。

「といっても、こたびの仕事の成否によっては還俗《げんぞく》するかもしれんがな」

「坊主になる前の名は」万が一、逃げられたときのために源太は問うた。

「松波庄五郎《まつなみしょうごろう》だ」

「松波」と反応したのは、僧兵くずれだった。荒くれ者たちのなかでは一番の年長で、三十代後半といった歳まわりだ。泥鰌《どじょう》のような細い髭をたくわえている。

「そういえば山城国西岡《にしのおか》に、そんな名前の地侍がいたな」

「その通りだ。山城国西岡の北面《ほくめん》の武士の出だ」

法蓮房の声は、いたって平静だった。一方の源太は、法蓮房の名前と生地を頭に刻みつけた。

「そろそろ、はじまるようだぞ」

源太と法蓮房を促したのは、足軽くずれと思しき男だ。荒堂の扉が、苦しげな音をたてて開かれた。あらわれたのは、素襖《すおう》を身につけた十人ほどの武士たち。頭には烏帽子や冠をつけており、一見して高位の者とわかる。集まった源太や法蓮房たちを睥睨《へいげい》する。

「長々と前口上をするつもりはない。今日、集まってもらったのは、お主らに殺ってほしい男がいるからだ」

源太の隣の百姓くずれは、興味なげに干魚をかじっている。

「で、どいつを殺るんだ。女なら殺るんじゃなく、姦《や》る方がいいな」

掌で石をもてあそびつつきいたのは、足軽くずれだ。

「いや、それより報酬の中身を教えるのが先ではないかな」

泥鰌髭をもてあそぶ僧兵くずれは、最年長の貫禄《かんろく》を無駄に見せつける。

「お主らに殺ってもらいたい男は、細川京兆《けいちょう》だ」

一瞬にして境内は静まりかえる。細川〝京兆〟政元――応仁の乱の東軍主将の細川勝《かつ》元《もと》の跡を継いだ男だ。将軍をすげかえるほどの実力者ゆえに、半将軍と渾名《あだな》されている。

おや、と源太は思った。あまりのことにたちつくす荒くれ者のなかに、ひとり泰然自若としている男がいる。法蓮房だ。棒をだくようにして、荒堂の武士たちを注視している。

「どうした、怖いのか」

武士のひとりが、挑発するような口調できく。

「あんたら……一体何者だ」慎重な声で問うたのは、僧兵くずれだ。

「越中公方《えっちゅうくぼう》様の手の者だ」

越中公方とは、細川政元に追放された前将軍のことだ。その際に、越中国に亡命している。細川政元を暗殺する動機は十分だ。が、鵜《う》呑《の》みにするお人好《ひとよ》しはここにいない。

「それを、わしらに信じろってのか」足軽くずれが目を吊《つ》りあげた。

「信じてほしけりゃ、金だな。前金でいくらくれるんだ」

僧兵くずれが下卑た笑みを浮かべる。

男たちは、大きな革袋を背後から取りだした。境内に中身をばらまく。あっという間に銭の小山ができた。

「お望みの前金だ。お前らで勝手に分けろ。成功すれば、さらにやる。金さえわたせば、喜んで三途《さんず》の川をわたる者たちを集めたつもりだ」

「すごい、傷ひとつない宋銭《そうせん》だぞ」真っ先にかけよったのは、僧兵くずれだ。

みなが銭の山に殺到する。

「いいだろう。関白《かんぱく》や摂政《せっしょう》、将軍だって殺ってやるぜ。依頼主の名前なんか、誰だっていい」

足軽くずれの言葉に、全員がうなずいた。

「じゃあ、さっそく前金をいただくか」

僧兵くずれが、手にもつ袋に銭を無造作にいれはじめる。

「勝手に盗るんじゃねえ」源太は走って、銭の山へ飛びこんだ。顔面に銭が当たったが、痛いとも思わない。両腕を使ってもてるだけの銭をだく。

「よせ、銭を分けるのは頭割にしろ。争いのもとだ」

冷静な声でいったのは、法蓮房だ。荒堂の武士たちを、法蓮房は睨《にら》みつけた。

「どうやって、細川京兆を殺る。待ち伏せか」

「そうだ。細川京兆は満月の夜に、かならず御所を訪れる。そこで殺る」

「この人数で、御所を襲うというのか」

「御所には、抜け穴がある。越中公方様が京におられたとき、密《ひそ》かにつくったものだ」

「ほお」と何人かがいう。あるいは、越中公方の手の者というのは本当かもしれない。

「もし、抜け穴が使えなければ」

「前金はくれてやる。そして、今日のことはすべて忘れて、元の暮らしにもどれ。もっとも心配は無用だ。すでに抜け穴の下見はすんでいる」

法蓮房の問いは予想の内だったのか、間髪いれない返答だった。

「問題がひとーつ。拙僧らは、細川京兆がどんな顔形かを知らない」

僧兵くずれがふざけた声できく。

「特徴を教えてやる。細川京兆は露頂《ろちょう》だ」

どっと笑いがおきた。露頂とは、烏帽子や冠、頭巾をつけていない頭のことだ。境内の荒くれ者もみな、なにがしかの冠や烏帽子、頭巾を身につけている。巷で素の頭をさらしているのは、源太のような童か法蓮房のような僧侶、あるいは流民ぐらいだ。

「笑いごとではない。細川京兆は烏帽子や冠を嫌う、露頂好みという奇人だ」

武士の真剣な声に、笑いが一気にしぼむ。

「だからこそ、正装する御所では、すぐに見分けがつく。有髪で露頂姿の間抜けを探せ。それが、細川京兆だ」

蛇ノ二

集められた男たちは、荒堂に閉じこめられていた。源太はうすい壁に背をあずけ、みなを観察する。目がいくのは若い僧体の男――法蓮房だ。源太と同じように壁に背をあずけている。目は閉じているが、唇はかすかに動いていた。ゆっくりと立ちあがり、法蓮房へと近づく。唱えているのは、法華経の題目のようだ。南無妙法蓮華経という言葉が聞こえてくる。

法蓮房の荷を見た。隙間から丸めた紙が出ている。何かの絵図のようだ。あと五歩の間合いになって、法蓮房の唇が止まる。

「そりゃ、なんだい」と、源太は法蓮房の荷を指さした。「題目を唱えていたんだろう。邪魔したのは悪かったよ。けど、気になるんだよ。おいらは絵が好きでさぁ」

口から出まかせだ。この坊主が何者かを知れるきっかけになればいい。法蓮房がため息をついてから、丸めた紙を取り出した。源太の足元で広げてみせる。

武者の絵が描かれていた。騎馬武者が、胡服《こふく》をきた兵に勇ましく一騎打ちを挑んでいる。が、胡服をきた兵は弓で応じるだけだ。その頭上には、火を放つ壺や、炎を吹く巨大な矢が飛んでいる。日《ひ》ノ本《もと》の騎馬武者は血だらけで、今にも息絶えそうだ。

「見たこともねえな。これは武器か」

「そうだ。ただし、日ノ本ではなく、海の向こうの明《みん》国や天竺《てんじく》のものだ。これは元寇《げんこう》のときの絵図だな」

「海の向こうのことに詳しいんだな」

さらに絵図をめくろうとする。奇妙な武器が描かれていた。鉄ではないのか、青みがかった緑で彩色されている。確かめようとしたら、さりげない所作で荷の中にしまわれてしまった。

「なあ、坊さん、あんた何者なんだ」

なぜ、こんな絵図を持っているのだ。

「おれは日蓮宗の僧侶だ。東班衆《とうばんしゅう》だった」

五山《ござん》（臨済宗《りんざいしゅう》）や日蓮宗が明国や朝鮮、天竺、さらにそのずっと向こうにある国々とも積極的に貿易を行っているのは源太でも知っている。東班衆とは、財務などを司《つかさど》る僧侶たちのことだ。ちなみに学問や布教を司る僧侶たちを西班衆《せいばんしゅう》と呼ぶ。法蓮房が日蓮宗の東班衆ならば、異国の文物に精通していてもおかしくはない。

「そんなえらい坊さんが、どうしてここにいるんだ」

答える気がないのか、法蓮房は無言だ。

「あんただけ、この場にそぐわない。おいらも含めて、みんな数えきれないぐらい殺しに手を染めてる。盗みや火つけもな。生きるために、あらゆる悪事を働いてきた。けど、あんたにはそんな臭いがしない」

「臭わないのは、昨日、行水をしたからだな」

つまらない冗談だったが、源太はうすく笑う。

「なあ、おいらはあんたのことがもっと知りたいんだ。話をしないか」

そうすれば、この男の弱点が何かわかる。

「あと三刻（約六時間）もすれば日没だぞ。仕事がはじまる。寝ておけ」

「坊さんは、どうしてこんな危険な仕事に応じたんだ。なあ、教えてくれよ。そしたらおいらは寝るからさぁ」

法蓮房はため息を静かに吐きだす。

「国手《こくしゅ》だ」

「な、なんだ、そりゃ」初めて聞く言葉だ。

「上医《じょうい》は国を医《いや》し、中医は人を医し、下医は病を医す」

唄うように法蓮房はいう。源太の脳裏によぎったのは、「この国は病んでいる」という法蓮房の言葉だ。

「国を医す上医を、国手という」

「あんたは、その国手になるために、この企《たくら》みに加わったのかい」

「もう、教えたからいいだろう。さっさと寝ろ」

法蓮房はまぶたを閉じた。拒絶の気が如実に伝わってくる。

「おい、童、もういいだろう」

後ろから声をかけたのは、柿帷子をきた馬借くずれだ。酒のはいった竹の水筒をもっている。顔はすでに真っ赤だ。濁ったまなこは、先ほどの一悶着《ひともんちゃく》などすっかり忘れているようだ。

源太はもとの壁にもどる。どうして、細川政元を暗殺することが、国手になることにつながるのか。よく、わからない。それが、源太には気持ち悪かった。

蛇ノ三

抜け穴を這《は》いでた源太を出迎えたのは、巨大な楠《くすのき》だった。離れた場所にあるが、月光のつくる影が源太らの隠れる場所までのびている。源太につづいて、続々と男たちが抜け穴から這いでてくる。僧兵くずれ、馬借くずれ、足軽くずれ、百姓くずれとつづいて、最後に法蓮房。御所の夜の庭に、六人の刺客たちが集まった。

「あれが言っていた大楠だな」

源太の背後にいる足軽くずれがつぶやいた。みな泥だらけの格好をしている。指定された抜け穴は這ってしか進めないもので、道とは到底言い難かった。幸いにも幅は広く、棒や手槍、大槌《おおづち》などの得物は手放さずにすんだ。

「なあ」と、僧兵くずれが呼びかけた。「お互いの呼び方を決めておこうじゃないか。名無しじゃ都合が悪かろう」

この場で名乗ったのは、法蓮房だけだ。源太も、まだ名前は教えていない。

「おいらの名前は源太だ」

「本名か」僧兵くずれが疑わしげに目を細める。

「当たり前だ。親からもらった唯一のものだ」

「馬鹿正直な童よのお。こういうときは偽名を使うものだ。そうさな、拙僧は宝念《ほうねん》とでも名乗ろうか」

前払いの報酬に真っ先に駆け寄ったのは僧兵くずれだった。宝や銭を貪欲にむさぼるという意思表示でもあるように思えた。

「なら、わしは馬《うま》の助《すけ》と呼んでくれ。脚には自信がある。馬にだって負けねえ」

柿帷子をきた馬借くずれが下品に笑う。酒が抜けきっていないのか、息が臭い。

「わしは礫《つぶて》が得意だから、石弥《せきや》はどうだ。女にもてそうなひびきだろう」

石をもてあそびつつ、足軽くずれが胸をはる。

「なら、わしは……」と、大柄な百姓くずれが考えていると「お前は牛みたいにでかいから、牛次《ぎゅうじ》ぐらいにしておけ」と石弥こと足軽くずれがかぶせた。みなの押し殺した笑いがひびく。源太と法蓮房以外は、誰も本名を明かす気はないようだ。

「それにしても、遅いな。本当にくるのかよ」泥だらけの柿帷子をきた馬の助が、つぶやいた。

「奴らの話じゃ、満月の夜にあの大楠に京兆が祈りを捧《ささ》げるってよ」

大柄な牛次が投げやりに答える。

「木に祈る暇があるなら、わしは女のあそこをご開帳させるぜ」

礫をにぎる石弥が笑う。半将軍と恐れられる細川政元は、奇矯の人で有名だ。修験道《しゅげんどう》に傾倒し、身を清めるために女人を遠ざけ、男色《なんしょく》に耽溺《たんでき》している。

最年長の宝念が、無言で指さす。門がきしみ、開かれようとしていた。十人ほどの男たちだ。六人の刺客たちに緊張が走る。腹を地につけて、みな身を隠した。

烏帽子や冠をつけている男たちばかりだ。いや、ひとり中央を歩く長身の男だけは、何もかぶっていない。露頂だ。

みなで目配し、呼吸をあわせて飛びだす機をはかる。

「え」と声がした。

　見ると、法蓮房が立ちあがっている。

「ば、馬鹿、何をやってるんだ」押し殺した声で、宝念が叱りつけた。

「おい、まだ姿を見せるな」

　馬の助が法蓮房の僧衣を引っ張ろうとする。

「悪いが」と、法蓮房が袖を払った。

「おれは京兆様を殺す気はない。さっさと逃げた方がいいぞ。抜け穴がどこに通じているかは、黙っていてやる」

「なんだとぅ」

　石弥が目を吊りあげた。一方の源太は無言だ。が、背に負う刀はすでににぎっている。

「裏切るのか」宝念が低い声できく。

「そうとってもらってもかまわん」

　法蓮房は歩みはじめた。月光の下に、完全に姿をさらす。

「おい、誰かいるぞ」

　政元を囲む十人ほどの男たちが一斉に止まった。法蓮房に気づいたのだ。

「何者だ。名乗れ」

　政元の従者が鋭い声をあげる。かまわずに、法蓮房は歩みつづける。

「どうする」地に這いつくばる牛次がきく。馬の助は、ちらちらと背後の抜け穴に目をやっている。そうしているうちに、法蓮房は政元一行の前まで歩みよった。露頂姿の男の前で、うやうやしく膝をつく。

「そういえば、奴め西岡の出だといっていたな。ちっ、思い出した。西岡の地侍は、応仁の乱では東軍の細川京兆の手下だった」

吐き捨てたのは宝念だ。が、すぐに口調を一変させる。

「やるかぁ」

小さいがたしかな声で、宝念がいった。泥鰌髭をもてあそびつつ、みなを見回す。

「逃げるのはたやすい。しかし、拙僧は残りの半金がもらえぬのは、寝覚めが悪い」

宝念の言葉にみながうなずいた。源太の脳裏に、首謀者たちの言葉がよぎる。

――金さえわたせば、喜んで三途の川をわたる……。

その言葉が間違いでなかったことを、みなの表情が証明していた。

「いくぞォ」

「おおおゥ」源太らは隠れていた場所から、一気に飛びだした。

「く、曲者《くせもの》だ」

政元の従者たちが一斉に抜刀する。が、みな腰がひけていた。どころか、半数以上が政元よりも後ずさる。猛然と駆けると、従者たちの表情までわかるようになった。みな髭のない秀麗な顔をしている。男色の楽しみのために集められた男たちだ。源太たちより数は多いが、敵ではない。細川政元は背が高く、緋色《ひいろ》の直垂《ひたたれ》に身をつつんでいた。髷《まげ》も結っていない。髪は、肩にたっぷりとかかっていた。化粧をしているかのように、唇だけ血色がいい。歳のころは四十の手前か。

殺る――そうつぶやいたとき、政元とのあいだに立ちはだかる男がいた。棒をもった法蓮房だ。

「京兆様、この棒で御身を守護するお許しをいただきたくあります」

芝居がかった口調で、法蓮房は背後の政元にいう。

「いいだろう。やってみろ」

源太たちが迫らんとしているのに、政元の口調にはいささかの動揺も読み取れなかった。

源太の怒りは頂点に達した。

が、それよりも半瞬速かったのは、足軽くずれの石弥だ。手にもつ礫が夜気を切りさく。

法蓮房のもつ棒の石突が、鈍色《にびいろ》の線をひいた。ひとつふたつと、石を叩《たた》きおとす。その隙に猛然と近づく馬の助が、血錆《ちさび》のついた刀を頭上に振りあげた。法蓮房の棒がうなる。石突が、地をかすり旋回した。

刀と棒が交差する――はずだった。

法蓮房の棒がしなる。ありえぬほどに。

弧を描く棒は刀をよけるようにして、馬の助のこめかみに吸いこまれた。

鈍い音がひびき、白目をむき馬の助が仰向《あおむ》けに倒れる。

「京兆ォ」宝念が薙刀《なぎなた》を振りかぶる。石弥が礫で援護しようとした。

法蓮房は、棒を体の前で風車のように回転させた。ふたりの足が止まる。顔がゆがんでいた。

法蓮房のあやつる棒が、ありえぬ形にたわんでいる。

「おのれ、怪しい術をつかいおって」

勇をふるって、ふたりが襲いかかる。棒がぐにゃりと曲がり、ふたりのあごに襲いかかる。さながら、蛇が噛みつくかのようだ。

ふたりは、口から白い泡をふきながら倒れた。大槌を振りかぶる牛次には、みぞおちに棒をめりこませ悶絶《もんぜつ》させる。

残るは——源太ひとりだった。

「助けてくれ」迷わずひざをついた。懇願のために両手をあわせる。

「お願いだ。坊さん、おいらが悪かったよ。助けて」

法蓮房は構えていた棒を下ろす。息は微塵も乱れていない。政元へと振りかえるために半身になった。その隙を源太は逃がさない。両手に口をもっていく。掌《てのひら》の間に隠しもっていたのは、細く小さな筒だ。吹き矢である。

法蓮房と政元の体が重なっていた。ふたりを射抜くように狙いをつける。万が一、法蓮房がよけても政元に吹き矢が命中する。息を筒に吹きこんだ刹那、法蓮房の体が反応した。半身だった体を、こちらへと正対させる。

法蓮房はかならず矢をよける。そうすれば政元に矢が吸いこまれる——はずだった。

法蓮房はよけなかった。左の腕を盾にして、矢を受け止めたのだ。短刀を抜き、躊躇することなく刺さった矢を肉ごと削りとった。毒があると見抜かれている。

「く、くそォ」源太が腰を浮かす。

逃げるしかない。そう思ったとき、法蓮房が滑るようにして、間合いをつぶす。拳があごにめりこんだ。不思議と痛くはない。だが、目に映る景色は、船の上に立つかのようだ。足元が覚束《おぼつか》ない。どうと、倒れる。手足が痺《しび》れていた。なんとか、首だけをもちあげる。

法蓮房は肉をえぐった自身の腕に、慣れた手つきでさらしを巻きつけているところだった。

政元が、法蓮房に歩みよるのが見えた。腰を抜かしていた従者たちもあわてて立ちあがり、倒れている馬の助ら刺客たちを縛りあげる。源太も太い縄に締めあげられ、硬い地面に転がされた。

政元が、刺客たちひとりひとりをのぞきこむ。源太の顔を不思議そうに見つめる。

黒い満月のような瞳が不気味だった。

「大丈夫ですか」御所の番兵たちだった。政元たちがはいってきた門から次々と姿をあらわす。

「今宵《こよい》は儀式の日であるぞ。下がらせろ」

政元は源太を見たまま命じた。従者が「無礼者」と番兵たちを一喝し、ふたたび門が閉じられる。

「お主は何奴じゃ」政元が法蓮房にきいた。

「法蓮房と申します。京兆様を暗殺せんとする企みがあるのを知り、御身をお守りするために、あえて彼らの一味になるふりをしておりました」

「どうやって忍びこんだ」

「抜け穴があります。越中公方様が掘らせたものと聞いています」

「余の命を守りたくば、忍びこむ前に密告すればよかろうに」

政元の声は、どこまでも平静だった。

「はい、それも愚考しましたが――」ここで法蓮房は間をとる。

「それでは、私の顔を京兆様に売れませぬ。奉行衆のどなた様かから銭をもらって終わりでしょう。御身を見事にお守りした褒美として、おそばにつかえさせていただきたくあります」

「おもしろい」さもつまらなそうに政元はいった。

「余の側近になるために、余を亡き者にせんとする一団とともにここまできたというのか」

「左様でございます」

「だが、凝った策で己を売りこむだけはあるな。見事な腕だ。棒を見せてみろ」

「白蠟《はくろう》を材とした棒です」棒を差しだした法蓮房は説明する。中国には南船北馬という言葉があり、南と北で大きく文化が異なる。武器もまたしかり。〝北の柔槍《じゅうそう》、南の剛槍《ごうそう》〟といわれている。北の槍や棒は細く柔らかい白蠟を使う。一方の南は硬い樫《かし》だ。

「私が妙覚寺にいるころ、明国出身のさるお方に北の柔らかい棒術を習いました」

「それにしても、蛇のような先ほどの動きはできまい。まさか、お主、魔法を使ったのか」

政元は棒を何度も手でさする。

「そうか、わかったぞ」

政元は膝をおり、地面にある枝を拾った。端部を指二本でつまみ、上下に柔らかくゆらす。すると、端部を支点にして棒もゆれる。まっすぐのはずの枝が、紐《ひも》のようにうねりだした。

「騙し絵のようなものか。棒が曲がっていると、誤って目がとらえている。そこに棒本来のしなりと素早いさばきが加わり、さながら蛇のように曲がっていると感じる」

「お見事です。おっしゃるように、棒のしなりと目の錯覚を利用しております」

「種がわかればたわいもないな。それにしても、わが従者たちはだらしない。まだ、襲ってきたこ奴《やつ》らの方が見込みある」

政元は、また源太らひとりひとりの顔をのぞきこむ。源太以外は、みな気絶していた。

「いいだろう。法蓮房とやら、技と度胸をかってやる。わがそばでつかえろ」

法蓮房は深々と頭を下げた。

「いまひとつお願いがあります。刺客たちの助命です」

「なんだと」と、源太は思わず声を発する。「黙っていろ」と従者に思いっきり背を蹴られた。

政元が、不思議そうに法蓮房を見ている。

「京兆様のお命を狙うは不届きですが、豪胆さは買えます。わが手駒にしたくあります」

「興味がない。好きにせい」

法蓮房は先ほどよりも深々と頭を下げた。

「さあ、不届きな刺客は片付けた。いつもの儀式をやるか。法蓮房、しばし、待っておれ」

政元は楠の大樹へと近づいていく。あわてて従者たちがつづいた。

「よく見ておけ。余が空を飛ぶところを」

源太は無理やりに上体をもちあげ、楠と政元を見た。もう目眩《めまい》はしない。指も手足も動くが、縄がきつくて腰を曲げるのが精一杯だ。

「空を飛ぶ……のでございますか」

法蓮房が戸惑っていた。初めて見る表情だ。

「そうだ。この楠は霊木じゃ。余は今、楠の霊気をあびた。空を飛ぶこともたやすい」

源太から見える政元の表情に、冗談をいっている気配はない。

「満月の晩、余はこの楠から空を飛ぶのを常としている。気持ちがいいぞ」

「お戯れを」

「信じぬか。無理もない。が、目にすれば信じよう」

政元は楠に抱きつき、よじ登りはじめた。とうとう、楠のいただきへといたる。政元は、誇示するように両手を広げた。

この高さから落ちれば、間違いなく骨がおれる。にもかかわらず、恐れる風が微塵もない。

「きィええエェ」奇声とともに、政元は跳んだ。次の瞬間、すさまじい衝音がした。目を地にやると、政元がいる。怪我《けが》はしていない。政元を固い地面から護《まも》るものがあった。

扈従《こじゅう》していた男たちである。何人かは血を流しつつも、身を挺《てい》して主人を護っていた。

「どうだ、法蓮房、余が空を飛ぶ姿を見たであろう。東山の峰をかすめたのはわかったか」

立ちあがり、政元は法蓮房を見すえた。その表情は真剣だ。が、目には正気の色が失《う》せていた。

「これが余の魔法だ」政元はふたたび楠に抱きつき、よじ登りはじめた。

「お、おい、早くしろ」

「今夜は何度、飛ばれるのだ」

従者たちがよろよろと立ちあがる。

奇声が、楠のいただきで弾《はじ》けた。政元の体がまたしても跳ぶ。衝音とともに、従者たちが押しつぶされた。ひとりがうめいている。腕があらぬ方向に曲がっていた。

「何が半将軍だ」

声がして、源太は首をねじる。泥鰌髭の宝念だった。その後ろでは、柿帷子をきた馬の助が首をさかんに振って目覚めようとしている。

「くだらねえ。中身はどこの村にでもいる、おかしな奴と変わらねえじゃねえか」

吐きすてたのは、石弥だった。

蛇ノ四

「畜生、散々な目にあったぜ」

刀を背に負って歩く源太の前で、石弥が肩を怒らせている。湖風が一行の肌を優しくなでた。琵琶湖《びわこ》の畔《ほとり》の道を、源太らは歩いている。先頭を進むのは、法蓮房だ。

「まあ、そういうな。前金は無事だったんだ。これでたっぷりと飯が食える」

大柄な牛次は、銭を目の前にかざした。

「しかも、鐚銭《びたせん》でなく宋銭だ。ひびやわれもない上等の銭だ」

宝念は、銭のつまった袋を愛《いと》おしげになでている。貨幣の中で最も価値があるのが宋銭で、次が永楽通宝《えいらくつうほう》などの明銭《みんせん》だ。

「まったくよのぉ。大きさのそろった善銭《ぜんせん》ほど愛おしいものはない」

宝念の言葉に、みながうなずいた。宋銭などのことを、善銭という。宋銭明銭以外にも、それらを模した私鋳銭《しちゅうせん》が大量に出回っている。私鋳銭は悪銭《あくせん》や鐚銭といい、価値は低い。私鋳銭は流通している善銭から粘土で型をとり造る。それゆえ形が崩れたり、かけたりすることが多い。

「それより、あんたら本当にあの坊さんについていく気か」

源太は、宝念にきいた。細川政元暗殺には失敗したが、法蓮房の取りなしで源太たちは助命された。仕官を望んでいた法蓮房だが、前言を撤回し無官のままだ。魔法に傾倒する政元に失望したのだろう。そして一行は法蓮房に従って、近江の街道を歩いている。

「うむ、騙されたのは癪《しゃく》だが、腕と度胸は天下一品だ。強くて賢い奴の下にいれば、これ以上のものをもらえるだろうからな」

宝念は、胸にだいた銭袋に頬ずりした。

一行の前に村が見えてきた。きっと、法蓮房が目指す勝部《かつべ》村だ。木組みの低い塀と門があり、数人の男たちが立ちはだかっていた。みな法蓮房と同じ白蠟の棒をもっている。

「法蓮房よ、あんたの棒術のご同門かい」訊いたのは源太だ。

「そうだ。真ん中にいるお方が、おれの棒術の師だ。范可《はんか》様というお名前だ」

立ちはだかる男たちの中心に、雪のように白い髪をもつ男がいた。歳のころは五十代後半か。

「ハンカ、か。変わった名前だな」

太い掌で手庇《てびさし》をつくって、牛次が范可を見る。

「もとは明国におられたが、国を逐《お》われて日ノ本にきた。そして、妙覚寺の食客となられた」

聞けば、日蓮宗は大隅《おおすみ》国のはるか先にある種子島《たねがしま》にも布教活動を広げており、外国との交易もさかんだという。その縁で、明や朝鮮からの渡来人も多く受けいれているそうだ。

だけでなく、未知の武器や利器も調達できるという。

「何をやらかして国を逐われたんだ」へらへらと笑いつつ、馬の助がきいた。

「教えなかったら、范可様にききかねないから答えてやるが」

今までとちがい重い口調で、法蓮房はつづける。

「范可様は、父親を殺《あや》めた。父上が明国の役人で、私腹を肥やし、だけでなく罪なき人を獄につないだ。やむを得ず、手にかけたそうだ」

「つまんねえ、理由だ」馬の助が石を蹴飛ばした。

「けど、うらやましいぜ。わしの親父はおっかあを殴るひでえ奴だったが、殺してやる前に流行《はや》り病で死んじまったからな」

石弥の言葉にみながどっと笑った。

法蓮房はかまわずに進み、范可と呼ばれた白髪の男に一礼する。

「どうやら、五体満足で帰ってこられたようだな」

「はい、色々と思わぬことがありましたが。ところで、三喜《さんき》導師はどうされています」

「今は堀部《ほりべ》の家にいるはずだ」

源太は牛次の巨体の陰から、やりとりを見守る。法蓮房の紹介で、この村に三喜導師という客を滞在させているらしい。范可がいうには、堀部という村人の妻が病にかかり治療しているという。三喜導師とは医者のようだ。

「それより、こ奴らは……」范可が、源太らに鋭い一瞥《いちべつ》をくれた。

「仲間です。見てのとおりですが、命知らずゆえ力になってくれると信じております」

「法蓮房がそういうなら通そう。が、もし村に危害を加えるなら容赦はしない」

范可は道を開けた。法蓮房を先頭に、一行は村にはいっていく。范可という老人を素早く観察した。かなり腕がたつようだ。にぎる棒はよく使いこまれていた。

「なあ、今からあう三喜導師ってのは何者なんだい」

宝念が泥鰌髭をつまみつつ、村の中を先導する法蓮房にきく。

「田代《たしろ》三喜導師といい、武蔵《むさし》国のご出身だ。明国にわたり、彼の地の医術を学ばれた」

「そんなにえらいお方がどうして、こんな近江の片田舎にいるんだ。何より、法蓮房はどうやって知り合った」

馬の助の声は酒臭かった。腰に巻いている瓢簞《ひょうたん》には酒がはいっていたはずだが、すでに空になっている。

「明国にわたる途中で京に立ちよられてな。おれはまだ九歳だったが、知遇をえた。そして、四年前に日本にもどられたとき、おれは寺をでて遊学の旅がてらお迎えにあがったというわけだ」

「ふーん、もしかして〝国手〟とか〝上医は国を医す〟とかは、その田代三喜とかいうやつの受け売りかい」

源太の問いに、法蓮房はうなずきでかえす。

「なんだよ、国手って」馬の助がばりばりと頭をかいた。荒堂に閉じこめられたときに聞いていたはずだが、酒のせいかもう忘れてしまっているらしい。

「上医は国を医し、中医は人を医し、下医は病を医す。海の向こうの明国の言葉だ」

泥鰌髭の宝念が胸をそらした。

「おれは、国を医す上医になりたかった」

「そのために、あんな策を弄したのか」

源太の声は、自然と険がふくまれる。

「そうだ。この日ノ本を医すには、上から一気に変えるのが一番だ。それを成せるだけの力をもっている方がひとりだけいた」

「それが細川京兆というわけか」宝念が険しい目をむける。

「細川京兆様やその父親の亡き勝元公は、英明だった。おれは京にいたから、その噂をよく聞いていた。だが、見てのとおりだ。もう、昔の面影はない。あの様子だと、京兆家はきっと遠からず没落する」

「じゃあ、法蓮房は上医――国手になるのを諦めるのか」

源太の言葉に、法蓮房は即座に首をふった。

「諦めるつもりなら、お前たちを連れて歩きはしないさ」

やがて、低い木の柵に囲まれた家が現れた。庭では数羽の鶏が餌をついばんでいる。家の窓から、ひとりの男の姿が見えた。頭を丸め僧服をきている。あれが田代三喜だろう。歳のころは四十代手前。源太が想像していたよりずっと若い。家の中には、他に二十代半ばの夫婦がいて、妻の方が寝床で横になっていた。夫が心配そうな顔をしている。

「よいか、左兵衛《さへえ》。お主の細君は胆《たん》の気が少々強すぎるのだ。胆は五行《ごぎょう》でいうところの木《もく》にあたる。木は、土《ど》である胃と相剋《そうこく》の関係にある。ゆえに、強い胆の気におされて胃が病んでしまう。これを治癒するには、木と相生《そうじょう》の関係にある水《すい》――つまり腎《じん》の働きを強める薬を使う……」

田代三喜は、左兵衛という男に丁寧に薬の調合を教えている。

「ああやって、単に病を治すだけでなく、病人の木火土金水《もっかどごんすい》の五行の特性を診て、将来罹患《りかん》する病を予想する。それぞれの特性にあった暮らしの習慣も指導する。その上で、様々な薬の調合を託す。旅の道中で、毎日のように目にしたよ」

法蓮房の目が細まる。それだけで冷徹な表情が随分と和らいだ。

「ありがとうございます。おかげで、妻も前よりは食欲がでてきたようです。この堀部左兵衛、ご恩は一生忘れませせぬ」左兵衛はぺこぺこと頭を下げた。

「一生の恩は大げさだな。わしはあと半月もすればこの村を発つゆえ、それまでにできるだけ多くの処方を教えてゆこう」

そういって三喜はこうべを巡らす。法蓮房と目があったようだ。

「帰ってきたのか」

「はい。ご報告したいことがあります」

「わかった。だが、まずは無事を祝おう。左兵衛よ、法蓮房が帰ってきたゆえ、馳走《ちそう》してやりたい。すまぬが村の者にたのんでくれぬか」

「わかりました。どんな料理にいたしましょうか」

三喜が、観察するように法蓮房一行を見る。

「精進《しょうじん》は結構です。仲間もいますので、精がつくものがありがたくあります」

「では、酒と魚だな。破戒坊主め」

「いえ、今日限りで還俗しますので、もう破戒ではありませぬ」

「そうか」と嚙みしめるように三喜はつぶやいた。

「左兵衛、わしの薬棚から肉荳蔲《にくずく》（ナツメグ）をもってきてくれ。これを魚と一緒に振る舞おう」

「薬を、ですか」堀部左兵衛が驚いた。

「薬食同源が明の医術だ。普段食べるものが薬であれ、とな。量さえ間違わなければ、薬は料理を美味なるものに変える。ああ、肉荳蔻はすこしでいいぞ。あれは入れすぎると恐ろしい毒に変わるからな」

「明国仕込みの料理か。法蓮房についてきた甲斐《かい》があったな」

源太の背後から声をあげたのは、牛次だった。ふと、横を見ると九歳ほどの女童《めわらべ》がこちらを見ている。歳の近い源太に興味があるようだ。顔にはそばかすがちっていた。

「これ、お光《こう》。お客人に失礼だろう。馳走の支度をするから、裏の婆《ばあ》さんのところで山菜をもらってきてくれ」

「はい、兄様」

お光と呼ばれた少女は、どうやら左兵衛の歳の離れた妹のようだ。駆け足で家をでていく。

「さあ、いこうか。ここは病人がいるので具合が悪かろう」

源太らは三喜のあとについていき、村の長者の屋敷の一室を借りた。

しばらくもしないうちに、膳と酒が運ばれてくる。

「なるほど、これはいける」

牛次は、顔をほころばせて魚にかぶりつく。馬の助は、水のように酒を呑《の》みほしていた。石弥はその横で、今までだいた女の話を自慢気にしている。宝念は料理を供する堀部左兵衛をつかまえて、肉荳蔻の使い方を詳しく訊いていた。最年少の源太は壁に用心深く背をあずけ、飯と魚を交互にかきこむ。

時折、お光と呼ばれた女童が襖《ふすま》の陰からこちらを盗み見ているが、無視した。飯をかきこむ手を休めずに、法蓮房を見る。三喜に正対し、こたびの細川政元暗殺の首尾を報告していた。

「なんと、京兆様がそのような狂態を見せていたのか」

「あの様子だと、京兆家は遠からず没落するでしょう」

「先行きは暗いな。日ノ本の病は、ますます悪くなる」

三喜は荒々しく自身の顔をなでた。

「導師、私はまだ諦めていません」

「還俗するといったな。武士にもどるつもりか」

法蓮房は語る。政元の力で日ノ本を医せぬならば、時はかかるが下から医すしかない。日ノ本には六十余州の国がある。まず、そのひとつの国の主となり国を医し、次に近隣の国に勢力を広げ、やがて日ノ本全土を医す。

「では、どこの国から医す。わしが帰る関東の国であれば嬉《うれ》しいが、あるいは、お主の生地の西岡のある山城国か」

法蓮房は首を横にふった。

「細川京兆家の影響力がうすく、かつ京から遠すぎない土地を選び、まずはその国を医します。それには西岡は近すぎ、関東は遠すぎます。美濃の国へいきます。伝手《つて》もあります。そこで仕官し功をあげ、国を司る地位まで出世します」

　そうすれば美濃の国を医すことはたやすい、と法蓮房はいう。

「それは蛇《じゃ》の道だぞ。美濃の内乱は、特に激しいときいた。彼の国で成りあがるには、きれい事ばかりではすまぬぞ」

「私の手が汚れるのは覚悟の上。だからこそ彼らとともに旅をします」

　馬の助ら四人を、法蓮房は見た。つづいて魚の骨をしゃぶる源太に目をやる。地縁も財もない源太らだが、たしかに腕と度胸はあった。誰よりも剽悍《ひょうかん》に戦うだろう。

「ひとつだけ忠告しておこう。心を強く健やかに保つことだ。あの京兆様も、かつては英明だった。そう、お主の父がいっていた。しかし、政争に明けくれるうちに心を病んだ。そして足を踏みはずし、魔道に墜《お》ちた」

　三喜の声は静かだったが、なぜか聞き耳をたてる源太の臓腑《ぞうふ》にもひびいた。

「おい、聞こえたぜ。美濃へいくんだってな。いいだろう。付きあってやるぜ」

　縁側で呑む四人だった。

「ただし、しっかりと拙僧を儲《もう》けさせろよ」「美濃のいい女をだかせろ」「美味《うま》い飯も忘れるな」

　四人がげらげらと笑う。

すっくと法蓮房が立ちあがった。

「聞いてのとおりだ。我らは支度が整い次第、美濃へといく。三喜導師がおっしゃるように、蛇の道だ。しかし、この道を踏破せねば美濃は医せない」

美濃の次は、東海や畿内、北陸の国々を救う。そう、法蓮房は宣言した。

「ついてくるか」

四人が一斉にうなずく。一方の源太は壁にもたれかかり、骨をしゃぶっていた。

「おいらは気に入らねえな」かじっていた骨を、源太が吐き捨てた。

「何が気に入らない」

「美濃の国を医すってとこだ。いい子ぶるな」

法蓮房の眼光に射すくめられる。

「きれい事やおためごかしは嫌いだ。要は、美濃の国を盗もうってんだろう」

雷に打たれたかのように、法蓮房の背がのびた。

「とんでもない悪党だぜ。おいらたちよりも、何倍もたちが悪い。そんな悪人のくせに、正義をふりかざすんじゃねえ」

「国を盗む、か」にやりと、法蓮房の口元がゆるむ。「そうだ、源太よ、よくいった。おれたちは今このときから、美濃の国を掠《かす》めとるために旅立つ。国盗りのはじまりだ」

「そいつは剛毅《ごうき》だ」縁側の四人が歓声をあげた。

「国を医すのは面倒だが、盗むというなら話は別だ。おいらもついていってやる」

源太が、刀を引きよせる。

「よし、法蓮房の大将よ。いつ発つ。さっさと美濃へはいろうぜ。大暴れしてやる」

馬の助が、法蓮房の肩に馴《な》れ馴れしく腕を回した。

「いや、美濃にはいかない」

「へ」と、源太をふくめた五人が声をあげた。

「支度を万全に整えてからだ。美濃へいくのは早くて来年だ」

「悠長なことをいうなよ」「そうだ。そのあいだに、何をするんだ」

石弥と牛次が唾を飛ばす。

「美濃へいく前に、ふたつやらねばならないことがある」

法蓮房は指を二本たてた。

「最初のひとつは、京での仕事になる。京兆様と前京兆様の宝を奪う」

四人が顔を見あわせる。応仁の乱の東軍総大将の細川勝元と、現京兆家当主の政元の宝を奪う――そう法蓮房はいったのだ。

気づけば、法蓮房の口元が微笑をかたどっている。

僧侶というより悪党に近い部類の笑い方だった。

蛇ノ五

「に、しても法蓮房は、えげつねえ男だぜ」

山中を歩きつつ、馬の助がいう。生い茂る木々の隙間から、街道がちらちらと見える。十数頭の荷馬が列をなしていた。源太は、馬の助とふたりで荷馬を密かに追跡している。

「なあ、そう思うだろう。寺を焼きやがった。恐ろしい坊主だ。まあ、今は元坊主だがな」

馬の助が源太に話しかける。

「焼いた寺の坊主は破戒僧だと法蓮房はいっていたぞ。七回焼き殺しても足りないってな。それに寺には火はつけたが、誰も殺しちゃいない」

数日前のことだ。法蓮房らは京にある寺に忍びこみ、坊主や稚児《ちご》（有髪の若僧）を縛りつけた。そして、法蓮房は寺を焼き払うよう命じる。そうすれば、いずれ細川政元が寺の瓦礫《がれき》の中から宝をもちだし、隠し場所へと運ぶという。見張っていると、法蓮房の言葉通りに京兆家の手勢が荷馬とともにあらわれた。そして瓦礫の下から何かを次々と取りだし、荷馬へと乗せていく。

そして一行の跡を、源太と健脚の馬の助が追っていた。

「お、見ろ。どうやらついたぞ」荷馬が、岩壁の裂け目にはいっていく。

「あそこが、宝の隠し場所か。とうとう見つけたぜ」

茂みの下で、馬の助が貧乏ゆすりをする。やがて、身軽になった荷馬が洞窟からでてきた。

「よぉし、わしは法蓮房たちに知らせてくる。いいか、宝を先にちょろまかすなよ」

馬の助は斜面を滑り、街道へと下りる。走りだし、あっという間に見えなくなった。

源太は洞窟へと足を踏みいれる。鉄でできた格子の壁と扉があらわれた。大きな錠で封印されている。

「へへ」ひとり源太が笑う。

「宝だってよ。まさか、おとぎ話みたいなことがあるなんてな」

格子の先は暗くて見えない。曲がり角になっており、その先に宝があるようだ。背を向けて、洞窟の入り口で待つ。日が落ちはじめたころ、人影が見えた。先頭を歩むのは法蓮房だ。のびた髪は髷を結うほどの長さはなく、狼《おおかみ》の毛並みを思わせる。

「待たせたな」棒を軽くあげて、法蓮房が挨拶した。

源太は後ろへ指をやり、「でけえ錠で封印されている」と教えた。「本当かよ」と、四人は叫んで洞窟へと駆けこむ。法蓮房は松明《たいまつ》に火を灯《とも》してから源太と一緒につづく。

ちょうど西日の残滓《ざんし》があり、鉄格子の前は明るかった。

「畜生、見えねえ」「この奥の曲がり角の先だな」

馬の助と石弥が、格子にへばりついている。

「どけ、わしがたたき壊す」百姓くずれの牛次が大槌を構えた。

「馬鹿、拙僧にまかせろ」

僧兵くずれの宝念が袖からだしたのは、針金だ。それを錠の鍵穴にさしこむ。

「拙僧は、この技で五山を破門にされたんだ。よおく、見てろよ」

宝念が針金をいじると、すぐにカチャリと音がした。格子戸がきしみ、ゆっくりと開く。

「よし、宝を分捕るぞ」四人が一斉に駆けだす。

「いいのか」と源太がきくと、「余人にはあつかいきれぬ宝さ」と法蓮房が平然と答える。

「こいつが宝だって」

「ふざけんな」

奥から悲鳴のような声が聞こえてきた。金属が崩れる音も届く。あわてて源太も走った。

「これは――」

源太の体から力が抜けていく。見れば、馬の助に牛次、石弥が地面にへたりこんでいた。気力を振り絞り、源太は宝が山積みになった場所へ歩く。ひとつを両手で取りあげた。銅製の仏像だ。顔の表情は恐ろしく精緻《せいち》で、名工の手によるものだとわかる。きっと、恐ろしい値がつくだろう。ただし、首だけでなく胴体もあればだ。源太が両手にもつのは、仏像の首だ。下はない。見れば、手足が地面に散らばっている。

あらためて洞窟の中を見回す。あるのは、仏像の残骸だ。釈迦如来《しやかにょらい》、菩薩《ぼさつ》、四天王、ありとあらゆる銅製の仏像の残骸が山積みになっている。尋常の量ではない。残骸は洞窟の壁を埋めつくしつつ、ずっと奥まで続いている。

「何が宝だ」仏像の掌をつかみ、牛次が地に叩きつけた。

「瓦礫ばかりじゃねえか。こんなものが銭になるか」

石弥が山をつかみ、乱暴に崩す。胴体や台座が散らばり、あっという間に地面をおおった。

「京兆は、やっぱり阿呆《あほう》だ。カラスでも、もっとましなもんを集める」

馬の助が瓦礫の山を漁《あさ》る。どうやら、金箔《きんぱく》のついた残骸を探しているようだ。

「拙僧らは馬鹿に振りまわされたのさ」

いいつつも、宝念は見知った仏像でも見つけたのか、瓦礫の山の一角に手をあわせる。

「煤《すす》けた瓦礫が多いな。熱で歪んでいるものもすくなくない」

源太は慎重な足取りで奥へ進む。

「応仁の乱のときに集めたものだからな。兵火で焼けた寺や屋敷からもちだしたものさ」

法蓮房だった。

「そんな酔狂なことを、誰がするんだよ」

「言ったろ、前京兆様だ。それを、当代の京兆様が引き継いだ。手先となって働いたのは、おれの父や西岡の地侍だ」

「法蓮房の父親が集めたのか」訊いたのは牛次だった。

「ああ、松波高丸《たかまる》という」

「なんのために」源太は腕を組む。

「京兆親子が馬鹿だからだよ」と答えたのは、馬の助だ。

「楠の上にのぼって、京兆は空を飛ぼうとしてた。奴は阿呆だ。なら、親の前京兆もそうだろう。大方、魔法とやらを使って瓦礫を黄金に変えるつもりだったんだ」

「で、法蓮房の親子も二代にわたってだまされた、と」

いつのまにか合掌を終えた宝念が楽しそうに笑う。実に愉快そうだ。

違和を感じ、源太は振りむいた。法蓮房だ。くつくつと笑っている。だけでなく、愛おしげに瓦礫をなでていた。

「どうしたんだ。お前も京兆と一緒で、いかれちまったのか」

馬の助が法蓮房を気味悪げに見た。

「安心しろ。おれは正気だ。そして、この瓦礫を集めた主もな」

いぶかしげな目差《まなざ》しが法蓮房に集まる。

「たしかに、今の京兆様は正気を失っている。だが、その正気の欠片《かけら》が残っている。だから、今もこうして宝をせっせと運んでいるんだ」

法蓮房は仏像の右腕をもちあげた。

「美濃へいくまでに、必要な支度がふたつあるといったろ。そのひとつの目途《めど》はついた」

「本当か。これが宝だとは、拙僧にはとても思えぬが」

「宝なんて生やさしいものじゃない。これは、毒であり薬だ。そして、おれたちの武器だ。国などたやすく滅ぼしてしまうぐらいのな」

自信に満ちあふれた声で、法蓮房はつづける。

「名付けるならば、そうだな、〝国滅ぼし〟とでもしようか」

「国滅ぼし」

思わず、何人かが復唱した。

見ると、法蓮房の足元に荷がある。荒堂で目にした異国の武器の絵がちらりとのぞいていた。

「おれたちはとてつもない武器を手にした」

法蓮房の瞳がぎらつく。源太はすぐ横の残骸を見た。これを法蓮房の父親の松波高丸らが集めたのか。とても正気の沙汰とは思えなかった。

蛇は自らを喰み、円環となる 一

十三歳の松波高丸の体にまとわりつくようにして、灰色の風が京の街に吹きわたっていた。瓦礫があちこちに散らばっており、粉塵《ふんじん》や灰が巻きあがる。六年前の応仁元年（一四六七）におこった応仁の乱は、いまだ終息の気配を見せない。

かつては堂宇がそびえ、守護大名の屋敷や貴族の邸宅があった場所に松波高丸はたつ。甍《いらか》は黒く輝き、宝石のようだった。今はその面影はない。

花と謳《うた》われた京は灰燼《かいじん》に帰した。職人や商人が闊歩《かっぽ》した町に、今は東西両軍の陣がいくつも築かれている。勝手に堀をほり、矢倉《やぐら》を建て、関所が道をふさいでいる。

万余の大軍がぶつかる合戦はないが、毎日のように小競り合いがおこっている。野盗や足軽たちが今日は東軍につき西軍に与《くみ》した屋敷を襲い、明日は西軍として東軍に与した邸宅を焼く。

そんな毎日の繰りかえしだ。

まさに末法の世である。

だが――

人は生きていかねばならない。

人は食わねばならない。

たとえ老いていようとも、たとえ幼くても。

男であれ女であれ、壮健であれ病弱であれ。

食わねば、生きていけない。

だから、十三歳の松波高丸も必死に瓦礫をあさる。かつて寺院のあった場所だ。きっと目当てのものがあるだろう。瓦礫の隙間に細い腕をつっこむ。真っ黒になった腕を動かす。

自分の顔がほころぶのがわかった。右手の指に力をいれてつかむ。

重たい。動かない。思わず左手を差しいれようとした。

くそぅ。口の中に苦いものが満ちる。両手をさしこむ隙間はあるが、右手だけで奥にあるものをひっぱる。左手は使わない。いや、使えないのだ。

昨年、京の町の小競り合いに巻きこまれ、高丸は左手を喪《うしな》った。左肩から先がない。

もう慣れたと思っていたが、たまに左手を使おうとしてしまう。

うめき声をあげつつ、引っ張りだす。

「やったぁ」思わず声にだしてしまった。袋に放りこんだ。

これが、今日の食糧にかわる。一握りの雑穀になるのだ。

「よし、まだ。奥にあるはずだ」

瓦礫の隙間に、また上半身をつっこもうとした。

「この泥棒がァ」罵声が響きわたる。見ると、ボロボロの僧衣をきた坊主がよたよたと歩いていた。肉はこけ、骸骨のようだ。手には薙刀をもっている。顔色は生者というより、死者に近い。病でも患っているのか、右のこめかみに大きな腫れ物があり、目をふさいでいる。

「ここは拙僧の寺だ。寺宝を盗むものは許さん」

薙刀を振りまわすというより、振りまわされる風情で僧侶が近づいてくる。

「こんな瓦礫の山に、寺宝が残っているわけないだろ」

隻腕に荒事は無理だ。ずしりと重い袋を右肩にかつぎ、逃げる。足に何かがからまり倒れた。

「父ちゃん、捕まえたぞ」

声が足元からする。ぞっと血の気がひいた。六歳ほどの童が、足に抱きついている。頭の毛はほとんどなく、縄のような細い手足があり、腹が異様に膨らんでいる。青い血管が顔や肌のあちこちをはっていた。

まるで化生《けしょう》の者だ。

「はなせ」高丸が身をよじる。ぷんと鼻をついたのは汚物の臭いだ。

餓《う》えた童がまとう襤褸《ぼろ》がはがれる。大きなやけどの痕がのぞいた。

「こそ泥め、首をはねてその肉を喰ってやる」「肉だ。ネズミじゃない肉を食える」

爛々《らんらん》と光る父子の目には、すでに正気の色はなかった。

「は、はなせ」思いっきり高丸が蹴飛ばす。

痩せた童は瓦礫の山に吹き飛んだ。

立ちあがり、逃げる。罵声が聞こえなくなったので振りむくと、僧侶が笑っていた。

「寺宝は誰にもわたさん。細川京兆にも山名《やまな》入道にも、将軍様にもだ」

けけけけ、と怪笑を天に撒《ま》きちらす。

ああなったら、もう獣と同じだ。高丸はそっと離れる。

日が昏《く》れようとしていた。騒動にまきこまれたせいだ。暗くなれば、危ない。野盗や足軽は、童といえど容赦しない。なにより、さっきの坊主のように気のふれた男も多い。

前後左右を警戒しつつ、小走りで進む。やがて、篝火《かがりび》が盛大に焚《た》かれる陣についた。

「何者だ。ここは細川京兆様の陣だぞ」交差された棒が、高丸を阻む。

「西岡の庄の松波高丸です」高丸は、首から下げた板切れをみせた。

書かれた文字を一瞥した門番は、はいれと首だけで指図する。

「おお、高丸ではないか。遅かったのお。さては稼いだな」

男たちが手をふっている。高丸の生地の西岡の地侍たちだ。こちらは、高丸のようにだからだ。

真っ黒に汚れていない。瓦礫あさりは雇った人足にまかせ、自分たちは采配《さいはい》をとるだけ

「は、はい。これだけとれました」

高丸が片手でひきずる袋を、西岡の地侍は軽々と持ちあげた。

「なかなかの重さだな。よし、いつもよりもたくさん銭をやろう」

桶《おけ》に手をつっこみ、地侍は無造作に銭をつかんだ。高丸は小さな布を地面に敷き受けとる。

「すごい、宋銭もはいっている」

ひび割れた銭や欠けた銭ばかりだが、そのなかの一枚だけはちがった。形が綺麗なだけでなく、鐚と呼ばれる悪銭よりもひと回り大きい。善銭から型をとる私鋳銭は、〝銭縮み〟といって一回り小さくなる。中国は宋の時代に鋳造された宋銭だ。こんなに綺麗な宋銭なら、いつももらう鐚銭の十枚分にもなるはずだ。

「明日もがんばって励め。そうすれば松波の家も再興できるはずだ」

高丸の家は西岡の地侍で、祖をたどれば上皇につかえる北面の武士である。応仁の乱がはじまり、西岡の地侍は東軍総大将の京兆こと細川勝元に味方した。高丸の父の松波太郎兵衛《たろべえ》もだ。

しかし、あえなく戦死する。以来、高丸は天涯孤独の身だ。

家も手放した高丸が励んでいるのが、瓦礫あさりだ。応仁の乱は、最初の一年こそ万余の軍勢がぶつかる大会戦がつづいたが、今は小競り合いが毎日ある程度だ。西岡の地侍たちも、細川京兆の陣でくすぶることが多くなった。そんな彼らに細川勝元が命じたのが、瓦礫から宝とよばれるものを探しだしてくることだ。高丸にとっては幸いだった。探すだけなら、十三歳の童でもできる。

銭を懐にいれて帰ろうとしたときだ。

「聡明丸《そうめいまる》ではないか。こんなところで何をしておる」

思わず足をとめた。聡明丸──一体、誰のことだ。ひとつたしかなのは、高丸が聡明丸という誰かと間違えられたことだ。

「なんだ、ちがう。暗いから間違えたわ」

呼び止めたのは、口元にうすい髭をたくわえた武者だった。恐ろしく華美な鎧《よろい》を身につけ、頭には魚の背びれのような烏帽子をかぶっている。

かすかに顔をしかめたのは、高丸が隻腕だということに気づいたからか。

「あ」悲鳴のような声が周囲を満たした。陣にいた武者たちが一斉にひざをつく。

「え、ど、どなた様ですか。まさか、えらい人なのですか」

高丸があわてて周りに問う。

「馬鹿、細川京兆様だ」西岡の地侍に、無理やりに頭を下げさせられた。

細川〝京兆〟勝元――東軍の総大将ではないか。

「よい、まだ童だ。手をはなしてやれ」

優しい声で細川勝元はいうが、「それは恐れ多いこと」と西岡の地侍は叫ぶ。

「わしがよいというたのじゃ。聞こえぬのか」

高丸の頭が解放され、恐る恐る顔をあげた。

「ふむ、聡明丸に似ていると思ったが、近くで見るとそうでもないな。童、歳はいくつじゃ」

「は、はい、十三です」

「なに、そのなりでか」

恥ずかしくなり、うつむく。ろくなものを食べていないので、高丸はいつも年下に間違われる。そういえば、聡明丸とは細川勝元の嫡男のことだ。たしか数えで八歳のはずだ。暗いとはいえ、そんな童に間違われるとは……。

「そうか。こんな童まで戦に駆りたてられるとはな」

細川勝元は膝をおり、高丸と目の高さをあわせた。

「お主はどこの家のものだ」

「に、西岡の松波家です」

「まさか、西軍と戦い討ち死にした松波太郎兵衛の倅《せがれ》か」

「はい、松波太郎兵衛はおいらの父です」

「そうか、討ち死にしたとはいえ、松波太郎兵衛の働きは見事だったと耳にしている」

「だから、おいらは頑張って銭を稼いでいるんです。松波家を再興したいんです」

細川勝元の眉間にしわがきざまれる。

「そうか、えらいな」

勝元が高丸の頰に手をやった。武人とは思えぬほど柔らかく、そして温かかった。

「高丸といったか、毎日きているのか」

「は、はい」

「ならば、三日に一度、わしを訪ねてこい。褒美をくれてやろう。幼いのによく働くお主に報いねばなるまい。亡き父親のためにもな。訪ねてくれれば、菓子もくれてやるぞ」

「本当ですか」

「ああ、本当だとも。まあ、忙しいときはあえぬかもしれんがな。だから――」

「はいっ。がんばって稼ぎます。今の倍働きます」

目を細めて勝元は微笑をうかべる。立ちあがり、背をむけた。

「ありがとうございます」

高丸は深く頭をさげる。顔をあげると、細川勝元の背中が半分だけ篝火のあかりをうけて浮かびあがっていた。やがて、それは沈むようにして闇のなかへと消えていく。

蛇ノ六

荷駄をのせた馬たちを街道脇の木に止めて、源太は声を張りあげる。

「えエー、油ァ、山城国の山崎《やまざき》の神油だよォ」

その横では馬の助が地べたにすわり、瓢箪にはいった酒をあおっていた。

街道を挟んで向かいあうようにしてあるのは、関所跡の建物だ。板だけの屋根は崩れ、壁もぼろぼろだ。その前で、旅人たちが並んで見物していた。今、源太たちがいるのは、美濃国の不破《ふわ》の関だ。関ヶ原と呼ばれる盆地の西端にある。関所として古来有名で、古の歌人たちがこぞって歌を詠んだ。源太にはどうしてこの朽ちた関所跡をそんなに重宝がるのかがわからないが、教養豊かな歌人とやらには寂れた様子に詩情をかきたてられるらしい。過去に見た目をよくするために関所跡の屋根を葺《ふ》き替えたら、ひどく酷評であわてて元のぼろ屋根に戻したという笑い話もあるほどだ。

そんな旧跡の前で、源太たちは油を売っている。

「なんだい、小僧、油売りか」不破の村人のひとりが声をかけた。

「残念だけど、油はもう全部売れちまったよ。残りは隣町の分だ」

「じゃあ、なんででかい声をはりあげてんだ」

「売ってるのは油じゃなくて、芸だ」

「そりゃ、どういう意味だ」たちまち人だかりができた。

「えー、この山崎の神油、とても不思議な神通力をもっております」

源太は柄杓《ひしゃく》で油をすくい、垂れながす。よくやるぜ、という表情で馬の助は見ている。

「油を糸のように垂らせば、あら不思議。この永楽通宝の孔《あな》を通って、一滴も外に飛びちることがないのです」

「嘘《うそ》だろう、銭の孔を通すなんて無理だ」

人だかりが一斉に反応した。

「そこが神油たる所以《ゆえん》。さ、百聞は一見にしかずと申します」

源太は、油壺の上に永楽通宝をおいた。油のはいった柄杓を頭上高くかかげる。

「いざ、神油、ご落下なり」

芝居がかった口調で、柄杓を傾ける。糸のようになった油が、つーと落ちていく。

「おおぅ」と、人だかりが前のめりになる。四角い孔に、油があやまたず注がれる。

「すっげえ」「本当に一滴たりとも落ちてねえ」

喝采が沸《わ》きおこった。

「さあさあ、いかがですか。見事と思った方は、ぜひ投銭《なげせん》を」

源太が目配せすると、馬の助が面倒くさそうに立ちあがり、げっぷをこぼしつつ笠《かさ》を地においた。投銭がとぶ。が、鐚銭ばかりである。

「ここの村はどけちだな」

馬の助が酒臭い息をはきだした。

「別にいいさ。ただの退屈しのぎだ」

源太らは法蓮房の指図をうけて、別行動をとっていた。細川政元の宝を運ぶのだ。油売りを装ったのは、法蓮房の昔の伝手をいかし山崎の油売りの権利が買えたからである。山崎の油売りは離宮八幡宮《りきゆうはちまんぐう》の神人《じにん》が支配しており、油や原料の荏胡麻《えごま》を運ぶ際、関料（関税）なしで美濃の国まで通れる。ちなみに法蓮房がいうには、約三百年前からつづく慣習で、美濃の国司は油を売りにくる山崎の神人の通行に代々関料を免除している。さらに神人が運ぶ荷は特産品の油だけでなく、銅や鉄も含む。つまり山崎の油売りを装えば、大手を振って細川政元の宝――仏像や銅鐸《どうたく》の破片を運べるのだ。

急ぐ旅ではないので、のんびりとしたものだ。荷のごく一部には偽装のための油があるので、源太は曲芸をしつつ街道の風景と人情を楽しんでいた。

「勝手に楽しむのはいいがよ、その永楽銭は法蓮房からもらった大切なものだろう」

馬の助が、首からかけていた紐を取る。源太と同じ永楽通宝が結びつけられている。

「こんなおもしろい細工がしてあるんだ。遊ばない方がつまらんぜ」

「いいけど、なくすなよ。そのおもしれえ細工が美濃の国盗りではひどく大切らしいじゃねえか」

　別行動をとるとき、法蓮房はみなにあるものを手渡した。一枚ずつの永楽通宝である。遠目にすればわからないが、手にとればすぐに細工はわかった。

『これは仲間である証《あかし》のためにわたす。決して手放すな。失《な》くしたり壊したりすれば、仲間として認めない』

　いつにない厳しい声で、法蓮房はいった。

『仲間の証が、なぜ細工つきの永楽銭なのだ』

　大柄な牛次が、渡された銭を目の高さに掲げた。法蓮房は懐からもう一枚の永楽通宝を取り出した。見ると、まだ何枚かの細工つきの銭を持っているようだった。皆の前に一枚を置く。

『文字通り、ここに国滅ぼしの秘密を隠している』

　法蓮房は石弥から礫をひとつ受けとった。振りあげて、銭を叩く。簡単に粉々になった。指の腹にのるぐらいの小さな鉄片が現れる。

『これを隠すための細工だ。それぞれに渡した細工いりの永楽銭には、鉄片が入っている。この鉄片は、お前たちに細工を見せるためだから何も記されていない』

　そういえば砕いた永楽通宝は、色といい銭銘といい明らかに偽物臭かった。

『わしらに渡されたこの中に秘密が記された鉄片がある、ということは秘密は一文字か』

石弥が不思議そうに銭を見つめる。

『いや、拙僧ら五人全員の鉄片を集めて、何文字かが浮かびあがるやもしれん』

宝念が法蓮房に目をやった。

『お前たちの想像に任せるさ』法蓮房は微笑を全員に投げかけた。『ひとつ言えることは、この銭を失くすことはまかりならん。その時点で裏切ったとみなす。逃げても、必ず追って息の根をとめる。もちろん、銭を壊して勝手に秘密をのぞいたときもだ』

微笑を消した法蓮房は、殺気さえもただよわせていた。

「まあ、いいさ。それより、そろそろ出発しよう」

馬の助の声が、源太の回想をさえぎった。源太は、永楽通宝の細工入りの銭を目の前にやった。法蓮房が渡したものは、普通の永楽通宝よりも大きいのだ。だから、源太の持つものは通常よりも孔が大きく、油を通す曲芸がしやすい。

もっとも感心したのは、一回り大きいがゆえに偽造ができないことだ。旅の道中に源太らが誘惑に負けて細工入りの永楽通宝を破壊しても、法蓮房にその事実を隠すのは至難だ。これが普通の大きさの永楽通宝や銭縮みした私鋳銭ならば、別の銭でごまかせる。が、一回り大きな銭を見つけるのは不可能だ。

「あと三日で、川港につく。そうすりゃ、酒のんで寝ながらにして津島《つしま》だ」

馬の助は瓢箪の中の酒を一気に呑みほした。

のんびりと旅をする源太らは、ほどなくして川港につく。

荷馬を馬借たちに返し、川舟へと乗りかえた。無論のこと、細川政元の宝と一緒にだ。

木曽川の流れにそって、尾張国の津島を目指す。

津島の川港には、何十隻もの船が停泊していた。そこに、源太らが乗る船も接岸する。

細川政元の宝をいっぱいにのせているので、喫水は深い。幌《ほろ》をかぶせて、中身は見えないようにしていた。

岸に降り立ち、源太は胸いっぱいに空気を吸いこんだ。潮の香りが濃厚にする。

津島の港は、色々なものが混じりあっていた。木曽川、長良《ながら》川、揖斐《いび》川の三川とその数多《あまた》の支流が、伊勢の海に注ぎこむ。川と海の境は限りなくあいまいだ。事実、津島は川港だが、海をわたる船もたくさん投錨《とうびょう》されている。頭上には、かもめたちが踊るように飛んでいた。

川とも海ともつかぬ水面には、葦《あし》がいっぱいに生えている。あちこちに中洲《なかす》があった。干満によって、中洲は消えたりあらわれたりする。だけでなく、雨が降れば川の流れが変わった。二本の支流が一本になったり、一本の支流がふたつに分かれたり。そのたびに陸地の輪郭は変わる。

「美濃って陸の国だと思ってたけど、ちがうんだなぁ」

偽らざる感想だった。津島の地に立って源太が思うのは、通過した美濃という国の形だ。東の木曽川と西の揖斐川に狭められるような形で、美濃の国土は南へとのびている。つまり、今、源太は尾張津島の土地にいるが、その西の対岸を見れば、木曽川と揖斐川によってできた中洲のような土地があり、それがすなわち美濃の国である。地図を見れば美濃は内陸の国だが、川とも海ともつかぬ水域で海とつながっていた。事実、イルカや小さな鯨と思しき生き物が、木曽川を遡上することも過去にあったという。

さらに目を南西に転じると、伊勢国長島《ながしま》の地が見えた。こちらは一向宗の宗都である。ちなみに津島は、津島神社の門前町だ。仏教と神道も、この地では混沌《こんとん》としていた。

今、源太がたつ場所は、陸であるか海であるか川であるかが判然としない。川であったとしても、揖斐川なのか長良川なのか木曽川なのかもわからない。大雨がくれば、この三川は巨大な龍と化すからだ。そして陸も、美濃と尾張と伊勢が曼荼羅《まんだら》のように入り組んでいる。

「おおい、源太、馬の助、待ちかねたぞ」

手をふったのは宝念だ。その後ろには、法蓮房もいる。頭に小さな髷が結えるようになっていた。石弥と牛次はいない。法蓮房の指示をうけて、旅にでている。今日、ここ津島で落ちあう手はずになっていた。ちなみに法蓮房は今は還俗し松波庄五郎と名乗っているが、この一団では法蓮房という名で通している。

「ご苦労だったな。道中に変わりはなかったか」

法蓮房が川舟に積んだ荷をなでつつ訊く。

「ああ、この餓鬼が変な遊びに興じている以外はな」

馬の助が源太の頭をこづいた。永楽通宝を使った芸のことを説明すると、宝念は「そりゃ、器用なことだ」と笑い、法蓮房は渋い表情をつくった。

「託した永楽銭は、余人に見せるものではない。それはそうと、その刀はなんだ」

法蓮房が指さしたのは、源太が腰にさす刀だ。背にはいつもの刀がある。

「ああ、細川京兆の洞窟で見つけたんだ」

源太は腰から刀を外し、鞘をはらってみせた。

「ほう」と、珍しく法蓮房が目を細めた。「なんだ、この奇妙な切っ先は」と訝《いぶか》しんだのは、宝念だ。源太がもつ刀は、刃長が二尺（約六十センチ）ほどか。異様なのは、切っ先だ。刃が切っ先をとおりこして、峰の部分までつづいている。そして、刃は峰の途中で止まっていた。

「これは、鋒両刃《きつさきもろは》という特殊な造りだ。平家ゆかりの小烏丸《こがらすまる》という太刀が、これとそっくりの造りだと聞いたことがある」

法蓮房がまじまじと刀を見つめた。

「重いな。刃が厚いのか。これは蛤刃《はまぐりば》か」

蛤刃とは、蛤のように刃が厚い刀のことだ。

「あつかうのが難しそうだが、なかなかの業物《わざもの》だな。小烏丸をさらに大振りにした刀――小をとって〝カラスマル〟いや、烏丸《からすま》と呼ぶべきか」

「へぇ、烏丸かい。なかなかいい号だ。気に入ったぜ」

「大事にあつかうことだ。よく体に慣らしてからじゃないと、振り回されるぞ」

鋒両刃の烏丸を返してから、法蓮房は歩きだす。港の一角に高い矢倉が組まれていた。その下に、身なりのいい男たちがならんでいる。法蓮房が「お待たせしました」と頭を下げた。津島の若き大商人の堀田《ほった》、伊勢《いせ》神宮御師《じんぐうおんし》の福島《ふくしま》、さらに津島近くの蜂須賀《はちすか》村に所領をもつ蜂須賀、三河《みかわ》との国境付近の刈谷《かりや》領主の水野《みずの》、常滑焼《とこなめやき》の産地の支配者佐治《さじ》など、いずれも伊勢湾商圏の実力者たちばかりだ。彼らは、中洲ごしの海を一心不乱に見つめている。どうやら海からの船を待っているようだ。

「船が見えました」矢倉の上から声が落ちてきた。

「喫水はわかるか」とかみつくように聞きかえしたのは、堀田だ。まだ二十代ながら、勢いのある商いで津島の重鎮として名をはせている。

「遠くて、そこまではわかりません。ですが、船は十六隻。全船無事のようです」

男たちの何人かは、苛立《いらだ》たしげに足踏みをはじめる。法蓮房の指図でだした船がもどってきたのだ。この船に、堀田らは莫大《ばくだい》な投資をした。はたして、目論見《もくろみ》通り儲かったのか。さすがの源太も落ちつかない。一方の法蓮房は静かに待つ。大したものだと、源太は思う。己がしくじるとは、万にひとつも思っていない。

「喫水は――深くあります。いずれの船も、限界近くまで荷を積んでおりますぞ」

どよめきが沸きおこる。喜ぶ実力者たちをよそに、続々と船が入港してきた。

積んでいるのは、米俵だ。

「見事だ、法蓮房。よくぞ阿波《あわ》国の豊作を見抜いた。これを尾張で売れば、大儲けだ」

若い堀田が両腕を突きあげた。

「いえ、半分は売らずに残しておくことです」

どこまでも冷静な法蓮房の忠告だった。

「各地の雨や日照りの長さを調べさせたのは知っていましょう。来年は飢饉がくるかもしれません。ひとつ言えることは、作柄は今年よりもかなり悪くなることです」

領主である蜂須賀、水野、佐治は驚愕《きょうがく》の表情を浮かべる。

一方の商人である堀田と福島も驚いていたが、すぐに口元に笑みをはりつけた。

「飢饉なのに、なんで笑ってやがんだ」源太が宝念に耳打ちする。

「あの方たちにとっては、飢饉も商機ということだ。米の値がはねあがるからな。いかようにも儲けられる。いや、下手をすれば豊作の時以上にな」

羨ましそうに、宝念が泥鰌髭をしごいた。

「あと、米を売るにしてもここ尾張や伊勢ではなく、このまま船を東国に回すのです。関東で戦の気運が高まっています。きっと高値で売れるでしょう」

「わかった。いうとおりにしよう」

さすがに堀田の決断は早い。すぐさま、船団に指示をだす。

「おーい」声がして全員が振りむく。

荷馬の列が港へとはいってきた。先頭にいるのは、石弥と牛次だ。

「今、帰ったぞ。見ろ、大儲けだ」

牛次は、馬の両側にあった荷駄を乱暴に下ろす。ばらまかれたのは、大量の宋銭だ。

「驚いたぜ。悪銭替がこんなに儲かるとはな」

善銭と各種鐚銭の交換比は、国や土地によって大きくちがう。それを利用して儲ける商人のことを、悪銭替と呼ぶ。法蓮房は、堀田や福島らがもっている鐚銭を大量にあずかり、石弥らに託して各地で悪銭替を行わせたのだ。

「この荷すべてが宋銭か。鐚が、これほどの善銭に化けるのか」

蜂須賀と水野、佐治は、荷馬の列に驚嘆の言葉を惜しまない。若い堀田がずいと前にでる。

「さて、みなさま、見ていただけましたか。法蓮房こと松波庄五郎の神算のほどを。この男と組めば、我らの家財はさらに巨大に膨れあがるでしょう」

堀田がわがことのように誇る。蜂須賀、水野、佐治の三人の領主は深くうなずいた。

「法蓮房よ、感服したぞ。望みは何だ。我らをこれほどまでに儲けさせたのだ。何なりといえ」

みなを代表するようにして、刈谷の領主の水野がいう。

「単刀直入に申します。私は――いえ我々は美濃の国が欲しくあります」

「美濃の国で商いがしたいのか。よし、美濃の座や市へ紹介状を書いてやろう」

水野が厚い胸をたたく。

「いえ、欲しいのは美濃での商いの権ではありません。美濃の国そのものが欲しいのです」

みな、ぽかんとしている。

「お大尽様よ、うちらの大将は美濃の国を掠めとろうってんですよ」

石弥が乱暴に割ってはいる。

「掠めとる……とは」

「美濃の国主となる、そう考えてもらって結構です」

努めて冷静な声で法蓮房は答えた。

沈黙がおりる。しかし、一瞬だ。弾けるようにして、全員が笑ったからだ。

「法華坊主あがりが、一国の領主になるだと」蜂須賀が髭をふるわせて笑う。

「たしかに世は下克上だ。しかし、それは守護代が守護を凌《しの》ぐということ。無官の侍が、守護を倒せるわけなどないではないか」

「伊勢新九郎《いせしんくろう》（北条早雲《ほうじょうそううん》）を気取るつもりだろうが、奴は幕府政所執事《まんどころしつじ》の出で、さらに姉君が今川《いまがわ》家に嫁いでいるのだぞ。その地盤があってこそだ」

水野と福島、佐治は、互いの肩をたたきあって嘲る。

「美濃の国盗りのためのご支援を、伊勢湾の分限者《ぶげんしゃ》であるみなさまにお願いしたくあります」

嘲りを無視して法蓮房は頭を下げた。

「世迷《よま》いごとをいうな。そんな妄言のために、我らはお主を支援したのではないぞ」

顔を真っ赤にして堀田が詰めよる。

「せめて、わが策だけでも聞いていただけませぬか。支援するかしないかは、その後に決めても遅くはないはず」

「まあ、いいだろう。退屈しのぎだ。聞くだけ聞いてやろう」

水野が厚い胸をそらす。伊勢御師の福島は、仕方がないという具合にうなずいた。

「では、聞こうか。法蓮房、どうやって美濃の国を掠めとる」

からかうような蜂須賀の口調だった。

「美濃を掠めとるにあたって、我々はある武器を調達しました。それを駆使します」

「武器とは何なのだ」

つまらなそうに福島がきいた。「こちらへ」と法蓮房が誘《いざな》う。

源太らが乗ってきた船だ。幌をかぶせているが、荷でいっぱいに膨れあがっていた。

「さて、何がでてくるやら。槍か刀か。あるいは明国や南蛮の武器か」

水野らは、まるで判じ物（謎々）を楽しむかのようだ。

法蓮房は右手で幌をつかみ、一気に剝《は》ぎとった。でてきたのは、洞窟の中にあった仏像の残骸だ。いや、持ち運びやすいように細かく砕いているので、ただの銅の破片にすぎない。

「前京兆様が、応仁の乱のときに集めていたものです。それを奪いました。これはごくごく一部」

盛大なため息がもれた。水野と蜂須賀と佐治が肩をすくめる。

「美濃の国をとる武器というから、期待してみれば」

「せめて鉄を集めればいいものを」

「これが、どうやって武器に化けるのだ」

悪態をつく三人の領主とは別に、顔を青ざめさせたのは堀田と福島だ。

「どうされたのです」と、水野が二人の異変に気づいた。

「法蓮房、貴様、正気か」

怒気をはらんだ声で、堀田が問いつめる。

「まあまあ、堀田殿、あまり責めるものではない」

制止しようとした水野の手を、堀田が乱暴にふりほどく。

「美濃を掠めとる武器だと。これは、そんな生やさしいものではないだろう」

堀田の目はいつのまにか血走っていた。

「そうだ……これは下手をすれば美濃一国など簡単に殺しつくしてしまうほどのものだぞ」

福島の体は、わなわなとふるえていた。

「下手をすれば、ここ尾張はおろか近江も、いや京をふくめた畿内さえ殺しつくしかねん」

堀田が指をつきつける。が、想定の内なのか、法蓮房に動揺はない。

「ど、どういうことですか」

三人の領主が堀田と福島を問いつめる。三人に耳打ちした。しばらく意味を理解する時間が必要だったが、三人の領主は額に脂汗を噴きだして驚く。

「ほ、法蓮房、お前はあつかいきれると思っているのか」

堀田が、みなを代表するようにして詰る。

「私の策を見抜いた慧眼《けいがん》はお見事です。ならば、おわかりでしょう。これは、薬にもなることを」

堀田らが息をつまらせる。その横で固唾《かたず》を呑んで見守っているのは、源太たちだ。源太らは、法蓮房の策の全貌を教えてもらっていない。

「たしかにお主の集めたものは、乱世を救う薬に化ける……やもしれぬ。だが、そのあつかいが恐ろしく難しいことは知っていよう。すこしでも誤れば、この津島などたちまちのうちに吹き飛んでしまう。海の向こうの歴史に、いくらでもその先例がある。国を滅ぼしかねない。あまりに危険だ」

手をあげて、法蓮房は堀田の言葉を制した。

「なるほど、では私の策には乗らぬと」

「当たり前だ」

「仕方ありませぬな」未練など一分も見せずに、法蓮房は背をむける。「交渉は決裂だ。長居は無用、すぐに長島へむかう」

「ま、待て、どこへいくといった」堀田が悲鳴のような声で止める。

「長島です。長島の一向宗のみなさまに、私の策と国盗りの夢を買ってもらいます」

堀田ら五人の顔が青ざめる。

「堀田殿、まずいですぞ。もし、法蓮房の才をあの卑しい一向宗どもが取りこめば」

福島が苦渋の表情を浮かべた。

「下手をすれば、この伊勢湾の国々は——いや東海の国々が崩壊するやも」

水野や佐治が歯ぎしりをした。

「では、我らは早々においとまいたします」

「ま、待て、すこし時間をくれ。話しあわせてくれ」

蜂須賀が法蓮房らの前に立ちはだかる。先ほどまでの強気はなくなっていた。額をよせあい、協議をはじめた。しばらくして、堀田が法蓮房に向きなおる。

「よし、いいだろう。貴様の策にのってやる」

「商談成立ですな」冗談ぽく法蓮房はいったが、堀田ら五人はにこりともしない。

「法蓮房よ」と、声を絞りだしたのは伊勢御師の福島だ。

「思う存分やるがいい。ただし、お主にその器量がないとわかったら、容赦はしない。我らはこの伊勢湾の商いと東海の国々を護るためにお前を殺す。それだけは覚悟しておけ」

蛇ノ七

堀田や福島が用意した川舟に、法蓮房らが乗りこんでいく。手妻（手品）のような鍵開けの技が得意な宝念は、銭のはいった袋をだいて桟橋から甲板へと飛びうつる。怪力の牛次は瓜にかぶりつきつつ、のたのたと進む。石弥は、津島にできたなじみの女を待っている。なかなかこない。水面に石を飛ばして暇をつぶしていたが、やがて諦めたのかとぼとぼと舟へと乗りこんだ。馬の助はさっさと乗りこみ、大きな盃で酒を喉に流しこんでいた。

刀を背に業物の烏丸を腰におびた源太は、最後に入船する。

「じゃあ、いくか。いよいよ、国盗りのはじまりであるぞ」

宝念がさけぶと、全員が喚声で応えた。舟は牛にひかれ、川を遡上していく。堀田や福島、蜂須賀らの姿は、すぐに見えなくなった。

源太は水面に手を近づけて、指をぬらして戯れる。ふと、横を見ると法蓮房が船縁《ふなべり》にうずくまっていた。ぶるぶるとふるえているではないか。

「どうしたんだ。まさか、怖いわけじゃねえだろうな」

源太が声をかけると、法蓮房は頭をあげた。蒼白《そうはく》に近い顔色だ。まさか、この期におよんで怖じ気づいたのか。いや、両目は、爛々と野心の火を灯している。

恐れと愉悦――相反するものが法蓮房の体に宿っていた。

「怖くもあり、楽しくもある」法蓮房はそういって、粟立《あわだ》つ腕をなでた。

「いっておくが、死ぬのが怖いわけじゃあない」

「だろうな」源太は素っ気なくかえす。顔を水面にもどした。が、好奇心に負ける。

「じゃあ、何が怖いんだ。あんたほどの男が何を恐れる」

「正気を保てなくなることだ。京兆様を見たろう」

「ああいう風に、正気を失くすのが怖いのか」

　こくりと、法蓮房はうなずいた。

「この乱世で国をみちびくのは、蛇の道だ。削られるのは命ばかりではない。心もそうだ」

　いわれれば、戦乱で心を病んだ者は珍しくない。

「京兆様は心に傷を負い、結果、正気を失った。あれだけの仏像を集めながら、次の手を打っていないのがその証左だ。しかし、正気の残滓はある。だから、寺が焼けると手勢をひきいて仏像の残骸や瓦礫を集めている。何かのためではない。ただ正気の残滓の命令に従っているだけ……さながら、生ける屍《しかばね》だ」

「つまり、あんたも美濃の国盗りの道中で生ける屍になるかもしれない、と」

　そういえば、田代三喜は〝魔道に墜ちる〟といっていたか。

「代々、管領《かんれい》の家に生まれた京兆様でも正気を失われた。何の地盤もないおれが、美濃でのしあがるんだ。きっと、京兆様以上の過酷な道だ」

　法蓮房は大きく息をはく。

「源太、たのみがある」

「なんだ」

「もし、おれが正気を失い魔道に墜ちたら――」

ここで法蓮房は間をとった。源太はじっと言葉を待つ。

「おれを殺せ」

舟がぐらりと大きくゆれた。

談笑していた宝念と牛次が、体勢を崩し倒れる。それを見た石弥と馬の助が、げらげらと笑う。

「おいらがあんたを殺すのか」

「お前の剣技はめちゃくちゃだが、誰よりも鋭い。数年すれば、おれでも手に負えなくなる」

源太はばりばりと頭をかく。迷ったのは一瞬だ。最初に出会ったとき、法蓮房を殺すと決めたのだった。そのつもりでついていったら、次から次へとおもしろいことがおこり、いつのまにか目的を忘れてしまった。

「わかったよ、引きうけてやるぜ」

源太の言葉に、法蓮房は目を細める。

「あんたは不思議な男だな」

法蓮房は怪訝《けげん》そうな顔をした。

「あんた、もう怖くはないだろう」

法蓮房は、自身の腕に目差しを落とす。粟が消えているのがわかる。

「本当だ。ふるえも消えている」

まるで童のような声だった。

「源太、どうしてだろうな」

「知るか。学のあるあんたがわからないんだ。おいらにわかるはずがないだろう」

ふたり目を見あわせた。そして、同時に吹きだす。

蛇ノ八

「おぅい」と、甲板の上で昼寝する源太に声がかかった。酒臭い息もふりかかる。まぶたをあげると、まっ赤な顔をした馬の助がのぞきこんでいた。

「法蓮房が呼んでる。みんな、集まれってよ」

酒の酔いが抜けきらない馬の助が、あごをしゃくる。源太が舟尾へといくと、すでに法蓮房と他の三人は集まっていた。

舟は牛にひかれて、川を遡上している。いくつもの川港をすぎた。すでに本流である木曽川から外れ、支流を遡っている。

はるか上流に、大良《おおら》（現羽島《はしま》市大浦《おおうら》）の港がちらちらと見えた。

「もうすぐ下船だ。まず、美濃の国がいかな状況なのかを説明する」

源太が甲板に腰を下ろすのを待ってから、法蓮房が話しだそうとした。

「その前に訊きたいことがある」石弥が真剣な声で法蓮房を見た。

「国滅ぼしのことだが――」

「正体が知りたくば自分で考えろ。あるいは首からぶら下げた永楽銭を砕けばいい」

素気《すげ》なく答える法蓮房の横にある荷から異国の武器を描いた絵図がのぞいている。

「ひとつだけでいいから、教えてくれ。国滅ぼしが薬になるとは、どういうことだ。国を滅ぼす武器が、どうして薬になる」

石弥の質問に、大柄な牛次もうなずいた。たしかに、それは源太も不思議だった。

「武器だからこそだ。武は〝戈《ほこ》を止める〟と書く。強い武器があれば、他国は攻めてこない。国に安寧が訪れ、経世済民《けいせいさいみん》が上向く。結果、国を医すことができる。国滅ぼしとは多くの人々の命を一気に殺める武器だ。だからこそ身を守る盾――薬に変じる」

「ふん、そんなもんかよ」

石弥は斜に構えていたが、牛次は手を打って感心していた。

半ば強引に、法蓮房は話題を変える。

「それより美濃の国の状勢だ。守護は土岐《とき》家、桔梗《ききょう》の紋の旗指物《はたさしもの》が有名だな」

土岐家の現当主は、土岐政房《まさふさ》である。これは源太も知っている。

「その土岐家がふたつに割れている。後継者の嫡男がいるが、二年前に妾が次男を生んだ。よくある争いごとだが、本妻の長男より妾が産んだ次男の方が可愛い」

守護の土岐政房、長男の土岐〝二郎《じろう》〟頼武《よりたけ》、そして三歳で次男の土岐多幸丸《たこうまる》（後の土岐頼芸《よりなり》）。

「長男の土岐二郎を支持しているのが、守護代の斎藤《さいとう》家だ。対する三歳の土岐多幸丸に肩入れしているのが、小守護代とよばれる長井《ながい》家だ」

長井家は土岐家の陪臣にすぎなかったが、動乱のなか頭角をあらわし直臣となった。今や小守護代と呼ばれる存在だ。

土岐家の主要な人物は三名。

当主、政房

嫡男、頼武

次男、多幸丸

そこに二派の勢力が絡む。

守護代斎藤家――嫡男の頼武をおす一派
小守護代長井家――政房が溺愛する多幸丸をおす一派

「美濃の国で仕官するにあたり、伝手がふたつある。一番大きなものは、多幸丸だ。生母、花佗《かだ》夫人とおれは面識がある」

「へえ、お前がか」源太だけでなく、全員が驚きの声をあげた。

「花佗夫人は、もともとは京の土岐館の妾だ」

応仁の乱以前は各地の守護大名は京に集まり、館をもっていた。乱後、守護は領国に帰ったが、京に近い守護は館を維持し頻繁に上洛《じょうらく》していた。領国の本妻とは別に、京の館に妾をおくのはごく普通のことだ。

「なるほど、な。で、あんたと花佗夫人はどんな間柄だったんだ」

石弥が、にやけた顔できいてくる。

「花佗夫人はおれと同じ西岡の出身で、昔なじみだ」

「法蓮房の大将は算術や武略の道だけでなく、色の道でも達人というわけか。で、もうひとつの伝手ってのは」

「ふたつ目はあまり期待できない。守護代の斎藤家で内紛がおこったのは知っているな」

源太の全身が総毛立つ。知らないわけがない。八年前の明応四年（一四九五）におこった美濃の内乱だ。二年ごしの戦いは近江の国にも飛び火し、そこでおこったのが馬借一揆だ。

源太の両親が殺された一揆である。

「内紛で負けた方の斎藤一族とつながりがある」

「そんな伝手じゃ、話になんねえな」馬の助が天を仰いだ。

「だから、まずは花佗夫人の伝手をたよって美濃の国に仕官する」

全員が黙りこむ。

ここで法蓮房はまた話を変えた。

「国滅ぼしは弌を止める武器だ。造る材は奪った。その上で必要なのは、何かわかるか」

法蓮房は間をとって考えさせるが、みな首をひねるだけだ。源太も皆目見当がつかない。

「銭だ。集めた材を国滅ぼしという武器につくりかえるためには銭がいる」

「そりゃ、理屈にあわない。銭なら、堀田か福島に出させろ」宝念の声は不服げだ。

「奴らにすべてを出させるのは危うい。下手をすれば、乗っ取られかねん。もちろん手伝ってはもらう。国滅ぼしを造る人足や道具を集めるために、こき使ってやる」

法蓮房は目をはなし、船の行き先である上流を見た。

大良の港が、すぐそこまで近づいてきている。戸島東蔵坊《とじまとうぞうぼう》という朽ちかけた寺院があった。屋根瓦は半分以上剝がれてしまっているが、境内は広い。寺の周辺も土地がならされていて、数千の軍勢が本陣をおくのに最適そうな場所だ。

蛇の九

宿でもられた源太の飯は、雑穀だった。

「なんだ、こりゃあ。白い飯を食わせないのか」

源太が吠《ほ》えると、前掛けをした少女が飛びだしてきた。

「なによ、うるさいわね」と、ぞんざいな口をきく。名をお景《けい》といって、隣村の百姓の娘でこの宿に奉公にきているそうだ。歳は、源太のひとつ上の十四歳だといっていた。

「法蓮房や宝念は、白い飯を食ったといっていたぞ。どうして、おいらの飯は雑穀なんだ」

「朝餉《あさげ》の刻限に目を覚まさなかったのは、あんたでしょ。白い飯なんて、とっくの昔に空よ」

たしかに朝寝をしたのは源太だ。法蓮房らはすでに町へと繰りだして、ひとり取り残された源太は遅い朝食を食べている。

「くそ、気の利かねえ飯炊き女め。炊きたての飯ぐらい用意しておけ」

「文句いうんなら下げるわね」

お景が膳を取りあげようとしたので、源太はあわてて抱きついて阻止した。

「とにかく白い飯が食べたかったら、法蓮房さんを見習いなさい。あの人は日の出とともにおきて、行水して日蓮宗の題目を唱えてらっしゃるわ」

お景がうっとりした顔でいうから、雑穀飯がさらに不味《まず》く感じる。

「なによ、その顔は。私は買い出しにいくから、お皿や膳は台所に下げておきなさいよ」

仕方なく源太は雑穀飯をかきこみ、冷えた味噌汁《みそしる》で流しこんだ。よっこらせと立ちあがり、刀を背にかつぎ、鋒両刃の烏丸を腰にさす。太陽が中天にある町を散策した。

今、源太らがいるのは、武儀《むぎ》郡にある関《せき》という町だ。刀工や鋳物《いもじ》師など鉄や銅を加工する職人が多く住む。往来にも、刀や銅製の花入や茶器をあつかっている店が軒を連ねている。それらの間隙をぬうようにしてあるのは、紙商いの店だ。美濃は紙の産地として知られているだけあり、雪のように真っ白な上質紙がならべられている。

源太たちが、この地を訪れたのには訳がある。健脚の馬の助をつかい花佗夫人に使いを送ったところ、ここ関で落ちあおうというのだ。なんでも花佗夫人が懇意にする香炉の店があり、たまたま今の時期に行楽がてらに訪れることになっていたという。

そういう訳で、源太らは花佗夫人がくるまでの時間を思い思いにすごしていた。

通りを歩いていると、さっと空気が変わる。「残党狩りだ」という声が聞こえてきた。

「残党狩りってのは何だ」

店の一軒にきくと「帯刀左衛門《たてわきざえもん》家の残党のことだよ」と、小声でいわれた。

帯刀左衛門家とは、二年ごしの守護代斎藤家の内紛で敗れた一派のことだ。

「おい、あんたもはやくはいれ。残党狩りの長は、あの玄佐《げんさ》だ」

ひびきからして、入道した男だとわかる。

「長井玄佐だよ。若いのに恐ろしく辣腕《らつわん》で、すこしの疑いでも容赦しない。吟味の最中で死んだり、手足が不自由になったやつがたくさんいる」

店の男の顔は青ざめていた。

「長井玄佐ってことは、小守護代の長井の一族か」

こくこくと男はうなずく。長井家と守護代の斎藤家は対立している。では、斎藤家に滅された帯刀左衛門家と長井家は味方同士かというと、そうではない。八年前の内紛では、長井家は帯刀左衛門家を倒すのに活躍したからだ。往来を行ききしていた人たちが、店や家に次々と避難していく。店の物陰から、源太はじっと待った。十数人の男たちがやってきた。先頭の男は僧体だ。それ以外の武者は有髪だから、きっとあれが長井玄佐だろう。縄を打たれた男が三人引きずられている。

「四人捕りの玄佐だ。残党狩りにでたら、かならず四人しょっぴくんだ」

店の男は顔をゆがめつつ教えてくれた。随分と趣味の悪いふたつ名だな、と源太はひとりごちる。長井玄佐は怜悧な顔をしていた。肌は白く、白粉《おしろい》を塗っているかのようだ。うすい唇で、眉は産毛さえもない。美しいが、どこか作り物じみている。

長井玄佐たちは目についた店へとはいっていく。乱暴な音がひびいた。商いの品である銅製の香炉が、路地に転がり割れた。また別の店へはいると、売り物の紙が戸口から宙を舞った。

鞭《むち》だろうか、叩かれる音と悲鳴もひびく。

「やめてください」

武者にひきずられて、少女が往来に転がされた。あれは、宿の飯炊き女のお景ではないか。

「女、ここの宿場町のものか」長井玄佐は高い声できく。

「は、はい。宿で働いています。生地は成光《なるみつ》村です」

「ふん、帯刀左衛門家と縁がある土地の生まれだな」

玄佐が唇をゆがめて笑った。お景の細い両肩がたちまちふるえだす。理不尽ないいがかりだ。帯刀左衛門家はもとは守護代の血筋。美濃で縁のない土地など皆無だ。

「それは何だ」玄佐が細いあごをしゃくると、武者がお景のだく袋を慣れた手つきで取りあげた。刀を躊躇なく刺す。白い米がざぁと流れ落ちた。お景があわてて拾い集めようとするが、米が地にばらまかれるのを止めることができない。

「ふむ」と、玄佐があごに長い指をやった。もう一方の手には太い鞭がにぎられている。

「四人目はこの女だ」

「え」と、お景の全身がふるえた。

「成光村では、まだ一度も残党を狩っていない。手始めに、この女をたっぷりと吟味してやれ」

「そんな」お景の声はかすれている。

「なんだ、貴様は」

武者が誰何《すいか》の声をあげた。

気づけば、源太はゆっくりと往来にでていた。

「やめろ。もどってこい」という店の男の声は無視する。

「怪しい小僧だな」

玄佐の冷たい視線が、源太にからまる。

「ああ、怪しいぜ。そこの飯炊き女よりもずっとな」

玄佐らと正対して、源太は腰を沈めた。

「どこの村の者だ。それとも旅の者か」

「教える気はねえ」

武者たちが刀を抜いて、源太をとり囲もうとする。背におう、刀を抜いたときだった。

風を切る音がした。破裂するようなひびきは、鞭だ。

源太の口がこじ開けられ、うめき声がもれる。熱湯を浴びせかけられたかのように、肩が熱い。遅れて着衣に血がにじみだす。皮膚が破れたのだ。

砂煙を切り裂いて、鞭打《べんだ》が襲う。足元を刈られそうになり、跳んだ。迫ってくる黒いものは、分銅だ。源太の横腹に深々とめりこむ。玄佐は右手に鞭を、左手に分銅のついた鎖をあやつっている。また鞭が襲う。頬のところで音が爆《は》ぜた。口の中に血の味が満ちる。

刀で打ち落とそうとしたら、切っ先に鎖がまきついた。

玄佐のもつ鞭が地面を打ち、周りの注目を集める。これから源太を打擲《ちょうちゃく》するという意思表示だ。

鎖に巻かれた刀は自由がきかない。すこしでも気をぬけば、奪いとられてしまう。

次々と鞭打が襲ってきた。肩、太もも、腹を容赦なく打つ。皮膚が破れ、肉が裂け、血が爆ぜた。

刀を奪われまいとするだけで、精一杯だった。膝がどんどんと沈んでいく。

玄佐は笑っていた。歯茎を見せつけている。もとが秀麗なせいだろうか、笑う姿は醜く品がない。

源太は刀を手放す。さらに玄佐の顔が笑みでゆがんだ。こめかみを鞭が襲った。視界が一気に傾く。地面が、右から襲ってくるかのようだ。歯を食いしばり、転倒を防ぐ。

腰の刀――烏丸を源太は抜いた。異形の鋒両刃が姿をあらわす。

「なんだ、その刀は。ますます面妖だな。残党どもがもっていそうな得物だ」

玄佐が嗤《わら》う。愉悦を浮かべつつも、分銅と鞭をもつ手は休めない。鞭が、源太の両腕を容赦なく打つ。血があちこちに飛び散った。

顔にふりかかった隙を見逃さずに襲ってきたのは、分銅だ。

鋒両刃に分銅がからみついた刹那《せつな》――

源太は振り抜いた。

烏丸の刃鳴りは、さながら怪鳥が啼《な》くかのようだ。驚きの声がかぶさる。半ば包囲しようとしていた武者たちだった。

分銅が源太の足元に落ちている。鎖が烏丸によって両断されていた。

玄佐の顔から笑みが消える。半身になり、油断なく腰を落とした。鞭をにぎりなおす。

耳障りな気合いの声とともに、玄佐は攻めの一打を放った。

源太は烏丸で迎えうつ。鋒両刃が鞭の頭を、蛇の舌先のようにまっぷたつに裂いた。

全員の動きが止まる。

ふたりは睨みあった。

玄佐は鞭をふらない。

源太もだ。いや、源太は動かないのではなく、動けない。体が重くなっていた。予想をこえて血が流れている。原因は烏丸だ。あつかいが至難のこの業物は、体に大きな負担を強いる。烏丸をふったことで、玄佐からうけた傷が広がり血が噴きだしたのだ。もつ烏丸の切っ先が徐々に下がっていく。もうすぐ膝が地につきそうだ。

がくりと視界がゆれた。

首からずり落ちたのは、法蓮房から託された永楽通宝だ。

ああ、倒れるのか、と思ったとき、迫る大地が止まった。血雫《ちしずく》が土に吸いこまれていく。誰かに体を支えられていた。

「何者だ。お前は」玄佐の声が源太の耳を打った。

「この童は、私の連れです。無体はやめていただきたい」

法蓮房の声だった。顔をあげると、法蓮房が源太を抱きかかえている。

「無体ではない。帯刀左衛門家の残党かもしれぬ。吟味しようとしたら、刃向かった」

「我らは残党ではありませぬ」

「ならば、黙ってついてくればいい。存分に吟味してやる」

耳に届く声だけで、玄佐がどれだけ酷薄な表情をしているかがわかる。

「それとも、無関係というたしかな証はあるか」

武者たちが、法蓮房と源太を囲みだす。

「残党でない証はたてられませぬ。あることは証せても、ないことを証すのは至難」

「言い訳はいい。証がないならば、黙ってついてこい」

「ですが、ひとつだけ残党でない証をたてる方策があります」

「ほう、その方策とはなんだ」

「我らが残党を狩るのです。そうすれば、残党でない証となります」

「残党を狩る、だと」

「それも木端《こっぱ》武者ではありませぬ。石丸《いしまる》一族はどうでしょうか」

囲む兵たちがざわついた。

八年前の守護代斎藤家の内紛で活躍したのが、石丸一族だ。帯刀左衛門家の十二歳の幼子の毘沙童《びしゃどう》を擁立したが敗北。毘沙童は助命され寺にいれられた。滅んだとはいえ、石丸一族の多くは、残党として潜伏している。

すこしだけ考えてから、玄佐は「いいだろう」と声を落とした。

「やれるものならやってみろ。大言壮語のつけは、その体で払ってもらうぞ」

「ありがとうございます。では、一月、時をいただきたくあります」

「ふん、長いな。ならば、人質をひとりだせ。一月たっても残党を捕えられなかったときはそいつを処刑する」

「いいでしょう。牛次というものをだします」

源太が驚いたのは、てっきり自分が人質にだされると思ったからだ。

「源太、歩けるか」

「ああ、なんとか」源太は地に両足をつける。

「手負いのところ申し訳ないが、牛次を呼んできてくれないか。多分、宿にもどっているはずだ」

「いいのかい。おいらが人質じゃなくて」

「お前にはやってほしいことがある。まずは、牛次を――」

法蓮房の声が途中で止まる。風を切る音がした。源太と法蓮房は飛びのく。

玄佐の鞭だ。二人の立っていた場所で、砂煙が爆ぜる。

「しまった」と、法蓮房の顔がゆがむ。玄佐が襲ったのは人ではない。源太が地に落としたものだ。

生き物のように鞭は玄佐のもとに戻る。巻きつけていたものを、玄佐は指でつまんだ。

法蓮房から託された永楽通宝だった。

「ほお、面妖な細工だな」しげしげと、玄佐は永楽通宝を見る。

「大きく造っているのは、中に何かを潜ませているからか」

源太の心臓が止まるかと思った。法蓮房の緊張も伝わってくる。

「貴様らの様子からすると、尋常のものではないようだな。いいだろう。連れてくる牛次とやらと、この永楽通宝が人質だ。返してほしければ、見事に残党を狩ってみせろ」

　そういって玄佐は顔全体に酷薄な笑みを貼りつける。

蛇ノ十

　源太は、体中にさらしを巻きつけていた。痛みが全身を走るが、怒りはそれ以上だった。

「源太、お粥《かゆ》がいい」

　さらしを巻きおわったお景がきいてくる。

「そんなふやけたもんで精がつくか。白い飯もってこい」

「うん、わかった」お景が部屋を飛びだしていく。

「源太よ、随分と男前になったじゃねえか」

　石弥が、にやにやと笑いかけてくる。

「だが、頭が痛いな。人質として、牛次を玄佐にあずけている。見捨てるわけにもいくまい」

　酒気で顔を赤らめる馬の助が頭をかかえた。法蓮房は腕を組んで沈思している。

「拙僧が考えるに、花佗夫人の伝手をたのみ、牛次を解放するしかないだろう」

長井玄佐は長井家の被官だ。長井家は、花佗夫人とその子の多幸丸を支援している。源太が考えても、妥当な案だ。もっとも、それでは源太の腹の虫がおさまらない。

「奪われた永楽銭のこともある。砕かれて中を見られたら厄介だ。そうなる前に決着をつけよう」

宝念が泥鰌髭を弾いた。

「おれに考えがある」こきりと法蓮房が首をならした。

「ある意味で、これ以上の好機はない。花佗夫人の伝手で仕官しても、閑職《かんしょく》ならば意味がない。だが、こたび残党狩りで大物を狩れば、おれたちが役に立つ人間だという評価を得られる」

そうすれば、重要な仕事をまかせられる。手柄をたてれば、出世は間違いない。

「そこまで考えて、残党狩りを玄佐に提案したのか」

「当たり前だ。お前を助けるだけなら、花佗夫人にたのめばいいだけだからな」

「じゃあ、おいらでなく牛次を人質にしたのは」

「いったろう。源太に働いてもらうためだ」

「おいらは、難しい働きはできないぞ」

「わかっている。まずは傷を治せ。そして、旅の垢を落とせ。どちらも三日のうちにだ」

「三日でこの傷を治せってのか」

なす、となそ

「永楽通宝が玄佐の手に渡ったのは誰のせいだ。いったはずだ。失くせば裏切ったとみなす、となそ」

法蓮房が、鋭い眼光を源太にむける。もし玄佐が国滅ぼしの秘密を知れば、源太も一緒に殺ると目がいっている。

襖の向こうから「ご一行様」と宿の主人に呼びかけられた。

「お客人がおこしです。お通ししてよいでしょうか」

すでに香の匂いがただよっている。あまりにも濃く甘ったるい匂いだったので、思わず源太は鼻に手をやった。あらわれたのは、女性ばかりの五人ほどの一行だ。被衣《かずき》を深くかぶり顔を隠しているが、陰からのぞくまっすぐな鼻梁《びりょう》は美しい。

「庄五郎殿、お久しぶりです」女が法蓮房に語りかける。

「花佗夫人こそ、おかわりないようで」

法蓮房の言葉に、みなが「え」と声をあげた。女はかぶっていた被衣をゆっくりとあげる。歳のころは、法蓮房と同じか少し下、二十代の前半か。切れ長の目の美しい夫人だった。石弥がぽかんと口を開けている。襖がしまったことで、香りが閉じこめられた。

源太の鼻が限界をむかえ、くしゃみをひとつ放つ。

「やはり、匂いますか」形のいい花佗夫人の眉がかすかにゆがんだ。

「いいえ、それほどでは」と、法蓮房がすました声でいう。

「守護様の――いえ、旦那様のお好きな香です。初壺《はつつぼ》というそうです。毎日、焚いて身につけるように命じられております。うすいと、お叱りをうけます」

土岐政房のことを、守護様ではなく旦那様といった。つまり、一行はお忍びということだ。

「初壺とは雅《みやび》な名前ですな。旦那様は歌道数奇《すき》で高名なお方。香道にも造詣が深いのでしょう」

ちらりと花佗夫人が源太らを見る。

「すまぬ、みな、外してくれ」

匂いから解放されるなら願ってもない。源太はさっさとたちあがる。宝念と馬の助もつづいた。一番最後に、未練ありげな目差しを送る石弥がでてきた。しばらくして侍女であろう、伴《とも》の女性たちも部屋を辞す。襖の向こうには、法蓮房と花佗夫人のふたりだけが取り残された。

腹が減ったので台所へいこうとしたら「おい」と呼びとめられた。石弥だった。

「法蓮房と花佗夫人の仲、怪しいと思わねえか」

「興味ねえよ」

廊下の向こうから、お櫃《ひっ》をもってくるお景の姿が見えた。白い湯気があがっている。ごくりと喉がなった。

「頼みがあるんだ。床下に忍びこんで話を聞いてくれ。源太のなりなら、造作もないだろう」

石弥が源太の肩をもむ。宝念や馬の助も床下へ潜れと同調した。

「いやだ。おいらは飯を食うんだ。炊きたての飯だ」

甘い香りがすぐそばでする。お櫃をもったお景が笑みを貼りつけてたっていた。

「待ちかねたぜ」手をのばすと、櫃をさっと体の後ろに隠される。

「な、何しやがるんだ」

「源太、床下に潜りなさい」

「な、なんだって」

「法蓮房様がどんな内緒話をしているのか、聞いてくるのよ。いやだっていったら、この飯はあげない。それだけじゃない。毎日の朝餉夕餉《ゆうげ》は、あんただけはずっと雑穀飯だからね」

痛む体に鞭うって、薄暗く埃臭《ほこりくさ》い床下をはった。あいつら、覚えていろよ、と思いつつ必死に進む。すぐに目当ての床下へついた。花佗夫人の香の匂いが沈殿している。

「それにしても花佗夫人は、ますますお美しくなられたようで」

そつのない法蓮房の言葉が上から落ちてきた。

「心にもなきことを。わらわとそいとげる道より、仏道を選んだ庄五郎殿の仕打ちは忘れません」

ぴしゃりと花佗夫人はいう。随分と不穏な雰囲気だ。

「申し訳ありませぬ。花佗夫人を憎く思っていたわけではありませぬ。あのときの私には、仏道以上に大切なものはございませんでした」

「ならば、なぜ還俗して今さらわらわの前にあらわれたのです」

険のある言葉の調子から、花佗夫人が法蓮房をにらみつける様子がありありと想像できた。

「仏道に限界を感じました。衆生を救うには他の道の方が適していると、今更ながら気づいたのです」

「つまり、仕官がしたいのでしょう」

「かえす言葉もありませぬ」法蓮房が額を床にすりつけたのか、音と埃が落ちてくる。

「この美濃は恐ろしい国です。多幸丸の兄君の二郎（頼武）様は位を継ぐために手段を選びません。何より、守護様です。嫉妬深く、とても苛烈なお方です」

「ほお、守護様が嫉妬深いお方だと。ですから、こたびお忍びで参られたのですか」

「今日殿方とあったと知られれば、どんな罰がくだされるかわかりませぬ。わらわだけではなく、あなたのお命もないでしょう」

しんと沈黙が降りる。

源太はじっと待った。空気の流れは感じ取ることができた。

無言だが、ふたりは雄弁に何かを語りあっている。

床がきしんだ。法蓮房がたちあがったのか。ゆっくりと花佗夫人に近づいているようだ。

「花佗、怖いのか」

それまでと一変した、法蓮房の口調だった。きっと、これがかつての法蓮房の花佗夫人への語りかけ方なのだろう。なぜか、源太の心臓が高鳴った。

「無理もない。美濃は応仁の乱以来、剽悍の気質で知られる国。その性を受け継いだ輩《やから》は多い」

床下にこぼれる香の匂いが変わったような気がした。今まで甘かったのが、すこし酸い匂いが含まれている。花佗夫人が恐怖しているのだろう、と源太は理解した。

「花佗、怖かろう」法蓮房の声は、床下の源太にも頼もしく聞こえた。

「だから、おれがきたのだ。お前と子の多幸丸様を守るためだ」

きぬ擦れの音がした。すすり泣く声もとどく。

「花佗、安心してくれ。かならず守ってやる。童のころのようにだ」

「本当ですか。まことに、わらわを——わらわと多幸丸を守ってくれるのですか」

花佗夫人の声は湿り、洟《はな》をすする音もした。なるほどなぁ、と源太はひとりごちる。きっと、こういうのを罪なやりとりというのだろう。腹ばいの姿勢のまま、ゆっくりと動く。途中で光が差しこんでいた。床に隙間があるようだ。のぞきこむと、法蓮房と目があった。花佗夫人を抱きかかえているが、目は源太が潜む床下を見ている。

——ひえ、ばれている。

首をすくめた源太は、あわてて床下を這いでた。

蛇ノ十一

源太はあんぐりと口を開けたまま、しばらく呆然《ぼうぜん》としていた。これが寺の中なのか、と絶句する。源太は京の妙覚寺にいた。法蓮房の指示をうけたのだ。

広大な境内をとおり本堂をすぎ、本坊へと誘われる。磨きあげた廊下、焚きこめた上品な香、屋根から下がる灯籠には厚い金箔が貼られていた。

「おい、源太、ぼけっとするな」

小声でしかったのは、宝念だ。さすがは僧兵くずれだけはあり、僧衣をきる姿は様になっている。一方の源太は、いつもは垢まみれのざんばら頭だが、綺麗に洗い頭上で輪をつくっていた。稚児髷である。さらに緑色の水干《すいかん》を着込んでいた。僧侶宝念を扶《たす》ける稚児という役回りだ。

「待ってくれよ」源太は左右の宝物にしきりに目をやりつつ、あとを追う。

　宝念は笑みを湛え、待っていた。

「小僧、あまり調子にのるなよ」

　恐ろしく低い声だった。細めたまぶたの奥の瞳に、容易ならぬ光がただよっている。

「貴様の不手際で国滅ぼしの秘密を奪われた。もし、他者に知られれば、拙僧は貴様を許さん」

　笑顔はそのままに、さらに宝念は眼光を強めた。

「それは悪かったと思ってる。だから、こうして慣れない服を着ているんだ」

「わかればよい」落としていた声をもどし、宝念はいう。再び背を向けた。

「ひとつ訊いていいか」

「なんだ。訊くのはいいが、稚児らしい言葉づかいをしろ」

「そりゃ無理だ。それより宝念は、国滅ぼしの正体を知っているのか」

　口ぶりから、そんな気がした。

「拙僧は昔、五山にいた。あそこも異国との商いが盛んだ。異国でしかつくられない品々や武器をいくつも目にした。国滅ぼしの正体の目星はついている」

「本当か」

宝念は歩いていく。

先ほどとはちがい、置き去るようにして、宝念は歩いていく。

ある一室へと通される。大きな掛け軸には〝南無妙法蓮華経〟と法華経の題目が大書され、その前に金襴《きんらん》の袈裟《けさ》をきた老僧が三人座していた。

「お主らが、出奔した法蓮房の使いか」

中央の老僧の非難の声は研ぎたての刃物のようだった。

左右の老僧も鋭い目差しをくれる。

「まず、こちらの松波庄五郎こと法蓮房からの書状をご一読ください」

宝念が目配せしたので、源太はぎくしゃくと動きだし書状を三人の老僧の前においた。が、彼らは読むどころか手に取ろうとさえしない。

「ご長老方は、ひとつ勘違いされております。法蓮房はたしかに仏門を離れました。が、それは本人の意に反すること」

左右の老僧が嘲りの笑みをうかべた。

「還俗した今も、日蓮宗の南無妙法蓮華経の心を忘れたことはありませぬ」

また宝念に目配せされた。ずしりと重い行李《こうり》を老僧たちの前にやる。

「法蓮房の信心の顕《あらわ》れです。お受けとりを」

宝念が行李の蓋をあけた。

「おお」と三人の老僧が腰をうかした。中につまっていたのは、いっぱいの銭だ。しかも、どれも良質の宋銭である。

「なるほど、さすがは神算の法蓮房といわれた俊才。心ならず仏門を離れてなお、これほどの篤い信心を育んでいたとは」

　中央の老僧がわざとらしく涙ぐむ。左右の老僧は床の書状をうやうやしく受けとり、涙ぐむ老僧の前でふたりがかりで広げた。

「ほお、日運《にちうん》を旅にだすというのか」

「はい、美濃の守護代斎藤家と日蓮宗は浅くない繋《つな》がりがあります。事実、斎藤家の子息の何人もが出家し、京の日蓮宗の寺でお世話になっております。日運様も、そのおひとり」

　三人の老僧は慎重にうなずく。

「たしかに法蓮房と日運は歳も近く、兄弟のように仲睦《なかむつ》まじくしておったな」

左の老僧が思いだしたようにいう。つづいて右の僧侶が「が、どうして今ごろ旅にださせるのじゃ」と問う。

「亡き人を偲《しの》び、その菩提《ぼだい》を弔う。それに勝る修行はありましょうか。ご存じのように、日運様は長く亡父の墓に手をあわせておりませぬ」

　胸をはり宝念はつづける。

「法蓮房は、日運様に亡父の供養をさせる悲願をもっております。そのために、美濃にある亡父の墓への旅のご許可をいただきたくあります」

宝念は静かに頭をさげる。源太もつづく。上目遣いで三人の様子をうかがった。渋い顔で腕を組んでいる。見覚えのある表情だ。悪党がさらに金にたかろうとしているときとそっくりだ。

何が高僧だ。袈裟を着込んだ物乞いじゃねえか。源太は内心で吐き捨てる。

「いいだろう。僧侶たるもの親を弔わずに、どうやって仏果を得ようか。法蓮房の願いを聞き届けよう。これ、誰か日運を呼んできなさい」

しばらくすると襖が開いて、二十歳になるかならぬかの僧侶があらわれた。女性のように肌の肌理《きめ》が細かく、鼻や唇も細作りでまるで女人を見るかのようだった。

「日運でございます」と、高い声で若い僧は名乗る。

「日運や、この者らは法蓮房の使いだ」

その瞬間、日運の顔に花咲くように笑みが広がった。

「ま、まことですか。兄者のご使者様なのですか」

日運は、法蓮房のことを兄者と呼んだ。

「日運、お主の父が亡くなって何年になる」

「は、はい、五年です」

「そうか、お主が仏門にはいったのはたしか七年前だな」

　こくりと日運は細いあごを沈めた。

「墓には参ったか」

「いえ、一度も。美濃国墨俣《すのまた》に父の墓はありますので、そこまでの遠出はさすがに」

「そのことを法蓮房は案じておった。遠く美濃の地からな。よい機会だ。一月ほど暇をあたえるゆえ、亡父の菩提を弔ってきなさい」

　まるで孫に諭すような、優しい口調だった。

　その横では稚児たちが、銭のつまった行李をしずしずと隣室の奥へと運んでいる。

蛇ノ十二

「ああ、源太、しまった左だ」日運の声が、宿屋の庭にひびいた。

「くぅ」とうめきつつ、源太は走る。力いっぱい足をのばした。つま先はもちろん、叶うならば爪までものびろと念じる。足の甲に心地よい衝撃が走り、丸いものがぽぅんと頭上にあがった。

　蹴鞠である。源太が蹴った鞠は、日運の足元へと吸いこまれる。

「すごいぞ、源太、本当にはじめてなのか」

喜声をあげつつ、日運が蹴りかえした。

「は、はい、蹴鞠など……蹴ったことはおろか、さわったことさえありませぬ。えいっ」

正面に飛んできた鞠を蹴るが、右へと大きく外れてしまった。

日運を旅に連れだすように法蓮房から命令をうけた源太らは、十日前に京を発った。そして美濃へとはいり、墨俣近くの宿場町で泊まる。道中、源太は日運と歳が近いこともあってか、頻繁に話しかけられた。源太もそれに応えた。それが役目だと法蓮房に聞かされていたからだ。日運は、幼いころに両親や兄を亡くし天涯孤独の身だという。それは、源太も同じだ。似ている境遇を嗅ぎとったのか、日運は源太に近づき、今では蹴鞠の相手をさせられるまでになった。

——ちくしょう、おいらはお守りをするために美濃くんだりまできたわけじゃねえぞ。

源太の稚児髷が大きくゆがむころになって、やっと鞠が地面に落ちた。

「すごい、すごいよ、源太。はじめてなのに、こんなにつづくなんて」

鞠を手に、日運が嬉しげに駆けてくる。一方の源太は、喘鳴《ぜんめい》をしきりに吐きだす。

「思いだすなぁ。蹴鞠は法蓮房の兄者に教えてもらったんだ。ぼくの方が先に寺にははいっていたけど、兄者はいろんなことを知っていたからね」

その場で蹴鞠を足の甲で小さく蹴って、日運はひとり遊びに興じた。

「仲がよかったんですね」なんとか源太はかえす。

「ああ、ぼくは兄を寺にはいる前に亡くしている。父は寺にはいってすぐに亡くした。あの人は、本当の兄上のように優しく、父上のように頼もしかった」

蹴りつついう日運の瞳は、陽光をうけて輝いていた。

「源太、法蓮房の兄者との旅は楽しいか」

「人使いが荒いやつですよ。いやな仕事ばかり、おいらに押しつけやがる」

こたびのように、という言葉はかろうじて呑みこんだ。くすりと、日運が笑う。その仕草で、源太は自分が地の言葉にもどっていることに気づいた。が、日運は気にする素振りもない。

「そういうわりには、あまりいやそうな口ぶりじゃないね」

そうだろうか、と源太は首をひねる。

「うらやましいよ。ぼくは、法蓮房の兄者と一緒に旅をしたかったんだ」

きっと、五年前に法蓮房が田代三喜とした旅のことだろう。

「けど、つれていってくれなかった」

なぜか、床下で聞いた花佗夫人の声と日運の言葉が重なった。

ぽぅんと鞠がはねて、源太の胸のなかにおさまる。

「源太、やるよ、それ」ぽかんと口を開けてしまった。手のなかの鞠は、新品同様ではないか。

「また、ふたりで蹴鞠をしよう。そのときのために、稽古をしておいてくれよ」

「は、はぁ」手のなかの鞠と日運に、何度も目差しを往復させる。

手巾で汗をふく日運に「もし」と声をかけたのは宝念だ。いつのまにか、柿帷子をきた馬の助もいる。健脚をいかし、旅の道中に何度も法蓮房との連絡の役を担っていた。

「日運様、お客人がこられました。どちらにお通ししますか」

「そうだな。部屋はすこし手狭だから、宿の主人にいって部屋をひとつ借りてくれないだろうか」

「かしこまりました」

「ああ、待って。客っていうけど、何という方だい」

「三好治兵衛《みよしじへえ》様と名乗っておりましたが」

「はて、誰だろう」

「右のこめかみに傷のある、初老のお方です」

「まさか」というや否や、日運は走りだす。

「源太」と宝念にいわれ、訳もわからずに跡をおう。

「じ、爺《じい》ではないか」

玄関にたっていたのは、白髪の老人だった。右のこめかみに、たしかに大きな傷がある。

「わ、若」まぶたの重くなった目を見開いて、老人も驚く。

「よかった。生きていたのか」

日運が老人に抱きついた。

「若、若も大きくなられて」

老人は絞りだすようにいいながら、日運の背中をなでる。

「よかった、生きていてくれてよかった。死んでいたら、どうしようと……ずっとずっと」

「もったいないお言葉です。若はこんなにご立派になられて、爺の方こそ嬉しくあります。泉下のお父上もきっとお喜びでしょう」

そういって、老人は何度も何度も日運の背中をなでる。

なぜか源太の脳裏を、馬借一揆で死んだ父や母の姿がよぎった。

蛇ノ十三

その墓は、墨俣の寺の境内の片隅にあった。まだ新しい墓石だ。源太はもってきた花をたむけ、線香に火をつけた。数珠がなる音がする。後ろを見ると、日運が両手をあわせ祈っていた。その向こうでは、寺の本坊に挨拶にいく宝念の姿がある。

静かに後じさって、源太は日運のそばにひかえた。

風がふいて、香の匂いが鼻をくすぐる。

はっと、源太のまぶたがあがった。

これは、血の匂いか。

嚙むようにして砂を踏んで、中腰の姿勢をつくる。腰にさす烏丸に手をかけた。

「日運様」と、鋭くよぶ。

「なんだい。もうすこしだけ待ってくれ」

墓を向いたまま、日運が応じる。

「気をつけてください。血の匂いです。近づいてきます」

「え」と、日運がふりかえった。さらに源太は身を低くする。

草むらから、誰かが近づいてくる。すでに、足音も耳にとどくようになっていた。

──何者だ。

血の匂いということは手負いか、それとも誰かをすでに殺めてきたのか。

「近づけば、斬る」

草むらにむかって警告を飛ばす。鞘を払い、烏丸の鋒両刃をあらわにした。

草がかき分けられた。人影があらわれる。白い髪をもつ老人だった。こめかみには、大きな傷がある。あれは、三好治兵衛と名乗った日運の縁者ではないか。

「じ、じい、なぜ、ここに」

日運が叫んだとき、老人こと三好治兵衛ががくりと膝をおった。地面に赤いものが飛びちる。見ると、腹のあたりの着衣がどす黒く変色していた。側頭部は新しい血でまっ赤だ。

「どうしたんだ、その傷は。大丈夫か」

日運が駆けよろうとした。

細く長い影がひるがえる。老人の背後。

なんだ、あれは。蛇か。

鞭のようにうねっている。石突が見えた。

ぞわりと鳥肌がたつ。

――ちがう、棒だ。

落雷を思わせる勢いで棒が襲ってくる。

大きく鈍い音がした。老人の重いまぶたが極限まで上ずり、両の眼球が飛びでる。棒をうけた頭蓋は無残にへこみ、頭頂からは血が吹きだす。

倒れる老人といれかわるようにして、あらわれたのは――

「法蓮房っ」

源太は思わず怒鳴りつけた。

「源太か」静かな声で法蓮房はいった。そして目を横にやる。かすかに顔をしかめた。日運の姿を認めたのだろう。

「どうして」と、日運が声を絞りだす。美しい肌が、青ざめていた。

「なぜ、法蓮房の兄者が……じいを」

わなわなとふるえつつ、日運はきく。

「この者が、逆賊の石丸嘉衛門《かえもん》だということはご存じでしょう。こ奴は三好治兵衛という名を騙《かた》り、帯刀左衛門家の残党を集めていました。そして、あろうことか、あなたを──日運様を反逆の旗印として擁立せんとしていたのです」

血塗《ちまみ》れの棒を、石丸嘉衛門と呼ばれた男につきつけた。

すでに事切れているのか、ぴくりとも動かない。

「なぜだ」源太はつぶやく。小声だったので、誰からも反応がない。

「どうしてだっ」

源太は殺気をこめて怒鳴った。みなが一斉にふりかえる。

なぜ、日運が帯刀左衛門家の旗頭に祭りあげられねばならぬのだ。

「日運様のご幼名は、毘沙童様という」

源太の目が見開かれた。斎藤家の内紛のとき、帯刀左衛門家の総大将にされた幼君だ。

「斎藤家の内紛で敗北したが、元服前ということで京の妙覚寺に送られた。そして日運の法名をもらい、すこし遅れておれも妙覚寺にはいり、知遇をえた」

がくりと日運が倒れこむ。

法蓮房は源太から目を引きはがした。

「石丸嘉衛門が美濃に害をなす悪党と確信し、朝を待ち討伐しました。しかし、首謀者のこの男に逃げられて、ここまで追ってきたのです」

「あ、あんまりだ。なぜ、こんなことを」

嗚咽《おえつ》まじりの声で、日運がさけぶ。

「まさか、日運様が亡父の墓前に参られるときと鉢合わせするとは。あるいは、旧主の墓前を最後に目指した石丸嘉衛門の忠心だけは、賞賛に値するやもしれませんな」

法蓮房の言葉にかぶさるように、複数の足音がした。

わらわらと、馬の助や石弥があらわれた。手にもつ刀は血に塗れている。さらに背後から姿を見せたのは、僧形の武者長井玄佐だ。二十人ほどの武者を引きつれている。倒れる石丸嘉衛門の骸を見て、歯茎をあらわにして笑った。

「法蓮房、よくぞやりとげた。お手柄だぞ」

そういって玄佐が何かを放り投げた。地にはねて源太のつま先にあたる。

法蓮房から託されていた永楽通宝だった。

連れていけ、と玄佐が目で命じる。武者たちが石丸嘉衛門の骸をひきずっていく。

「いやだ、やめろ。じいを連れていくな」

日運が、骸にしがみついた。武者たちが、無理やりに体を引き剝がす。

「さわるな。はなせっ」

日運は半狂乱になっていた。

「源太、日運様のことをたのむ。おれは、今後のことを玄佐殿と話しあわねばならん」

法蓮房も背をむけた。

「待てっ」

源太の絶叫が墓場に響きわたる。暴れていた日運も思わず動きを止めるほどの声だった。

「今、待てといったのか」法蓮房が、首だけで振りかえる。

「法蓮房、きさま、日運様を裏切ったのか」

「裏切ってなどいない」

「日運様をだしにして、残党をおびきよせただろう」

「それがどうした。亡父の墓参りは約束どおり遂げさせた。嘘や偽りはいっていない。まあ、先ほどのような騒動に遭遇させたのは、まずかった。だが、残党に逃げられるより、ずっとましだ。おかげで大切なものも取り返せた」

法蓮房は目差しを下へやった。きっと源太の足元にある永楽通宝を見たのだろう。

「なぜ、教えなかった」

「それは、お前にか。それとも、日運様にか」

「おいらはいい。教えてもらっても、お前の意図まではわからない」

「ああ、そうだ。知りすぎると、お前はぼろをだしかねない。だから黙っていた」

「なぜ、日運様の信頼を裏切るようなまねをした。そこまでして、やらねばならない仕事だったのか。せめて一言、何がおこるか……」

法蓮房はため息をついた。失望の色が濃くでている。

「おれたちはこの美濃でのしあがる。そういったはずだ。残党狩りは格好の仕事だ。おれたちの力の証となる」

「もっと他にやり方はなかったのか」

「論破したくば、情でなく理でこい。おれの策よりも、すぐれた考えをしめせ」

くるりと法蓮房がきびすをかえす。

利那、源太は飛びあがっていた。

鋒両刃が、頭上でひるがえる。

法蓮房は背中を見せたままだ。恐るべき棒は——蛇に変じていない。

そう思ったとき、まっすぐに棒がのびた。

しなりも曲がりもせず、棒の先端が源太ののど元へと吸いこまれる。

法蓮房は背をむけたまま、正確に棒をあやつっていた。

「ぐぅ」と声が押しだされた。石突が、のどにさらに深く食いこむ。熱した鉄片を、埋めこまれたかのようだ。両肩に衝撃があった。

気づけば、源太は大地をのたうち回っている。

「源太、お前はまだ元服もしていない餓鬼だ。だから、こたびおれに刃《やいば》をむけたことは――一度だけ不問にしてやる」

一度だけ、をとくに強めて法蓮房はつづける。

「たしかに、おれはお前と特別な約定を交わした。その条件にそうならば、いくらでも刃をうける。だが、今はちがう。正気は保っているし、魔道になど墜ちていない。にもかかわらず、同じことをすれば、二度目は容赦しない」

馬の助、牛次らはいるが、法蓮房の迫力に押され、ただ遠巻きにするだけだ。

「うぬぼれるな」

叫んだ瞬間、源太ののどが裂けたかと思った。痛みに、顔がゆがむ。

全身に力をこめて、ゆっくりと起きあがった。

「正気を保っている、だと。魔道に墜ちていない、だと」

ぺっと赤い唾をはく。

「おめでてえ野郎だ。気づいていないのか」

ぴくりと法蓮房の肩がうごく。

「大事な弟分をわなの餌にして、平然としていやがる。そんな貴様はもう半分、畜生みたいなもんだ。片足を、ずっぽりと魔道に踏みこんでいる。あの細川京兆のようにな」

法蓮房の顔が、かすかにこわばった。

「いいか、よく覚悟しておけよ。もし、きさまのもう一方の足がすこしでも魔道をかすめたら、容赦しねえ」

咳《せ》きこんで、源太は大量の血を吐きだした。大地がべっとりと赤く塗れる。

「かならずきさまを斬ってやる。どんな手を使ってでも、だ」

蛇は自らを喰み、円環となる　二

高丸が肩にかける大きな袋は、地をすっていた。歯を食いしばって進む。途中で大きな石があり、袋がひっかかり足止めされる。石が布地に食いこんでいた。隻腕なので、うまくとれない。渾身《こんしん》の力をこめると、大根がぬけるようにして袋が解放された。が袋の口が開いてしまった。結びつけようとするが、片手なのでうまくいかない。しかたなく口も使って結ぶ。おかげで、口の中が砂だらけになった。やっと細川勝元の陣についた。木切れの通行証をみせ、待ちかまえていた西岡の地侍に袋をわたす。仏像の頭や手足、銅鐸などがばらまかれる。

「おお、すごいな。一体、どこでこれだけのものを集めたんだ」

「それは内緒です。おいらだけの猟場なので」

「猟場とはよくいったものだな」

地侍は足元の盥《たらい》から銭をつかむと、袋にいれてくれた。

以前までは一回だったが、今日は四回もつかんで銭を袋につめる。

「鐚ばかりじゃないですか。宋銭は無理でも、明銭をいれてくださいよ。永楽銭でもいい」

「贅沢《ぜいたく》いうな。京兆様からいただいた銭が、今日はこれだけなんだ」

地侍は手をふって高丸を追い払う。納得はできないが、気持ちを切り替える。今日は細川勝元とあえるからだ。小走りで陣内にある屋敷へといく。門番はしかめ面をしたが、中へと誘ってくれた。庭へ通される。

籠手と脛当《すねあ》てをつけた小具足《こぐそく》姿に、陣羽織をきた細川勝元がいた。書見台でなにかの書物を読んでいる。高丸を見つけて、「おお、きたか」と相好を崩した。縁側へと歩み、座りこむ。

高丸は式台の前で細い膝をおって正座をした。

「今日の働きはどうだった」

「はい、いつもの倍の倍を稼ぎました」

「それはたいしたものだ」褒められて、高丸の顔が熱くなった。

「最近は瓦礫ばかりで宝が見つからないと聞いていたが、どうして高丸はそんなに稼げるのだ」

「はい、秘密の場所を見つけたのです。そこにいけば、たくさんあります」

「秘密の場所とは」

高丸は笑ってごまかした。勝元は手をたたく。従者が皿をもってきた。餅《もち》がふたつのっている。焼いたばかりとみえ、こんがりと焼き色がついていた。

「さあ、遠慮せずに食べるがいい」

右手をだして、口の中に放りこんだ。

「稼ぐのはいいが、あまり危ういまねはするなよ」

返答につまった。まさか、勝元に高丸の猟場がばれたのだろうか。表情をうかがうが、いつもと変わらず目を細めているだけだ。高丸は、西軍の陣地に侵入していた。瓦礫の山を漁ろうにも、東軍の勢力範囲はもうあらかた探しつくした。ならば、まだ誰も探してない場所を探すしかない。それは、西軍の勢力範囲に足を踏みいれるということだ。危険極まりない。しかし、高丸ならばできる。まさか、瓦礫を漁る童が東軍の手先とは思うまい。

「それよりも、今日は何を教えてくれるのですか」

「おお、そうだったな。安心しろ。用意はしてある」

桐箱《きりばこ》を開けて、いくつかの紙を取りだした。

「二百年ほど前に、日ノ本を襲った元寇の絵図だ」

覗《のぞ》きこむと、日ノ本の騎馬武者に軽装の蒙古《もうこ》兵がさかんに矢を射ていた。それだけではない。奇妙な武器を持っている。

「これは何です」

紙にふれないように、そっと絵図のあるところを指さす。壺のようなものが空を飛んでいた。赤い火を発して、空中で割れている。

「これは、てつはうというらしい」

「てつはう」

「金属の半球をふたつあわせて、中に火薬をこめる。火をつけて投げると、すさまじい勢いで割れた破片が敵を襲うのだ」

瓦礫あさりで、銅や鉄の破片の鋭さを高丸は誰より知っている。

「そして、これが火箭《かせん》や石火矢《いしびや》とよばれる武器だ」

勝元の指さすところには、筒にはいった大きな矢が描かれていた。火を噴く矢が、飛びだしている絵もある。

「てつはうや火箭に、日ノ本のつわものたちは苦戦した。幸いにも神風がふいて、ことなきをえたが」

「風がふかなければ、日ノ本は負けていたのですか」

「苦しい戦いを強いられたのはたしかだ」

「てつはうや火箭は、今もあるのですか」すくなくとも、ここ京の戦場では見たことがない。

「海の外ではさらに強力になったものがある。残念ながら、ここ日ノ本では造られていない」

「どうしてですか。やはり造るのが難しいのですか」

こくりと勝元はうなずいた。噛みつくようにして、高丸は何度も質問する。

「高丸は、様々なことが知りたいのだな」

「はい。私はこのように片腕です。武や力では、他の人よりも劣ります。だから、見聞をたくわえたくあります」

「そうか、すこし待っておれ」

勝元がつれてきたのは、見たこともない服をきた男だ。まだ二十代のようだが、髪は老人のように白かった。あるいは胡人《こじん》だろうか。とっさのことで気後れした高丸は、尻をつかって後ずさる。

「范可という明国の武人だ。細川京兆家の食客として養っている」

ハンカ、と高丸は何度か口の中でつぶやいた。

「この童が、てつはうや火箭のことを知りたがっているのだ。教えてやってくれぬか。今も明国には、てつはうや火箭はあるのか」

「わかりました」と、范可は流暢《りゅうちょう》な言葉で答える。

正座や胡座《あぐら》が苦手なのか、縁側に腰を落とした。白髪には驚かされたが、きている服以外は、日ノ本の人と変わらないようだ。

「火箭はまだあります。戦でもよく使われております。てつはうは、これとはちがう形に今はなっています。筒状のもので、火箭と似ています」

さらに范可は詳しく教えてくれた。今はてつはうは、矢ではなく鉛玉を発すること。大小様々な種類があり、大きなものは大寺院の柱ほどもあること。

「范可のいうものとは、これだな」

勝元がさらに一枚の絵図を取り出した。寺鐘ほどはある巨大な筒が並んでいた。炎と大きな礫を吐きだす様子は、雷を思わせる。寺鐘のような筒は材質がちがうのか、他の筒とはちがい青みがかった緑で彩色されている。

「これだけ色がちがう。鉄じゃないのですか」

「そうだ。鉄でなく銅だ」

「どうして、銅なんですか」銅は鉄よりも弱いのは、高丸でも知っている。これほどの火炎が発生する巨大な筒なら、鉄で造ったほうがいいはずだ。

「大筒――とでも呼ぼうか。無論のこと、鉄のほうがより強い武器になる。だが、鉄は加工が難しい。小さな筒ならば問題ない。が、これだけ大きい筒を鉄で造ると、強さにむらができる。だが、銅は鉄よりも容易に加工できるから、むらができない。結果、鉄よりも強いものができる」

「すごい。そんな武器があるのですか」

大寺院の柱が火をふくところを想像して、高丸はぶるりとふるえた。その所作をみて、范可と勝元が破顔する。

「いいものを見せて差し上げましょう」

范可は立ちあがり、また戻ってきた。布を広げる。何かの紋様が描かれている。

「な、なんです。これは」

高丸だけでなく、勝元ものぞきこむ。きっと、海の波を図案化したものだろう。波が蛇のように鎌首をもたげ、それがふたつの波頭にわかれている。周囲には、水滴を表す五つの丸が散らばっている。

「日ノ本へくる途中に、倭寇《わこう》に襲われました。まあ、てつはうをもっていたので退治しましたが、そのときに奪ったものです」

気づけば高丸は、手で波の紋様をさわっていた。あわてて引っ込める。身分ちがいを考えて、勝元とあうときは菓子以外には決して手をふれないと決めていたからだ。

なぜか、耳に水のざわめきが聞こえてきた。京の南にある巨椋池《おぐらいけ》のさざなみよりずっと大きく分厚い音だった。もちろん、現《うつつ》の音ではない。

これは、高丸の頭のなかにひびく音だ。もしかしたら、これが潮騒《しおさい》というものだろうか。

「よければ、あなたに差しあげます」

「本当ですか」

高丸は顔をあげた。つづいて勝元を見ると、こくりとうなずいてくれる。

「よかったな、高丸。松波家が再興したら、この旗印をかかげるがよい。日ノ本のどこにもない素晴らしい図案ではないか」

蝮ノ章

蝮ノ一

襖《ふすま》のむこうから聞こえてくるのは、苦悶《くもん》の声だった。咳《せき》につづいて、水をばらまくような音もする。きっと吐血したのだろう。「おそろしい」と、廊下を歩む家人の声が聞こえてきた。

「それもこれも、あの男を婿に迎えたからだ」

「奴《やつ》は毒へびだ。このままでは、西村《にしむら》の家は奴の毒で殺しつくされるぞ」

幼い峰丸《みねまる》にとって、家人たちの声こそが毒であり刃《やいば》だった。実の父を中傷されて、平静でいられるわけがない。小さな掌《てのひら》で耳をふさぐ。

「あァァ」

悲鳴が、手をこじあけた。

「母上」と叫んで、襖をあけた。

「若、いけません」

あわてて止めにはいる侍女の手を振りほどく。

「母上、母上、死なないで」

母の枕元にしがみついた。ひじが盥《たらい》にあたる。真っ赤なもので満たされていた。どす黒く変色した手巾も床に散らばっている。母は、骸骨のように痩せていた。白磁のように美しかった肌は、今は乾きひびわれている。

「母上、いやだァ、死なないで」

枯れ木を思わせる腕にむしゃぶりつこうとしたときだった。母の掌が頬を打った。

「え」と、母を見る。

「み、ねま……る、しっかり、なさ……ぃ」

喘鳴《ぜんめい》とともにそういう。

「あな……た……は、西村家の跡継ぎです。つ……よく、おな……」

母の瞳が虚空にむく。もう、峰丸がどこにいるかもわかっていない。あわてて、自分の頬を打った手にしがみつく。

「み、峰丸」母が最後の力を振りしぼる。

「家族を……、家族をたのみま……まもって……や……」

抱く母の手が、がくりと力つきた。

——長井《ながい》新九郎《しんくろう》はまぶたをあげた。

視界がぼやけている。腕でごしごしとこすった。鏡を見れば、目は真っ赤に腫れているだろう。情けない。十六歳にもなって、未《いま》だに峰丸とよばれたころの夢を見る。だけでなく、泣くのか。

洟《はな》をすすった。しっかりしろ、おれはもう峰丸じゃない。加冠の儀もすんで、長井新九郎という立派な名前をもらった。父の長井新左衛門《しんざえもん》が、法蓮房《ほうれんぼう》でないように、だ。妙覚寺《みょうかくじ》の僧侶だった父は還俗《げんぞく》し、帯刀左衛門《たてわきざえもん》家の残党狩りで功績をあげ、長井家の被官西村家の娘を娶《めと》った。そうして生まれたのが、新九郎だ。父は武功を積み重ね、主筋《しゅうすじ》である長井家の姓をもらい、今は長井新左衛門と名乗っている。

「おはようございます」「ああ、おはよう」

はて、一体、誰が呼びかけたのだ。寝ぼけていた意識が、急速に覚醒した。あわてて振りむく。

「ああ、深芳野《みよしの》さま」

寝具を跳ねとばした。

新九郎の目の前にいるのは、背の高い少女だった。年のころは、たしか十四歳。

「やっと目を醒《さ》ましましたか」

どうしてここに、深芳野様が……。深芳野は土岐《とき》家直臣の稲葉《いなば》家の娘だ。新九郎の長井新左衛門尉《しんざえもんのじょう》家は陪臣。身分ちがいの娘がおのれの寝所にいることに、新九郎は激しく戸惑った。

さっと懐紙をわたされた。

「ふきなさい」

そうだった。夢のなかで泣いていたのだ。

「し、失礼」と懐紙をひったくり、顔をふく。

「どうして、ここに深芳野様がいるのですか」

「まあ、まだ寝ぼけているのですか。ここはあなたの所領の下川手《しもかわて》ではありませんよ」

そうだった。新九郎らは人質だった。天下大飢饉《ききん》と呼ばれる凶作に日《ひ》ノ本《もと》が襲われたのが、二年前の永正《えいしょう》十四年（一五一七）。米価は跳ねあがり、銭——特に永楽通宝《えいらくつうほう》などの明銭《みんせん》の高騰暴落が相次いだ。民心は不安定になり、あちこちで郷民同士の衝突がおこる。各地の諍《いさか》いは日を追うごとに激化していった。こうして、美濃は動乱の季節を迎える。その亀裂は、美濃《みの》守護の土岐家をも容赦なく襲った。守護の政房《まさふさ》に、嫡男の頼武《よりたけ》が反旗を翻した。守護代斎藤家も加担する。新九郎の父の長井新左衛門が源太《げんた》や宝念《ほうねん》ら牢人《ろうにん》衆をひきい、頼武を北の越前《えちぜん》へと追いやったのが去年のことだ。

だが、動乱は終わらない。今年になって近江から、六角《ろっかく》家の軍が乱入し、それに呼応するように越前に亡命した土岐頼武も兵を繰りだした。

政房は自陣の連携を強化するために、被官や陪臣から人質をつのった。新九郎もそのひとりだ。幼い弟を人質として送る手もあったが、新九郎はあえて自ら志願した。

家族を守る——そんな母の声が聞こえたからだ。

そうか、ここは美濃国府の福光館《ふくみつ》か。十年前に、美濃の国府は川手《かわて》から移っていた。そこに、深芳野も稲葉家の人質としてきていたのだ。当たり前だが、暮らしは悪くない。親たちが裏切らないかぎり、大切な客人だからだ。

「あ、ありがとうございました」

懐紙をかえそうとすると「まあ、おかしい」と深芳野が腹をかかえて笑う。そうか、汚くなった懐紙を戻されても迷惑なだけか。新九郎の長井新左衛門尉家では反故紙《ほごがみ》を一枚たりとも無駄にしないので、その癖がでてしまった。

「そうだ、新九郎殿」

「なんでしょうか、深芳野様」

「また、詩を教えてください」

「またですか」と、閉口した。人質で集まったさいに、たまたま深芳野と話をしたのだ。そのときの言葉がいたく気に入ったらしい。

「稲葉の家には、新九郎殿のように詩心のある者はいません。五人の兄は、武芸談義ばかり」

「で、ですが、私は稽古があるのですが」

戦意高揚のために、毎朝曲輪《くるわ》に集められて槍《やり》の稽古をするのは本当だ。

「よいではありませぬか。どうせ、稽古は嫌いなのでしょう」

図星だった。新九郎は、新左衛門ゆずりの柔らかい棒術を得意とする。固い日ノ本の槍術とは、技や体のさばき方が相容《あいい》れない。

「そういうわけにはまいりませぬ」

ただでさえ、新左衛門の急速な出世で妬みの対象になりがちなのだ。

「では、夢のなかで母上と泣いていたのをばらしますよ」

「え……」と絶句する。まさか、声にだしていたとは。

「黙っていてほしければ、詩をひとつ教えなさい。新九郎殿の好きな西行です」

「はあ」従うしかない。背をのばし、ゆっくりと暗唱する。

「花に染む心のいかで残りけむ、捨て果ててきと思ふわが身に」

「どういう意味ですか」

「花の美しさに心がいっぱいになる。出家してあらゆる執着を捨てたと思っていたのに、どうして花への未練だけが残っているのだろう」

「素敵な詩ですね。花を想《おも》い人に置き換えると、また味わいがちがいます」

深芳野は、目を糸のように細めた。

「なら、歌集をおかししましょうか。左京大夫《さきょうのだいぶ》様の歌集を筆写させてもらったものがあります」

左京大夫とは土岐政房の次男で、かつては多幸丸《たこうまる》と名乗っていた。今は土岐〝左京大夫〟頼芸《よりなり》とよばれている。鷹《たか》の絵をよくして詩にも造詣が深い。同好の士ということで、陪臣ながら新九郎は目をかけられていた。他にも、父の新左衛門と頼芸の母の花佗《かだ》夫人が同郷という縁もある。

「いえ、結構です。私は新九郎殿から聞きたいのです」

「けど……」

「ああ、そうそう。いつものあれを」

う、と閉口する。またか。しかし、言わないときっと解放してくれないだろう。

「花は桜木、人は武士、柱は檜《ひのき》、魚は鯛《たい》、小袖はもみじ、花はみよしの」

深芳野の瞳が輝いた。

「まあ、素敵な言葉ですね。どういう意味ですか」

昨日もいわされたでしょう、とは口にしない。そうすれば、きっと先ほどの寝言をばらされる。

「一休宗純《いっきゅうそうじゅん》和尚の言葉です。花を愛《め》でるなら桜がいい。人ならば武士、柱にするなら檜、魚を料理するなら鯛、小袖の柄ならもみじ、という意味です」

「まあ、それで。その先は。『花はみよしの』とはどんな意味ですか」

ずいっと深芳野が顔を近づけてきた。人質が集められ、深芳野とはじめてあったときと同じことをいう。一言一句たがわずに。

「つまり、桜は数あるなかでもみよしの——吉野の桜が一番美しいということです」

「それで、それで。その先は」

深芳野がさらに間合いをつめる。新九郎も細身で背の高い方だが、深芳野はそれ以上だ。

「つ、つまり……」火がついたかと思うほど、耳が熱くなる。

「つまり」と、深芳野がふれんばかりに顔を近づける。

「深芳野様はみよしのと同じ、一休宗純和尚の言葉のようにお美しいということです」

「まあ、お口が上手なこと」

深芳野は糸のように細めた目を、にゅっと垂れる。

やれやれ、と思う。なぜ、初めてあったとき、こんなことをいってしまったのか。きっと、母の教えのせいだ。死んだ母は、身分の高い娘にあったらかならず何かを褒めなさいと教えてくれた。容姿でも身につけているものでも、何でもいいからよく観察して褒めろ、と。背の高い深芳野は容姿を褒めるとやぶ蛇になりかねない、と名前を切り口にして賞賛したらすこし口が滑ってしまった。

新九郎は天井を見あげ、誰にも聞こえないようにつぶやく。

母上よ、あなたの教えを実践するのは難しくあります。

結局、新九郎が深芳野から解放されたのは半刻《はんとき》（約一時間）以上たってからだった。戦が終われば小袖をあつらえたいので、どんな柄がいいだろうかと相談されたのだが、自分は桜にまつわる名前なので春の花はどうだろうか、藤の花は似合わないだろうか、と一方的にまくしたてられた。今さら稽古にいっても仕方ないだろう、と庭で西行の歌集をめくっていると、「おい、毒へび」と棘《とげ》のある声をぶつけられた。振りむくと、長井弥次郎《やじろう》がたっている。小守護代長井家の嫡男で、力士のような体格をしている。背後には、取り巻きたちを十人ほど引き連れていた。

「よい身分だな、稽古もせずに」

「申し訳ありません。今日は気分がすぐれないもので」

あわてて立ちあがり、低頭する。

「気分がすぐれぬ、だと。どうだかな」

長井弥次郎が背後に目をやると、取り巻きたちが笑って同調の意をあらわした。父親が小守護代とよばれているので、弥次郎は集められた人質たちの長のような立場だ。

「貴様は、毒へびの息子ゆえに信がおけぬわ」

なんとか表情にださないようにする。

が、沈黙は弥次郎にとっては反抗の態度と映ったようだ。

「貴様の父の新左衛門は、もののふの風上にもおけぬ男よ。合戦で槍をあわせることをさけ、卑怯《ひきょう》な詐術ばかりをつかいおる」

ぎゅっと拳を握りしめた。

「二言目には銭だ。平時も戦時も銭儲《もう》けのことしか考えておらぬ。銅臭がきつくてかなわんわ」

弥次郎が鼻をつまむ。銅臭とは、銭の匂いのことで賄賂《わいろ》を意味する。

「それはちがいます」思わず口にだしてしまった。

「ほお、何がちがうというのだ」

「父は、戦場で槍をあわせることからは逃げてはおりません。一族や郎党もです。その証拠に、今まで幾多の敵を破りました」

「破る、だと」弥次郎が鼻で笑う。「貴様の父が破った敵は、みな弱敵ばかりだ。実力が上とみると、さもそれらしい弁をふりかざし、攻めずに時を稼ぐ。卑怯者といわずに何という」

「ですが、そのあとに敵を破っております」

「それは武勇ゆえではない。敵地に、一揆《いっき》や疫病、災いがおこったからだ。卑怯にも、貴様の父はそれに乗じた。こそ泥でも、もうすこしましな兵法を使うわ」

これ以上の抗弁は、さらに心証を悪くしかねない。新九郎は黙ってうつむく。唇を食《は》んで罵声にたえる。

「大方、新左衛門だけでなく、一族や被官も同様なのであろう。長井同名衆《どうみょうしゅう》として穢《けが》らわしいわ」

　思わず顔をあげた。

　長井弥次郎が背を向けようとしたので、「お待ちください」と声をかける。

「お言葉ですが、わが一族や家中の被官たちは卑怯者ではありません。むろん、賄賂などとも無縁です」

　脳裏をよぎったのは、死に際の母の言葉だ。

　──家族を守って
　家族とは一族はもちろん、長井新左衛門尉家のために働いてくれている郎党たちもだ。

「ならば、なぜ、貴様ら新左衛門尉家は大敵に対して槍をあわせぬ。己より強い敵に立ち向かってこそ、もののふであろう。どころか、卑怯な荷留めばかりしておる」

　荷留めとは、関所をつかって敵地への米や塩などの流れを止めることだ。父の新左衛門は頻繁に荷留めを駆使し、敵を弱体へと追いこむのを得意としていた。

「弥次郎様は間違っております」

「なんだとう」

「百戦百勝は、善の善なるものに非《あら》ざるなり。戦わずして人の兵を屈するは、善の善なるものなり」

弥次郎の顔がゆがんだ。

「また、兵法書はこういっております。『軍をまっとうするを上となし、軍を破るは之《これ》につぐ』。合戦で敵を破るは、最善ではありません。一兵も損じずに屈服させることこそ、善の善。勇を誇り、大敵に力攻めするは、もっとも戒むべきこと」

いってから、ごくりと唾を呑《の》んだ。が、もう後にひけない。ならば、いいきるのみ。

「わが父のなさんとしていることは、これです。そして、一族や郎党もそれをわきまえております。荷留めで敵の力を奪い、疫病や飢饉で弱った隙を攻めるのはそのため。いかに損害をすくなくするか、それが君子《くんし》の——国手《こくしゅ》の戦いです」

弥次郎の取り巻きたちが「国手」とつぶやく。

「国手とは、国を医《いや》すもののことです」

以前、父のもとに田代三喜《たしろさんき》という関東の医者の使いがやってきた。范可《はんか》という変わった名の老武者だ。范可は、田代三喜の言葉を教えてくれた。

——法蓮房こと新左衛門は、国手の器である。

「父は国を思えばこそ、戦で槍をあわせることを忌避しております。だからこその荷留めです。民を思っての国手としての戦い方です」

一息にまくしたてる。興奮のあまり肩で息をしてしまった。

「おのれ……こしゃくな口上を。誰のおかげで、長井同名衆になれたと思う」

弥次郎が従者からひったくったのは、棒だった。怒気が湯気のようにたちのぼっている。後ずさりそうになって、新九郎は必死に己を押しとどめた。

何も間違っていない。たとえ打擲《ちょうちゃく》されても逃げない。家族や郎党たちの名誉のためにもだ。

棒が振りあげられた。歯を食いしばる。

が、棒は襲ってこない。誰かが長井弥次郎の手首をつかんでいた。

「やめなされ。もののふとしての行いはどうあれ、新左衛門殿が功をあげているのはたしかー」

頭を剃《そ》りあげた侍大将は、長井玄佐《げんさ》だった。病人かと思うほど肌が白く、整った表情はどこか作りものじみている。年は三十代後半のはずだが、しわがすくないので若く見えた。腰には刀と鞭《むち》、そして分銅のついた鎖が巻きついている。小守護代長井家の懐刀として知られている男だ。

さすがの弥次郎も逆らいがたいのか、舌打ちとともに棒をおろす。

「新九郎よ」玄佐が頰のこけた顔をこちらにむける。

「先ほどの弁は、孫子《そんし》だな。よく学んでいるようだ」

「おそれいります」

「孫子曰《いわ》く、凡《およ》そ用兵の法は国をまっとうするを上となし、国を破るは之に次ぐ」

玄佐の声は、新九郎の心臓をえぐるかのようだった。

「戦とは敵を傷つけずに――つまり国をまっとうして略取するが最善。敵の国土を疲弊させても意味がない。これも孫子の言葉だな」

新九郎は慎重にうなずく。

「では、戦が終われば美濃の国を――新左衛門が攻め落とした領地を見聞するがいい。きっとわかるはずだ。孫子のいう〝国をまっとうする〟には、お主の父がほど遠いことをな」

淡々とはしているが、口調には挑発の気配が濃くあった。

「ありがとうございます。戦が終われば、ご忠告にしたがい見聞を広めたいと思います」

なんとか、そう答えた。

「うむ、それがいい。それはそうと、左京大夫（頼芸）様がお主のことを呼んでおったぞ。城の外にある、犬追物《いぬおうもの》の馬場へいけ」

犬追物とは、騎射《うまゆみ》の芸事のひとつだ。弥次郎が舌打ちを放つ。頼芸とは歌道という同好の誼《よしみ》で結ばれているので、新九郎は度々呼ばれることがあった。

「わかりました。すぐに参ります」

長井弥次郎と玄佐に頭をさげ、辞した。曲輪を抜けて、新九郎は福光館を出る。すぐそばに長良川《ながら》が流れていた。すこし離れた河原では、若武者がさっそうと馬を駆っている。歳《とし》のころは十九ほどか。顔立ちは、筆で描いたかのように美しい。きっと生母の花佗夫人の血を濃く受け継いでいるのだろう。かつての多幸丸こと、土岐〝左京大夫〟頼芸だ。

馬を駆りながら、頼芸は弓を引きしぼる。逃げているのは犬だ。狙いすまし、矢をはなった。犬の背中にあたり、大地を転がる。犬追物だ。矢尻はついていない。また、頼芸もあえて硬い背中を狙ったようだ。転がった犬はすぐに起き上がり、逆方向に逃げていく。

弓は、土岐家のお家芸といわれている。守護の政房は、犬追物の名人として名高い。頼芸も父ほどではないが、なかなかの腕だ。ちなみに、頼芸は絵画にも造詣が深い。富《ふ》景《けい》という号で描く鷹の絵は、京の貴族のあいだでも評判である。

近づこうとした新九郎を阻んだのは、弓衆だ。みな若く、頼芸と同年代だ。

「新九郎殿、陪臣の身分でこの会に参加するつもりか」

一番年長の弓武者がすごんだ。

頼芸直属の弓衆である。お家芸の弓術の技を磨くために、土岐家では家中や近郊から弓に長《た》けた若者を集め鍛えている。彼らがそうだ。土岐一族の近衛兵《このえへい》という役目もになう。

「かまわぬ。私が呼んだのだ」

馬上から声をかけたのは、頼芸だった。かすかに顔をしかめたが、弓衆たちは道をあけてくれた。犬追物が一段落ついたのか、頼芸が馬を下りて近づいてきた。新九郎は跪《ひざまず》いて迎える。

「呼んだのは他でもない。よい歌集が手に入ったのだ。新九郎も見たいであろうと思ってな」

「まことですか」自分の声が上ずるのがわかった。

「私の館の書院にある。文机《ふづくえ》の上だ。私はまだここを離れられないから、持っていくといい」

「左京大夫様」と、弓衆の長が険しい顔で近づいた。

「新九郎殿は陪臣。軽々しく屋敷に入れるのはどうかと。部屋に招くなどもってのほかです」

「うるさいことをいうな。新九郎とは、幼きころからの付き合いじゃ」

陪臣ではあったが、父の新左衛門が花佗夫人と幼馴染《おさななじみ》だった縁もあり、新九郎は頼芸の小姓《こしょう》に取り立てられていた。身の回りの世話をしていたので、頼芸の館のことはよくわかっている。

「主君の部屋に、小姓が書をとりにいくなど珍しいことではない。館のものも、みな新九郎のことはわかっている」

「幼きころはどうかは知りません。今は陪臣です。上下の区別をつけるのが、将来の国主のつとめでしょう」

「推敲《すいこう》を知らぬのか」頼芸の言葉に、弓衆の長が首をかしげた。

「賈島《かとう》と韓愈《かんゆ》ですな」という新九郎の言葉に、さらに弓衆の首が傾く。推敲という言葉の語源になった故事だ。詩句を考えるのに夢中の賈島は、高官である韓愈の馬車の列をさえぎってしまう。無礼であると引き立てられ、理由を尋ねられた。詩の内容を考えていたと答えると、奇《く》しくも詩に造詣が深い韓愈は喜び、ともに同じ車に乗り詩について語りあった。

つまり、頼芸と新九郎は賈島と韓愈の仲だといっているのだ。

「侍女か小姓に取り次いでいただいて、歌集をお借りすることにいたします」

弓衆の顔をたててそういった。頼芸が苦笑する。辞そうとすると、新九郎の足元に寄り添うものがあった。犬だ。まだ小さい。足をひきずっている。

「どうしたんだい」しゃがみこむと、頬をすり寄せてくる。犬追物の矢をうけたのか、足に怪我《けが》を負っていた。

「新九郎殿、放っておけ。その犬はもう走れない。犬追物には使えない」

犬の傷をみると、深く化膿《かのう》していた。たしかに、手当てしても以前のようには走れないだろう。しかし、庭で飼う分には問題なさそうだった。

「もう、犬追物では使わないのですか」

「そういったであろう」

立ち上がり「左京大夫様」と声をかけた。弓衆の長が露骨に顔をしかめる。

「なんだ」と頼芸がこちらを向いた。

「お願いがあります。この犬です。足を怪我して、もう走れぬようです。私がもらってもよいでしょうか」

家族や郎党たちとは、長い間会っていない。無聊《ぶりよう》を慰めるのに悪くないと思った。

「犬が欲しいと申すか。しばし、待て」

頼芸はあごをひいて、考えこむ。その間、新九郎は再び膝をおり、犬の頭をなでる。柔らかい頬を腕にすりつけてきた。ぺろぺろと指もなめる。

「新九郎」と、頼芸があごをあげた。呼ばれて、新九郎はあわてて立ち上がる。

「お許しいただけますか」

「犬を下げ渡すこと、まかりならん」

予想だにしない答えだった。

「そ、それはなぜでしょうか」

「土岐家の法や先規にないからだ。犬追物で動けぬようになった犬を、家臣に下げ渡した例はない」

「そ、そんな」

「犬追物は、土岐家では弓術と並ぶ大切な芸事だ。厳格な決まりがある。走れぬようになった犬は、鷹の餌とするのが家法だ」

「し、しかし一匹くらいは」

「新九郎、私は土岐家の男児だ。お主の優しい気持ちはわかる。ほかの家に生まれていれば、私も喜んで許しを与えただろう。だが、できぬものはできぬ。土岐家の法と先規には、逆らうことはできん」

弓衆の長は鼻を鳴らし溜飲《りゅういん》を下げていたが、さすがに他のものは啞然《あぜん》としていた。

「いいか、みな、よく聞け」声をはりあげて、頼芸は注意をひきつけた。

「私は、美しく正しいものが好きだ。古《いにし》えからつづく法を破り先規を蔑《ないがし》ろにすることほど、醜いことはない。今、美濃の国は乱れている。因は明らかだ。兄の二郎《じろう》様が父の意向に背き、不孝という美しくない行いにいたったからだ」

弓衆と新九郎ひとりずつに、頼芸は目をやる。

「今の乱れた世をただす手段はひとつしかない。長く美濃を治めた土岐家の古えの法と先規を、誰よりも正しく守ることだ。さすれば、いずれ美濃に平安が訪れる」

頼芸の言葉は、どこまでもまっすぐだ。だからこそだろうか、絶望的なまでに残酷でもあった。新九郎の足元では、犬が鼻をならし頰をすりつける。

蝮ノ二

うちの大将は、どうかしちまったんじゃないか。ひるがえる馬印をみて、源太はつぶやいた。どうして内陸の美濃の国で、波の紋なんだ。まったくわけがわからない。たしかに美濃の最南端は海に近いが、にしたって波なんか目にすることは滅多にない。

源太の目の前には、二頭立浪《にとうたつなみ》の紋を染めた旗がひるがえっていた。押しよせる波を図案化したものだ。波頭は二股になり獣が獲物に襲いかかるかのようで、真円の水沫《みなわ》が五つ飛んでいる。

「おい、源太、われらの大将の悪口をいうものではない」

どうやら聞こえてしまったようで、宝念にたしなめられる。泥鰌髭《どじょうひげ》には、随分と白いものがまじるようになっていた。

戦が終わったというのに、兵たちの動きはあわただしい。雑兵《ぞうひょう》たちが鎧櫃《よろいびつ》をいくつも担ぎ、隙間なくならべ、その上に盾をおく。大きな机が完成した。美濃の絵地図、敵の城や砦《とりで》の見取り図だけでなく、村の石高や町の商いの品を書きつけた紙を何枚もならべる。

「さて」と声をだしたのは、かつての法蓮房こと長井新左衛門だ。目尻にしわが刻まれ、一条の雷が走るように灰色の髭がまじっている。当年四十一歳。脂がのったという表現がぴったりとくる、堂々たるたたずまいだ。副将格の宝念だけでなく、馬《うま》の助《すけ》、石弥《せきや》、牛次《ぎゅうじ》など生え抜きの侍大将、西村家や長井新左衛門尉家の郎党被官たちもずらりとならぶ。源太も鋒両刃《きつさきもろは》の烏丸《からすま》をかついで、末席のあたりへといく。みな、背をのばし立っているが、源太は食客待遇という身分なので、近くにある石に腰をおろした。

「耳にたこができているとは思うが、あえていう。血を流す戦など、童の遊びだ。敵をうち破った今、本当の合戦がはじまる。血が流れない合戦こそが、本番だ」

新左衛門の弁に、みなの背がさらにのびた。膝の上に肘をついて、源太はその様子を見つめる。

「荷留めだな。どこの領地の何の品を留める」宝念が前のめりになってきく。

「まず、加茂郡《かも》だ」

新左衛門は美濃の絵地図を指さした。国府福光館の東に広がる郡である。敵である斎藤家の領地だ。

「米と塩の荷留めだ。が、その前に」ちらりと宝念を見た。

「わかっている。周辺の村や国で、米と塩を高値で買い占めるんだろう。馬の助よ」

宝念が呼ぶと、柿帷子《かきかたびら》をきた馬の助が「おう」と答える。酒に酔っているのか、足元がおぼつかない。もう歳は五十を過ぎた。十七年前に出会ったときの若々しさはないが、健脚は衰えていない。ただ、酒量が増えたことを源太は少し心配していた。

「馬借《ばしやく》と商人を雇い、加茂郡の周辺の村や越前の国へいってくれ」

宝念の指示に、馬の助が酒臭い息を残し去っていく。

「加茂郡の荷留めだが、米と塩以外にもうひとつ留める。それは、鉄や銅、金銀などだ」

加茂郡には、刀工の町である関《せき》がある。源太らが、十六年前に花佗夫人と落ちあうために滞在した町だ。鋳物師などの金属加工の商いがさかんで、その材となる鉄や銅の荷を留めるという。

「が、どうする。南や西からの荷留めはわれらでできるが、北の飛騨《ひだ》からの鉱石は留められんぞ」

宝念が腕を組んだ。鉱山が豊富にある飛騨の国と、加茂郡は隣接している。

「その流れを断つ。関所をつかった荷留めでなく、兵の力で、だ」

宝念には、それだけで十分だったようだ。

「牛次、石弥、お前たちは兵をひきい、飛騨との国境に飛べ。そして、道を通る荷駄を襲え」

「なんだよ、山賊まがいの仕事かよ」

石弥が皮肉り、牛次は無言で肩を叩《たた》き行動をうながす。

「米や塩は見逃してもいいが、鉱山から運ばれる荷駄は容赦するな。火をつけて、派手に襲え」

新左衛門の言葉にふたりはうなずいた。山賊がいるとわかっている道を、荷をのせて運ぶはずがない。これで、飛騨からの鉱石の流れは断てる。

「その上で、大野郡《おおのぐん》、本巣郡《もとすぐん》、山県郡《やまがたぐん》にも荷留めを行う」

いずれも美濃北方の郡で、朝倉家《あさくらけ》と同盟する頼武や斎藤家の勢力範囲である。

「米と塩の荷留めだな」

「ちがう」と、新左衛門は言下に否定する。懐から一枚の銭を取りだす。永楽通宝と銭銘がある。

「銭の荷留めだ」

「銭だと」

「大野郡、本巣郡、山県郡では、永楽通宝が多く流通している。敵の城の蔵にも多くあるのは、調べがついている」

意図が読み取れず、みなが新左衛門を見る。

「いま敵のいる加茂郡では、永楽通宝四枚は善銭《ぜんせん》一枚に相当する。商人を装った部下を敵地へ送り、善銭一枚で永楽通宝五枚とかえる」

「おいおい、大損じゃないか」

拒否するように、宝念は首を横に何度もふった。弾みで、泥鰌髭もゆれる。

「心配するな。美濃の永楽銭は、二月後に暴落する。おれの見立てでは、永楽通宝十枚で、善銭一枚にまでなるだろう」

源太は、必死に足りない頭を働かせる。新左衛門の手の者の商人が、敵の善銭を永楽通宝と交換する。敵の蔵は永楽通宝でいっぱいになる。それが、二ヶ月後には十分の一の価値に暴落する。敵のもっている軍資金が、一気に十分の一になるということだ。

「本当か、そんなに上手《うま》くいくのか」宝念が疑わしげな目をむけた。

「おれを誰だと思っている。神算の法蓮房だぞ。頭の中の算木《さんぎ》を動かせば、銭の値の動きなど読むのはたやすい」

新左衛門は己のこめかみを指でたたく。それだけで、みなが押し黙った。算木とは、算術に使う道具だ。算盤《さんばん》という紙の上で動かす。新左衛門は頭の中で算盤と算木を思い描き、動かすことで常人には不可能な計算もたちどころにこなしてしまう。

「その上で、鋳物師と刀工の町である関にとどめをさす」

新左衛門の言葉は、合戦で総攻めを命じたときよりも過剰な殺気がしたたっていた。

「大良《おおら》の港は覚えているな」新左衛門や宝念らが、初めて美濃の土を踏んだ町だ。

「そこに新しい座をつくる。刀工と鋳物師の座だ」

「そ、そこまでやるのか」と、宝念がうめいた。

意味が理解できない源太や被官たちに、新左衛門は説明する。座とは職工の組合のことだ。この座に加盟しないと、自由に鋳物師や刀工の仕事ができない。鉱石の荷留めをされた加茂郡の刀工や鋳物師の座は、大打撃をうける。多くの職工が関を去るはずだ。そこで、木曽《きそ》川にも通じる大良に新しい鋳物師と刀工の座をつくる。牛次らの働きで飛騨の鉱石は関に運ばれない。川沿いに新しい座ができればどうなるか。長良川や木曽川を伝って、続々と飛騨の鉱石が運ばれる。関の鋳物師座や刀工座が壊滅すれば、加茂郡に勢力をもつ守護代斎藤家の力も大きく削《そ》がれる。

「いいか、耳にできたたこを今すぐに切りおとして、おれのいうことを頭に刻みつけろ」

新左衛門はひとりひとりに目をやる。

「血を流す合戦は童の遊びだ。本当に恐ろしいのは、血を流さない合戦だ。そこで、どれだけ汗を流すか。いや、汗だけじゃない。知恵も一滴残らず絞りつくせ。敵の経世済《けいせいさい》民《みん》をいかに潰すか。これが本物の合戦だ」

郎党たちが、新左衛門の命をうけ散っていく。源太はすわっていた石から尻をうかす。腰紐《こしひも》にまきつけていた袋をとりあけると、中からでてきたのは蹴鞠《けまり》だった。

「おい、源太、何だそれは」

目敏《めざと》く見つけたのは、宝念だ。その後ろでは、気になるのか新左衛門も注視していた。

「日運《にちうん》様からもらった蹴鞠だよ。さすがに、一年以上もつづくと戦もあきる」

源太は足の甲をつかって、鞠を小刻みに蹴る。

「食客扱いだからといって、あんまり羽目を外すなよ」宝念は渋い顔を隠さない。

「おれにそんな口のきき方をしていいのか。日運様は、今は美濃の常在寺《じょうざいじ》の住職だぞ」

三年前の永正十三年（一五一六）に、日運は美濃へもどってきた。妙覚寺末寺の常在寺の住職に抜擢《ばってき》されたのだ。

「守護代斎藤家の血をひく日運様とは、誼《よしみ》を通じておいた方がいいだろう。古いつきあいの誰かは、日運様の信頼を裏切ったからな。おれがその役をやってるのさ。蹴鞠の修練もそのためだ」

横目でうかがうと、新左衛門は微苦笑をうかべている。宝念は「ほどほどにな」とだけ口にして離れていく。入れ替わるようにして、新左衛門が前にでる。

「源太よ、日運様とあうというのは本当か」

「ああ、戦が終わってからだけどな」鞠を蹴る動きを止めず答える。

「なら、わたしてほしいものがあるんだ」

「贈り物か」あまり気は進まない。日運は、まだ新左衛門に対してわだかまりをもっている。

「まさか、毒を贈るつもりじゃねえだろうな」

蹴りつつ、新左衛門をにらむ。冗談ではない。新左衛門は、目的のためなら手段を選ばない。

「安心しろ。贈り物は香だ」

「なら、引きうけてやる。ただし嘘《うそ》はつくな」

贈り物の中身をたしかめたとき、もし日運を害するものがはいっていれば許さない。

「嘘はつかんよ。ただ、ただ……」

「ただ」

「日運様にとっては、毒に等しいものかもしれんがな」

蹴りそこねて、鞠が横に転がった。拾ったときには、もう新左衛門は遠くの方へといっていた。

蝮ノ三

「源太ァ」

所領に帰った源太を出迎えたのは、罵声だった。ひとりの女が腕まくりしてでてくる。

「あんた、ちゃんと働いてきたんだろうね。新左衛門様の邪魔をしなかったろうね。聞けば、戦場でも蹴鞠の稽古ばっかりしてたそうじゃないか」

背の低い女が眉をつりあげてなじる。目は小さく鼻も低いが、どこか愛嬌《あいきよう》のある顔立ちをしている――はずだ。羅刹《らせつ》のような表情でなじる今は、その面影はないが。ちなみに名前はお景《けい》という。そう、関の町の宿の飯炊き女だ。色々と紆余曲折《うよきよくせつ》があり、一年前に源太の妻になった。

「うるせえよ。ちゃんと働いてきたよ」

源太は、土間の式台に足をおく。蹴鞠を転がし、新左衛門からあずかった日運への贈り物の箱を尻の横においた。今日は自分の家で体を休めて、三日後くらいに日運のいる寺へいく。

「おい、それより、さっさと足を洗ってくれ。おめえはおれの女房だろう」

「何いってんだい。あんたみたいな甲斐性《かいしよう》なしが、一人前に足洗ってもらえるなんて思うほうがどうかしてるさ。宝念さんや牛次さんを見習いな」

いいつつ、盥をおいてくれる。が、中身は空だ。自分で水をくみ、自分で洗えということである。

「おれはあいつらみてえに、新左衛門の犬になったわけじゃねえ。それに、普通よりはいい暮らしをさせてるはずだ。ほら、働きの褒美だぜ」

銭の束をどさりとおく。銭一貫《いつかん》――一千文だ。

盥を脇にかかえ井戸へいくと「あんた」と、お景から声がとぶ。

「なんだよ」

「なによ、この銭は善銭が半分しかないじゃない」

「よく見ろって。宋銭《そうせん》は半分だが、残り半分は永楽銭だ。私鋳銭《しちゅうせん》じゃねえ。その証拠に銭縮みしてないだろう」

つるべで水をくみ、盥に移す。

「あのねえ、永楽銭は善銭じゃないでしょう。このへんじゃ、永楽銭三枚で善銭一枚と交換よ。そんぐらい覚えておきなさいよ」

お景は働きものだが、いかんせん銭にうるさい。もっともそのことを馬の助らに愚痴ると、お前も似たようなもんだったじゃねえか、と嗤《わら》われたのだが。

「仕方ねえだろ。おれは新左衛門の阿呆《あほ》に命令されて、旅にでることが多い。村や国によって、永楽銭の値打ちはちがうんだ。いちいち、覚えてられねえぜ」

水をこぼさないように、慎重に家のなかに盥を運ぶ。

「とにかく、永楽銭だ。私鋳銭じゃねえ、永楽銭だ。場所によっては、善銭一文だ。まあ、言われてみれば、そんな村はすくなかったが」

式台の隣に盥をおき、わらじを脱ぎ足をいれる。

「それより飯だ。白い飯を食わせろよ。雑穀はいれるな」

「何、いってんだい。鐚銭《びたせん》半分まじりの稼ぎしかない男が。真っ白い飯を食いたければ、善銭だけの一貫文を用意しな」

「だから、永楽銭は鐚じゃねえっていってるだろう」

乱暴に足を洗い、板間にあがる。ほどなくして、膳が運ばれてきた。あてつけだろうか。ちょうど半分が白い米で、半分が雑穀だった。

「畜生、誰の稼ぎで食えてると思ってんだ」

「あたしが野良仕事をしてるからでしょうが」

源太の頭を、お景がしゃもじで殴りつける。

蝮ノ四

常在寺の境内でひとしきり鞠を蹴りあった源太と日運は、本坊へもどって白湯《さゆ》を飲んでいた。ふく風は戦乱が一段落したせいか、甘く感じられる。

「そうだ。日運様、新左衛門からの贈り物です」

桐箱を差しだすと、日運の顔が華やいだ。

「そうか。法蓮房の兄者は、私のことを気にかけてくれているのだな」

「どうでしょうね。あいつは薄情者だからな。ああ、贈り物は衣香《いこう》です。京で購《あがな》ったもので、初壺《はつつぼ》という名前だったかな」

衣香とは、衣につける香のことだ。男性にも愛用者は多い。

「あ、ああ。初壺か。私も嫌いじゃないよ。京の行商から購ったものを時々つけている」

「そういえば、花佗夫人もつけているとか」

「そうだね。京では女房衆に人気の香らしいね」

なぜか言い訳がましく日運はいう。蓋をあけ、匂袋を取りだした。爽やかな香りが、源太の鼻をくすぐる。

日運の顔色が一瞬にして変わった。

「げ、源太、これは本当に初壺かい」

「もちろんです。新左衛門が、わざわざ従者を京までやって購わせましたから。買い付けにいかせるところも、もどってくるところもおれは見てますよ」

源太は、日運に語る。新左衛門は頻繁に京へ使いをやり、日蓮宗の伝手《つて》を頼り、日ノ本にないものを購っている。

「火をつけると竹のように爆《は》ぜる粉や、天竺《てんじく》やもっと離れた国の書物なんかを買い集めているんです」

火をつけると爆ぜる粉は、始皇帝が不老不死の妙薬を作る過程で生まれたという。どこまで本当かはわからぬが、小便から作られるとか。そんなことを、源太は面白おかしく話した。

が、どうしたことか、どんどんと日運の顔が青ざめてくる。唇は紫色になっていた。

「どうしたんです。新左衛門の香に変な匂いがしますか」

「源太、これは警告だ」

「どういうことです。詳しく教えてください」

周囲に人がいないのをたしかめてから、日運が口を開く。

「私は密通した。ある女人と、だ。僧籍にあるものとして、あるまじき行為をした」

「密通……誰とですか」

「か、花佗夫人だ」

衝撃は案外にすくなかった。いわれてみれば、男女の立場のちがいはあれど、新左衛門のことを恋い慕っているという意味では、ふたりの境遇は似ている。似たもの同士が近づくのは、男女の色恋ではごくふつうのことだ。

だが、なぜ新左衛門の贈った香が警告の意味をなすのか。

「初壺は、花佗夫人もつかっている香だ。実は、私も初壺の香を使っているといったね」

「だから、新左衛門は今回の贈り物に初壺をおれに託したんでしょう」

「私が初壺の香を使っているというのは嘘だ。密通のときに、花佗夫人の香が移ってしまったんだ。それを何人かに指摘されたから、初壺の香を使っていると嘘をいった」

「あちゃあ」源太は顔を手でおおう。

「それだけならいい。だが、法蓮房の兄者が贈った初壺の香は、花佗夫人の香とはちがう匂いだ」

「どういうことですか」

「これは、守護様の罠《わな》なのだ」

初壺と偽って、土岐政房は花佗夫人にまったくちがう香を身につけさせた。恐らく、どこにも売っていない独自に調合させた香だ。土岐家に出入りする男に、政房はその香りが漂っていないかをたしかめていた。花佗夫人と誰かが密通しているのではないか、と疑っていたのだ。

「私はまんまと罠にはまった。移った香りをごまかすために、偽りをいった。花佗夫人が初壺の香りなどつけていないのに、だ。事実、この初壺の香りは、花佗夫人の香りとはまったくちがう」

がたがたと日運がふるえだす。

「守護様は恐ろしく嫉妬深い方だ。ばれれば、私は殺される。これは法蓮房の兄者からの警告であり、助言だ。いますぐに逃げろ、と」

ぎゅっと匂袋を握りしめた。幸か不幸か戦乱がつづき、政房は花佗夫人の密通に注意を向ける余裕がなかった。が、今はちがう。じきに、日運が虚言を弄したことがばれる。

「源太、助けてくれないか」日運が、目差《まなざ》しをすがりつかせる。「たのむ」と、かすれた声で懇願された。

源太は、己の肚《はら》に問いかける。助けるべきか、否か。答えはすぐにかえってきた。

助けろ、といっている。それだけで源太には十分だった。

「わかりました。三日後に迎えにきます。それまでに、密かに旅の仕度を――」

「ちがう。私ではない。助けてやってほしいのは、花佗夫人だ。守護様は恐ろしく嫉妬深い。私との密通がばれれば、夫人の命が危ない」

「花佗夫人を、ですか」

「そうだ。私のことはどうでもいいんだ。花佗夫人を助けてやってくれ」

日運は源太の両手をとる。そして、強くにぎった。

「たのむ、お願いだ。私はどうなってもいいんだ」

そして、額を源太の傷だらけの拳につよく押しつける。

源太は馬を駆っていた。日運のいた常在寺は、もうはるか遠くだ。

「さて、どうするか」馬上でつぶやく。

厄介だ。日運ひとりなら、逃がすのはわけがない。が、女人の花佗夫人は別だ。何より、子の土岐頼芸はどうするのか。今はもう数えで十九歳の青年になり、政房の後継者だ。が、母の密通がばれれば廃嫡は間違いないだろう。いや、それだけで終わるとは思えない。花佗夫人と頼芸と日運、この三人に重い罰を科すはずだ。日運と花佗夫人は処刑、頼芸は幽閉という線が濃いのではないか。三人をつれて逃げるのは不可能だ。となると、残る手はひとつ。

土岐政房を亡き者にする。

「ち、おれの頭じゃ、そんなことしか思いつかない」

美濃守護を暗殺するなど、あまりにも馬鹿げている。が、奇妙な確信がひとつあった。

それは、新左衛門もその気だということだ。鞍上《あんじょう》で考えを整理する。手を打たなければ、花佗夫人と日運の密通はばれる。そうなれば、新左衛門は花佗夫人や頼芸とのつながりを失う。頼芸が将来、美濃守護になることは、新左衛門の国盗《くにと》りにとっては欠くべからざる一手だ。

では、新左衛門はどうやってふたりを守るか。政房を暗殺するしかない。政房が死ねば、美濃国の当主は頼芸になる。新左衛門にとっては願ってもないことだ。

もちろん、悪いこともある。政房を喪《うしな》えば、越前に亡命している土岐頼武が息を吹きかえす。政房死後の混乱のなかで、敵の攻勢を撥《は》ねかえすのは至難だ。

加茂郡からの街道が合流するあたりで、馬にのった若武者と鉢合わせした。細身で、背は中背の源太より高い。

「新九郎じゃねえか」叫ぶと、長井新九郎は顔をあげた。

「ち、水につかった炭みたいな顔しやがって。どうしたんだ」

「なあ、源太」新九郎は、源太が馬をよせるのを待って口を開く。

「父は本当に毒へびなのだろうか」

「はぁ」

「私は父が国手だと信じていた。母もそういっていたし、あったことはないが田代三喜様というえらい先生やその使者の范可様も同じことをおっしゃっていた」

「奴が国手なんてたまかよ。奴は、盗人《ぬすっと》だ」

「盗人か。やはり、国手なんかじゃないのだろうか。母は偽りをいっていたのかな」

「おいおい、どうした。いつもは新左衛門の悪口をいえば、つっかかってきたじゃねえか。何かあったのか」

「さっき、加茂郡の関へいった。あの美しい賑《にぎ》わいの鋳物師の町が……」

「ああ、ひでえ有様らしいな。けど、そりゃ当然だ。新左衛門が荷留めをしたからな」

ぶるりと新九郎の体がふるえた。

「私は無理だ。もう、父を信じられない」

「おめでてえ餓鬼だ。この世で一番の悪は、自分の身内を守れないことだ。新左衛門のしたことは糞《くそ》ったれだが、それ以上に糞ったれなのは自分たちの町を守れなかった土岐二郎（頼武）だ」

源太の声に抗《あらが》うように、新九郎は首を左右にはげしくふった。

「私は、どうしたらいいんだ」

あー、こいつは変な病気にかかっちまった。これだから人を殺したこともない餓鬼は嫌いなんだ。

「わからなけりゃ、その目でたしかめろ」

胸ぐらをつかんで、新九郎の顔をあげさせた。

「ど、どうやって」

「新左衛門は近々、とんでもねえことをする……と思う。おれの勘がそういってる」

「とんでもないこと」

「関の町をぶっ壊すなんて生やさしいもんじゃねえ。きっと余人を交えない悪巧みだ。声がかかるのは、おれや宝念、馬の助たち昔のなじみだけだろう。おれが手引きしてやるから、近くで新左衛門が何をするかを見届けろ」

源太の言葉から、尋常でない事態と悟ったようだ。新九郎の表情が固くなる。

「奴が国手なのか、毒へびなのか。誰でもないお前自身の目で、判断するんだ」

新九郎の胸ぐらを解放して、源太は馬の尻に鞭をいれる。

すがりつく新九郎の目差しを引き剝がした。

蝮ノ五

犬の遠吠《とおぼ》えが、しきりに源太の耳にとどいた。山々に木霊《こだま》している。一匹や二匹ではない。数十匹はいるだろうか。蟬《せみ》の声さえも、どこかへ追いやるかのようだ。山にひそむ源太は汗をぬぐった。木々の隙間から見えるのは、馬にのった土岐政房だ。狩装束で、弓を手にもっている。

「それにしても、この五人だけで仕事をするのは久しぶりだな」

坊主頭に汗をてらつかせる宝念がやってきた。

「で、馬の助はうまくやっているか」源太はあごをしゃくる。ずっと先には、土岐政房の馬の口をとる柿帷子をきた武者がいた。馬の助だ。

「細川京兆《ほそかわけいちょう》を殺《や》るために集まったのが、十七年前か」

石弥が懐かしい声でいう。また犬の声がした。魔法を使わんとした細川〝京兆〟政元《まさもと》も、十二年前の永正四年（一五〇七）に死んだ。家臣の裏切りにあい暗殺されたのだ。今は、京兆家は政元の二人の養子が熾烈《しれつ》な後継者争いを演じている。

「思えば、あのころの殺しは本当に無策だったよな」

牛次は懐かしむように大槌《おおづち》をなでた。

「ふん、べつに殺すだけなら今からでもいける。守護様だけじゃなく、周りの従者も皆殺しだ」

源太は、これみよがしに腕をぶしてみせた。案の定、新左衛門は土岐政房の暗殺を決意した。行動は速かった。源太や宝念ら昔の仲間だけに声をかけて、謀《はかりごと》をねる。

「もう、昔とはちがう。ただ殺ればいいってもんじゃない。拙僧らの仕業だとばれれば、殺した意味がないからな」

宝念がたしなめる。『殺すことよりも殺した後のことのために、頭は使え』この謀をあかしたときの新左衛門の言葉だ。そうすれば、最善の殺し方が思いつくそうだ。

ちょうど、馬の助が政房から離れるところだった。見れば、政房らは馬からおり、従者のかかげる傘の下で水を呑んでいる。どうやら、弁当でも食うようだ。

茂みがゆれてあらわれたのは、柿帷子をきた馬の助である。

「くそう。暑いな」

日にあたりすぎたのか、あまり顔色がよくない。疲れきったように腰をおろす。

「そっちはどうだ。首尾は上々か」

馬の助は、うっとうしそうに汗をふく。馬の助の手がふるえていることに、源太は気づいた。が、あえて何もいわない。

「安心しろ。準備は万端だ」牛次が厚い胸をたたいた。また、犬の遠吠えが聞こえた。

「よし、じゃあ守護様が弁当を食べ終えたら、わしは次の狩り場につれていく」

源太だけでなく全員がうなずいた。また、犬が叫ぶ。

「へへ、ずいぶんと腹を空《す》かせているようだな」

馬の助が唇をゆがめ笑った。

こたびの刺客は人ではない。犬だ。十日近く飯を与えていない犬を数十頭、用意した。

「け、つまんねえ殺しだな。まさか、犬に殺らせるとはな」

源太は石を蹴飛ばした。

「つまんねえ、はねえだろう。こっちは犬に襲われる役だぞ」

馬の助はおおげさに両手をあげた。

暗殺の場所まできたら、源太らは飢えた犬の縄を切る。犬たちは政房の馬に殺到するはずだ。なぜなら、兎《うさぎ》の血を馬具にたっぷりと塗りつけているからだ。馬の口をとる馬の助も政房を助けるふりをして、政房の体に兎の血を塗りつける。

それだけだ。あとは、犬たちがやってくれる。馬の助は危険な役だが、俊足の持ち主なので間違いなく逃げられる。無論、犬に襲われそうになれば、石弥の礫《つぶて》が援護する。

「念のためにもう一度いう。耳のない犬は病持ちだ。数十頭のうちの三分の一がな」

宝念が自分の耳を指で弾《はじ》いた。

万が一、政房が襲撃を生きながらえても、犬の病が伝染し命を落とす。

「へへへ、おっかねえな。耳のない犬にだけは襲われないようにするぜ。まあ、これがあるから大丈夫だろう」

馬の助が懐からだした袋には、茶褐色のものがはいっていた。石弥と牛次が顔をしかめる。熊と狼《おおかみ》の糞だ。これを塗れば、よほどのことがない限り犬は襲ってこない。

「酒が欲しいな」馬の助が、喉をかきむしる。

「守護様のお世話をするんだぞ。酒はがまんしろ」

石弥はそういって、地に落ちている石を拾う。

「そろそろもどった方がいいぞ」と、宝念が馬の助をせかした。

「わかったよ。たしかにこれじゃあ、長小便じゃなくて、長大便だしな」

つまらない冗談をいいつつ、馬の助が立ちあがった。

「牛次、おれたちもいくか」

源太が声をかける。ふたりは、飢えた犬の縄を切る役目だ。

「たのむぜ、できるだけわしの手を煩わせるなよ」

石弥が肩をまわした。石弥の役は、万が一のときの援護だ。馬の助を犬の牙から礫で救うだけでなく、政房に兎の血を塗りつけられなかったときのために、血のつまった袋を遠くから政房に投げつける。が、すべてが順当にいけば出番はないはずだ。

縄を切られた野犬たちが一斉に走りだす。うなり声をあげ、よだれをまき散らす。耳のない犬も耳のある犬も狂ったように駆けた。

源太は短刀を懐にもどし、走りだした。落ちあう場所へと急ぐ。

「うわぁぁァ」

悲鳴が聞こえてきたとき、宝念と石弥の隠れる草むらについた。ふたりの横に寝そべり、様子を探る。馬にのった政房と柿帷子をきた馬の助がいた。十数人はいる従者たちだが、狩りのためにばらばらになっている。

「守れ、守れ、お館様を守れ」

従者たちが血相を変えて叫ぶが、その背後から牛次の放った野犬たちが次々と飛びだしてきた。

「おのれ、けだものめ。わしは美濃守護ぞ」

政房の絶叫は、犬たちの関心を一ヶ所に惹《ひ》きつけた。うなりをあげて、政房に襲いかかる。

「よし、上手くいったな」宝念と石弥が拳を握りしめたときだった。

「守護様、危ない」

そういって、落馬した政房に覆いかぶさった男がいたのだ。柿帷子をきている馬の助だった。

「馬の助め、何をやっているんだ。まさか、あいつ、裏切りやがったのか」

石を握り投げようとする石弥の手首を、源太はつかんだ。

「よく見ろ。馬の助は助けるふりをしているだけだ」

覆いかぶさった馬の助は、政房に抱きついている。政房は手足をばたつかせるだけだ。身を挺《てい》しているようにみせかけて、動きを完全に封じていた。

飢えた犬たちが襲いかかる。

「ぎぃやあァァァ」恐ろしい悲鳴がひびきわたった。

「た、たぁすけてぇぇェ」

馬の助に抱きつかれた政房の悲鳴は、犬たちをさらに狂気にかりたてる。

人の声は、すぐに聞こえなくなった。かわりに、肉が引き裂かれ骨が砕ける音がとどく。がつがつと、ちぎった肉片を犬が食んでいる。耳がちぎれた犬達は、誰のものかも判然としない腕をとりあっていた。

「ど、どうしてだ。なぜ、馬の助は逃げなかったんだ」

石弥は、わなわなとふるえだす。源太はつかんでいた手首をゆっくりと放した。

「源太、お前、何か知っているのか」宝念が鋭い目をむける。

「多分、こうなるんじゃないかって思っていた」

源太は語る。昨夜のことだ。馬の助に呼びとめられたのだ。酒に酔い、呂律《ろれつ》が回っていないが、かろうじて『お前の両親はどこの村で死んだ』ときいているのがわかった。

「おれは答えた。そしたら、馬の助は急に泣きだした」

「どうしてだ。意味がわからん」

石弥の声は苛立《いらだ》ちに満ちていた。

「馬の助は、おれのいた村を襲ったらしい。奴は、馬借一揆の一味だったのさ」

馬の助は這いつくばって源太に謝った。すまない、おれは襲う気はなかったんだ、と。ただ、戦っているうちに、正気を失った。そして、気づけば村に火をつけていた。許してくれ、と何度も謝られた。

「まさか、源太、お前の両親を殺したのは馬の助か」

宝念の声はやけに大きく聞こえた。

「いや、ちがう。両親を殺した奴は、おれがその場で手にかけている」

「なるほどな、嫌な思い出から逃げるために、酒の力を借りていたのか。たしかに初めてあったときよりも、酒の量が何倍にも増えていたな」

宝念が腕をくみ、源太に目をやる。馬借一揆の生き残りの源太と旅するうち、馬の助が罪の意識にさいなまれたのは源太でも容易に想像がつく。

「馬の助は、おれにいったよ。このままじゃ、細川京兆みたいになるってな。だから、明日——つまり今日だが、何がおこっても助けないでくれってな」

「お前は、それで諾といったのか」

「ああ、逆の立場ならそうしてほしいとおれも思う」

宝念は諦めたようにため息をつき、石弥はわなわなとふるえていた。

「とにかく、ここを離れよう。長居は危険だ」

宝念を先頭にして、源太らは草むらの中から抜けだした。犬たちが骸《むくろ》をあさる音を聞きつつ進む。やがて、ふたりの男の姿が見えた。ひとりは泣きはらした目の牛次、いまひとり長身の男は長井新左衛門だ。真一文字に口をむすび、固い表情をしている。

ふたりとも馬の助がどうなったかは知っているようだ。

「馬の助は死んだ。見ていたろう」宝念の言葉に、新左衛門はうなずいた。

「ああ、牛次から一部始終は聞いた」

「にしちゃあ、落ち着いているな」

源太は、新左衛門をにらんだ。

「実は、覚悟はしていた。今朝、馬の助の使いがきて、これをかえすといってきた」

新左衛門が懐からだしたのは、国滅ぼしの秘密が隠された永楽通宝だ。新左衛門は一枚ずつを源太や馬の助に託した。それをかえすということは、仲間を抜けるか、あるいは死ぬという意味しかない。

「馬の助よぉ」牛次が声をこぼす。涙もぽろぽろと落ちる。

石弥は木の幹を力いっぱいに殴りつけた。

「犠牲はだしたが、目的は達した」

静かに新左衛門がいった。それだけで、場の空気が一変する。

牛次は腕で目元を荒々しくこすり、石弥は肩で息をしつつも怒りをねじふせた。

「馬の助はよくやってくれた。おれは腹臣をひとり喪っている。そんなおれが暗殺を仕掛けたとは、誰も思わないはずだ。みんな、馬の助に報いるためにはどうすればいいかわかっているな」

感傷に浸ったからといって、馬の助がもどってくるわけではない。源太は無言で先を促した。

「おれは所領に帰る。守護様は死んだ。間違いなく朝倉や二郎様が動く。今まで以上に苦しい戦いになる」

新左衛門の言葉に、全員の顔が険しくなる。

「だが、乱世は好機だ。美濃の国が乱れれば乱れるほど、おれたちがのしあがる機が多くなる。国盗りには、うってつけの流れだ」

哀《かな》しみは小さくなるわけではないが、もっとちがう感情が心を圧する。その感情を野心というのか、それとももっとちがう呼び方があるのかは源太は知らない。

「今の状況では、まだ国滅ぼしは大々的には使えん。すくなくとも、美濃一国を制してからでないとな」

細川勝元政元父子の宝は、津島《つしま》の堀田《ほった》や伊勢《いせ》御師《おんし》の福島《ふくしま》の力を借り、伊勢湾の各所と美濃のあちこちに秘蔵している。

新左衛門は次々と指示をだす。「応」と答えて、牛次と石弥は走り去る。新左衛門は宝念と今後のことを打ちあわせしつつ、道なき道を歩んでいく。

残された源太は、切り株に腰を下ろした。しばらく目をつむる。

「でてこい。いるんだろう」

藪《やぶ》が動き、あらわれたのは長井新九郎だった。顔に血の気はなく、唇は紫色になっている。

「褒めてやるぜ。よく、気づかれなかったな。まぁ、あいつもすこしばかり狼狽《うろた》えていたようだが」

馬の助の死は、新左衛門にも小さくない動揺を与えていたようだ。いつもの新左衛門なら、新九郎が潜む気配を察していたはずだ。

「すべてを見たろ。これが、新左衛門の正体だ」

新九郎の体がふるえだす。

「奴が毒へびなのか、国手なのか、あとはお前が判断しろ」

立ちあがり、新九郎をひとり残し黙々と山を降りる。

が、どうしたことだろうか。まっすぐに歩けない。どすんと右肩に木の幹があたった。手足がふるえている。

嗚呼《ああ》と、つぶやく。どうやら、おれは哀しんでいるらしい。

自分の心が感じている以上に、五体が哀しんでいる。その証に、おれの頰はこんなにも濡《ぬ》れている。哀しくもないのに、涙がとめどなく流れる。

「馬の助よォ」

言葉が、勝手に源太の唇をこじあけた。おれたちがいた村を焼いた男よ、と心の中で叫ぶ。憎き馬借の一員にして、苦楽をともにした酒呑みよ。

顔を天に向けた。

「どうして死んじまったんだ」

それは、源太でない誰かが叫んだかのようだった。

螋ノ六

老いてはいるが鋭い目差《まなざ》しは、長井新九郎《ながいしんくろう》を射すくめるかのようだった。

「われらの村で働きたいというのか」

雪のような白髪を持つ老人范可《はんか》だ。もう七十を超す歳と思われるが、体つきだけみれば四十代ほどにしか見えない。

「はい、范可老が以前、田代三喜《たしろさんき》導師の使者としてこられたときに、この勝部《かつべ》の村で李《り》朱《しゅ》医学を実践していると聞きました」

新九郎は両手をついて深々と頭をさげた。

近江《おうみ》国栗太《くりた》郡勝部村の范可の家は、ものがほとんどない。かわりに壁には棒が何十本も架けられていた。大小様々な種類があり、そのいくつかの端部には鉄の石突《いしづき》が施されている。

「ぜひ、私にもそのお仕事を手伝わせてください」

「そのために、家を出奔し、国境をこえたのか」

近江国は美濃《みの》の隣ではあるが、北を京極《きょうごく》家、南を六角《ろっかく》家が支配しており、争いが絶えない。決して安全な道中ではなかった。

「今、お主の父は大変なときであろう。聞けば、守護様が亡くなられたとか」

奥歯から苦い汁がにじむ。父の新左衛門《しんざえもん》が、守護の土岐《とき》政房《まさふさ》を暗殺した。狩りの最中の不幸な事故として片付けられた。これを機に、亡命していた土岐頼武《よりたけ》は、三千の朝倉《あさくら》勢とともに南下を開始した。政房を喪った頼芸《よりなり》陣営の劣勢は明らかである。

「なぜ、この大事に美濃を出奔し、近江へときたのだ。父を助けようとは思わぬのか」

「父は――」といいよどんだ。范可が目で先をうながす。

「父は国手などではありませぬ。恐ろしい人です。私は、父の下で働くことなどできません」

范可は腕を組んだ。

「上医《じょうい》は国を医《いや》す。そう范可老はおっしゃいましたな。ですが、父は国を毒する男です。巨大になればなるほど、その毒はまた強くなります。そのことを、私は思いしらされました」

ここで、新九郎は息を整える。

「ならば、私は力が欲しくあります。父の毒に負けぬ力を。私の一族や仲間を、父の毒から守る力が欲しいのです」

「その力というのが、医術なのか」

「確信はありません。父が毒蛇《どくじゃ》であるなら、私はその毒を医す力を身につけたいのです。田代三喜導師の李朱医学を、私に教えてほしくあります」

「そのために、一から医術を学ぶ。随分と悠長だな」

「実践に勝る稽古があるとは思いませぬ」

「法蓮房《ほうれんぼう》とは——父とはまったくちがう考えだな」

范可が、目差しを床に落とす。

「が、どこか法蓮房にも似ている。思いたったら、決して枉《ま》げぬところなどがそうだな。

ならば、この村の堀部《ほりべ》という家を訪ねろ。田代三喜導師の李朱医学を、もっともよく知っている。私の名前をだして、そこで教えを乞え」

一礼して、新九郎は范可の家をでた。教えてもらった道を歩くと、すぐに堀部の家が見えてきた。塀はなく庭は柵で囲まれており、数羽の鶏が餌をついばんでいる。

「もし、范可老のご紹介できたのですが」しまっている戸にむかって声をかけた。

「何用ですか」と、随分と若い声が返ってくる。いや、幼いというべきか。

「はい。田代導師の医術を学びたく参りました」

「学ぶ――ここは寒村。そんな悠長なひまはありませぬ」

やはり声は幼い。が、案外に言葉遣いは大人びている。薬研《やげん》でも使っているのか、石を転がすような音もする。

「学ぶというい方は、適当ではありませんでした。ぜひ、医術の弟子として治療を手伝わせてくれませんか。実践をとおし、李朱医学を身につけたくあります。范可老のご許可は、すでにいただいております」

「そういうことなら、仕方ありませんね。今は手が離せないので、勝手に戸を開けてください」

「失礼しま――」新九郎は目を見開いた。土間があり、その奥に板間がある。薬でもはいっているのか、奥の壁は一面が抽出《ひきだし》になっていた。そこで薬研をあやつっているのは、どうみても十二、三歳の童だ。頭の上に輪をつくる稚児髷《ちごまげ》を結っている。

「あ、なたは」

「この家の主《あるじ》だ。号を一渓《いっけい》という」

「号」と、思わず復唱する。一芸や一道を認められたものが、号を名乗るものだ。こんな童が、号を名乗れるとは思えない。

「あの、大人は」じろりと一渓と名乗る童ににらまれる。

「なんだ。不満なのか」

「い、いえ、そういう訳では」

あわてて新九郎は首を横にふる。たしかに、薬研をあつかう手つきは手慣れている。

「では、そこの棚から陳皮《ちんぴ》と葛根《かっこん》をとってこい。あと、下から三番目の棚からは香附子《こうぶし》もだ」

一渓と号する童は薬研から目をそらし、横においた紙をのぞきこむ。どうやら、調合する薬の種類や量が書かれているらしい。仮名ばかりの随分とやさしい字だった。それでいて、芯がすっと通っている。書いた人の人柄がにじむ手蹟《しゅせき》だ。

指示に従って、新九郎は抽出を次々とあけていく。

「ちがう、それは知母《ちも》だ。おいらのいったのはその横の香附子だ」

「下から三番目の棚だ。ちがう、その横」

「そんなにもいらない。肉荳蔲《にくずく》はいれすぎると毒になる。幻覚に苦しめられ、下手をすれば命を喪うのだぞ。そんなこともわからないのか」

「水を汲《く》んでこい」

「湯を沸かせ。水を汲んだら湯だ。いわれんでも、そのくらいやれ」

字の雰囲気とはちがい、恐ろしく人使いが荒い童だった。

戸がたたかれる。「おーい」と女性の声もした。

「弟子よ、いけ。おいらは手が放せない」

一渓と号する童が、こましゃくれたことをいう。棚からだしたばかりの薬を床におき、新九郎は土間をおりる。戸をあけると、両手で笊《ざる》をもった二十代なかばの女性がたっていた。よく日に焼けていて、頰にそばかすが散っている。

「え、誰」女が身をのけぞらせた。

「この家の主人の一渓様の弟子で新九郎と申します。主に何かご用でしょうか」

「主？」

「はい」

「誰が」

「一渓様がです」

「いっけい」女性のまなじりがつりあがった。

「こらぁ、菖蒲丸《あやめまる》」

新九郎を押しのけて、女性が家にはいってくる。

「ああ、叔母上」

「誰が、この家の主人ですか。あなたは寺にあずけられている身でしょうが」

山菜の盛られた笊を床において、女性は板間へとあがりこむ。

「叔母上、そんなに怒らないで。ほら、かわりに薬を調合しておいたから」

新九郎への態度とはうってかわり、調合した薬のはいった包みを前につきだした。

「それに一渓とはなんです。まだ得度もしていない喝食《かっしき》のくせに」

「それは、菖蒲丸なんて女みたいな名前が悪いのです。喝食仲間からも馬鹿にされるから、号をつけたのです」

唇をとがらせて、一渓こと菖蒲丸が抗議する。

「菖蒲丸は、あんたの死んだ両親がつけてくれた名前でしょうが。それより」

女性が新九郎の方をみた。

「ああ、范可様のご紹介できたんだ。新九郎とかいう名前らしい」

「童のくせに、年長者にはもっと丁寧な言葉を使いなさい」

べちりと菖蒲丸の頭をたたいてから、新九郎に向きあう。

「申し訳ありません。この堀部の家を守る、お光《こう》と申します」

　聞けば、もとは兄の堀部左兵衛《さへえ》とその妻がいたが、一渓こと菖蒲丸を産んで一年もしないうちにふたりは病で亡くなったという。以来、お光が母親がわりとなって甥《おい》の菖蒲丸を育てている。

「以前、田代三喜様がこの村にこられたとき、医術の書を著してくれました。それをもとに、何とか暮らしております」

　お光は謙遜するが、壁一面をつかった薬棚の抽出は多く、案外にお光の腕は悪くないのかもしれない。何より、そうでないと范可は新九郎に紹介しないはずだ。

「新九郎様はどこから」

「ああ、美濃です」

　さらに詳しい出自もきかれているのはわかったが、あえて黙った。

「そうですか。美濃といえば、私も何人か知っている方がおります。その方と、すこし雰囲気が似ておられますね」

「叔母上、新九郎と似ているって、誰なんだい」

　一渓こと菖蒲丸が、無理矢理に話に割りこむ。

「法蓮房という、とても賢いお坊さんです。范可様や田代三喜様の信頼も厚いかたでした」

　顔がゆがみそうになった。今は、父と似ているといわれても嬉《うれ》しくない。

「ふーん、新九郎よ、法蓮房って坊さんは知っているかい」

「いえ……初めて聞く名前です。ああ、それより薬の仕度の最中だ」

「まあ、菖蒲丸、客人に仕事をさせていたの」

「叔母上、客人じゃない。おいらの弟子だ。ほら、見てよ。おかげで、今夜やる分の調合はほとんど終わらせたよ」

菖蒲丸は、床の上の書きつけを取りあげて誇らしげに見せる。

「あら、勝手に見たの。私が夜にやろうと思っていたのに。まったく」

どうやら、紙の仮名文字はお光のものだったようだ。

「寺の方は、どうしたの」

「そっちはちゃんと和尚に話をしてあるよ。明日の昼までにもどればいいってさ」

菖蒲丸は、この近くの天光寺《てんこうじ》という寺の喝食だという。

「だから、残りはすぐに終わらせるから。叔母上は、夕餉《ゆうげ》の仕度をしてくれよ。お腹がぺこぺこだ」

「まあ、偉そうに。何度もいいますが、ここの主はまだあなたではありませんよ」

いいつつも、お光は山菜が盛られた笊を脇にかかえて竈《かまど》へと向かう。

蝮ノ七

「西行《さいぎょう》の詩のどこがいいんだか」

　呆《あき》れ声でいったのは、菖蒲丸だった。薬研を動かす手を止めて、新九郎に侮蔑の目差しさえ向けてくる。

「なんだと」薬のはいった抽出を探っていた手を止めて、新九郎は向きなおる。初対面のときこそ敬語を使ったが、もうその必要はない。お光の計らいで、ふたりは同格のあつかいだ。とはいえ、李朱医学については、菖蒲丸が一歩も二歩も先んじている。普段の新九郎なら、その点だけでも菖蒲丸に敬意を表するところだが、今回ばかりはちがった。なぜなら、菖蒲丸が新九郎の愛する西行の詩をけなしたからだ。が、ここで声を荒らげるのは大人気ない。努めて、冷静な声で反論する。

「桜の散り際の美しさをあれほど見事に詠《うた》えるのは、古今東西、西行だけだ。海のむこうの蘇東坡《そとうば》でも無理だろう」

　また、目をもどし、抽出を開けて薬草をとりだす。

「おい、なんだって。新九郎、今なんといった」

「蘇東坡や唐《とう》の詩人には、絶対に真似《まね》できない境地だといったんだ」

「お前に、蘇東坡の何がわかるんだ。いいか、詩歌のなかでも一番は漢詩って決まってるんだ。なかでも蘇東坡はすごい」

――孤村微雨、秋涼を送り

――逆旅の愁人、夜の長きを怨《うら》む

――寝ずして相い看《み》るはただ櫪馬《れきば》

――悲歌互いに答えるは……

菖蒲丸は、すらすらと蘇東坡の漢詩を暗誦する。

「この味わい深い詩興に比べたら、西行なんて色がどぎつい花鳥画だ」

聞き流そうとしたが、無理だった。

「はあ、色がどぎついだと。ちがうだろ、蘇東坡の詩に色がなさすぎるんだ。味がないにもほどがある」

「味がないんじゃない。水墨画に通じる淡麗な詩興だよ。西行ごときにうつつをぬかす男には、わかんないかなあ」

集めた薬材を、乱暴に床におく。菖蒲丸も薬研の手を止め、腕まくりしている。

「そもそも、海のむこうの景色も見たことないのに、何が詩興だ」

「西行なんて、桜桜桜で芸がないことはなはだしい」

「蘇東坡のかしこぶった詩より、よほどいいけどな。学があるのを露骨にひけらかす」

もう薬の調合どころではない。ふたりともに詩歌が好きだが、新九郎は日ノ本の西行、菖蒲丸は宋《そう》の蘇東坡と好みが正反対なのだ。

「こらァ、ふたりともいつまで喧嘩《けんか》してるの」怒鳴りつけたのは、お光だった。

「薬の調合は終わったの。夕方までに、隣村にもっていくんだからね」

ふたりはあわてて仕事にもどる。一番下っ端の新九郎は、急いで抽出の中の薬材を探す。

「なあ、叔母上」

「なによ、菖蒲丸、さっさと手を動かして」

お光は机の上にある紙に、薬の調合を書きつけるのに必死だ。

「新九郎を、ここで寝泊まりさせてもいいかな」

新九郎の腕が止まった。振りむくと、お光も驚いたようにこちらを見ている。

「今は、新九郎は村はずれの地蔵堂で寝泊まりしてるだろう」

「あんた、何をいってるの」

「だって、地蔵堂からここまでだと遠いからさ。新九郎は手が遅いから、家に泊めて朝から晩までこき使わないと追いつかないよ」

「でも――」と、ちらちらとお光がこっちに目差しをやる。顔が真っ赤になっていた。なぜか、新九郎の耳も熱い。

「大丈夫だよ。おいらも一緒に泊まるから。新九郎に悪さはさせないさ。和尚様にも、おいらが泊まる許しはもらっている。近隣の流行《はや》り病をはやく終息させないと、こっちの村人まで病にやられるかもしれないって、和尚様も心配してたんだ。だから、叔母上をよく手伝えって」

「な、なんだ。そういうことね」お光が、あわてて目を机にもどす。

ふたりきりで夜をすごすと勘違いした自分が、なぜか恥ずかしい。新九郎の手がかすかにふるえている。深く呼吸して、鼓動をなだめた。

菖蒲丸がこちらを見ている。にやにやと笑っていた。感謝しろと言いたげな表情が、かんに障る。

「おい、悪さはさせないってどういうことだよ」

あまりにも憎たらしい顔だったので、ついいってしまった。

「西行の詩なんか好きな奴は、助平ばかりだって相場が決まってるからな」

「よくいうよ。蘇東坡の漢詩が好きなのは、破戒坊主ばかりだって評判だ」

「はあ、じゃあ、その破戒坊主の名前を教えてくれよ」

「そういうなら、西行好きの助平の名前を先にいえ」

「いうまでもないさ。おいらの目の前にいるからな」

「なんだと」

「お、新入りのくせにやるのか」

「歳《とし》は、菖蒲丸が一番下だろうが」

「あ、あんたたち、いい加減にしなさい」

お光の怒声がひびき、それにかぶさったのは時刻外れの鶏の甲高い鳴き声だった。

蝮ノ八

虫の声が、風にのってやってくる。勝部村にある丘の上で、新九郎は風を味わっていた。月光が煌々《こうこう》と降りそそいでいる。

美濃の情勢は、風に運ばれるようにして勝部村にももたらされていた。楽観など微塵《みじん》もできない。朝倉勢三千と土岐頼武らは、頼芸や新左衛門と激しく矛を交えている。一族がどうなっているのか。幼い弟は、母の縁者たちは……。不安が胸に満ちた。

新九郎はもっていた棒を構える。

気合いとともにふる。父譲りの白蝋《はくろう》の材の柔らかい棒だ。先端に鉄の石突があり、重さが棒をさらに走らせる。

汗が飛び、夜気に吸いこまれるようにして消えていく。

ぴたりと棒を止めた。

ひとりの男が近づいてくる。槍のような長い得物をもっていた。構えようとしてやめる。白く豊かな髪をもつ、范可だったからだ。

そういえば、父の棒術はこの范可に教えてもらったといっていたか。

「文弱の徒かと思っていたが、よく鍛えられているな」

范可は新九郎の体に目差しをはわせる。

「稽古場の技のきれいなど、意味がありません。戦場で力の半分もだしきれぬ者は多くいます」

「そう父に習ったのか」

顔をしかめそうになった。が、図星である。

「色々と噂《うわさ》に聞く。法蓮房は、相当のやり手のようだな」

「敵になれば、その地の民は塗炭の苦しみを味わいます」

新九郎にはそれが耐えられない。なにより、父新左衛門の仕事に加担することで、一族や家中の者たちの心身が穢《けが》れていくように感じる。ぬぐいきれない悪業を、新左衛門だけでなく家族も背負わされるのではないか。

父の毒や業に負けぬものを身につけたい。そんな思いで出奔し李朱医学を学んでいる。

が、はたして己の行いは正しかったのか。家族や仲間を見捨てただけではないのか。

迷いが胸をみたすと、新九郎はひとり丘の上で棒をふる。

「法蓮房の毒に、打ち勝ちたいといったな」

范可は、もっていた得物を新九郎の前にかざした。

これは——棒か。白蠟の材の棒だ。いや、ちがう。端部の一方についているのは、石突ではない。刃だ。それもまっすぐではなく、蛇が進むようにうねり、先端は蛇の舌のように二股に分かれていた。

「これは明国の武器の蛇矛《じゃぼう》だ。穂先が蛇のようにうねっているだろう。一刺必殺の矛だ」

この矛で刺されれば、傷口はふつうの刃物の何倍にも開く。止血は至難だ。

「わしは法蓮房に武術を教えたが、すべてではない。奴に教えたのは棒術だが、それはわしの修得した技の一部。しなる柄と蛇のごとき穂先を駆使するのが、本来の姿だ」

「なぜ、父に蛇矛を教えなかったのですか」

「危ういと思った。奴は、才が勝ちすぎる。法蓮房が道を誤ったとき、蛇矛を駆使されれば、わしでも止めることは難しい」

差しだされたので、両手で受けとった。昔からの得物のように、なぜか手になじむ。

「お主に託そう」

「私に、ですか」

「お主は父に似ているが、正反対だ。まるで鏡のようにな。お主なら、この蛇矛を使いこなせるかもしれん」

新九郎の体は、自然と構えをつくっていた。穂先がある分、重い。だが、なぜか苦にならない。喪った手足を取りもどしたかのような、不思議な心地だった。

気合いの声とともに、蛇矛をふった。柄がしなる。穂先があるせいで、棒のときよりもさらに激しく曲がる。まるで、筆で弧を描くかのようだ。

と、同時に苦悶《くもん》の声がもれる。うねる矛は、すこしでも油断すれば、新九郎の手から逃れんとする。足の踏みだしを半足まちがえれば、たちまち体勢を崩すだろう。

「これは、難しいですね」蛇矛の動きを止めて、額の汗をぬぐった。

「だからこそ、頼もしき武器になる。まずは、この蛇矛を使いこなしてみろ。そうすれば、法蓮房が隠しもつものも使いこなせるやもしれん」

「隠しもつもの――なんですか、それは」

「敵を倒す武器でもあり、国を医す薬でもある。あつかいを誤れば国を滅ぼしかねん、恐るべきものだ。かつて応仁《おうにん》の乱《らん》のころに、細川勝元公が集めていた。政元《まさもと》公が受け継ぎ、十七年前に法蓮房が奪った」

あまりにも壮大な話で、さすがの新九郎もたじろいだ。

「法蓮房はそれをもって、美濃で下克上《げこくじょう》をする――と思っていたが、どうもそれを使った目立った形跡がない。まだ表にはだしていないようだ。だしていたとしても、ごく一部だろう。時期尚早と考えているのか、あるいは使うための何かが不足しているのか。ひとつたしかなのは、時がくれば法蓮房はそれを躊躇《ちゅうちょ》なく使う」

最後は、范可が自身の考えを整理するかのような口調だった。

「父が隠しもつものとは」

「お主が使いこなせるとわしが確信をもてたら、教えてやる。たしかなのは、それがあれば美濃の国などあっというまに滅ぼせる」

「それほどまでの武器なのですか」いや、凶器という言葉の方が適当なのかもしれない。

「新九郎よ、お主が思っているよりも法蓮房はずっと恐ろしい男だ。その男の毒から家族を守るのは、容易ではない。だからこそ、何かひとつでいい。法蓮房より勝るものを身につけろ」

つまり、蛇矛がそれか。新九郎は、託された得物を月光にかざす。それは、武器というにはあまりにも凶々《まがまが》しかった。新左衛門以上の猛毒をもつかのようだ。

范可から託された蛇矛をかつぎ、新九郎は菖蒲丸やお光のいる家へともどろうとしていた。虫の声にまじって、すすり泣く声が聞こえてくる。これは、お光の声か。

あわてて走る。柵のある庭と鶏小屋が見えてきた。屋内から漏れる灯《あか》りを背にして、いる。

ふたりが立ちつくしている。お光と菖蒲丸だ。お光が、顔に手をあてて嗚咽《おえつ》をもらして

「お光殿、どうされたのです」

駆けよると、「だ、大丈夫です」とお光が家の中へと逃げていく。

「新九郎、気にすることはないさ」妙に大人びた声だった。

「一体、何があったんだ」

「別に哀しいことがあったわけじゃない。逆にめでたいことだよ」

意味がわからず、菖蒲丸を見た。

「おいらは、正式に寺にはいることが決まった。喝食じゃない。頭を丸めて得度する」

「本当か」

「ああ、だから新九郎にはもう医術のことは教えてやれないけどね。不肖の弟子だった

から、それだけが心残りだ」

いつものへらず口にしては、声は寂しげだった。

「もしかして、天光寺で得度するわけではないのか」

菖蒲丸が喝食をしている天光寺は、ここから近い。いくら得度して修行で忙しくなる

とはいっても、新九郎が教えを乞えないほどではない。

「おいらは、相国寺《しょうこくじ》にはいることになったんだ。天光寺の和尚様が口をきいてくれた」

「すごいじゃないか」

相国寺は五山《ござん》のひとつだ。応仁の乱によってかつての力を失ったが、名門には変わりない。そして、お光の涙の訳を理解した。母がわりに育てた甥が、立派な寺にはいることができたのだ。様々な思いが胸をよぎっただろう。

「新九郎よ、おいらは相国寺でたくさん学ぶ。いっぱいいっぱい学ぶ。仏典はもちろん、算学や医術もだ。そして、おいらは立派な坊さんになって、人をたくさん救ってみせる」

いつもは幼い顔が、なぜか今日は大人びて見えた。

「そうか、頑張れよ」

「ああ、新九郎もな」

ふたりが家の中にはいると、お光は位牌《いはい》にむかって手をあわせていた。気づいて、真っ赤な目で笑いかけてくる。

日はとっくに暮れていたので、三人でいつものように川の字になって寝た。お光の寝息が規則正しく聞こえてきた。さすがに菖蒲丸がいなくなれば、この家をでないといけないだろう。まさか、お光とふたりきりで住むわけにはいかない。村の外れの地蔵堂をまた仮の宿にして、いずれ小屋でも建ててもらうか。

「新九郎」と、押し殺した声がした。菖蒲丸だ。

「寝たのかい」

「いや、おきている」小声でささやく。

「なあ、新九郎はどんな女人が好みなんだい」

予想もしない質問だったが、脳裏によぎったのは自分よりも背の高い深芳野《みよしの》の姿だった。

「そんなことを聞くようじゃ、将来は破戒坊主になるのは目に見えているぞ」

「年上の女は嫌いかい」

思わず目をやる。黒々とした闇が広がり、小さな菖蒲丸の影のむこうに、お光がいる。

たしか彼女は十六歳の新九郎よりも九歳上だったはずだ。寝息をたてるたびに、お光の
豊かな胸が上下しているのがわかった。

「叔母上のことをどう思う」

「どう思うだって」

「きっと叔母上は、新九郎のことが嫌いじゃない」

なぜか、お光の寝息が大きくなったような気がした。

「新九郎さえよければ……だけど、叔母上をもら――」

「ううん」と声がした。

お光が寝返りをうつ。たったそれだけのことなのに、どっと汗が吹きでた。心の臓も、
せわしなく胸をうっている。菖蒲丸に背をむける姿勢になって、またお光は寝息をたて

た。

　はあぁ、と新九郎と菖蒲丸は同時に安堵《あんど》の息を吐きだした。

「と、とにかくだ。叔母上のことをたのむ」

　卑怯《ひきょう》な餓鬼だと思った。たのむとは、どこからどこまでかがわからない。

「叔母上はおいらを育ててくれた。なのに、おいらは叔母上のもとを去る。だから――」

「わかっているよ」手をのばし、菖蒲丸の頭をぽんとたたいた。

「まかせておけ。たのまれてやる。が、条件がある」

「なんだい。なんでもいってくれ」

　言質《げんち》をとり、新九郎は闇のなかでほくそ笑んだ。

「西行の詩を最低でも十首、暗誦《あんしょう》できるようになれ。相国寺にいくまでに、だ」

「ひ、でえ。新九郎、おいらが西行嫌いって知ってるだろう」

　菖蒲丸が首をもちあげようとする。

「静かにしろ。いやなら、たのまれてやらない」

「なんて悪辣《あくらつ》なんだ。親の顔が見てみたいよ」

　すねたように、新九郎に背をむけた。

　悪辣か、とつぶやく。親の顔か、とも心のなかでいう。案外、おれも父上の血を濃くひいているのかもしれないな。そんなことを考えているうちに、新九郎はまどろみに捕まった。

蝮ノ九

長井新左衛門を中心に、宝念《ほうねん》、牛次《ぎゅうじ》、石弥《せきや》が輪になってすわっていた。すこし離れた場所で、源太《げんた》も壁に背をあずけている。夜はとっくに更け、灯りは紙燭《しそく》の火ひとつだ。

「結論からいうと、二郎《じろう》（頼武）様と左京大夫《さきょうのだいぶ》（頼芸）様は和睦することになった」

新左衛門の言葉に、場の空気がゆれた。紙燭の火もあわせるように踊る。ここにいる五人で、守護である土岐政房を暗殺した。結果、混乱を利した土岐頼武が大軍を催し南下する。頼芸側の不利は明らかで、各地で敗退を繰りかえした。

「問題は、誰が守護になるかだな」

石弥が低い声で問う。

「守護は二郎様と決まった」

新左衛門の声に、殺気のようなものがたちのぼる。

「じゃあ、左京大夫様は」

「兄上である二郎様を補佐する。いうなれば副守護だな」

宝念と石弥が失笑でかえす。

「そのかわり、国府の福光《ふくみつ》、前の国府の川手《かわて》は左京大夫様が支配する。つまり、経世済民《けいせいさいみん》の土地を押さえるかわりに、名はくれてやるというわけだ」

「悪くないと思う。不利なまま戦いつづけるよりはな」

牛次が慎重に言葉を選んだ。

「和睦がなるということは、次の戦いがもうはじまっているということだ。血を流す戦いではなく、血を流さない戦いがな」

新左衛門は、一座に真剣な目差しを投げかけた。

「耳にたこだ」といったのは、壁によりかかる源太だ。

「まず、最初にすべきは誰が敵かを見極めること。我ら新左衛門尉《しんざえもんのじょう》家の敵をあぶりだす。二郎様の陣営は無論だが、左京大夫様のお身内にもいる」

急速に台頭する新左衛門を妬むものは多い。

「もし、敵だったら、と考えろ。おれを出し抜くために、どんな手を打つと思う」

みなが腕を組む。源太もあごに手をやった。

「拙僧ならばだが、人質をとる。今、新九郎は出奔している。その身柄を押さえれば、新左衛門を あやつれる。従わせるのが無理でも、新左衛門尉家に混乱を生みだせる」

「なるほどな」と、石弥はつぶやいた。全員が、新左衛門を見る。

「宝念のいうとおりだ。おれが敵なら、同じことをする。そして、ちとまずいことになった。新九郎が出奔したことが漏れているようだ」

なぜか、源太の胸に嫌な雲がたちこめる。これは何だろうか。

「近江の勝部村にいることがばれているのか」

宝念が声を落としてきく。

新九郎が南近江の勝部村にいることは、范可からの連絡でみなは知っていた。

「南近江にいるのはばれているようだ。勝部村とまでは知られていないようだが、時間の問題だろう」

「どうして、新九郎の居所が他に漏れたとわかった」

源太が口を挟む。

「長井玄佐《げんさ》だ。評定の席でやつがおれにいった。新九郎が出奔していることを知っていた。だけでなく、あろうことか『この乱世、人さらいは多いゆえ気をつけることだ』とまでいった」

新左衛門の言葉にみなが押し黙る。十六年前の美濃入り直後に悶着《もんちゃく》をおこしたことを思い出す。今は味方同士だが、玄佐は常にこちらをだし抜こうとする気配がある。

「その口ぶりじゃあ、玄佐が新九郎をさらいかねないぞ」

「ありえるな」牛次の言葉に、石弥が同意した。

ああ、そうか、と源太は不安の雲の正体を悟った。源太は、新左衛門を疑っているのだ。日運を囮《おとり》にし残党を一網打尽にしたように、新左衛門が新九郎を囮にしているのではないか。新九郎の居所が漏れたのは、新左衛門自身によってではないか、と源太の本能が警鐘を鳴らしている。

「すぐに新九郎を連れもどそう」牛次は大きな体をゆすった。

「いや」と、新左衛門が首を横にふる。

「逆に今の状況を利する。我らの敵に新九郎を襲わせる」

「正気か」と問いかけたのは、源太だった。

胸にわだかまっていた黒雲が、さらに肥える。

「新九郎を襲わせて、敵をあぶりだす。とはいえ、人数はさけん。襲おうとしている敵にばれれば、元も子もないからな」

嫌な予感がした。

「源太、たのめるか」深いため息で、まず応じてみせた。

「ひとつたしかめたい」

烏丸《からすま》を両膝の上におき、いつでも抜ける体勢にした。

「敵に知られたというが、誰によって漏れた」

「探っているところだ。間者《かんじゃ》を家中に放たれているかもしれん。あるいは内通する者がいるのかも……」

新左衛門尉家は長井越中守《えっちゅうのかみ》家の被官なので、玄佐と縁の深い人間も多い。

「あんたが漏らしたわけではないだろうな」

源太の言葉によって、緊張の嵩《かさ》が一気に増す。

「おれではない」

「本当か。あんたの昔のやり口を、おれは忘れてないぞ」

「残党狩りのときのことをいっているのか。安心しろ。同じ策を二度つかうほど無能ではない」

しばらく源太は新左衛門を観察する。紙燭のあかりが徐々に弱まっていく。

「いいだろう」膝の上においていた烏丸をどかし、たちあがった。

「たのまれてやるよ。ただし報酬の一貫文《いっかんもん》は善銭《ぜんせん》多めで用意しておけ」

蝮ノ十

湖畔の道を、新九郎と菖蒲丸は相国寺からの迎えの僧とともに歩いていた。やがて、野洲《やす》郡と栗太郡の境をしめす石が見えてくる。

「菖蒲丸、達者でな。修行を怠けるなよ」

声をかけると「あのさあ」と菖蒲丸が新九郎の袖をつまんだ。

「どうしたんだ」

「い、いや、なんでもない」

「おかしなやつだな」

なぜか菖蒲丸がむくれる。

「さあ、いきましょうか」迎えの僧が出立をうながした。菖蒲丸をつれて、京への道を進んでいく。郡境の石の横で、新九郎はふたりの姿が小さくなるのをじっと見守っていた。山際が朱色に染まるころになって、勝部村への道をもどっていく。

「新九郎っ」

声がして、ふりむく。息を切らす菖蒲丸が遠くにみえた。ちょうど郡境の石のところだ。わざわざ走ってもどってきたのか、肩を大きく上下にゆらしている。

「菖蒲丸、どうしてもどって――」

「身を捨つる」菖蒲丸が突然大声で叫びだす。

「人はまことに捨つるかは、捨てぬ人こそ捨つるなりけれ」

これは、西行の詩だ。

さらに、菖蒲丸は声を張りあげて詩を詠う。

いずれも西行の詩だった。

九つの西行の詩を詠み、菖蒲丸は最後に、

——花に染む、心のいかで残りけむ、捨て果ててきと思ふわが身に
とうとう、十首の西行の詩を間違うことなく暗誦してみせた。

「どうだ、新九郎」と、胸をそらす。

見ると、菖蒲丸の背後から迎えの僧があわてて駆けよる姿があった。

「覚えたからな。西行の詩、十首、たしかに覚えたからな」

こいつめ、と口元が緩んだ。

「約束だぞ。西行の詩は覚えた。次は、新九郎が約束をはたす番だ」

とうとう迎えの僧に追いつかれた。腕をとられ、ずるずると引きずられる。

「約束だぞ、新九郎」菖蒲丸が、小さな腕をつきあげた。

「わかっている。約束は守る。お光殿のことはまかせておけ。だから、菖蒲丸は何も心配するな」

菖蒲丸が必死に腕をふる。

「本当だな、信じるぞ」と叫ぶ声は、涙に濡れていた。

「嘘《うそ》はつかない。お前こそ、西行の詩を忘れるな。次あったときは、さらに十首、覚えておけ」

「なにおう、新九郎こそ、蘇東坡の詩を覚えておけよ。西行の何倍も素晴らしいってわ

かる」

最後はへらず口でしめるところが、菖蒲丸らしい。

大きく手をふって、菖蒲丸と迎えの僧が小さくなるのを見送る。やがて見えなくなった。

さて、とんでもない約束をしてしまったな、と思案する。そもそも、面倒を見ると請け負ったが、医術に関してはこちらが完全にお光に面倒を見てもらっている。今は足を引っ張らないようにするのが、精一杯だ。そういえば、約束にはひとつ屋根の下で暮らすというものもあったか。だが、菖蒲丸が京都へいくことになり、新九郎はすでに荷物の大半を地蔵堂へ移していた。お光の家にあるのは、蛇矛などわずかな荷物だけだ。

いや、さすがに一緒に住むのは、と思案していると、つま先が石を蹴った。

足をとめる。

男がひとり歩いてくる。ふらふらと酩酊《めいてい》するかのようだ。目をこらすと勝部村の男だった。顔の半面が真っ赤にそまっている。

「ど、どうしたんだ」新九郎はあわてて駆けよる。

「襲われ……た。突然、野盗たちが村に」

どさりと地に倒れこむ。見れば、背に大きな刀傷があった。幸いにも深くはないようだ。

「みんなは無事なのか」

「范可様と男衆で防いでいる。村人は山へ逃がしたが、敵の数は多い。何人かは逃げ遅れた」

「誰だ。誰が村に残っている」

「お光さんだ。家を囲まれていた」

ぶるりと総身がふるえた。

「おれはいく。助けにもどる」

「よせ。范可様の命令だ。山へ逃げろ、と」

男の言葉の途中で大地をけった。

「いくな。村にもどるな」

叫びを無視して、村への道をかける。全速力で走っているのに、なかなかつかない。木々の影がどんどんと長くなる。

勝部村の入り口が見えた。木で組んだ柵があり、何人もの男たちが折り伏している。

「大丈夫か」駆けよるが、すでに息はない。体のあちこちに刀傷があった。倒れているのは、みな村人ばかりだ。

「くそう」

村の中へと足を踏みいれた。最初は、夕日が壁にあたっているのかと思った。が、ちがう。血だ。その中心で座しているのは、白髪の范可である。駆けよると、ずるりと倒れた。すでに目に光はない。折れた刀が、いくつも腹に刺さっている。奇妙なものがあった。小型の矢のようなものは、打根《うちね》だ。手裏剣のように手で投げる暗器だ。腹の急所に深々と刺さっている。

珍しい黒鷹《くろたか》の矢羽根が、体から生えるかのようだ。これが致命傷となったのか。

新九郎は短く念仏を唱えた。

地に落ちていた棒をひろう。新九郎に託された蛇矛は、お光の家の中だ。

「馬鹿野郎」と、遠くから罵声が聞こえた。

「目当ての奴《やつ》を探せ。今すぐに、だ」「金目のものはあとだ」

心臓が高鳴る。まだ野盗たちはいる。声の様子から、かなりの数だ。棒を握りしめ、できるだけ足音を消して走る。家の陰に飛びこんだ。上半身裸の野盗が、山刀をかついで通りすぎる。

「畜生、金にならねえ女どもばかりが残ってやがる」

「これじゃあ、半金しかもらえねえ」

誰かを探しているのか。ごくりと唾を吞《の》んだ。野盗たちをやりすごし、お光の家をめざす。人だかりができていた。みな血刀や朱にそまった薙刀《なぎなた》をかついでいる。積まれた薪《まき》の陰から様子をうかがう。荒くなる呼吸を必死におさえた。

「どうする。もう時間がねえぞ」

「さっさとずらからねえと、六角家の手勢がくる。他の村のやつらにも囲まれる」

野盗たちは、苛《いら》だたしげな様子を隠そうともしない。何人かは家の壁を、無意味に薙刀で斬りつけていた。

「婆《ばばあ》が口を割ったぞ。新九郎の居場所は、あの薬師《くすし》の女が知ってるってよ」

どくんと心臓がうごめいた。なぜ、己の名前を知っている。

唇をつよく食《は》む。野盗の狙いは、新九郎だ。誰の差し金かはわからない。だが、理由は明らかだ。毒蛇《どくじゃ》と恐れられる長井新左衛門の息子の身柄を押さえたいのだ。新左衛門の敵は多い。抗争していた頼武陣営は無論のこと、味方の頼芸陣営にもだ。

「女をつれてこい。はやくしろ」

一団の長と思しき男が叫んだ。唐瘡《とうがさ》（梅毒）でも患ったのか、鼻がとけ顔がただれている。

「兄貴、残念ながらそりゃ無理だ」

手下がへらへらと嗤《わら》う。

人だかりがわれた。ふたりの野盗が何かを引きずっている。長い髪には、べったりと赤い血がついていた。どさりとみなの前におき、蹴る。そばかすのちった顔があらわになった。豊かな胸には深々と刀が刺さっている。

「薬を拝借しようとしたら、抵抗するもんだからよ。つい」

にやけた野盗の声に、みながどっと笑った。そういえば、明日届ける薬をお光は昨日調合していた。この薬ができれば、隣村の病人を何人も助けることができるといっていた。

「おい、あれ」野盗の声が耳についた。

「まさか、新九郎か」

「まちがいない。毒へびの子だ」

「馬鹿め、わざわざ、こっちに近づいてくるぞ」

気づけば、新九郎はふらふらと歩いていた。ふらつく足取りで、野盗たちの前に寝かされたお光のもとへと近づく。両膝をつけ、冷たくなった体をだく。

「お光殿」呼びかけるが、答えはない。

「こいつはいいや、探す手間がはぶけた」

「これで、もう半金もいただきだ」

「おい、捕り縄をもってこい」

野盗たちがせわしなく動きだす。

「お光殿、お光殿」必死に声をかけるが、ぴくりとも動かない。

お光の体から流れた血が、新九郎の胸や腰をぬらす。

「毒へびの子は、聞き分けがよくて助かるぜ」

視界のすみで、縄をもつ男が近づいてくる。新九郎を縛る気か。抗《あらが》わなければならない。だが、全身に力がはいらない。お光の骸《むくろ》を抱きしめることしかできない。

突然だった。

うなじの毛が逆立つ。凶々しい気が、驟雨《しゅうう》のように新九郎の全身をうつ。

これは——殺気だ。

おれを殺す気か。

そう思った刹那《せつな》、剣風がまきおこる。

赤い血がふりそそいだ。新九郎の頬やあごをぬらす。ごろりと何かが転がった。野盗の首だ。新九郎の前にいた、三人の男の首がなくなっている。かわりに血が吹きでていた。まるで、なくなった自身の顔を探すかのようだ。

ゆっくりと後ろをむく。旅装姿の中肉中背の男がいた。鉄を縫いつけた鉢巻きをしている。木の瘤《こぶ》を思わせる筋肉の盛りあがりが、腕や足や肩など体の各所にあった。

鋒両刃《きつさきもろは》の刀は、新しい血で化粧されている。

「おれは、お前みたいに身にふりかかった不幸に酔う奴は大嫌いだ。殺してやりたいぐらいに、な」

源太は、烏丸を肩にかついだ。拍子で血が飛びちる。

「本来なら、お前が嬲《なぶ》り殺しにされるのを見物するところだが、そうなると一貫文が手にはいらねえ」

源太はゆっくりと歩み、新九郎の横にならんだ。

「新左衛門がいうには、善銭を多めにした一貫文らしい。飯のためだ。助けてやるぜ」

荒い息と流れる汗が、つい今しがた駆けつけてくれたことを物語っていた。

蝮ノ十一

きっとおれは昔、こんな面《つら》をしていたのだろう。烏丸をあやつりつつ、そんなことを源太は考えた。野盗たちが襲いかかってくる。自分の命よりも銭の方が大切という面だ。

烏丸をうならせる。ひとり、ふたりと首をはねた。奇声がひびく。右から、大上段に振りかぶった野盗が襲いかかってくる。間合いがちかい。刺突を繰りだそうとしたとき、野盗が飛んだ。ありえない動きだった。切先に躊躇なく向かってくる。

いや、飛んだのではない。背後から蹴られたのか。

鋒両刃の烏丸に串刺しにされても、勢いは止まらない。刃の上をすべるようにしてぶつかる。

仲間を蹴った野盗は、手槍《てやり》をもっていた。いや、何よりはその異相だ。唐瘡持ちのようで、鼻がもげ顔がただれている。

　烏丸を捨てて、脇差《わきざし》をぬく。すでに数人が殺到していた。斬り結び、打ち払うが、間合いが近い。致命傷を与えても、絶命までのわずかな間に組みつかれ、動きを封じられる。

「ぐう」と、源太の喉から声がもれた。

　つかみかかった野盗の胸から、刃が突きでている。それは、源太の刀をもつ右腕にも深々と刺さっていた。先ほど仲間を蹴った――唐瘡持ちの野盗だった。

　今度は、仲間ごと源太を手槍で田楽刺しにしたのだ。

「畜生が」

　穂先が引き抜かれて、味方に刺された哀れな野盗が転がる。たたらを踏んで、源太も後ろへ倒れた。右手に力がはいらない。

　味方ごと敵を斬る――若いころから悪党として鳴らした源太だが、予想だにしなかった攻めだ。左手に脇差を持ち替えて、立ちあがる。

「やるじゃねえか。ど汚い手だが、褒めてやるよ」

　敵は三人。仲間ごと串刺しにした男が一番できる。万全でも、手こずるだろう。

　すでに新九郎はいない。源太と野盗たちの死闘のさなかに消えたのだ。ただれた顔をゆがめて、仲間を串刺しにした男が笑う。

「やれ」と、男が叫ぶ。もげた鼻が不気味にうごめいた。

おもしれえ、とつぶやいた。

もう生きながらえることは諦める。ひとりでも多く、道連れにするだけだ。

月光が閃《ひらめ》いた。

野盗たちの刃を、肉でうける覚悟はできていた。源太の肌にかする前に、見えぬ壁に当たったかのようだ。ふたつと敵の刀が跳ねあがった。

ひとつ、ふたつと敵の刀が跳ねあがった。最後のひとつは軌道だけがかわり、源太の頬をかすった。

遅れて、風がまいた。地から埃《ほこり》が舞い、つむじに変わる。

銀光が踊っていた。月光と戯れるかのようだ。あれは、槍か。穂先が異様な形をしている。蛇がうねるかのようだ。先は二股にわかれている。そして、柄は日ノ本の槍ではない。ありえないほど柔らかくしなっているのは、白蠟の材だからだ。

「新九郎か」

源太が叫んだ刹那、新九郎が槍をあやつる。いや槍ではなく蛇矛とでもいうべきか、それは直線的な日ノ本の槍とは、あまりにも動きがちがった。

新左衛門の棒の動きに似ているが、それ以上にしなっているのは穂先の重さゆえか。

ふたりの男の首に、二股の刃が吸いこまれる。

断末魔の声はなかった。口を大きく開けてはいるが、無音だ。喉笛を斬られたがゆえに、無言で苦しんでいた。

「なんだ、その得物は」

源太は問うが、新九郎は無視するように唐瘡で顔がただれた男へと間合いをつめた。

男が咆哮《ほうこう》を発する。

喉から血をふく仲間を蹴り、新九郎に吹きかける。若い顔が赤く染められた。

そして、ふたたび仲間を蹴る。新九郎めがけて。

手にある柄がうねった。ゆがむようにしなる。

新九郎は血にぬれたまなこを、かっと見開いている。

手槍の男の喉笛へと、穂先がのびる。だが、その手前に蹴られた野盗がいる。手槍の男の首に穂先がかみつく前に、蹴られた野盗の頭に蛇矛の柄があたるはずだ。

新九郎は空をこねるようにして、蛇矛をあやつった。柄がとまる。蹴られた男のこめかみの一寸ほど手前。止まった反動は、柄のしなりに変わった。

新九郎の蛇矛が、爆《は》ぜるように反対側に曲がる。蹴られた男をよけるようにして、穂先が曲線を描く。

蛇矛が、喉へと吸いこまれていく。

断末魔の声は、またしても無音だった。

口を極限まで開き、苦悶の表情を浮かべているというのにだ。

もげた鼻から空気が漏れる音と、血が流れる音が静寂を塗りつぶす。

最後の野盗が倒れた。

血の匂いのする風が吹きぬける。源太は、新九郎を見あげた。

両目から、赤いものがこぼれ落ちている。頬を伝い、あごからしたたった。

野盗の返り血だとわかっていたが、源太にはまるで新九郎が赤い涙を流しているようにしか思えなかった。

蛇は自らを喰み、円環となる　三

今日もどっさりと銭をもらった松波高丸《まつなみたかまる》は、細川勝元の屋敷へといく。

「おお、よくきたな」庭にでるなり、勝元は縁台の上に餅《もち》ののった皿をおいてくれた。

高丸はひとつを一気に平らげ、のこりのひとつは布につつんで懐にしまう。

「どうした。食べぬのか」

「は、はい。寝ぐらに帰って食べます」

「まあ、ここで無理して食べる必要もあるまい」にっこりと笑ってくれる。

「それより、今日は何を教えてくれるのですか」

「焦るでない。もうすぐくるはずだ」

襖《ふすま》が開きあらわれたのは、天井につこうかという長い烏帽子《えぼし》をかぶった男だ。白狩衣《かりぎぬ》と緋袴《ひばかま》をつけている。あれは、陰陽師《おんみようじ》の服装だ。

「暦学者の勘解由小路《かでのこうじ》殿だ。息子の聡明丸《そうめいまる》に、算学を教えてもらっている。実はわしはこれから、斯波《しば》殿の陣へいかねばならぬ。折角だ。高丸も聡明丸と一緒に、勘解由小路殿のお話を聞いてはどうかと思ってな」

「はあ」恐る恐る勘解由小路を見る。眉をそった顔はどこか近寄りがたい。その陰から出てきたのは、高丸と同じくらいの背丈の童だ。小さな冠をかぶっているが、嫌なのか何度も手で外そうとしている。きっと聡明丸だろう。体は大きいが、顔は八歳の年相応の幼さがあった。

「勘解由小路殿、よろしくお願いいたします。ちなみに今日はどんなことを」

立ちあがりつつ、勝元がきいた。

「算木《さんぎ》の使い方を教えようと思います」

「もうですか」算木とは算術で使う道具だろう。恐ろしく難しい計算もこなせることを、高丸も知っていた。

「聡明丸殿は、実に覚えがよろしいので」

「ははは、世辞とはいえ心地いいものですな。では、よろしくお願いいたします」

相好を崩して、勝元は出ていく。

「お主は、そこから聞くがいい。すわっていては見られまい。たっていなさい」

勘解由小路は、高丸がたつべき庭の位置を指さした。縁側近くに聡明丸らがすわってくれたので、何をしているかはかろうじてわかった。勘解由小路が取りだしたのは、四角い棒だ。あれが、算木というものらしい。さらに算盤《さんばん》という紙もしく。碁盤のように升目が描かれ、「万、千、百、十、一、分、厘」などの文字が横に、「商、実、方、廉」などの文字が縦にならんでいる。

「聡明丸様、よいですか。まず算木をこのようにしてならべます」

勘解由小路の細い指が、棒をならべていく。まるで占いをしているかのようだ。高丸は首をのばし、必死になって観察した。

ため息がでそうになる。勘解由小路が次々とあやつる算木の動きのなんと美しいことか。

「さて、聡明丸様、さきほどだした問いの答えはわかりますか」

聡明丸が小さな首をおった。算木を動かそうとするが、どうやるべきかと逡巡《しゅんじゅん》している。

「百八十七です」いったのは、高丸だった。

驚いたように、勘解由小路が振りむく。

「お主、どうしてわかった。算木も動かさずに」

どうやら、高丸の答えはあっていたらしい。

「い、いえ、動かしました。算木を」

「嘘をつけ、何ももっていないではないか」

「頭の中です。頭の中で、算木を思い描き、教えられたとおりにしたら……」

勘解由小路が大きく目を見開いた。

「お主、さきほどの問いを、頭の中だけで答えを導きだしたのか」

京に名を轟《とどろ》かせる陰陽師は、妖怪でも目の当たりにしたかのように驚いていた。

蝮ノ十二

二股に分かれた蛇矛の先からは、血がしたたっていた。長井新九郎の足元にある水面に、血が吸いこまれていく。目の前には、穂先を塗る血よりももっと赤いものがあった。

炎だ。尾張《おわり》国津島《つしま》の町が燃えている。風がふきつけると、対岸にたつ新九郎の顔が灼《や》かれるかのようだ。

火をあげる津島を囲むのは、千余の軍勢。白い旗指物《はたさしもの》が橙色《だいだい》に染まっている。

水面には幾隻もの舟があり、こちらへと近づいてきていた。いくつかには、矢が刺さっている。津島十五家の堀田《ほった》らの商人たちだ。手負いの武者を何人ものせた兵船がつづく。

津島近くに所領をもつ、蜂須賀小六《はちすかころく》の手勢だ。時折、津島を焼く軍団から、矢を射かけられている。

「これまでだな」新九郎はつぶやいた。

五年前の永正《えいしょう》十六年（一五一九）、父の長井新左衛門が土岐政房を暗殺する現場を目撃した。出奔し、近江国の勝部村で李朱医学を学んだ。そこを何者かに襲われ、お光を殺された。范可とお光を弔い、新九郎は旅にでた。畿内《きない》を回り、津島へといたる。そこで父の新左衛門とも知己である堀田や蜂須賀、伊勢御師《いせおんし》の福島《ふくしま》、知多《ちた》半島の国人《こくじん》の水野《みずの》や佐治《さじ》らと親交を深めた。

折しも、尾張守護代被官の織田弾正忠《おだだんじょうのじょう》家が、急速に力をつけつつあるときだ。当主の信定《のぶさだ》（信長《のぶなが》の祖父）は、尾張国の北西にある中島《なかしま》郡を押領し領地を拡大していた。堀田や福島、佐治らの商圏へも、圧力を強めていた。新九郎は彼らとともに戦ったが、敵は想像以上に強く、そして苛烈だった。まさか、津島の港を焼くとは思いもしなかった。

「新九郎殿」近づく一隻の舟から声がかかった。舳先《へさき》には、四十代の商人がたっている。顔には煤《すす》がいっぱいについていた。津島十五家のひとり、堀田である。

「無念だが、ここまでだ。津島は、弾正忠家と和睦の道を模索する」

弾正忠家に、矢銭《やせん》（軍資金）を提供するということだ。

蛇矛をふって血をふりおとした。暗い水面に波紋がいくつもできる。

「だが、津島の根っこまでは、弾正忠家には屈さん」

商人たちの自治は死守するという。

「新九郎殿は、これからどうされる」

目を下に落とす。黒い鏡のような水面に映った己に問いかける。

「美濃へ帰ります」

「そうか、今まで我らのために働いてくれたことは忘れない。いつか、恩は返す」

「ならば、ひとつお聞きしたいことが」

「わしにわかることならば、なんなりと」

「父は、どんな武器を使おうとしているのか」

堀田が息をのむのがわかった。

「范可老がいっておられました。あつかいを誤れば、国を滅ぼしかねない、と」

堀田は腕で額の汗をぬぐった。

「私が津島にきたのは、そのためです。父がどんな武器でもって、美濃やその周辺の諸国を侵さんとしているのか。それを探るためです」

「腕のたつ客人と思っていたら、まさかそんなことを探っていたとはな」

「国滅ぼし——堀田殿らが密《ひそ》かにそういっていることも知っています」

織田軍に襲われたときよりも強い怖気《おぞけ》に、堀田は襲われているようだった。

「教えていただけませんか」

「それはできぬ」

「父との約束だからですか」

「それもある。が、それ以上に教えてもらうようなものではないからだ。新九郎殿は、いずれ新左衛門殿の跡を継ぐ。国滅ぼしを継承するだろう。自身の力で、正体ぐらいは解き明かせぬようでは、あれは到底御しきれん」

「命がけであなた方が逃げる退路をこじ開けましたが、それでも足りませぬか」

あごを動かして、新九郎の背後へと堀田らの目差しを導く。織田弾正忠家の兵の骸が、あちこちに散らばっていた。みな、新九郎の蛇矛で喉笛を斬り裂かれている。

「そのことは感謝するし、恩にもきている。が、それとこれとは別だ。武器が何であるかは、察するものだ。かわりに手がかりを教えよう。ついてこられよ」

堀田が小舟に乗りうつった。新九郎もつづく。従者たちを元の舟において、堀田が自ら櫂《かい》をあやつる。小舟は支流のひとつへとはいっていった。人の背丈よりも高い水草が、両側を壁のようにおおっている。やがて、洞窟が見えてきた。

「河童でもでてきそうですな」堀田は新九郎の言葉を無視して、櫂を動かす。水に満たされた洞窟のなかへと舟をいざなう。篝火《かがりび》が洞窟の壁を照らす。巨大な生き物に呑みこまれたかのようだ。砂州に小舟は乗りあげた。

「掘るがいい。新左衛門殿は、国滅ぼしをつくるための材をここに埋めた。といっても、ここだけではない。福島殿や佐治殿らの力をつかい、伊勢湾のあちこちに隠した」

新九郎は鍬《くわ》を受けとり、砂州を掘りかえす。しばらくもしないうちに、硬いものに当たった。しゃがみこみ、手にとる。仏像の残骸だ。

「あずかっていた武器の材は、かつての半分に減っている」

振りむくと、堀田が青い顔で立ちすくんでいた。

「新左衛門殿が美濃に渡ってから、毎年決まった量を送っている。きっと、国滅ぼしの試作をしているのだろう。ここ数年は、送る量が増えている」

「ということは、父はすでにこれらを国滅ぼしに変えたということですか」

仏像の右手首の破片を掲げてみせた。

「国滅ぼしには変えたが、きっとごくわずかだろう。送ったものをすべて変えていたのならば、その噂は間違いなくわしの耳にもはいる。何より美濃の国が無事であるはずがない」

「ふむ」新九郎はあごに手をやって考える。

「ひとつたしかなのは、準備を着々と進めているということだ。恐ろしいほど慎重に、かつ命知らずなほどに大胆にだ」

「堀田殿は、父が国滅ぼしを使う機はいつだと思われますか」

「新左衛門殿の身上が小さいうちは心配ない。が、もし新左衛門殿が美濃一国を支配するとなれば、話は別だ。神算の法蓮房に美濃の国力と国滅ぼしがあわされば、恐ろしいことになる」

堀田の声はかすかにふるえていた。

「近隣の尾張、近江、伊勢、越前《えちぜん》は大打撃をうける。ここ東海も無事ではすまん。京にもすくなくない被害がでる。下手をすれば、日ノ本全土が……」

「まるで嵐のようですな」

「嵐か。たしかに、似ているかもしれんな」

新九郎は仏像の残骸に砂をかぶせ、小舟に乗りこんだ。堀田が櫂を動かし、出口へとむかう。

「もし、父が美濃を平定し、国滅ぼしを使ったらどうされる」

堀田は翳《かげ》のある笑みを浮かべた。自嘲しているのか。

「商人にとっては、災いも商機だ。新左衛門殿がこの東海を毒すならば、その逆をはればいい。凶作になるのがわかっているなら、いかようにも儲《もう》けられるのと同じだ」

言葉は強気だが、堀田の体は冬の日のようにふるえていた。津島で名をはせる豪商の堀田でさえも、恐怖するほどの大きな災いを父はいつか引きおこす。

何より、と前を見据える。

国滅ぼしとは一体何なのか。ひとつ確かなのは、銅を使った凶器だということだ。思いあたるものはひとつしかなかった。

蝮ノ十三

五年ぶりに、父の長井新左衛門と新九郎は対峙《たいじ》していた。以前は雷が走るように一条二条と灰色の髪が混じっていたが、今は逆に黒い髪が灰髪に何条かはいっている。何よりも、つりあがった目が醸す冷徹な表情だ。まさに毒蛇である。実の子であるはずの新九郎でさえ、自然と背がのび肩の肉がこわばる。

「よく帰ってきたな。新九郎よ」

父と新九郎のあいだには、海図があった。日ノ本だけでなく、明国や天竺《てんじく》も描かれている。その上には異国の玩具も置かれていた。鉄製の兵士の人形だ。剣や槍をもっているものもあれば、棒状のものを水平にかまえていたり、寺鐘のように大きな筒を荷車でひく兵士もいる。筒だけは銅でできていて、他とは色味がちがっていた。それが妙に生々しい。将棋の駒のように、海図のあちこちに配置している。

日蓮宗《にちれんしゅう》の伝手《つて》をたより手にいれたものだろう。日蓮宗の本能寺《ほんのうじ》は、九州大隅《おおすみ》国の南海にある種子島《たねがしま》を盛んに教化している。貿易の利益を得んがためだ。

「父上もおかわりないようで、なによりです」

「そういうお前は、面構えが変わったな。諸国を回った甲斐《かい》があったようだ。堀田殿から色々と聞いている。津島や伊勢でも活躍した、とな」

「いえ、結局、津島の町は織田弾正忠家によって焼かれてしまいました」

「ふむ、弾正忠家はいずれ恐るべき敵になるやもしれぬな」

新左衛門はうすい頬をなでた。

「五年も遊ばせてやったのだ。ここからは、新左衛門尉家のために存分に働いてもらうぞ」

手をたたくと、小姓が絵地図や巻物をかかえてもってきた。

「実は、近く福光館を二郎様に明け渡すことになった」

「え」と、新九郎が声をあげた。新左衛門は情勢を語ってきかせる。

土岐〝二郎〟頼武に守護を名乗らせ、かわりに新左衛門らが擁立する頼芸は国府福光館などの主要な町を押さえる。名を頼武、実を頼芸がそれぞれ支配することで、両者は微妙な均衡の上で並存できた。が、頼芸が福光館を明け渡せば、均衡が崩れる。朝倉家と同盟する頼武が圧倒する。頼芸派の長井新左衛門が窮地に陥るということだ。

「座していれば滅ぶ。だから、二郎様を守護の座から追い落とす。すでに策は仕込んでいる」

新左衛門は絵地図を一枚とる。異国の海図をどけて、広げた。美濃や近江、尾張などの近国の地図だ。鉄製の人形を指のあいだによっつはさみ、地図の上へと移動させた。

「北近江で乱をおこす」

新左衛門はよっつの人形を北近江の上におく。

「北近江……美濃ではないのですね」

「そうだ。まず、北近江で政変をおこす。ならば必ず朝倉家はこれに介入する。朝倉の手足を近江に縛っておいてから、美濃の国をひっくり返す。すでに宝念を彼《か》の地に送っている。首尾は上々とのことだ」

新九郎は腕を組んで考える。果たして、上手くいくだろうか。心配なのは、土岐頼芸だ。旧法や先規を遵守することを愛する頼芸が、兄頼武との盟約を自ら破るとは思えない。

「左京大夫様は、挙兵には賛成されているのですか」

「心配はもっともだ。そちらはもう手は打っている」

父がそういうなら大丈夫だろう。

「それよりも戦の仕度だ。今年の秋の終わりには、北近江で乱がおこる。越前の朝倉が兵を送るのは、来年の春。ならば夏には我らも発つ。くれぐれも体を怠らせるなよ」

蝮ノ十四

長井新九郎に、北西にある伊吹《いぶき》山からの風が吹きつけていた。初夏の伊吹おろしは草と木の香りに満ちているはずだが、今日はちがう。人いきれと具足が放つ鉄の臭気に侵されていた。目をやると、福光館の北西にある草原が広がっている。二種の桔梗《ききょう》紋の旗指物で埋めつくされていた。かつて、土岐家の桔梗紋は〝桔梗一揆《いっき》〟と恐れられていた。約二百年前の南北朝時代に、土岐一族は桔梗紋の下に団結し、足利尊氏《あしかがたかうじ》の覇道に大きく貢献したからだ。

が、今や桔梗の紋は二種に分かれて、相争っている。

土岐頼武の浅葱《あさぎ》地の桔梗紋と、その弟の頼芸の黒地の桔梗紋だ。

昨年、北近江で政変が起こった。国境を接する朝倉家はすかさず大軍をくりだした。その隙を逃さず挙兵したのが、小守護代の長井越中守だ。福光館に移ったばかりの土岐頼武は、越前からの援軍をあてにできないことから北の山岳地へと一戦もせず退却する。そして反頼芸勢に檄《げき》を飛ばし、果敢にも国府福光館へと追ってきた。

結果、今、美濃の大地は浅葱と黒のふたつの桔梗紋に塗りわけられてしまった。新九郎がいるのは、黒の桔梗紋が林立する頼芸の本陣だ。若者が多くを占めているのは、頼芸の小姓《こしょう》や郎党たちの嫡男次男で構成されているからである。

「いいか。これは、正統なる美濃守護が、偽りの美濃守護を屠《ほふ》る戦いだ。正義は我らにある」

怒鳴りちらす大柄の若武者は、長井弥次郎《やじろう》だ。頼芸を擁立する小守護代長井家の嫡男である。七年前の永正十五年（一五一八）の内乱のおりには、新九郎らと一緒に国府に人質として集められて戦にでることはなかった。が、こたびは本陣付きの若党の長である。傍目《はため》にも意気込んでいるのがわかった。

新九郎はため息を嚙《か》みつぶす。頼芸の元小姓だったこともあり自身も長井弥次郎の指揮下にはいらされているが、どうせなら父の新左衛門の下で、采配《さいはい》の妙と戦の駆け引きを肌で感じたかった。

長井弥次郎のむこうで床几《しょうぎ》に座しているのは、土岐〝左京大夫〟頼芸だ。二十五歳の青年である。目鼻口は整い、若きころの花佗《かだ》夫人にますます似てきたと評判だ。背後には、土岐家直属の数十人の弓衆がいた。

「左京大夫様、すこし気負いすぎではございませぬか」

新九郎は優しく声をかけた。頼芸は膝をゆすり、爪をせわしなく嚙んでいる。

「何か心配事でもおありですか」

「いや」と、頼芸は目をそらす。

「秘密は守ります。ご心配ごとがおありなら、何なりと打ち明けてください」

頼芸の目が泳ぐ。やはり、何かを隠している。

「私たち親子は外様ですが、それを厚く遇してくれたのは左京大夫様と花佗夫人です。幼い私に、歌集をよく写させてくださりましたな。あのときの恩に報いたいのです」

頼芸が前屈《まえかが》みになった。さり気ない所作で、新九郎の耳に口を近づける。

「新九郎よ、もし、もしだ。お主が、実の母を人質にとられたら、どうする」

「え」と、言葉をこぼす。「まさか――」とだけつぶやいて、あとは口を閉じた。

「母が、長井家の所領にいき捕まった。もちろん、長井越中守らは客人として厚く遇し、母が長逗留《とうりゅう》を希望しているというが……」

頼芸は、握りしめた拳をふるわせた。

「でなければ、どうして私から和睦を破ろうか」

新九郎は背後を一瞥《いちべつ》する。大柄な長井弥次郎が、こちらをにらんでいた。影のようにはべる武者がいる。若作りした色白の僧形の男で、鞭《むち》と分銅のついた鎖を腰に巻きつけている。長井玄佐だ。長井弥次郎のお目付け役として、本陣に帯同されていた。こたび花佗夫人を人質にする策を考えたのは、長井玄佐か。花佗夫人を押さえれば、頼芸を自在にあやつることができる。清廉を愛する頼芸が、こたびの挙兵を決意したのは奇妙だと思っていた。

「わが父は、そのことを知っているのですか」

「先日、思いきって打ち明けた。新左衛門は何とかする、といってくれたが……」

それでも心配なのだろう。無理はない。

「まずは、目の前のこの戦に集中することだ。それはわかっているのだが」

また、頼芸の膝がせわしなく上下に動きだす。

「ご心中、お察しします。近いうちに、私も父と相談いたします」

それだけにとどめたのは、長井弥次郎の目差しをずっと感じていたからだ。

自分の持ち場に帰ろうとしたら、太鼓の音が伊吹おろしにのってやってきた。前方に布陣する浅葱の桔梗紋の軍勢から、攻め太鼓の音が轟いている。

応じるように、頼芸勢からも太鼓が激しく打ち鳴らされる。黒の桔梗紋が雄々しくゆれた。

とうとう戦がはじまったのだ。

矢戦は、ほんの一瞬でしかない。

自らが放った矢を追い越すかのように、両軍の先鋒《せんぽう》は突撃を開始した。土煙がまきあがり、あちこちで火花が散った。長槍を打ちあわせる足軽合戦にうつったのだ。

「左軍の味方、敵陣を崩しました」報告に、どっと本陣がわいた。

「右翼の敵に、味方が押されています。すぐに援軍を」

傷を負った使番が駆けこんでくる。

一進一退だった。右で頼芸勢が押せば、左で頼武勢がその倍を押しかえす。

浅葱と黒の旗指物が、はげしく混じりあっている。

「敵の騎馬が、中軍を突破しました。先手の岩田治部《いわたじぶ》殿、討ち死に」

半面を朱にそめた使番は叫ぶなり、どうと倒れた。小姓たちがあわてて担ぎ運んでいく。目を戦場にもどすと、錐《きり》でもみこむように敵の軍勢が味方をおしのけている。血煙があちこちで湧きあがっていた。

「あれは、斎藤彦九郎《ひこくろう》の手勢か」

守護代斎藤一族で、強将として知られる男だ。

頼芸勢が壁となって阻むが、すぐに左右に蹴散らされた。

「ここまでくるかもしれん。槍隊よ前にでろ」長井弥次郎があわてて指示をだす。

一団の軍勢が、斎藤彦九郎の前に立ちふさがった。旗指物の紋は——二頭立浪《にとうたつなみ》。父の長井新左衛門だ。白馬にまたがる父が、棒をかまえている。槍や薙刀とちがい刃がないので、遠目でもすぐにそれとわかる。

斎藤彦九郎の勢は、先頭に十騎ほどの武者がいて、矢尻を思わせる形で固まり戦場を疾駆していた。その的になるかのような位置に、新左衛門は白馬を乗りこませる。

敵の武者の雄叫《おたけ》びは、新九郎の耳にも届いた。太く長い槍が、新左衛門めがけて繰りだされる。新左衛門は逃げない。しならせるようにして棒をふった。それは縄のようにたわむ。目の錯覚とわかっている新九郎だったが、背筋に粟《あわ》を生じるほどの光景だった。棒が敵の刺突にからみついたと思った刹那、新左衛門が得物を撥《は》ねあげる。

宙高く飛んだ槍が、きらりと太陽を反射した。

新左衛門の棒が風をきった。石突が鈍色《にびいろ》の線をひき、武者たちのこめかみやあごを次々と襲う。

ある者はあらぬ方向に首をおられ、ある者はあごを砕かれたのか両手で口を押さえている。喉をつかれ落馬するもの、脳天を打たれ馬上で気絶するもの。天へ撥ねあげた槍が地面に突き刺さるころには、十人いた騎馬武者は四人にまで減っていた。四騎はあわてて馬首をめぐらす。新左衛門と衝突するようだった進路を、無理矢理に曲げた。左にそれた二騎を襲ったのは、礫《つぶて》だ。顔面を朱にそめて、ふたりの武者が落馬する。新左衛門の斜め後方に、不敵に礫をもてあそぶ石弥がいた。よく見れば、投げたのは石ではなく鉛の塊だ。星形の突起がついており、当たればそれとわかる傷が相手につく。手柄の証《あかし》になるので、これぞという兜《かぶと》武者に投げつけると聞いていた。

右にそれた二騎を迎えうったのは、大槌だ。牛次が横に振りぬいた一撃は、まず一人目を吹き飛ばす。そのままもう一騎とぶつかり、大地へと転落させた。

「おお、さすがは新左衛門殿だ」

「見ろ、味方が息を吹きかえすぞ」

小姓たちが歓声をあげた。新左衛門は棒を前に突きだして、手勢に攻勢を命じている。

二頭立浪の旗が力強く前にでた。

「ふむ」と、新九郎はあごをさすった。新左衛門の手勢が、次々と敵を踏みにじっていく。新左衛門、石弥、牛次らの戦いぶりは見事だが、彼らに負けぬものたちもいる。十数人が鉄のように団結して敵を蹴散らすのは、今枝弥八《いまえだやはち》だろう。新左衛門が登用した、若き郎党だ。堅実無比の用兵が得意で、どんな大敵にも一歩も退かない。その横で踊るように槍をあやつる赤武者は、柴田角内《しばたかくない》だ。十文字槍を変幻自在にあやつっている。さらにその横には、左右の腕で二刀を駆使する、道家六郎左衛門《どうけろくろうざえもん》。厚い甲冑を二枚重ねにきる様子から、鉄人と渾名《あだな》されている。

いずれも、一騎当千の新左衛門尉家の被官たちだ。

二頭立浪の旗は、まさに波浪だった。戦場という海を自由自在に進んでいく。敵兵を呑みこみ、敵陣を洗った。五年の放浪で何度も修羅場はくぐったが、目の前の長井新左衛門の攻めほど苛烈だったものがあったろうか。津島を燃やした織田弾正忠家の軍勢でも、あれほどではなかった。

螋ノ十五

陣羽織をきた長井新九郎は、父の新左衛門とともに歩いていた。互いの得物の棒と蛇矛はもっていない。腰にさした二刀をゆらしつつ歩をすすめる。

父の新左衛門の陣羽織からは、まだ戦塵《せんじん》と血煙の匂いがただよっていた。新左衛門の活躍で土岐頼武の軍を大いに破り、敵を北の山へと追いやったのはつい先日のことだ。

やがて、一軒の屋敷が見えてくる。鎧を着込んだ足軽たちが、ものものしく警固していた。

いや、屋敷を包囲するといった方が適当かもしれない。

「あそこに、花佗夫人が囚《とら》われているのですか」

新九郎の問いに、新左衛門は「知っていたのか」と返す。

「左京大夫様から聞きました。花佗夫人を人質にして、無理矢理に挙兵に応じさせたらしいですな。まさか、その企みに父上も加担していたとは」

やれやれという具合に、新左衛門は首筋をなでる。

新左衛門と新九郎父子だけでなく、長井玄佐も花佗夫人の幽閉されている屋敷へやってくる。名目は戦勝の報告と、花佗夫人のご機嫌伺いだが、茶番もいいところだ。

「おうい、新左衛門に新九郎じゃねえか」

声がして目をやると、鉄を縫いつけた鉢巻きをした源太だった。そういえば、先日の合戦では源太の姿が見えなかった。宝念を近江に派遣していたので、てっきり源太もそこにいるとばかり思っていた。

「新左衛門よ、たまんねえよ。かかあから使いがきて、おれのことを散々になじりやがるんだ。戦場にもでず、何を呆《ほう》けているんだ、とな。このままじゃ、また雑穀飯だ」

「戦場にでないことを決めたのは、源太の方だろう。お前のために、善銭ばかりの一貫文を用意してたんだぞ」

「仕方ねえだろう。日運《にちうん》様が、花佗夫人の御身を心配しておられたからさ」

なんのことはない。源太はずっと美濃にいたのだ。蹴鞠《けまり》の友人である日運の依頼をうけて、花佗夫人の屋敷を囲む兵のなかにまぎれこんでいた。新左衛門尉家は長井家の被官ということもあり、屋敷を囲む兵に何人かの侍大将を派遣している。

「屋敷を囲むのも仕事だ。褒美の一貫文をくれねえか。でないと、かかあに叱られる」

「残念だったな。善銭ばかりの一貫文は、今枝や柴田らにくれてやったよ」

みな、先日の合戦で活躍した長井新左衛門尉家の若き被官たちである。

「そんなに働きたいなら、今のうちに旅の用意をしておけ。近江に行ってもらうことになりそうだ。宝念ひとりでは手に余る」

「北近江は、負け戦の臭いがぷんぷんするぜ。気が進まないな」

へらず口をたたく源太を置き去るようにして、新左衛門は屋敷の門へといく。門扉が音をたてて開いた。

「最初にいっておくと、お前を同席させることは、長井玄佐殿から反対された」

必要以上にゆっくりとした、新左衛門の歩みだった。

「それは私がまだ若いからですか」

「それもある。一番は、秘密が漏れないようにするためだ」

「秘密とは」花佗夫人を幽閉していることだろうか。

「同席すれば嫌でもわかる。いずれ、お前は新左衛門尉家をつぐ。世の中には裏がある。そのことを、よく知っておけ」

こたびの変事には、まだ新九郎の知らないことがあるということか。

「そういえば、お前は好いた女はいるのか」

「え」と、思わず足を止めた。

「もう二十二だ。妻《めと》を娶ってもおかしくない。跡継ぎのことを考えておかんとな」

まさか、父とこんな会話をするとは思わなかった。戸惑う新九郎に皮肉気な微笑をむけて、また新左衛門は歩みを再開した。入り口で履き物をぬぎ、床板のきしみを聞きながら奥へと進む。畳の敷かれた部屋には、すでに長井玄佐がいた。感情の読み取れぬ顔で座っている。

一礼して、新九郎と新左衛門も腰を落とす。上座には花がいけられており、その奥には鷹の絵が飾られていた。横の襖が開き、衣擦《きぬず》れの音がとどく。花佗夫人だ。四十代の半ばで、目や口元にはしわがはいっているが、顔貌はまだ十分に美しい。玄佐、新左衛門、新九郎が平伏した。

「奥方様、美濃の国政を壟断《ろうだん》する二郎様の軍、たしかにうち破りました。敵は、北の山へと逃げていきましたぞ」

玄佐が誇らしげに報告する。

「では、二郎様の生死は」花佗夫人が、陰気な目を玄佐へむけた。

「残念ながら、あと一歩のところで捕り逃がしました。ですが、二郎様の旗本衆や郎党たちを数多《あまた》討ちとり――」

玄佐の声を制したのは、激しく床を打つ音だった。花佗夫人が、にぎっていた扇子で畳を打擲《ちょうちゃく》したのだ。

「何をしているのですか。わらわは二郎様の首をかならずとるといったから、そなたらの企みに乗ったのですぞ」

金物をひっかいたかのような不快な声だった。

「なのに、逃げられるとはどういうことですか」

とうとう花佗夫人は扇子を投げすてた。転がった扇子が、新九郎の前にやってくる。

そういうことか、とつぶやいた。花佗夫人は、人質になどなっていない。なったふりをしていただけだ。このまま頼武が守護の座にいれば、いつか頼芸の身に危険がおよぶ。そう考えた花佗夫人が、長井玄佐や父と芝居を仕組んだ。花佗夫人が挙兵するように説得しても、清廉を好む頼芸は反対する。が、小守護代の長井越中守に人質にとられ脅されたということにすれば、母思いの頼芸は十中八九思いどおりにあやつれる。

「二郎様の首をとるのです。今すぐに軍を送りなさい」

陰気な目をつりあげて、花佗夫人が叫ぶ。

「二郎様が存命である限り、わらわと多幸丸に安寧は訪れませぬ。いずれ、あのお方は多幸丸にまた矛をむけます。禍根は、今のうちに断つのです」

ぶるぶると、花佗夫人の体がふるえだす。瞳は半ば以上、正気の色が失せていた。

「恐れながら、今は性急に軍を動かすべきではありませぬ。北近江の情勢もあります。二郎様を伐《う》つよりも、北近江に援兵を送り、朝倉家を仰えることを優先すべきです」

玄佐の弁は正論だった。険山による二郎を伐つのは労多く、利がすくない。

「なりませぬ。もし、わらわの命に背くならば、こたびの秘事をすべて多幸丸に明かします」

珍しく、玄佐の顔に困惑の色が浮かぶ。

「恐れながら」長井新左衛門が体を花佗夫人にむけた。

「玄佐殿が案じているのは、左京大夫様の行く末です。北近江で挙兵した諸侯は我らの味方です。彼らが滅べば、左京大夫様にとっては大きな不利益」

花佗夫人は、一瞬だけ新左衛門の言葉に怯《ひる》んだようだ。が、すぐに目をつりあげる。

「なりませぬ。北近江に派兵した結果、二郎様が生き残ればもともこもありませぬ」

玄佐が、密かにため息をもらすのがわかった。

「では、北近江には兵ではなく、私の手の者を数人送るだけにとどめましょう。南近江の伊庭《いば》の残党とつながりがあります。彼らを蜂起させて、側面から支援します。それ以外は、全力で二郎様にあたる。これで、よろしいでしょうか」

先ほど源太とあったとき、近江へ送るといっていたのは、ここまで予想していたのだろうか。

「いいでしょう。ただし、新左衛門が近江へいくのは許しませぬ。二郎様を伐つ軍に、かならず加わりなさい」

「わかりました」若干の苦みを感じさせる、新左衛門の返事だった。

上体を過剰なまでにそらして、花佗夫人が一座をねめつける。

「よいですか。二郎様の首をとることに、すべての力をそそぐのです。もし、二郎様を取り逃がしたら、わらわはこたびの謀《はかりごと》を多幸丸に明かします」

肩で息をしつつ、花佗夫人がつづける。

「そうなれば、そなたらの地位も安泰ではありませぬ。そのこと、しかと肝に銘じるのですぞ」

蝮ノ十六

碗をもつ指は傷だらけだったが、ゆっくりと口元までもっていく所作は茶人のようだった。作法どおりに喫して、碗を地にしいた茣蓙《ござ》の上におく。

戦陣での野点《のだて》茶だった。野点傘の下にいるのは、新九郎とひとりの老将である。

「ふむ、若いのによい茶を点てるな」

老将は、硬い髭《ひげ》を指ですく。兜はかぶっていないが、幾多の戦場をともにしたと思しき鎧を身につけていた。背は天を衝《つ》くように高い。

「稲葉備中守《いなばびっちゅうのかみ》様にそこまでいっていただき、恐れいります」

甲冑に陣羽織、烏帽子をかぶった新九郎は、丁重に礼をかえす。

花佗夫人の命令で、ただちに頼武討伐の軍が編成された。山による頼武勢の追討は予想通り手こずった。そうするうちに、近江から朝倉家の支援を受ける六角家の兵が美濃に乱入してきたのだ。六角勢は、関《せき》ヶ原《はら》という盆地一帯をまたたくまに陥落させた。今さらながらだが、花佗夫人の命に従ったことが悔やまれる。北近江に援軍を送っていれば、関ヶ原を失うことはなかったはずだ。

急遽《きゅうきょ》西美濃に派遣されたのは、ふたりの大将だ。ひとりは、長井家の嫡男の長井弥次郎。いまひとりは、安八《あんぱち》郡曽根《そね》に所領をもつ稲葉備中守──深芳野の父だ。経験では稲葉備中守が圧倒しているので、実際の采配は稲葉備中守がとる。

「戦陣の茶も悪くないだろう。毛氈《もうせん》をしければ、申し分ないのだが」

新九郎は胸をなでおろす。父の新左衛門から戦場の呼吸を学んでこい、と先手大将のひとり稲葉備中守のもとに急遽派遣されたのだ。陣につき挨拶をするなり、なぜか茶席の用意をするように命じられた。稲葉備中守家は土岐家の直臣、新九郎の新左衛門尉家は陪臣だ。断ることなどできない。そう思って怖々と茶を点てたのだが……。

「ただ、わしなら、あの木の下に茶席を設《しつら》えたがな」

若いが枝の張りが申し分ない木があった。

「なるほど、木の枝を野点傘に見立てるのですな」

「おお、若いのによくわかっている。あの石を、床の間の花に見立てようと思うのじゃ」

「なるほど、主客の位置を整えて、山を見渡せるようにすると妙味がましますな」

新九郎の言葉に、稲葉備中守が勢いよく膝を打つ。

「それは妙案。実はな、わが館で今、茶室普請の最中なのじゃ。窓から山景を見えるようにしようと思ってな。主客の位置を、さきほど新九郎殿がいったように整えればと思いついた」

枝をもってこさせ、稲葉備中守は地面に茶室の普請図を書きはじめる。

「庭に植える木を何にするか迷っている」

「鶴山《つるやま》に、樹勢のよい椿《つばき》があると聞きました。きっとこの生垣の配し方とあいます」

嫌いな話題ではないので、新九郎もいつのまにか身を乗りだしていた。

「久々に茶室の話で盛りあがることができた。家族に、風流を解せるものがすくなくてのう」

目の尻をたらし、稲葉備中守は笑う。新九郎は首をかしげる。同じようなことを、誰かがいっていなかったか。たしか、深芳野だ。新九郎が桜の詩を聞かせると、一家はみな風流を解さないといっていた。

「どうされた、新九郎殿」

「いいえ、深芳野殿と茶のお話などは……」たちまち、稲葉備中守の顔色がくもった。

「す、すみません、深芳野殿が以前、備中殿と同じようなことを嘆いていたので」

「そうか、深芳野め。そんなことをいっていたか」

「茶や風流の話を、深芳野殿とはせぬのですか」

「したくても、最近は口もきいてくれぬ。男親の悲しさよ」

にぎった枝で乱暴に土をひっかく様子は、童のようだ。

「わが家が男児ばかりなのは知っていよう。しかも新九郎殿とちがい、風流を解せぬ。わしのことを茶道楽とののしる始末よ。やっと女子が生まれ、とっておきの深芳野という名前をつけてやったのに……」

枝がおれんばかりに、何度も地面に突き刺す。これはやぶ蛇だったと新九郎は閉口する。

「親父《おやじ》殿よ、あまり新九郎殿を困らせるなよ」

声をかけたのは、稲葉備中守の五人の息子たちだ。長男の右京《うきょう》はすでに三十五歳、一番下の五男の又五郎《またごろう》は新九郎と同い年の二十二歳だ。ちなみに、さらにその下に彦六《ひころく》（後の信長家臣の稲葉一鉄《いってつ》）という男児もいるが、こちらは寺にあずけられている。

血筋だろうか、みな長身で手足の長いところは深芳野とそっくりだ。

「だまれ、お主らもすこしは新九郎殿を見習え」

稲葉備中守は立ちあがり、五人の息子たちを追い払う。

「茶の話ができる息子が欲しいものよ」なぜか、わざとらしくため息をつく。

「茶の話ができる息子が欲しいのお」なぜか、ちらちらと新九郎の方を見る。

この方は、なぜ同じことを何度も言っているのだ。まさか……。

「茶の話ができる男が、婿にきてくれんかなあ」

明らかに新九郎に聞かせる口調だった。

遠巻きに追いやられた五人の息子たちが、こちらを見て笑っている。

「あの、それは……」くるりと稲葉備中守が向き直った。

「鈍い男め」と、なぜか新九郎をなじる。

「どうして、新左衛門殿がわしのもとにお主を派遣したと思うておる」

そういえば、父の新左衛門に好いた女はいないのか、とつい先日きかれたことを思い出す。

「いや、あの、その」

「親父殿、それじゃあ、新九郎殿がかわいそうだ」

助け船をだしたのは、長男の稲葉右京だ。

「悪かったな、新九郎殿。まあ、そういうことだ」

稲葉備中守と新九郎のあいだに割ってはいり、兄弟たちのもとへと連れていく。

「そういうこと、とは」

「まさか、わからぬはずがあるまい。妹の深芳野の婿に、新九郎殿はどうかと父は考えているのだ」

「わ、私がですか」声が裏返ってしまった。

「もちろん、ご主君の許しを得る必要はあるが、左京大夫様とそなたは歌集のやりとりをする昵懇《じっこん》の仲だろう。まさか、反対されることはあるまい。ああ、親父殿と新左衛門殿のあいだでは、ほぼ話がついている」

「そんな」

「なんだ、嫌なのか」

急にすごまれて「いえ、そんなことは」とあわてて弁明する。

「ですが、深芳野殿のお気持ちは」

「お主、それでも新左衛門殿の子か。六年前、妹が毎日のように部屋に押しかけてきただろうが。妹は、まだそのときの気持ちを忘れていないぞ」

稲葉右京は大げさになげく。

「この戦が終われば、桜の詩でも考えて妹に贈ってやれ。きっと喜ぶ」

「はあ」と、生返事をしたときだ。

稲葉右京が突然、顔を後ろへとねじる。攻め太鼓の音がひびいていた。

「親父殿、敵襲だ」

「うむ」稲葉備中守は素早く駆ける。歳に似合わぬ動きだ。

五人兄弟がつづき、新九郎も追う。逆茂木《さかもぎ》があり、そのむこうには山に挟まれた隘路《あいろ》があった。裏伊勢街道が走り、このまま進むと六角家が占拠する関ヶ原にでて西の近江と接する。

「まさか、こんなにはやく関ヶ原から討ってでるとはな」

忌々しげに稲葉備中守がいう。新九郎は敵の様子を凝視する。兵はすくない。こちらの半数ほどか。いや、左右の山の木々がゆれている。伏兵をあちこちに配しているようだ。そのことを伝えると「こしゃくな真似を」と稲葉備中守が腕を組んだ。

「伏兵もあわせると、思った以上に兵が多い。あるいは牢人《ろうにん》衆を雇ったのか」

稲葉右京の眉間に深いしわが刻まれる。

「自重するしかないな」稲葉備中守は硬い髭をなでつつ息子に応じた。

「挑発には応じるな、と各陣に伝えろ。特に弥次郎殿にな」

稲葉備中守の指示に、一斉に使者たちが散る。敵からはさかんに挑発の言葉が飛んだ。

稲葉右京が指さす先には、陣を打ってでようとする味方がいた。大柄の武者が、馬上で槍を振りまわしている。もうひとりの先手大将の長井弥次郎ではないか。

「ち、父上、あれを」

「攻めろ。一番槍だ」

長井弥次郎が叫んでいる。麾下《きか》の兵の勢いから見て、伏兵がいることに気づいていない。

敵は算を乱して、逃げはじめる。明らかに偽の退却だ。

「やめろ、追うな。罠《わな》だ」

新九郎の叫びもむなしく、長井弥次郎は突撃していく。

逃げる敵兵の背中に、ひと突きふた突きと槍を繰りだす。

「雑兵の首に興味はないわ。敵将でてこい」

勇ましく叫び、刺した敵兵を馬蹄《ばてい》にかける。

両脇の草むらが立ちあがったかと思った。隠れていた旗指物が姿をあらわしたのだ。

喚声とともに、長井弥次郎の軍に左右から攻めかかる。さらに逃げていた敵も足を止めて、反転する。槍衾《やりぶすま》をつくり、長井弥次郎めがけて激しく突進した。

三方から攻められ、長井弥次郎の手勢は混乱におちいる。次々と武者たちが地に伏す。

「馬をひけ、出陣する」怒声を放ったのは、稲葉備中守だった。

「無茶です。まだ伏兵がいるはずです」

新九郎が駆けよったとき、すでに稲葉備中守は兜をかぶっていた。素早く紐《ひも》を結び端部を短刀で切る。こうすることで、紐を指で解くことはできなくなる。合戦が終わるまで兜を決して脱がない、という意思表示だ。

「そんなことは百も承知だ。ここで味方を見捨てれば、稲葉家の名折れ」

従者が連れてきた馬に、稲葉備中守が飛びのる。五人の兄弟はすでに馬上の人だった。

「親父殿、先鋒はこの右京が承った」長男の稲葉右京が馬の腹をけった。

つづいて次男、さらに三男と次々と稲葉五兄弟が陣を飛びだしていく。さらに稲葉備中守も馬を竿立《さおだ》たせてから、「攻めろ」と下知を叫んだ。

「くそう」新九郎も、従者がひいてきた黒馬に飛びのる。土煙をかきわけるようにして、あわてて稲葉備中守らの後を追った。すでに、稲葉家の手勢も乱戦に巻きこまれていた。敵との間合いが近い。蛇矛をあやつるが、肉薄されてしまい、本来の技が繰りだせない。石突で顔を殴りつけ、なんとか敵を退ける。そうしている間にも、前後左右から次々と伏兵が姿をあらわす。

「新九郎」怒声が肌をうった。見ると、髭を血で染めた稲葉備中守と稲葉右京がいる。ふたりとも馬を失っていた。稲葉右京が大柄な武者を背負っている。

長井弥次郎だ。顔の右側を朱に染め、背中に矢が刺さっている。

「兜首だ。逃がすな」殺気まじりの声が四方からあがる。

槍が繰りだされた。新九郎は蛇矛をうならせる。

幸いにも間合いは十分だ。新九郎を中心に生まれた銀の円弧は、一瞬後に朱のそれに変わる。敵の喉笛からでる血が、戦場の土を湿らせた。

「弥次郎殿をたのむ」乗り手を失った馬の鞍《くら》の上に、稲葉右京が長井弥次郎をのせた。

「承知しました。ですが、備中殿らは」

「我らは先手の大将だ。ここで敵を食い止める」

そう叫ぶ今も、四方八方から槍や矢が襲ってくる。躊躇している暇はない。事実、伏兵は続々とあらわれていた。このままでは、退路が完全にふさがれてしまう。弥次郎は、新左衛門尉家の直接の主筋《しゅうすじ》だ。敵の手にわたすわけにはいかない。

「わかりました。弥次郎様は本陣に届けます。備中殿らも、かならずおもどりください」

「おお、まかせておけ」迫る槍を、稲葉備中守は刀でたたき落とした。手槍をかまえて突進する敵をひらりとかわし、うなじに刃をめりこませる。

「婿殿、生きてもどったら茶会だな」

新九郎は、襲ってくる薙刀を石突で撥ねとばした。稲葉備中守に顔をむける。今なんといった。婿殿といったのか。いや、それどころではない。

「承知。この新九郎、渾身の茶でもてなします」

「おお、頼もしい。娘とともに相伴にあずかろう」

いけ、と刀をふる。こくりとうなずき、馬首をひるがえした。馬の腹を蹴る。右脇に蛇矛をかかえ、左手で長井弥次郎を乗せた馬の手綱をにぎった。

螋ノ十七

大きな丸を、八つの小さな丸が囲っていた。九曜《くよう》紋を染めた旗が、強い風にはためく。

その下に、ひとりの巨軀《きょく》の武者がいる。

「この戦は、稲葉一族の弔い合戦である」

怒号が天を衝いた。小守護代長井家の当主、長井越中守だ。陣羽織からのびる両腕は丸太を思わせた。嫡男の弥次郎以上の体軀《たいく》なので、まるで熊が吠《ほ》えるかのようだ。

横にいるのは、僧形の武者である長井玄佐。黒の桔梗紋の旗が列をつくりならんでいる。土岐家の桔梗紋を従えるかのような九曜紋は、長井家のものだ。太い拳を長井越中守が突きあげると、麾下の兵たちが喊声《かんせい》で応えた。蛇矛をもつ新九郎の周りの兵たちも、同様に腕を天に突きあげる。新九郎は首筋の傷をなでた。まだ完全には癒えきっていない。巻きつけたさらしは、うっすらと血がにじんでいる。当然だろう。稲葉備中守の陣にいて、敵に襲われたのはつい二日前のことだ。手負いの長井弥次郎をかつぎ、なんとか重囲をぬけたが、さすがに新九郎も無傷ではいられなかった。あちこちに傷を負い、今も鈍い痛みが全身をおおっている。

が、まだいい。戦場に残った稲葉一族は全滅した。当主の稲葉備中守はじめ、五人の息子たちは壮烈な戦死をとげた。そして、今、小守護代の長井越中守ひきいる本隊が到着したのだ。

稲葉一族の弔い合戦という意味も付加されて、士気はいやが上にもあがっている。

「よいか。策などいらぬ。ただ全力で叩きつぶせ。正義は我にあり」

長井越中守の咆哮に、黒の桔梗紋の旗指物が大きくゆれた。

目を前にやる。敵の布陣は万全に見えた。浅葱地の桔梗紋が、六角家の旗指物に多くまじっている。三分の一以上を占めているだろうか。山岳に籠っていた土岐頼武勢が、この機に乗じ関ヶ原に進出する六角勢と合流したのだ。

「かァかれぇい」攻め太鼓とともに、武者たちが次々と陣をでていく。

「焦るな。今、前にでれば混乱に巻きこまれるだけだ」

冷静に指示を発したのは、新九郎の父の長井新左衛門だ。二頭立浪の旗の一団だけは、激流のなかの巌《いわお》のように不動だった。すでに目の前では、敵の軍勢と槍を打ちあわせている。数はほぼ互角だ。しかし、旗が整然とならんでいない。牢人衆などの寄せ集めが多いのだろう。

「新九郎よ、猛《たけ》るなよ」

新左衛門にいわれて、蛇矛を強くにぎっていることに気づいた。息を深く吸い、長く吐いて気を落ち着かせる。が、平静とはほど遠かった。長井弥次郎を助けるためとはいえ、稲葉備中守を――深芳野の父や兄を見殺しにしたのだ。

「といっても、この滅茶苦茶《めちゃくちゃ》な采配では、猛っている方がいいのかもしれんがな」

新左衛門の目差しの先を追うと、黒と浅葱の旗指物が激しく混じりあっていた。敵味方がもみあい、侍大将の半ばは統率を放棄して、雑兵のように激しく敵と切り結んでいる。

九曜紋の旗が、勇ましく前進していた。

多くの敵を屠っているが、同じくらい麾下の兵が傷つき斃《たお》れている。

「見つけたぞ」新左衛門は棒の石突を、敵勢の一角につきつけた。「あの一角が弱い。新左衛門尉家のつわものどもよ、戦のときはきた」

麾下の兵から、気合いの声がほとばしる。長井新左衛門が馬の尻に鞭をいれた。先頭になって、駆けていく。郎党たちが後につづいた。一団によりそうように、新九郎も馬を走らせる。

新左衛門が突っ込んだのは、一見すると敵勢が厚く配された陣だった。が、郎党たちが槍をかまえると、敵兵がわっと散る。

どうやら、牢人衆が主体の陣のようだ。亀裂が走るように、混乱が広がっていく。

「旗をふれ。新左衛門尉家、ここにありと誇示しろ。首をとるのは後だ。まずは、敵陣を崩せ」

新左衛門の下知に、麾下の兵は十二分に応える。狼が人には見えぬ獣道を疾駆するように、新左衛門とその麾下の手勢も戦場では縦横無尽だった。

鋭い矢が降りそそいだ。新左衛門と新九郎は棒と蛇矛を風車にして、矢を叩きおとす。

後ろで味方の何人かが倒れる音がした。

「喜べ。やっと歯ごたえのある敵があらわれた」

破顔一笑の新左衛門の言葉に、矢を体にうけた味方もすぐに立ちあがる。

「父上、先駆けます」新九郎は黒馬の腹を蹴った。新たにあらわれた手強《てごわ》い一団の前へと躍りでる。

矢が襲ってきた。身を低くしてかわす。何度か頭に衝撃が走った。

視界がゆれるのを、歯を食いしばって耐える。

「新九郎につづけ」

新左衛門の下知が聞こえてきた。味方の馬蹄の音が背をなでる。さらに馬腹を蹴った。

黒馬が全力以上で応える。敵の弓隊といれかわるようにしてあらわれたのは、槍衾だ。

新九郎の蛇矛が閃いた。槍の柄が両断される。首に赤い線をうがたれた敵兵が、無言で悶《もだ》え苦しんでいた。

「新九郎ごとき若造に、手柄を独り占めさせるなよ」

新左衛門の声は楽しげで、童をけしかけるかのようだ。

鮮血を浴びつつ、蛇矛の命じるままに敵を屠っていく。決して馬速はゆるめない。否、さらに速めた。容赦なく馬の腹を蹴る。右から急速に接近する影があった。牛のように大きな馬にのった、一騎の武者だ。手には薙刀がにぎられている。

「斎藤家が馬廻《うままわり》、丸山主膳《まるやましゅぜん》」

薙刀の名手として知られる男だ。血のこびりついた薙刀が、陽光を濁らせるかのように反射している。

「新左衛門尉家が嫡男、長井新九郎」

名乗ると同時に、蛇矛を躍動させる。薙刀が迎えうった。ふたりの間合いのはざまで、火花がいくつも爆ぜる。一合二合と、刺突と斬撃がぶつかった。互角だったのは最初のうちだけだ。たわむ蛇矛は、刺突の残像を生む。払い落とそうとする薙刀は、次々と芯を外した。そのたびに、丸山主膳は馬ごと後退していく。

新九郎の手にたしかな手応えが広がった。

「ぐうぁ」丸山主膳が苦悶の声をあげる。隙をつき、丸山主膳の右脇の下に穂先を突き刺したのだ。

引きぬくと、さらに傷口が広がり血が噴きでる。とどめの斬撃は繰りだせなかった。殺気を感じたのだ。あわてて新九郎は身をよじる。鞍から尻が浮いたが、かまわずに落馬した。

新九郎のいたところに、大きな矢が風切音を奏でながら通過する。右脇から血をながす、丸山主膳の首元に深々とめりこんだ。

矢の放たれた方へ目をやる。大柄の若武者がいる。右の半面に厚いさらしが巻かれていた。長井弥次郎だ。あらわになった左目は、充血し真っ赤になっている。

「弥次郎様、どういうおつもりですか」

「ふん、随分な口のききようだな。わしが救ってやったというのにだ」

「あの矢筋でですか」かわしていなければ、新九郎が串刺しにされていた。

「そうだとも。あの程度の武者に手こずりおって」

長井弥次郎は馬から降りて、地に倒れる丸山主膳のもとへといった。腰の刀をぬき、斧《おの》でもふるうようにして首を刎ねる。腰にくくりつけてから、ふたたび馬上の人になった。

「よいか、わしは貴様などには負けん。見ておれ、わしがいかに勇ましい武士であるかを、こたびの戦いで満天下に知らしめてやるわ」

長井弥次郎は乱戦の中へと飛びこんでいく。その後ろ姿を、新九郎はじっと見ていた。

背後から、馬蹄の音が近づいてくる。振り返ると、石弥の乗る馬だった。手には星形の突起がついた鉛の礫を握っている。後ろには若武者が三人つづいていた。

「首を取り損ねたな」冗談めかした声で石弥がいう。

「まさか、味方に狙われるとは思わなかった」

新九郎も馬上の人にもどる。

「気をつけろよ。越中守の御曹司は、お前に嫉妬している」

意味がわからずに、石弥を凝視した。

「鈍い奴だな。野郎は、稲葉家の深芳野に惚《ほ》れてるんだ。つまり、お前とは恋敵だ」

新九郎は絶句した。そんなことで、味方の背に狙いをつけたのか。だが、先の戦で稲葉備中守の指示を無視し無謀な先駆けをしたのも、新九郎への嫉妬ゆえだとすれば妙に腑《ふ》に落ちた。

「野郎も必死なのさ。先の戦であんな失態をしちまったからな。お前との差が開くばかりだ」

差を埋めるために、矢を射たというのか。「馬鹿馬鹿しい」と吐き捨てる。

「お前は新左衛門ゆずりの智勇をもっちゃあいるが、世間には疎いようだな。好きとか嫌いってのは、理屈で御しきれるものじゃない。だから、醜い親子の争いがおこる」

土岐家では守護が長男を疎んじ、その弟を寵愛《ちょうあい》したのが内乱の原因だ。

「いずれ、お前も稲葉家の深芳野を娶るんだろう。そのへんの機微をよくわきまえておけ」

どうやら、新左衛門から嫁取りの経緯は聞いているようだ。

石弥は首をひねり、背後の若武者たちに目をやった。

「おい、うちの若君が手柄を取り損ねたのは見たろう。かわりにお前らが気張りな」

三人の若武者が「応」と声をそろえた。広い肩幅の男は今枝弥八、赤い具足に身をつつんだ美丈夫は柴田角内、二枚重ねの甲冑をきるのは道家六郎左衛門。三人の若武者は馬を駆け、石弥は彼らを援護するような位置でつづいた。追おうとした新九郎を止めたのは、肩をにぎった大きな手だ。大槌《おおづち》をかついだ牛次だった。

「馬がもう限界だ。これ以上は走らせるな」

いわれて、やっと気づいた。新九郎の黒馬が、口から泡をふいている。

「お前は男女の機微の前に、馬の気持ちをわかるようになれ」

牛次は、石弥らが突入したのとは別の陣へと馬首をむけた。まさか、ひとりでいくつもりだろうか。あ、と声をだしてしまった。牛次の腹から血がしたたっている。腰帯は真っ赤だ。

「牛次、やられたのか。お前こそ、いくな。陣にもどって手当してもらえ」

牛次は太い首を横にふった。

「馬鹿な。死ぬつもりか」

「まあ、そうなるだろうな」

「よせ」牛次の馬の手綱をとろうとして、逆に手首をつかまれてしまった。

「いいんだ。わしはもともと死に場所を求めて新左衛門と――法蓮房と旅をともにしていた。これで妻子のもとへいける」

妻子のもとというのは故郷ではなく、彼岸のことだとすぐにわかった。

「本当は、もっと早くいくはずだったんだがな。案外に旅がおもしろくて、あっちへいくのが遅くなってしまったのよ」

その声は達観していた。いや、かすかに喜色さえも含まれている。

「新九郎、止めるなよ。といっても、その馬では追いつくのは無理だがな」

牛次はやっと新九郎の手首をはなし、背をむけた。

「じゃあな。ああ、そうだ。法蓮房たちに伝えてくれないか。楽しい旅だったたってな」

牛次は馬腹をけり、戦場を疾駆した。大槌をかつぐ後ろ姿は、すぐに厚い敵陣の中へと埋没する。新九郎は己の手首に目をやった。

牛次がさきほどにぎった場所が、ほんのりと温かくなっていた。

勝鬨《かちどき》が、味方の陣のあちこちから沸きあがっている。

沈む夕日を押しかえすように、いつ果てるともなく、勝鬨がつづく。

戦は頼芸方の大勝利だった。敵の大将のひとりで、守護代斎藤家当主の斎藤新四郎《しんしろう》を討ち取る大戦果をえる。もう一方の土岐頼武には逃げられたものの、深手を負わせることには成功した。

「そうか、牛次がそういっていたか」夕日をあびる、父の長井新左衛門がつぶやいた。

新九郎の報告を聞き、しばし目をとじる。唇がかすかに動いているのは、法華経《ほけきょう》の題目を唱えているのか。新九郎は、父の足からのびる長い影をじっと見た。なぜか、本人よりも地面に落ちる影のほうが感情をもっているかのように感じられる。

「新九郎よ、これから美濃の国は乱れに乱れるぞ」

頼芸は頼武に勝利し、それを支援する六角勢も駆逐したが、まだ敵は多い。特に頼武と縁戚関係にある朝倉家が厄介だ。また、南の織田弾正忠家も急速に力をつけ、近年しきりに国境を侵している。

「乱世は、我らにはとっては絶好の機会だ」

いつのまにか、新左衛門の目がつりあがっていた。

「きっと、多くの土岐家の被官たちが討ち死にする。生き残ったとしても領地は疲弊し、力は削《そ》がれる。つまり、邪魔者を一掃できるということだ」

新左衛門は舌なめずりした。

「この乱がおわれば、おれは美濃の全権をにぎる」

山際に沈みかけた夕日が、なぜか輝きをました。新左衛門を彩る朱が一際濃くなる。

「そのときこそ、おれは国滅ぼしを使う。そして、この美濃だけでなく尾張や近江、北陸の国々を一気に平らげてみせる」

蝮ノ十八

烏丸をかついだ源太は、美濃と近江の国境に広がる山を歩いていた。

背後をふりむけば、琵琶湖《びわこ》の湖面が鏡のようだ。

昨年の騒乱に思いをはせる。

源太が派遣された近江は、大動乱に巻き込まれた。南北で反乱の火の手が上がるが、それを扇動したのが宝念や源太らだ。しかし、救援にきた越前の朝倉家の敵ではなかった。

反乱軍は壊滅し、これをうけ宝念は美濃へと帰ったが、源太は残った。残党らを見捨てがたかったことと、かつて范可やお光がいた勝部村を守るためだ。

年が明けるのをまって、源太も帰国を決意した。

目を琵琶湖から引きはがし、源太は美濃の盆地に顔をむける。遠目にも、村や田畑が蹂躙《じゅうりん》されているのがわかる。頼芸と頼武の兄弟の争いは、多くの略奪を生み、美濃の村を荒廃させた。多くの寺が焼け、今も無住のままだ。

春になって、瀕死の重傷だった土岐頼武がとうとう亡くなり、やっと戦乱は終わった。

中山道《なかせんどう》をゆっくりと歩く。墓標がわりだろうか、あちこちに木の棒やおれた槍が刺さっている。その下の土は、饅頭《まんじゅう》のように丸く盛られていた。

こたびの戦役で、小守護代の長井越中守と長井新左衛門が大躍進した。長井越中守が国政を采配している。守護代の地位にこそついていないが、完全に頼芸を傀儡《かいらい》にしていた。

一方の長井新左衛門は、その第一の腹心に昇りつめている。

「国手《こくしゅ》か」と、源太はつぶやく。

新左衛門は大したものだと思う。一介の法華坊主から、ここまで昇りつめた。

だが、と源太は辺りを見回す。新左衛門の台頭には、犠牲がつきまとう。いずれ、新左衛門は主筋の長井越中守も呑みこみ、美濃の国盗りを完成させるだろう。

そのとき流れる血の量を想像するのは容易ではない。

「ふん、おれの知ったことじゃねえよ」

新左衛門が魔道に墜《お》ちたら斬る、といった。が、今のところ源太の目の届く範囲では、道を踏み外していない。かといって、新左衛門が日のあたる道ばかりを歩んでいるわけではない。様々な謀略を駆使していることは、源太が誰よりもよく知っている。

何より、新左衛門が隠しもつ大量の銅だ。

あれをいかに活用するのか。想像もつかない。

もし、新左衛門が悪《あ》しき道を進んでいるならば、斬らなければいけない。だが、その判別は案外に難しい。

源太は、腰に巻きつけていた一貫文を外す。守っていた近江の村から、餞別がわりにもらったものだ。半分以上が永楽《えいらく》通宝である。銭縮みはしていない。源太が童のころは、永楽通宝は地方によっては鐚銭《びたせん》あつかいだった。すくなくとも善銭である宋銭よりも、ずっと価値が低かった。が、今は徐々に価値をあげつつある。地域によっては善銭あつかいをされていると聞いた。

銭の価値が激しく上下するように、人の善悪も判断が難しいのかもしれない。時が移ろえば、善き道だと思っていたものが悪しき道となり、またその逆もあるのだろう。

親指で、永楽通宝の一枚を空に飛ばした。戯れつつ歩くうちに、稲葉家の所領である曽根の村を通る。ふたりの男女の姿が目につく。女の方が男よりも背が高い。どちらも黒い小袖をきていた。手にもっているのは、桜の花か。早咲きの桜を手に、墓石の前に膝をついている。

若い男は、長井新九郎ではないか。

「おい」と、源太は通りすがりの村人に声をかける。

「あっちの背の高い女は誰だ」

「口のきき方に気をつけろ。ご領主である稲葉家の息女で、深芳野様だ」

「へえ、あれがそうなのか」目を細めて、源太はふたりを凝視した。近々、新九郎が稲葉家の娘を娶るとは聞いていた。そして、稲葉家が当主や息子を多く喪《うしな》ったことも。今は死んだ当主の弟が家督を代行し、寺にいれていた六男を還俗させたはずだ。

深芳野はじっと墓に手をあわせている。新九郎はその様子をそばで見守っていた。そっと肩に手をおくのがわかった。深芳野の首がかしいで、新九郎の胸が受け止める。

asahi

bunko

ポケット文化の最前線

朝日文庫

asahi bunko

朝日文庫

「ふん、餓鬼だと思っていたら、いつのまにか大人になってやがる」

　永楽通宝を一際高く撥ねあげる。

　時折、石を蹴りつつ進む。

「おい、けえったぞ」家に帰るなり、板間に腰をおろした。

「あんた、どうだった。稼いだかい」

　妻のお景《けい》がさっそくやってきた。空の盥《たらい》を脇にかかえているということは、稼ぎをたしかめるまでは足を洗わせないつもりだ。

「ああ、近江でたんと働いてきたぜ」褒美の一貫文をどさりとおく。

　自分で水を汲み足を洗い、家の奥にある神棚へと進む。手をのばし、小さな箱を取る。開けると、永楽通宝が出てきた。首から垂らすものとあわせる。箱の中の銭は、かつて馬の助が持っていたものだ。法蓮房に託して亡くなり、それを源太が引き取った。

　はぁぁ、とため息が背中をなでた。お景が、褒美の一貫文を手に取りあらためる。

「なんだよ。亭主の稼ぎが不満なのか」

「また永楽銭ばっかり」

「阿呆《あほ》ゥ、今じゃ永楽通宝は善銭あつかい……するところもあるとかないとか、だ。いや、あるんだよ。この耳でたしかに聞いた」

「そんなの知ったことじゃないよ。とにかく銭は宋銭が一番。それがすくないってことは、あんたの働きもそんなもんだってことさ」

「あのなあ、おれは年をまたいで近江で嫌ってほど働いてきたんだぞ」

「それをいうなら、男衆が出払っているあいだに、何度山賊に襲われそうになったと思ってんだい。そのたびに村の女総出で旗指物やら薙刀やらを担ぎだして、家や田畑を守ったんだからね。私たちの方こそ、もっと敬いな」

またしても、しゃもじで思いっきり頭を叩かれた。

蝮ノ十九

うちのかかあみたいな女が、いっぱいいてやがるなあ。そんなことを、呑気に思いつつ源太は美濃国武儀《むぎ》郡の山口《やまぐち》郷を歩いていた。浅い谷と緩やかな山がつらなり、川のせせらぎは清く優しい。

大永《だいえい》五年（一五二五）からはじまった頼武と頼芸の争いがはじまってから、三年がたっていた。家屋には矢が刺さった跡が、いまだに残っている。

山口郷の集落では、郷民が紙作りにいそしんでいた。主役は男ではなく、女たちだ。水と和紙の原料をたっぷりといれた漉《す》き船の中に、簀桁《すげた》という木枠に網を張った道具をいれ、機織りのようなきびきびとした動きで紙を漉いている。

「わしが紙すきゃ、紙屋のむこうへ、雪のふる夜にちらちらと――」

女たちの紙漉き歌も心地よい。一方の男たちといえば、家の裏で材料の楮《こうぞ》の木を槌で打ったり、とろろ葵《あおい》という草の根を叩いてネベシと呼ばれる粘った液を抽出したりしている。どれも、裏方の仕事だ。

「男は下拵《したごしら》え、女は紙漉き」という言葉は、紙の産地の美濃ではよくきく。紙漉きの主役は女で、そのために他村の女を何人も養女にとる家もすくなくない。

紙を干す納戸があったので源太がのぞくと、真っ白い紙が窓から差しこむ日をうけて輝いていた。家では宿紙《しゅくし》といって、一度書いた紙や反故紙《ほごがみ》を集めてまた紙漉きの材にした薄墨色の紙しかない。

「こらぁ、干してる途中でしょう。さわるんじゃないよ」

指でつつこうとしたら、別の棟で紙漉きをしていた女が窓から怒鳴りつけた。

「おっかねえな」源太はすごすごと退散する。

「おい、源太、そろそろ佐竹《さたけ》様のご一行がくるぞ」

宝念が、雪のように白くなった泥鰌髭をいじりつついう。

「きたようだな」石弥が指さした。身なりのいい一団が馬に乗ってやってくる。

「佐竹様、お待ちしておりました」

代表をまかされた宝念がうやうやしく頭を下げた。一団の長とおぼしき男は、貴族のように上品な顔をしている。きている服も上等だった。まるで朝廷に出仕するかのようだ。じろじろと宝念や源太、石弥を見て、これまた上等な服をきている従者に耳打ちする。

「主はこうおっしゃっている。長井新左衛門殿はどこか、と」

従者が、馬上から宝念や源太らを見下ろす。

「わが主の新左衛門は多忙のため、この宝念が名代を承りました」

主と従者の顔色がさっと変わる。

「なぜ、名代風情をよこす。我らを名門佐竹家と知ってのことか」

顔を真っ赤にして、従者が怒鳴る。一団の主の名は、佐竹彦三郎《ひこさぶろう》という。常陸《ひたち》国守護の佐竹家の分家で、幕府の奉公衆《ほうこうしゅう》にも列している。美濃山口郷の代官だが、美濃にはめったに訪れず、京の暮らしを楽しんでいる。

「話にならぬわ。三年前の大乱でここ山口郷を新左衛門殿が殊勝にも守ったときいたから、褒めてやろうとわざわざ足を運んでやったのに」

従者が吐き捨てると、佐竹彦三郎は大きくうなずいた。

「仕方ない。田舎侍に期待した我らが馬鹿だった。さっさと用事を済ませてしまおう。村を案内せよ。先の大乱で被害があった場所があれば――」

「その必要はございません」宝念が従者の言葉をさえぎった。

「我らは、山口郷の代官だ。被害の様子を知る必要がある。そうせねば、年貢の徴収に差し支《つか》えがあるからな」

「その件ですが、今後は山口郷の代官は我ら新左衛門尉家がつとめまする」

「まさか、貴様らこの山口郷を押領するつもりか」

今までだまっていた佐竹彦三郎が、身を乗りだした。

「さすが佐竹家のご当主。お察しの通りです」宝念が大げさに褒めてみせる。

「おのれ、そんなことが許されると思っているのか」

従者たちが一斉に刀をぬく。源太がにやりと嗤った。石弥も舌なめずりする。数はこちらがすくないが、負ける気はしない。先の大乱では京都にひっこみ、代官の仕事をしなかった臆病者ばかりだ。はたして、佐竹彦三郎らも実力の差を感じ取ったのか、じりじりと後退しはじめる。

「我らに逆らうということは、幕府に背くということだぞ」

従者が刀をつきつけるが、きっさきはふるえていた。

「佐竹様、あまり物騒なことはせぬほうが身のためですぞ」

宝念の言葉に、佐竹主従から苦悶の声がもれる。

「力なき者に守られる、山口郷の村の人々の身になりなされ」

「黙れ。我らを力なき者と愚弄するか」

従者がこうべを巡らせる。村人たちで人垣ができていた。

「新左衛門は、法華《ほっけ》坊主あがりの下賤《げせん》の出自。そんな男に、この村は守られたいのか」

従者は村人に怒鳴りつける。

「我ら佐竹家は、平安の世からつづく名門ぞ。本家は常陸の守護大名だ。ちっぽけな新左衛門尉家など、ひとひねりで潰せる」

村人のなかから、ひとりがでてきた。先ほど源太を叱った女だ。

つかつかと佐竹主従のもとへと歩みよる。

「お代官様、手をみせてください」

「小娘、無礼であろう。直《じか》に口をきくな」

「うるせえ、手をみせても減るもんじゃねえだろう」

源太の一喝は、佐竹主従の肩をびくつかせた。しぶしぶと佐竹彦三郎が女に手をみせる。

「綺麗《きれい》な手ですね」という女の声は、蔑むかのようだった。

「紙漉きをする私たちの手とは大違いですね」

女が逆に佐竹に手をみせる。源太の位置からでも、あかぎれがいっぱいあるのがわかった。

「ちょっと、あんたきて」源太がよばれて、意味もわからずに女に近づく。

「佐竹様、見てください。私たちの村を守ってくれた者の手です」

源太の手首をつかみ、佐竹の顔の前にもっていく。刀傷があちこちにあった。

「私たちは貧しいし、身分も低い。紙をたくさん漉くけど、そこに記す文字さえ知らない。無学だけど、ひとつだけわかることがある。あんたのような綺麗な手をした人には、村を守れない。代官になんかなられたら、迷惑だ」

女の強い言葉に、佐竹が顔をゆがめた。

「それよりも、この村を守ってたくさん傷ついた新左衛門尉家の人たちに代官をしてほしい。村を守ってほしい」

「源太、いい役だな」といったのは、石弥だ。「守ったのはわしらだぜ」と笑う。たしかに源太は、大乱のときは近江で戦っていた。山口郷を守っていたのは、石弥らだ。

「馬鹿馬鹿しい」と、従者が女と佐竹彦三郎のあいだに割ってはいった。

「女のくせにでしゃばるな。村の長を出せ」遠巻きにするだけで村人は黙ったままだ。

「ええい、誰かおらぬか。この女をつまみだし、よくいってきかせろ」

やっと腰がまがった老夫がひとりでてきた。杖をついて近づく。

「佐竹様、残念ながらさきほどの言葉は村の総意です」

「なんだと」従者がかみつくように目をむいた。

「いや、この村だけではありませぬ。山口郷、すべての村の総意です」

老人が取りだしたのは血判状《けつぱんじよう》だった。近隣の村の庄屋たちの名前が列挙してあり、佐竹の代官職を拒否し新左衛門尉家の支配下にはいることが記されている。

「山口郷はこれより、新左衛門尉家を代官として迎えます。佐竹様や幕府が何といってもです。戦乱から、村を守る力があるか否かがすべて」

老人の声はかすれてはいたが、意志の固さを感じさせた。

女たちがそれにあわせるように力強くうなずく。

蝮ノ二十

新九郎の前に集まった商人たちは、疑わしげな目を遠慮なくむけてきていた。なかには、二十六歳の若造と露骨に侮る色をみせる者もいる。

「では、旧規どおり山口郷の紙は、間違いなく大矢田《おやだ》の市へ卸していただけるのですな」

年かさの商人は顔こそにこやかだが、声は低かった。武儀郡大矢田には紙市がある。六斎市《ろくさいいち》といって月に六日、市がたつ。月に三日の三斎市が普通なので、美濃の紙が集まる大矢田の市がいかに盛況かがわかろう。

その市を取り仕切っているのが、目の前の商人——近江国愛智《えち》郡枝村《えだむら》の男たちだ。父の長井新左衛門が、宝念や源太らをつかい紙の産地の山口郷を押領したのは昨年の大永八年（一五二八）のこと。枝村の商人たちはこれまでどおりの商売ができるか不安になり、新左衛門尉家に押しよせたのだ。

「では、我ら枝村商人の座が、大矢田の市を取り仕切ることでよいですな」

眼光を強めて商人たちがきいてくる。各地の油の販売生産を山崎《やまざき》の離宮八幡宮《りきゅうはちまんぐう》が支配しているように、紙も同様の仕組みだ。紙の利権をにぎっているのは京にある宝慈院《ほうじいん》で、近江国愛智郡枝村の商人に売買と運輸の利権を与えている。枝村の商人は、中山道の関《せき》ならば関料なしで自由に行き来できた。

「代官職が佐竹家から新左衛門尉家にかわっても、紙の卸は旧規どおりだ。不安なら書状に署名もしよう」

「その書状に署名されるのは、お父上の新左衛門様でしょうか」

「私では不満だというのか」

商人たちが無言でもって、新九郎の問いに答える。明らかに若造と侮っていた。

「おお、これは枝村の皆様ではないか。わざわざのご足労、いたみいる」

はいってきたのは、父の新左衛門だ。

侮るようだった商人たちの態度が一変する。みな一斉にひれ伏した。

新九郎が上座をゆずろうとすると、新左衛門は手で制して全員が見渡せる壁際に腰をおとす。

「すまんな。最近は土岐家の政務が忙しく、所領のことは新九郎にまかせている。で、今日は」

「紙の卸の件です。旧規どおりにしていただけるのでしょうな」

新九郎のときとはちがい、凄《すご》むような気配はなかった。恐る恐るという具合に、新左衛門の様子を窺《うかが》っている。毒蛇と恐れられる新左衛門の風評は、近江にもよく聞こえているのだ。

「お安いご用だが――」

「書状には、新左衛門様の署名をいただきたい」父の顔に苦い微笑が広がった。

「わかった。では、新九郎と連名でしょう」

「それを聞いて安堵しました」

新九郎ではなく新左衛門にむかって、商人たちは深々と頭をさげた。

彼らが去ってから「さて」と、新左衛門が新九郎を見る。

「山口郷は押領した。佐竹めは幕府に泣きつき、我々を弾劾しているが、どうということはない」

事実、あちこちで荘園が押領され、幕府にできることは抗議の使者を送るぐらいだ。

「次は、いかな一手を打つべきだと思う」

新九郎は試されている。姿勢をただし「私が父上ならば」とまず口にした。

「まず中山道に、野盗に扮《ふん》した手勢を配します。そして、紙荷の往来を妨げる」

事実、三年前の美濃の大乱では、大矢田から京へ紙荷を運べなくなった。これにより、枝村は大損害をこうむったという。

「その上で、津島の堀田殿、伊勢の福島殿らを使い、川舟をつかって紙を運ぶ新しい座をつくります。本所は、津島神社か伊勢神宮のどちらかでしょう」

本所とは、座や市の元締めをする大寺社のことだ。枝村商人の座の本所が宝慈院になる。それに対抗する本所と座を、新たにつくるということだ。ちなみに、枝村が無関税で通れるのは中山道だけだ。だから、三年前の動乱で中山道がふさがれ、枝村の座と宝慈院は大打撃をうけた。

「こうすれば全国でも希有《けう》な六斎市の大矢田の紙市を、完全に手中におさめることができます」

「ふむ、いいだろう。大矢田の紙市の件はすべて新九郎にまかせる。やってみろ」

「は」と平伏しようとすると、手で上座を空けろと指示された。

「今日はもういい。ご苦労だったな。あとはおれがやろう。深芳野のそばにいってやれ。今日も体調がすぐれないそうだな」

深芳野が輿入《こしい》れしてから三年がたつ。つい先日、懐妊の兆しがあったが体調が思わしくない。新九郎は部屋をでた。深芳野のもとへいくために、廊下を歩いているとすぐに小姓から声がかかった。

「新九郎様、お客人がこられました。旅の僧侶でございますが、いかがいたします」

「誰だ。名前は」

「それが名乗りませんでした」

新九郎は首をかしげる。

「西行の詩を十首、覚えさせられた坊主、といえばわかる、と」

「あ」と声をあげた。勝部村にいた菖蒲丸だ。お光のもとで、ほんの一時だがともに医の道を学んだ。たしか五山のひとつ相国寺の僧になったはずだが……。

「部屋にお通ししますか」

「いや、いい。すぐにあいたい」

侍女や小姓をよけて廊下を走る。玄関の土間に、ひとりの青年僧がたっていた。

「菖蒲丸か」

「おお、新九郎」青年僧は目を見開いた。

「見違えたな」裸足《はだし》のまま土間をおりる。

背は新九郎より低いが、肉のついた体つきは貫禄《かんろく》さえ感じさせた。

「新九郎は……すこし変わったな」

「そ、そうか。まあ、最近は漢詩の良さもわかるようになったからな」

「ははは、そりゃいい」

「まあ、あがってくれ」怪訝そうな顔をする小姓たちに、茶席の用意をするようにいう。

「菖蒲丸――でいいのか。今はなんと名乗っている」

「号は一渓だ。そう呼んでくれると嬉しい」

相国寺でもらった名前もあるそうだが、すぐに他の名前に変わりそうだという。

「一渓か。そういえば、最初にあったときもそう名乗ったな。一体、こたびは何用で」

「実はな、関東へいくんだ。足利《あしかが》学校で学ぼうと思ってな」

足利学校とは、下野《しもつけ》国足利荘にある学府だ。その歴史は古く、鎌倉時代にさかのぼるという。儒学や、仏教、易学、兵学、医学など様々な学問を学べる。

「医学を学ぼうと思う。まず足利学校で学んで、機をみて下総《しもうさ》国にいる田代三喜導師の弟子になる」

懐かしい名前だった。田代三喜とは直接の面識はないが、その弟子だった范可から新九郎は蛇矛を受けついだ。

「医の道は捨てていないのだな」

「当たり前だ。育ててくれた叔母上の恩に報いるためにも、私は日ノ本一の医者になる」

新九郎の脳裏にお光の姿がよみがえり、胸が苦しくなった。

「なんだ、新九郎、まさか叔母上の死をまだ気に病んでいるのか」

「気に病んでいない、といえば嘘になるな」

「よかった。気に病んでいない、といえばぶん殴るところだった」

一渓の乱暴な冗談に、心がほんのすこし軽くなった。

「そういえば、新九郎は妻を娶ったらしいな」

「ああ、稲葉家の娘だ。深芳野という。懐妊もしている。が、その前に心労がかさむことがあった。具合が悪い日が多い」

ぴたりと一渓の足がとまる。

「それはよくないな。よし、私でよければ診《み》よう。奥方はどこだ」

新九郎の答えも聞かず、きびすを返そうとする。仕方なく先導して、襖の外から深芳野に声をかけた。咳《せ》きこむ音がして、「どうぞ」と声が聞こえてきた。

「お初にお目にかかります。新九郎殿の古い友人で、一渓と申します」

「どうも、深芳野です」寝具の上にすわった深芳野が頭を下げようとしたときだ。

「またの名を、雖知苦斎《すいちくさい》」

「まあ」と、深芳野の顔に花が咲く。雖知苦とは、藪医者の意味だ。

「雖知苦斎とは妙な――いえとても洒脱《しゃだつ》な御名ですね」

「ありがとうございます。深芳野様の方こそ、名は体を顕《あらわ》す。まさに吉野の桜。新九郎にはもったいない奥方です。私が若いころに、新九郎に詩情のなんたるかを教えたおかげでしょう。漢詩を見る目はありませんでしたが、奥方を選ぶ目はたしかだったようで、一安心いたしました」

一渓の弁に、深芳野が口に手をやって笑う。目が糸のように細くなっていた。さきほどまでの不調が嘘のようだ。いや、それよりも一渓の滑らかな弁だ。

「おい、一体どこでそんなべんちゃらを覚えたんだ」

深芳野に気づかれないように耳打ちした。

「医にもっとも必要なのは、患者の信を得ることだ。そのための近道が、心地のいい会話だ。あと、いっておくと世辞ではないぞ。素敵な奥方じゃないか。叔母上もきっと喜んでいる」

お光のことをいわれると、それ以上何も口にできない。一渓は深芳野の脈を診て、次に舌の色をたしかめる。顔に指をやってまぶたをめくった。

「ふむ、奥方様は、火《か》と土《ど》の気の巡りがよくないようですな。薬を処方しておきましょう」

さらに今後予想される症状と、そのときに必要な薬を紙にしたためる。

「ありがとうございます。とても気分が落ち着きました」

深芳野は深々と頭をさげた。まだ一言二言と軽口をいう一渓をつれて、新九郎は部屋をでる。

「先ほどの医術は、相国寺で学んだのか。昔もすごかったが、今はそれ以上だ」

「いや」と、一渓は顔を曇らせた。

「私はまだ未熟だ」真剣な表情で答える。

「そんなことはない。妻はとても気分がよさそうだった」

「奥方の体調に気にかかることがあるんだ。火と土の気の巡りが、あまりにも悪い。たしか奥方は、身内を多く亡くしたといったな」

「ああ、四年前に義父上と五人の兄が討ち死にされた。家は深芳野の弟が継いだが、まだ童だ」

「火は心を司《つかさど》るともいわれている。きっと心労で火の動きが弱まり、相生《そうじょう》の関係にある土に影響がでている。だから食がすすまないのだろう。土は胃の働きを司るからな。薬は処方したが、正直あれだけでは心もとない」

「お前でも治せないのか」

「私のことを名医と勘違いしていないか。まだ未熟だから、関東に学びにいくんだ。私の見立てでは、奥方の体調は年を追うごとに悪化しそうだ。とにかく、よく目をかけてやることだ。お産は大丈夫だと思うが、その後のことが心配だ」

自分が病に罹患《りかん》したかのように、一渓の表情は沈んでいた。

蛇は自らを喰み、円環となる　四

「本当に大したものだ」西岡《にしのおか》の地侍たちが、口々に高丸をほめる。

細川勝元の陣内には、寺や屋敷から見つけた仏像や銅像の破片が集められていた。

「まったくだ。最近は宝を取りつくしちまって、とんと大物を見つけられないのに」

差しだされた銭には、宋銭《そうせん》や明銭がいくつもはいっていた。

「あ、ありがとうございます」高丸は何度も頭をさげる。

「それはそうと、今日は京兆様のとこにはいかないのかい」

「今は、畠山《はたけやま》様の陣へいかれているそうです。お帰りが遅くなるといっておられました」

陰陽師の勘解由小路も、今日はこないらしい。

高丸は報酬から鐚の一枚をとり、かじりつく。ちぇ、これは鉛が多すぎる。十枚あっても、宋銭一枚と替えてもらえないかもしれない。もらった宋銭、明銭《みんせん》、鐚の価値を、頭の中の算木をつかって弾《はじ》きだす。頬が柔らかくなった。あとひと月ほど頑張れば、薬が買えるはずだ。

「あ、范可様」

高丸は飛びあがる。屋敷のところから、ひとりの男がやってくる。白髪の若者——高丸に二頭立浪の旗をくれた范可だ。

「高丸ではないか。元気にしていたか」

「はい、おかげさまで。実は、お待ちしておりました」

「私に用なのか」

「教えていただきたいことがあります」

「京兆《けいちよう》様のもとで十分に学んでいるだろう」

「もっと知りたいのです。范可様は明国におられました。范可様しか知らぬことがあるはずです」

「まいったな。たしかに船には乗っていたが、半分は用心棒のようなものだ」

「じゃあ、どうやって京兆様とお知り合いになったのですか」

畿内に所領を多くもつ細川勝元と明国の范可では、あまりにも距離が離れすぎている。

「それは簡単なことだ。京兆家は、日明貿易の担い手のひとつだからな」

なるほど、貿易をしているうちに范可は勝元の家臣と知りあい、ふたりは結びついたのか。

「日明貿易は、京兆家しかやっていないのですか」

「長門《ながと》や筑前《ちくぜん》に所領をもつ大内《おおうち》家もそうだな」

范可は様々なことを教えてくれた。日明貿易の利権をかけ、細川京兆家と大内家が争っていること。それが、数多ある応仁の乱の原因のひとつであること。日明貿易の品々も教えてくれた。日本は刀剣や漆器などを輸出し、かわりに生糸や織物、宋銭や明銭などを輸入している。

「そんなものより、石火矢《いしびや》やてつはうのような武器の方がよいのでは」

「残念ながら、石火矢やてつはうは国外へは流さんさ。明国にとっては、他国を強くすることになるからな。おお、話しているうちに随分と時間がたってしまったな」

気づけば、もう日は完全に暮れていた。

「京兆様のお帰りィ」門番の声がひびき、重い扉がきしむ。陣羽織をきた細川勝元《かつもと》が、大勢の従者を引き連れて戻ってきた。高丸らはあわててひざまずく。

「よい、楽にせい。おお、高丸ではないか。まだ、いたのか」

「范可様に明国や貿易のことをご教授いただいておりました」

「こら、ご教授などという大層なものではない」

横で膝をつく范可があわてて口を挟む。

「謙遜するでない。お主にしかわからぬこともあろう。できる限り、高丸の希望に応えてやってくれ。なんでも、この童はなかなかの算学の才の持ち主らしいからな」

「本当ですか」と、范可が高丸をまじまじと見つめる。

「高丸、算学は役にたつか」勝元が満面の笑みとともにきく。

「はい。とてもたちます。おかげで、商人に騙されることがなくなりました」

宋銭四枚につき明銭五枚という具合に交換の比を定めた店もあれば、百文の額の品を購《あがな》うときに百枚の銭のうち明銭を二十枚までは認める、と定める店もある。後者のような店で、たまに宋銭と明銭を交換してやろうかと持ちかけられることがあった。今までは言い値で交換していたが、実は出鱈目《でたらめ》な交換比で損をさせられていたのだ。が、今なら頭の中の算木を動かすことで、的確な交換比率がわかるようになった。ちなみに百文の品を宋銭八十枚明銭二十枚で購えるときは、宋銭一枚は明銭二枚に相当する。

「ほお、素晴らしいではないか。では、場所によって宋銭や明銭、鐚銭の価値がかわるのは知っているか」

「本当ですか。じゃあ、今、明銭をたくさんもっているから、明銭の価値の高いところで宋銭に替えれば」

「それは、悪銭替という商いだな。まあ、儲けようと思えば、よほど上手《うま》くやらねばならんな。下手をすれば、その場所にいくまでの宿賃で儲けが消える」

「そうか、じゃあ……たくさんの銭を運べばいいのかな。そうすれば宿賃の分も儲けられる」

「たくさんの銭がいるということは、馬借《ばしやく》に運んでもらわんとな」

「ああ、大変だ。人足への金もいる」

高丸が頭をかかえると、みながわっと笑った。

「まあ、悪銭替もいいが、本来の仕事も忘れるなよ」

「それは大丈夫です。おいらは、今日もたくさんお宝を見つけました」

高丸は走って、西岡の地侍が集まる場所へいく。仏像の残骸が山になっていた。

「これ、おいらが見つけたんです」釈迦如来《しゃかにょらい》の首を指さした。

「おお、大したもんだ」勝元が膝をおった。どうしたことか、眉間にしわがよる。

「高丸」

「なんです」

「これは大祐寺《だいゆうじ》の仏像ではないか」

しまったと思った。大祐寺は西軍の本陣近くにあった寺だ。

「間違いない。この顔の作りは、たしかに大祐寺の釈迦如来だ。この手や宝珠もそうだ」

鋭い目差しがむけられた。

「西軍の陣に忍びこんだのか」高丸は答えられない。

「どうなのだ。西軍の陣へいったのだろう」

「は、はい。そうです」直視できず、地面を見つつ答えた。

「馬鹿者がっ」

怒声がひびきわたった。高丸の細い肩が跳ねあがる。

「お主は童とはいえ、西岡の松波家の当主なのだぞ。身元がばれればどうなる。何より、もし西軍に我らの企みがばれれば——」

「京兆様」と、范可があわてて割ってはいる。

「まだ、童です。声を荒らげるのはよしてやってください」

勝元が顔をしかめた。いまだかつて高丸はそんな顔をむけられたことがなかったので、小さな胸がひしゃげそうになる。

「いいか、高丸」と膝をおり、勝元が顔の高さをあわせた。

「今後は、西軍の陣へ足を踏みいれることはまかりならん。これは、高丸のためを思っていっているのだぞ」

けど、東軍の陣地にはもう、ろくな宝は残っていない。

「いいな、約束だ。もし、破れば、わしは二度とお主とはあわぬ」

「そんな」と、高丸は顔をあげた。

「いやです。おいら、もっと学びたい」

「ならば、約束してくれるな」

うなずくしかない。

「わかってくれてよかった。これからも励んでくれよ。聡明丸も、年の近い学友ができて嬉しいようだ」

勝元の声が、高丸の頭の上をむなしく通過した。

蝮ノ二十一

大きな満月が、優しく美濃《みの》の大地を照らしている。たゆたう長良《なが ら》川の流れは、青白く輝いていた。水面に赤い色彩が混じっているのは、陸にある篝火《かがりび》を反射しているからだ。春風がそよぐなか、人々が遊芸に戯れている。ある者は毛氈《もうせん》をしき連歌の会を楽しみ、ある者は池に舟を浮かべ、月見酒を味わっている。そうかと思えば長良川の岸に人が集まり、鵜飼《うか》い漁の様子に喝采を送る。

楽しげな声が新九郎《しんくろう》の耳朶《じだ》をなでた。が、心は一向に浮きたたない。

長良川を挟んで、夜の闇に沈むように国府福光《ふくみつ》館が見えた。

六年前の大永《だいえい》五年（一五二五）の大乱をきっかけに、土岐《とき》頼武《よりたけ》を死においやり、土岐頼芸《よりなり》はとうとう美濃守護の座についた。とはいえ、地位を脅かす存在がないわけではない。死んだ頼武の息子の二郎頼純《よりずみ》は越前《えちぜん》朝倉《あさくら》家の庇護《ひご》をうけ、虎視《こし》眈々《たんたん》と美濃への入国を企《たくら》んでいる。それを阻止するために、守護代格の長井越中守《ながいえっちゅうのかみ》は越前に兵を送った。昨年の享禄《きょうろく》三年（一五三〇）のことだ。九月だというのに雪がふるなか北陸に兵を派した結果、大雪の中での撤退を強いられ、多くの兵が死んだ。

本来なら、雌伏を選ぶときだ。が、頼芸はちがった。国府の移転を決めたのだ。そうすることで、悪い流れを断ちきるという。わざわざ古来の遷都の故事を持ち出して、考えを正当化した。

が、遠征に失敗し国が疲弊した今、さらなる民衆の負担を強いるだけだ。

宴《うたげ》が開かれている場所に、新府は建設される。北に長良川がたゆたい、背後を守るように稲葉山《いなばやま》がそびえていた。山上には、稲葉山城がある。今は、守護代斎藤《さいとう》一族の遠戚のものに守らせていた。新国府の立地としては悪くない。が、時が悪い。国府移転は、美濃の平安がさらに遠のく悪手だ。今後のことを考えると、気が重たかった。

とはいえ、新九郎に楽しみがないわけではない。

「新九郎様、こちらの荷物はいかがいたしましょうか」

遊芸の様子に見入っていた新九郎に声がかかる。自然と頬がゆるんだ。

「それは水屋の方へ運んでくれ。中はそのままでいい。私が吟味してならべたいのでな」

従者たちが荷物を運ぶ先にあるのは、茶室だ。ここで、新九郎は頼芸を茶でもてなす。もうすぐくるはずだ。運んだ荷の中身をあらためる。茶器やかけ軸、花器がいくつもはいっている。月見の茶席にあうものを選んだつもりだったが、実際に茶室に飾るとそぐわない。舅《しゅうと》の稲葉備中守《びっちゅうのかみ》がいれば、よき相談相手になってくれたのに。そう思いつつ茶器を選ぶ。

「そろそろ、お客様が来られる刻限です」

「わかった」新九郎は茶席を出て、息を整える。

「新九郎、待たせたな」

やってきたのは、烏帽子をかぶった土岐頼芸だった。弓を携えた従者を大勢つれている。一番後ろに、父の長井新左衛門《しんざえもん》の姿もあった。

「守護様、ようこそお越しくださいました」

新九郎は深々と頭をさげる。

「これが新九郎創案の茶室か。見事なものだ」

「いえ、未熟をさらす出来です」

本心からの言葉だった。美濃は茶葉の産地でもあるので、茶道に造詣が深い武人は多い。彼らの茶室に比べれば、一段も二段も劣るのは事実だ。

「そういえば、新左衛門は茶をやらぬか」

頼芸が父の新左衛門をみた。当年、五十三歳。あごに、灰色の髭《ひげ》を短くたくわえている。

「京におりましたとき、一通りの作法は学びましたが、茶会はそれ以来です」

父は穏やかな微笑とともに答える。

「新左衛門にも得手ではないことがあるのだな。それはそうと、新九郎、子の豊太丸《とよたまる》は健やかか」

「おかげさまで」

豊太丸とは、新九郎と深芳野《みよしの》のあいだにできた男児だ。数えで三歳になる。

「奥方はどうじゃ」

「すこし……優れぬときがあります」

頼芸の顔に翳《かげ》がはしった。

「そうか。昨年の越前遠征では、みなにいらぬ苦労を強いた。それがよくなかったのかもな」

わっと歓声があがった。見ると、犬追物《いぬおうもの》に興じる一団だ。巨軀《きよく》の親子が馬にのって、弓を引きしぼっている。息子の方は右目に眼帯を巻いていた。長井越中守と弥次郎《やじろう》だ。馬上から強弓を引きしぼり、放つ。「ぎゃう」と悲鳴をあげて、犬が転がった。犬追物では矢尻はつけないが、それでも長井父子の矢は強烈なようで、犬が白い泡をふいている。

「ふん、あれが犬追物か。ただ犬を虐《いじ》めているだけにすぎぬ」

新九郎にだけ聞こえるように、頼芸はいった。弓をお家芸とする土岐家の当主からすれば、長井越中守の野蛮な犬追物は我慢がならないようだ。従者たちを外に待たせ、客である頼芸と父の新左衛門のふたりを案内する。庭の通路をとおり、茶室へと誘《いざな》った。

狭い茶室で三人が向きあう。茶を点《た》てて、頼芸、新左衛門、新九郎の順に喫する。窓からの月光が、雲で陰った。

「では、茶はここまでにしますか」

新左衛門の声で、茶室は一瞬にして緊張で満ちた。頼芸が重々しく口を開く。

「私は、もう長井越中守の専横を許せん。母上を人質にとり、美濃に混乱を引きおこした。だけでなく、大雪の中、無理な軍旅を催した。奴《やつ》がいれば、美濃に平安は訪れない。越中守を討つ」

「よくぞ、ご決断くださいました。我ら親子は越中守様の被官なれど、守護様のためならば喜んでこの命を差しだしましょう」

新左衛門が深々と頭をさげる。きっと、伏せた父の顔は笑みで彩られているのだろう。

「そうか、ではたのめるか」

「無論です」新左衛門につづいて、新九郎も頭を下げた。

「一年ほど、時をいただきたくあります。かならずや、守護様の念願をかなえてみせます」

「一年か。わかった」

「では、詳しいことはまたおって」

茶席は散会となる。門のところで、父とならんで頼芸を見送った。

「茶席を謀議の場に変えるとは、考えたな」

父の言葉は、茶の余韻を苦いものに変えた。愛する茶の湯を、穢《けが》したかのような気分だ。

「どうやってやるのですか」長井越中守をいかに下克上《げこくじょう》するかときく。

「毒へびと恐れられているんだ。使わない手はないだろう」

父は毒を使うという。

「しかし、警戒はされているはずです」

「安心しろ、考えはある」

ふたりで月光を浴びつつ、篝火のあいだを散策した。

「ことがなれば、あの武器を――国滅ぼしを使うのですか」

「ほお、知っていたのか」

「津島《つしま》に滞在したおりに、大量の銅を見せてもらいました」

「正体もわかったか」

新九郎はしゃがみこみ、地面に国滅ぼしの正体を書く。満足げな笑みを、新左衛門は浮かべた。

「まあ、褒めてやろう。国滅ぼしの秘密を埋めこんだ永楽銭を割らずに、その答えにたどりついたのは見事だ」

「本当に国滅ぼしを使う気ですか」

「お前の危惧はわかる。使いこなせるのか否か、不安なのだろう。無論のこと、準備が必要だ。慎重かつ、大胆に進める。それに比べれば、奴らを弑《しい》することなど造作もないことさ」

新左衛門が目差《まなざ》しをやった先を見ると、遠くで犬追物に興じる長井越中守親子がいた。

「新九郎よ、夏になれば京へいくのだったな」

頼芸が上洛《じょうらく》し、将軍や管領《かんれい》に挨拶することが決まっていた。その供《とも》で京へ上る。

「陰陽師《おんみょうじ》の勘解由小路《かでのこうじ》家の屋敷を訪ねろ」

伝説の安倍晴明《あべのせいめい》の師匠、賀茂忠行《かものただゆき》の子孫だ。新左衛門の父の松波高丸の時代から、縁がある一族だという。

「新九郎のいうとおり、国滅ぼしを駆使するには細心の注意がいる。だから、勘解由小路殿の力も借りる。そうすれば万全だ」

「陰陽師の力が役にたつのですか」

「陰陽師は、暦や天文を司《つかさど》る職だぞ」

その言葉で理解できた。勘解由小路家当主の在富《ありとみ》は、朝廷の暦博士だ。何年も先の日蝕《にっしょく》月蝕《げっしょく》を、算学を駆使して割り出す。陰陽師の算学の才を、父は必要としているのだ。

「今、ひとりは佐竹彦三郎《さたけひこさぶろう》と会え」

南は大隅、北は常陸。父は日《ひ》ノ本《もと》全土に対して、国滅ぼしを駆使するつもりだ。

春風がそよいでいるのに、新九郎の背筋は冬の日のように凍えていた。

「が、東と北がおぼつかない。そこで佐竹彦三郎だ。奴らの本家は常陸《ひたち》守護だからな」

きっと、種子島《たねがしま》をはじめとした大隅《おおすみ》国の日蓮宗信者たちのことだろう。

「美濃より西と南では、国滅ぼしを十分に使いこなせる。日蓮宗《にちれんしゅう》の伝手があるからな」

「正気ですか」押領した山口郷の代官ではないか。

螋ノ二十二

「長井新左衛門尉家のこそ泥どもめ、よくもわが主《あるじ》の前に顔を出せたな」

京の佐竹屋敷を訪れた長井新九郎を出迎えたのは、罵声だった。屋敷の主人は青い顔をして新九郎を見つめ、その従者は目を吊《つ》りあげてなじる。

「貴様らが、我ら佐竹家にどんな仕打ちをしたと思っている。忘れたとはいわせんぞ」

山口郷を新左衛門らに押領されたせいだろうか、屋敷は広いががらんとしている。ものがほとんどなく、人の気配はうすい。

「もちろん、忘れるわけがありませぬ。我らが押領したことで、佐竹様が苦しい暮らしを送っていることは耳にはいっております。わが父の命とはいえ、実に無体なこと。とはいえ、覆水は盆にもどらず。そこでご提案ですが、常陸の佐竹本家をたよられてはいかがでしょうか」

淡々とした新九郎の言葉に、従者の顔相がさらに険しくなる。

「我らは幕府奉公衆でもあるのだぞ。どうして、常陸のような片田舎へいかねばならぬ」

必死の声で抗議したのは、佐竹彦三郎だった。どうやら、常陸の国を辺境と恐れているようだ。新九郎は手をたたく。従者が漆塗りの三方《さんぽう》をおく。その上に、砂金を盛り塩のように積んだ。

「こちらは、わが父が山口郷を押領したおわびです」

ごくりと生唾《の》を呑む音が聞こえた。

「一体、何を企んでいるのだ」ふるえる声で、佐竹彦三郎が問う。

「過去、我らが大良《おおら》の港に鋳物師《いもじ》と刀工の新しい座をつくったのはご存じでしょうか」

「山口郷の村人から聞いた。関《せき》の町を荷留めでつぶしたのだろう」

「そうです。が、今、美濃は左京大夫《さきょうのだいぶ》様のご威光のもと統一されました。すると困ったことがあるのです。関の町が、以前の賑《にぎ》わいを取りもどしました。そうなると、大良の鋳物師座や刀工座にいる職人が多すぎます。客の大半は関に流れてしまいましたゆえ。多くなった鋳物師らを、佐竹様に引きとってもらえないかと」

「そんな都合のいいことを、よくも恥ずかしげもなく口にできたな」

佐竹はそっぽをむこうとした。

「報酬は、この金と同等の銭を毎年」

「ま、毎年だとっ。まことか」佐竹と従者は体をのけぞらせた。

「ただし、条件があります。さきほどもいったように常陸の佐竹家にもどり、その地で大良の鋳物師や刀工を引きとること。さらに、かならず海沿いの所領をもらうこと。港の近くであれば、なおよいですな。茨城郡村松などはいかがでしょう。塩造りでよく栄えていると耳にします。そして、我らの指示に従いあるものをつくる」

「あるものとは何なのだ。鋳物師や刀工とかかわりがあるものなのか」

「私の提案にのるならば、常陸についたときにそのご質問に答えましょう」

佐竹と従者は、苦しそうに顔をゆがめた。だが、物欲しそうな目は、三方の上の砂金に釘《くぎ》づけになっている。常陸へは下向したくないが、それ以上に今のような貧しい暮らしも送りたくないというのが本音のようだ。

案外に簡単だったな、と新九郎は胸をなでおろす。あとの交渉は部下にまかせて、もうひとつの屋敷を目指した。すぐに見つかった。門には、ふたつの印が刻みつけられている。ひとつは五芒星《ごぼうせい》、いまひとつは五本の横線と四本の縦線が交差した図形。五芒星はセーマン、縦横の線はドーマンと呼ばれ、どちらも陰陽師の魔除《まよ》けの印だ。

訪《おとな》いを告げると、神職姿の家人が屋敷の中へ誘ってくれた。導かれたのは、文庫だ。

棚が壁のようにならび、ありとあらゆる書物がいっぱいに積まれている。その奥に、屋敷の主人はいた。恐ろしく長い烏帽子《えぼし》は天井につきそうだ。白狩衣《かりぎぬ》と緋袴《ひばかま》を身にまとっている。朝廷の暦博士をつとめる陰陽師、勘解由小路在富だ。歳《とし》のころは父の新左衛門より十歳ほど下だろうか、四十になるかならぬか。手には書をもち、目を文字にはわせている。

「お主が法蓮房《ほうれんぼう》殿のご嫡男か」勘解由小路在富は、父のことを昔の名前でよんだ。

「噂《うわさ》では、法蓮房殿の具合がよくないと聞いたが」

頼芸との茶室での謀議の後、新左衛門の顔色や体調にかげりが見えるようになった。

「政務はいつもどおり行っておりますが、息子の私の目から見ても衰えがあります。やはり、父も歳には勝てぬようです」

とはいっても、それでも常人の倍の仕事をしているが。

「父からの伝言です。国滅ぼしを使う用意を整えている、と。ついては、お力をお借りしたい、と」

「報酬は」

もってきた荷から一冊の書を取りだした。恐ろしく分厚い。日蓮宗の信徒に調達させた、南蛮の書だ。受けとった在富は、噛《か》みつくような姿勢で読みはじめる。といっても字がわかるわけではないようだ。絵図ばかり見つめている。南蛮の天文学の書だというが、新九郎もその内容まではわからない。

「なんという魅惑的なからくりたちなのだ。南蛮では、正確に時を計るからくりもあるそうだ。天体や暦についても、日ノ本や明《みん》とは比べものにならぬほど精緻だという」

「この書を入手した日蓮宗の宗徒も、そういっておりました」

「嗚呼《ああ》」と、また嘆息をこぼす。

「新九郎よ、お主の父は大きな野心を秘めている」

書をめくりつつ在富が歩くので、新九郎も静かについていく。

「だが、それは私も同じだ。大きな野心がある」

ならんでいた棚が開けて、大人がふた抱えほどしてもあまりそうな球体があらわれた。きっと渾天儀《こんてんぎ》だろう。天体の観測や暦づくりに使うからくりだ。

「私は陰陽師の頂点に立ちたい。陰陽道は、安倍晴明の血族が支配している。その牙城を崩したい。そのためには、力がいる。陰陽師としての力をたくわえねばならん。力とは何かわかるか」

「神通力や魔法とは対極にあるもの」

「さすが法蓮房殿の嫡子。ようわかっておる」

在富が目をむいて喜ぶ。

「理《ことわり》と法だ。この世は美しい理によって定められ、強靭《きょうじん》な法に則《のっと》って動いている」

在富は空中に指で字を書く。〝定理〟と〝法則〟とでも記したのだろうか。

「私はその理と法を知り、支配したい。鬼を使役する安倍晴明の陰陽道など、偽りにすぎぬ。この世のすべてを司る理と法を身につけたとき、わが勘解由小路家の復権がなる」

息を荒らげる在富が、新九郎を睨《にら》みすえる。

「法蓮房殿にいってくれ、もっと南蛮の書を送れ、とな。それが報酬だ。送られてくる限りは、助力を惜しまない。たとえ万人億人を地獄に墜《お》とす策であっても、扶《たす》けよう。私が知る天文と算学のすべてをそそぎ、法蓮房殿の進む道を切り開いてみせよう」

新九郎の脇に嫌な汗が生じる。

「万人億人を地獄に墜とす、といいましたが、父のすることはそれほどまでのことなのですか」

「なんだ、私の言葉を信じないのか」

信じないのではなく、信じたくないのだが、新九郎はこくりとうなずいた。在富は手をのばし、一冊の書を手にとる。開いて、こよりを挟んだ。

すべて漢字で書かれているので、明国の書物だろう。

「過去に、地獄が顕現した例がある。そのひとつが、この書にも記されている」

受けとって題をみる。

――三国志《さんごくし》　正史

今から千年以上前の中国の歴史書だ。こよりの部分を開くと『董卓伝《とうたく》』とかすれた文字で記されていた。新九郎も知っている。大漢《かん》帝国を滅亡に導いた、史上最悪の暴君にして姦雄《かんゆう》だ。

それに匹敵することを、新左衛門はせんとしている。

蝮ノ二十三

たったひとつの紙燭《しそく》のあかりを、男たちが囲っていた。佐竹彦三郎と陰陽師の勘解由小路在富と折衝をつづけた新九郎は京で年を越し、春を待って所領のある美濃に帰っていた。そんな新九郎の目の前にいるのは、父の長井新左衛門だ。肌が以前より土気色になっていた。その右には宝念《ほうねん》、左には石弥《せきや》がいる。すこし離れた壁際には、源太《げんた》が壁に背をあずけすわっていた。

まず、口を開いたのは新九郎だ。京での首尾を話すと、新左衛門が満足そうにうなずいた。

「こちらも目処《めど》がついたぞ」喜色をうかべ宝念も報告する。

「場所はどこだ」

「大隅国の加治木《かじき》になりそうだ」

新左衛門は、縮小を余儀なくされた大良の鋳物師や刀工を半数にすることに決めた。減らす半数は、二ヶ所に分散させる。南の大隅国と北の常陸国だ。大隅国は日蓮宗の伝手をつかい、姶良《あいら》郡の加治木という土地に移住させる。一方の常陸だが、機をみて佐竹一族を下向させてから鋳物師らの定住先を決める。何でも常陸は日蓮宗の勢力が強い土地で、そういう意味でもうってつけだという。

「これで、日ノ本全土に国滅ぼしを使う仕度はできた」

新左衛門の言葉に、みなの顔が引きしまる。

「が、あとひとつだけ仕事が残っている」

「長井越中守をのぞくのだな」

石弥の言葉に、新左衛門は口の両端を吊りあげた。

「長井越中守を下克上し、美濃を手中にしたときこそが好機だ」

「待ちかねたぞ」宝念が真っ白になった泥鰌髭《どじょうひげ》をなでる。歳のせいか、皺《しわ》も随分と増えた。

「たしかに長かった。だが、国滅ぼしを使えばあっという間だ。まずは尾張《おわり》を攻める。予言しよう。国滅ぼしを駆使すれば、一年とたたずに尾張を平らげられる」

「で、最後の長井越中守はどうやってのぞくんだ。毒か刺客か」

きいたのは、壁際にすわる源太だった。新左衛門が新九郎をみる。

「お前は席を外せ」

「なぜです。私は、もう子供ではありません」

「万が一を考えてのことだ。新九郎はこの場にいない方がいい。しくじったときや内通者がでたとき、処断されるのはおれだけでいい」

「まあ、悪巧みを聞く拙僧らは道連れにされるがな」

宝念の軽口にみなが笑った。

「そういうことだ。席を外せ。お前は、次の新左衛門尉《しんざえもんのじょう》家の当主だ。何かあったときに、共倒れになるわけにはいかない」

「わかりました」

立ちあがり、部屋を辞した。息が自然と吐きだされる。謀略の場から外されたことに、体が安堵《あんど》していた。脂汗をぬぐいつつ、廊下を歩く。障子を開いて自室にもどった。

「まあ、もう評定は終わったのですか」

深芳野が驚いている。

「ああ、私の話は終わりだ。京で散々働いたからな」

「それはようございました。そういうことなら、豊太丸をおこしておいたのですが。ついさきほど寝たところです」

深芳野の膝元に夜具がしかれ、四歳の童が寝ている。嫡子の豊太丸だ。小さな手足を大の字に広げて、寝息をたてている。手をやって、前髪のかかる額をなでた。豊太丸の温かさが、じんわりと伝わってくる。と同時に、背骨が氷にかわるような怖気《おぞけ》が幾度も身の内をはった。

「どうされたのです」と、深芳野が顔をのぞきこむ。

「私は、父が怖い」思わず口をついてでた。

「だが、それ以上に恐ろしいことがある」

家族を喪《うしな》うことだ。乱世では、力なき者は愛する人を守れない。深芳野と豊太丸を喪うことを想像すると、新九郎の総身はふるえた。それは、父への恐怖よりずっと強かった。


若きころに諸国をめぐったからわかる。美濃は精強な国々に囲まれている。越前の朝倉家は応仁《おうにん》の乱《らん》以来の精兵をひきいている。近江《おうみ》には六角定頼《ろっかくさだより》という、天下人にもっとも近いと噂される男がいる。そして南の尾張には、津島を焼いた織田弾正忠《おだだんじょうのじょう》家。一方の美濃は、長年の戦乱で疲弊しきっている。さらに無理な国府移転が、それに輪をかけた。母にたやすくあやつられる土岐頼芸や強気だけが取り柄の長井越中守が国政をとっているうちは、決して外の強敵には勝てない。彼らは国主《こくしゅ》の器ではない。

将来迫る脅威から、家族を守るにはどうすればいいのか。

豊太丸が寝返りをうった。小さな掌《てのひら》が、新九郎の膝にあたる。前屈《まえかが》みになって、抱きあげた。ううん、と新九郎の頬のところで悶《もだ》えたが、またすぐに寝息をたてる。

柔らかい体は、新九郎の胸や腕に吸いつくかのようだ。

小さな心臓の音が聞こえてきた。

父は正しい。家族を守るためには、これしかない。

蝮ノ二十四

朝霧のなか、源太は烏丸《からすま》の鞘《さや》をはらった。静かに大上段にかまえる。重心をしずめ、烏丸をゆっくりと振りおろす。空中にある線をなぞるように、丁寧に。鋒両刃《きつさきもろは》に朝霧がからみつく。

十日前の謀議を思い出す。いかにして長井越中守を下克上するかの方策を聞いた。たわいもない策だが、だからこそ防ぐのは至難なように思われた。そのために新左衛門が周到な布石を打っていたことには舌をまいた。

源太は、何度も何度もゆっくりと刀をふる。汗が染みだしてきた。長井越中守を討つことに関しては、何も心配はいらない。とうとう美濃の国盗《くにと》りがなる。新左衛門は花佗《かだ》夫人との縁があるせいか、守護の頼芸を討つことまでは考えていないようだ。傀儡《かいらい》としてあやつる腹づもりらしい。

息を深く吸い、長く吐いた。

美濃の国盗りは、旅の終わりではない。本当の旅の始まりだ。

新左衛門は、とうとう国滅ぼしを使うという。正体が何なのかは、源太らは知らない。

宝念は感づいているようだが、石弥は興味さえないようだ。この日ノ本では、まだ造っていないものらしい。ということは明国か南蛮の武器か。

ひとつ、たしかなことがある。

国滅ぼしを使ったとき、新左衛門の正体もわかるということだ。

正なのか邪なのか。

善なのか悪なのか。

魔道に墜ちているのか、いないのか。

それがはっきりとする。

もし、新左衛門が道を踏みはずしているなら――

五体に力がみなぎった。鋒両刃が跳ねあがる。

裂帛《れっぱく》の気合いとともに振りおとす。

霧がまっぷたつに割れた。

「よし」とつぶやいて、烏丸を鞘に納める。

ふと、人の気配を感じた。若い男が三人たっている。あれは、今枝弥八《いまえだやはち》か。後ろには、道家《どうけ》六郎左衛門《ろくろうざえもん》や柴田角内《しばたかくない》もいる。

「どうしたんだ。こんな朝っぱらから」

問いかけるが、答えはない。変な野郎たちだ、とつぶやきつつ、源太はすれちがおうとした。

三人の顔が蒼白《そうはく》になっている。

「源太殿」唇をわななかせて、今枝がつぶやいた。

「どうかしたのか」

今枝からは答えがなく、かわりにではないだろうが道家ががくりと膝をつく。

「嘘《うそ》だ。絶対に嘘だ」と叫んだのは、柴田だった。

「答えろ、何があったんだ」

三人を正気にもどすために怒鳴りつけたが、駄目だった。道家はつっぷして泣きはじめる。柴田は前のめりになって嘔吐《おうと》した。

「おい、今枝、何があった」乱暴に肩をつかむ。

「新左衛門様です」

にぎる今枝の肩が激しくふるえている。

「新左衛門様です。長井新左衛門様のご遺体が……」

風がふいて霧が大きく動いた。

「待て……今、なんといった」

遺体といわなかったか。新左衛門様のご遺体、と。

「そ、そこの川に、新左衛門様のご遺体が……」

「どけっ」今枝を弾《はじ》き飛ばした。全力で駆ける。

嘘だ、と叫ぶ。

ははは、馬鹿な奴らだ。一体、誰の死体と間違えたのだ。

あの新左衛門が——あの法蓮房が死ぬわけがない。あの三人は何もわかっていない。

新左衛門がどれほど強いかを。

新左衛門がどれほど賢いかを。

新左衛門がどれほど……

河原には、十人ほどの人が集まっていた。みな、新左衛門尉家の被官たちである。

源太が一喝すると、道ができた。赤く染まった川面《かわも》が目に飛びこむ。ひとりの男が、うつ伏せになって沈んでいた。岸にはいあがろうとしたのか、岩のあちこちに赤いものがこびりついている。その身に、何十本もの矢をうけていた。黒い雷が走るかのような髪も見える。源太の体が震えだす。気づけば、跪《ひざまず》いていた。はって、川に沈む骸《むくろ》へと近づく。手でふれると、すでに冷たくなっていた。恐る恐る仰《あおむ》向けにする。

ばしゃりと水が鳴った。長井新左衛門の瞳には、すでに生気の色はなかった。刺さりおれた矢が、こめかみから突きでている。

「嘘だろう」霧がまじった風が吹きぬける。

「嘘だろう。おい、何かいえよ」

沢蟹《さわがに》が、新左衛門の顔の上をはう。

胸ぐらをつかんだ。

「新左衛門っ、法蓮房っ、何かいえよ」

首がだらりと垂れさがった。

「なんとかいえよ、法華坊主。美濃の国を盗るんじゃないのかよ。国手になるって夢はどうした」

何度も何度もゆさぶる。水面にできた波紋が広がり、血の色が向こう岸へと広がっていく。

「お願いだよ、法蓮房、何か……何でもいいから、いってくれよ」

何度も何度も、源太は問いかけた。

だが、新左衛門から答えがかえってくることはない。

「嘘だろう」

「いました。宝念殿と石弥殿です」

今枝弥八の声が、霧の向こうから飛んできた。返事をするより早く、源太は駆ける。雲を踏むかのように、足元はたよりない。当然だ。掌には、先ほどふれた新左衛門の骸の冷たさがありありと残っている。昨日、新左衛門は、岸の向こうの福光館で頼芸や長井越中守らと評定を行っていた。供のなかには、宝念と石弥もいた。評定が終わり、さらに新左衛門は挨拶まわりや連歌の会に顔をだす。遅くなりそうなので、供の者たちは先に帰した。連れていたのは、宝念と石弥だけだ。ふたりが最後まで同行していたのは、きっと密談をするためだろう。供の者は、夕刻になって川をわたり新左衛門尉家の館へと帰ってきた。

そして朝になり、新左衛門の骸が川岸に流れついた。では、宝念や石弥はどこにいる。源太は流れる涙をぬぐうこともせず「探せ」と命じた。四半刻《しはんとき》（約三十分）もしないうちに、今枝弥八が見つけたと報《しら》せてきた。

霧をかき分けると、人影が見える。肩幅が広いので今枝弥八だろう。その足元には、ふたりの男が倒れていた。

「宝念、石弥」飛びつくようにして駆けよる。新左衛門と同じように、矢が体中に刺さっていた。ちがうのは、今枝弥八らによって岸にあげられていたことだ。

「う……」とうめいたのは、宝念だ。石弥の胸もかすかに動いている。意識はないが、息はあるようだ。「よかった」とつぶやいた言葉は、途中でしぼんだ。

ふたりとも生きているのが不思議なくらいの深傷《ふかで》である。

「くそう。誰だ。誰がやりやがった」

無論、ふたりは答えられない。やがて、柴田角内と道家六郎左衛門もやってきた。大きな戸板に宝念と石弥をのせて、ふたりで運んでいく。

源太は、冷静になろうと努めた。新左衛門がいたら、そう指示するだろうと思ったからだ。が、心を落ち着かせようとすればするほど、肩でする息は荒くなる。

血が、すさまじい勢いで体中を駆けめぐった。

「新九郎様がご到着されたようです」

今枝弥八がそっと耳打ちする。「いきましょう」と、うながされた。宝念らが倒れていた場所と、新左衛門が息絶えた川辺はすぐ近くだ。

新九郎が、新左衛門の骸の前で跪いていた。寝ていたようで、白い夜具姿だ。背をむけているので、顔は見えない。ただ無言で、新左衛門の骸に寄りそっている。

「新九郎よ」近づこうとして、源太は足を止めた。容易に踏みこめなかった。

それほどの気を、新九郎は発している。

「今枝」と、父を見たまま新九郎はいう。

「は、はい」今枝は膝をおるが、ずっと遠い間合いだった。

「父の死を知っている者は、ここにいる者ですべてか」

「宝念殿らを戸板にのせた、柴田と道家もいれれば、全員です」

「そうか。館にもどり、父の部屋を探してほしい」

「何を……探すのでございますか」

「近くへ」

今枝は、恐る恐る新九郎に近づく。何事かをささやきかけられ、脱兎《だっと》のごとく走る。

「見つけたのは、お前たちか」

源太の横には、新左衛門尉家の被官たちがならんでいた。「は、はい」と青い顔で答える。

「たしか、お前の名前は竹腰《たけこし》だったな。幼い息子がいたはずだ。お前の名は志水《しみず》で、老いた母と子がいたな。お前は――」

新九郎は、ひとりひとりの名前をあげていく。どころか、何人かはその家族さえも言い当てた。

「おい、新九郎、そんなことをしている場合か」

源太が怒鳴りつけると、新九郎が向きなおった。思わず源太は後じさる。

こいつ、本当に新九郎か。蛇のように冷たい目をしている。

「父の死を口外することは禁ずる。知られれば、敵を利することになる」

新九郎が、竹腰らに冷たい目をもどす。

「年頃の娘や息子がいれば、私の館の侍女や小姓《こしょう》としてつかえさせてやる。いなければ、親戚のなかから適当な者を出せ」

つまり、人質だ。感情の起伏の読み取れぬ声で、新九郎はつづける。

「その上で、もし父の死が噂にのぼれば、私はお前たちが漏らしたものとみなす」

竹腰らが震えあがった。

「そのときは、全員殺す。躊躇《ちゅうちょ》はしない。だけでなく、その縁者もだ。言い訳は聞かない。命が欲しければ、互いに互いをよく見張れ」

息をきらす音が耳についた。今枝弥八が、桐箱《きりばこ》をかかえて駆けてくる。

「あ、ありました」

「よし、皆にみせろ」

「いいのですか」

「かまわん。ここにいる者は、父の死を知っている。隠す必要などない」

蓋を開けると出てきたのは、真っ白い書状の束だった。

「これはなんだ」

源太が一枚を取りあげた。上質な美濃紙である。何も書かれていない。いや、よく見ると新左衛門の花押だけが記されている。すべての紙に、だ。

「もしものときのために、父が書いておいたものだ。父を重病ということにして、あとは右筆《ゆうひつ》に書かせればいい。何年かはごまかせる」

「なぜ、これがあることを知っている。聞いていたのか」

源太の問いに、新九郎は顔を横にふった。

「私が父の立場ならば、同じことをする。多分、探せばまだあるはずだ」

なるほど、新左衛門ならあらゆる万が一に備えていたはずだ。当然、こたびのように自分が何者かに暗殺されることも想定していただろう。

「お前たちは父を戸板にのせ、寺へいけ。そこに、宝念らも運ばれている。館にはもどるな」

竹腰たちに命じてから、新九郎はゆっくりと骸から離れていく。血で汚れた川につかったのか、白い夜着の裾が汚れていた。

「私は着替えてから寺へといく。後は、粛々と行動しろ。同じ家中のものであっても、決して気取られるな」

蝮ノ二十五

寺の一室は、血の臭いに満ちていた。

戸板がふたつ横たわり、その上に宝念と石弥がのせられている。血を吹きだし、苦悶《くもん》の声をあげていた。せわしなく動いているのは、医者だ。手ぬぐいやさらしで、必死に手当をしていた。肉に食いこんだ矢尻をぬくたびに、悲鳴があがる。宝念と石弥は、白目をむいて気絶した。そして、また矢をぬくときに、うめき声とともに目をさまし、すぐに気絶する。

叫びたい気持ちを抑えて、源太はふたりの戸板のそばで膝をおった。壁際には、柴田角内と道家六郎左衛門も神妙な顔をしてひかえている。

手当が終わるころ、戸が開いた。館で着替え終わった新九郎と、今枝弥八だった。

「どうだ」短く新九郎がきく。汗だくの医師が顔をゆがめた。

「手をつくしました。あとは、おふたりの気力次第」

「助かる、見込みは」

「宝念殿の方が期待できましょう。急所は外れています」

「石弥は」

「今、息をしているのが不思議なくらいです」

源太は拳をにぎりしめた。骨がきしむ音がしたが、痛いとも思わない。

「そうか、ご苦労だったな」

医師は血がたまった盥《たらい》をもって、部屋を出ていく。

「すでに命じた通り、父の死は秘す」

今枝らが無言でうなずく。

「刺客の正体がわからぬうちは、父は生きているものとしてあつかう。病にかかり、人前にでるのがかなわないということにする」

新左衛門の花押の入った紙はある。右筆に書かせれば、一年は死を秘することは可能だ。

疑わしき者――つまり新左衛門にとっての敵は多すぎる。越前に亡命している土岐頼純の手によるものかもしれないし、何度も干戈《かんか》を交えた六角家か織田家かもしれない。あるいは、味方であるはずの土岐頼芸の家臣の中にいるかもしれない。

源太は、壁際にある矢に目をやった。宝念らに刺さっていた矢を束ねたものだ。刺客の手掛かりとしてあるのは、今はこれだけだ。正体はわからぬが、刺客たちは父を襲った。矢の数からして十人以上。

新九郎が語りはじめた。刺客たちが新左衛門を襲ったのは、対岸でだろう。刺客たちは留《とど》めを刺し損ない、取り逃がした。傷を負った三人は、半死半生で岸にたどりつく。そして一番傷が深い新左衛門が絶命した。

「刺客たちは父が死んだとは確信していない。父が生きていると装えば、かならず何らかの動きがある。敵を炙《あぶ》りだせる。刺客の正体がわかるまでは、今までと変わらぬ暮らしを送れ」

それ以外にも、新左衛門の死を秘する理由はある。今は乱世だ。強者が亡くなった家は、たちまち蚕食される。敵はもちろん味方にさえだ。

「もし刺客たちが親しい身内だとすると……」

恐る恐る今枝がきく。

「我らは寝首をかかれるだろうな。防ぐ手立てはない。そのときは、そのときだ。これから、私は何人かの土岐家家臣達と評定を行うが、その中に刺客の一味がいるかもしれん。あるいは、今日あう全ての者がそうかもしれない」

質問した今枝は絶句して、何もかえせない。

蝮ノ二十六

「うわぁぁぁ」

一際大きな声を出したのは、石弥だ。かっと目を見開く。

「石弥、気づいたのか」

源太がかぶりつくようにしてのぞきこんだ。石弥は、血に濡《ぬ》れた唇をわななかせていた。宝念や石弥たちが運ばれてきてから、四日がたっている。意識はもどらないものの、宝念の息は安静に近づいていた。逆に石弥の体の衰弱はひどく、傷口が塞がる気配が見えない。それをつきっきりで看病していたのは、源太だ。

「石弥、しっかりしろ」源太が耳元で語りかける。

「ち、ち……ちく、しょう」

傷口が開いたのか、石弥の体から血が流れ出す。

「よく、も……うらぎ、り……やが……」

「誰が裏切ったんだ」

源太は顔を近づけた。石弥は表情をゆがめ、また白眼をむこうとしている。たのむ、教えてくれ。

横では、宝念の息がしきりに耳をつく。

「さ、さきょう……だいぶ、だ」

さすがの源太も耳を疑う。今、何といった。

「と、土岐……左京、だ、大夫だ。奴がうら、ぎ……った」

土岐頼芸が刺客だというのか。

「う、嘘だ。なぜだ。どうして……おれたちの主君だぞ」

「さ、左京大夫は、し……知っていた。国滅ぼしをつか、うことを……」

「なんだと」源太は思わず叫ぶ。頼芸が、国滅ぼしのことを知っていたのか。

「し、新左衛門に、ぶ……武器を使わせん、と。国を滅ぼすことは……させん、と」

石弥が顔をゆがめた。さらしから、血が止めどなくあふれている。

「他には、左京大夫の他には誰がいた」

源太の問いに、石弥は苦しげに顔を左右にふる。

「ゆ、弓衆だ……囲まれた。そ、のなかに…左京大夫が」

弓は土岐家のお家芸といわれ、文弱の徒といわれた前守護の土岐政房《まさふさ》も名人の腕だった。その血をひく頼芸も、父ほどではないが遣える。だけでなく、直属の弓衆を近衛衆として置くのが代々の習わしだ。

「左京大夫という証《あかし》はあるか」

問うてから、己が石弥が息絶えることを前提にしていることに気づいた。ぎりっと奥歯が鳴る。

「印の礫《つぶて》を投げた……左京……だ、大夫の、右の臑《すね》を傷つけた」

星の印をちりばめた鉛製の礫――討ちとった証となるよう、石弥が特別に誂《あつら》えたものだ。

「わかった。石弥、よくいってくれた。休め。そしてかならず――」

源太の声は途中で止まる。石弥の喘鳴《ぜんめい》が、急速に弱まっていた。

「かぁ、ちゃ……ん」石弥の口から声がこぼれた。

瞳から光がどんどんと消えていく。

「捨てないで……おいらを捨てちゃ、い、や……」

言葉の途中で、石弥の瞳から完全に生気が失われた。

蝮ノ二十七

常在寺《じょうざいじ》の境内にある離れの草庵で、新九郎は茶席の用意を整えていた。どんなに心がすさんでいても、茶の香りをかげば一時の平安が訪れる。が、今日ばかりはちがうようだ。窓に目をやると、常在寺の住持の日運の姿があった。話しこむ相手は、源太だ。源太は腕を組み、何度もうなずいている。やがて、日運の前を辞して、こちらへとやってきた。草庵の陰で待っていた、今枝弥八や柴田角内、道家六郎左衛門も出てくる。

「どうだった」新九郎は駆けてきた源太に問いかける。

「日運様がいうには、左京大夫……の右臑に星形の傷があったらしい。花佗夫人から聞いたから、まず間違いないだろうとさ」

今枝らが静かにどよめく。日運は、過去に頼芸の生母の花佗夫人と密通していた。その伝手をつかい、頼芸の体の変化を探らせたのだ。

「落ち着け」と、新九郎が声をとばす。今枝らはすぐに口を閉じたが、かわりに全身から殺気を立ち上らせていた。当然だろう。やっと、仇を見つけることができたのだ。

「今から、左京大夫様がくる」

あと半刻（約一時間）もすれば、ここ常在寺に頼芸がやってくる。父の新左衛門が死ぬ前から決まっていた茶会である。新左衛門が死んでから半月がたっている。今のところ、刺客たちに動きは見えない。息絶える寸前に石弥が、刺客の正体は土岐頼芸だと教えた。新九郎が思い出すのは、新左衛門が病床に臥したと伝えたときの頼芸の狼狽《ろうばい》具合だ。右足に巻きつけたさらしがほどけんばかりに驚いていた。

「どうするのですか」今枝がみなを代表してきく。柴田らは、腰の刀に手をやっていた。

「合図があるまで、決して動くな。いいな」

今枝らは険しい顔をしていたが、静かにうなずく。

「宝念の具合はどうだ」

「かわらんさ。鐚銭《びたせん》ばかり集めている」

暗い声で源太はいう。あれから宝念は息を吹きかえし、一命をとりとめた。が、代償として正気を失ってしまう。幼児がえりをしたのか、しきりに鐚銭を集め、取りあげようとすると必死になって抵抗する。

仕方なく、治療をした寺に宝念をあずけていた。

「左京大夫様よりの言伝《ことづて》です」ひとりの僧侶がやってきて、つづける。「こたびの茶会ですが、ぜひ野点《のだて》の趣向で味わいたい、と。この先、半里（約二キロメートル）にある丘でお待ちしているとのこと」

今枝らが目を見合わせた。伝言を伝えた僧侶は一礼して去っていく。

「怪しいですね」と、今枝が険しい顔でいう。

「予想はしていたさ」もし頼芸が刺客の首謀者ならば、のこのこと新九郎主催の茶会に来て、ふたりきりになるはずがない。事実、新九郎は今枝らを茶室の庭に潜ませて、頼芸が馬脚をあらわせば一気に襲うよう指示していた。

「いくのか」と、源太がきいてくる。罠《わな》かもしれない。だが、ここで断れば、新九郎が頼芸に疑念を抱いていることがばれてしまう。

今、頼芸は迷いのまっただ中にいるはずだ。

新左衛門は生きているのか、死んでいるのか。

生きているならば、なぜ頼芸に反旗を翻さないのか。

死んでいるならば、子の新九郎はどこまで知っているのか。刺客が頼芸だとわかっているのか、否か。あるいは、川に逃げた新左衛門の骸は新九郎らの手にわたることなく、ずっと下流に流されてしまったのか。

あらゆる可能性が、頼芸を苦しめている。

新九郎は、今枝や源太らに留守をまかせて、柴田や道家らわずかな供とともに頼芸のいる丘へとむかった。頂きに野点傘があり、その下の人影は頼芸だろう。丘をぐるりと弓衆が囲っている。田畑があり、百姓もいる。頼芸の性格からして、凶事にはおよばないはずだ。

もっとも囲む弓衆たちの気持ちまではわからないが。

柴田や道家らを残し近づくと、弓衆が割れて道ができた。ゆっくりと頼芸のもとへ歩む。

「新九郎よ、新左衛門の具合はどうなのだ」

ふたりきりになるなり、頼芸はきいてきた。袴からちらりとのぞいた右臑には、さらしが巻きつけられている。

周囲を一瞥《いちべつ》する。弓衆に聞かれるおそれはなさそうだが、念のため扇を開き、唇を隠す。

「正直にいいますと、病は軽くありませぬ。復帰の目途はついておりません。流行り病《はやりやまい》なれば、お顔をお見せして左京大夫様に万一のことがあればいけませんので」

「容態はどうなのだ。もっと詳しく教えてくれ」

頼芸は前のめりになる。

「そこまで気にかけていただき、ありがたいことです。父の耳にいれれば、泣いて喜びましょう」

新九郎は、当たり障りのない父の病状を偽る。

「そうか、わかった」必死に動揺を隠しつつも、頼芸は上体をまっすぐにした。

「長井越中守めの件、忘れたわけではあるまい」

一段と声を落として、頼芸がいう。

「もちろん、忘れておりませぬ」

「新左衛門は、どうするつもりなのだ。病床で、何といっておる」

思っていたより、頼芸は肝が太い。長井越中守成敗の件をきくふりをして、新左衛門の安否をたしかめようとしている。

「父は、こう申しております。ご心配は無用。越中守様誅伐《ちゅうばつ》の采配は、息子の新九郎——つまりこの私がとります。もちろん、細かい父の助言はもらいつつになりますが」

「そうか、新左衛門はそういってくれているのだな」

安堵する芝居は白々しかった。

「ですので、左京大夫様はご安心を」

「ああ、わかった」汗をぬぐうが、それでも顔色は悪いままだ。

「どういう策を使うのだ。新左衛門は、なんといっている」

「手のこんだ策は使いませぬ」

目で、頼芸が先を促す。

「襲います。待ち伏せして、矢を雨のように射かけるのです」

あえて、頼芸が新左衛門を襲った手口を伝えた。

息をしかねるのか、頼芸が口を大きく開け閉めする。

「つきましては、手勢をお借りしたくあります。左京大夫様が、手塩にかけたお弓衆です」

丘の下にならぶ弓衆を一瞥した。ぶるぶると頼芸の体が震えだす。

「私の手の者が待ち伏せし、しかるべきところまでおびきだします。そして、左京大夫様の弓衆の矢で仕留める。そうすることで、越中守様誅伐が上意によるものだということを、美濃国内に知らしめることができます」

ちなみに、父の新左衛門の策はわからない。自身のことを毒へびといっていたので、毒を使うつもりだったのだろう。越中守を倒すのに毒を使う手もあるが、それでは頼芸にゆさぶりをかけられない。

そういえば、源太が謀議に参加していたことを思い出す。源太ならば、父の策を知っているはずだ。後で、たしかめておかねばならない。

形ばかりの茶を喫して、頼芸との野点の茶席から離れる。常在寺にもどると、すぐに今枝弥八や源太らがやってきた。頼芸をもてなすはずだった、草庵の茶室に集まる。

「左京大夫様の様子はいかがでした」

今枝にきかれ、新九郎は茶会での様子を正直に答える。

「まだ泳がせる。今、左京大夫様を討っても逆賊になる。越中守や他国を利するだけだ」

今枝らは、不服そうな表情を隠さない。

「他にも理由がある。誰かが、左京大夫様に父の武器のことを教えた。何者かがわかるまでは、自重したい」

「武器とは、一体、何なのですか」きいたのは、美丈夫の柴田角内だ。

「内容は秘中の秘だ。国を滅ぼす武器だ。国滅ぼし、と父たちはいっていた。父は、それを密《ひそ》かに造っていた。が、左京大夫様に知られた。左京大夫様は父が国滅ぼしを使うことを恐れ、弓衆を使って暗殺させた」

信じられぬという具合に、今枝らは目を見あわせる。

「誰が国滅ぼしのことを、左京大夫様に漏らしたのか。それを見極めたい。それまでは、左京大夫様は泳がせる。今は越中守を討つことに集中する」

「ひとつききたい」それまで沈黙していた源太だった。「新九郎は、国滅ぼしを使うつもりなのか。新左衛門の弁によれば、隣国をあっという間に滅ぼせるんだろう」

「私は、武器としては使わない。神算の法蓮房といわれた父だからこそ、国滅ぼしをあやつれる。私ごときが真似《まね》をすれば、わが身を滅ぼしかねん」

今枝や柴田らが顔を見あわせる。そして源太の方に目をやる。

「おれも、国滅ぼしの正体は知らねえよ。知っていたのは新左衛門と新九郎、そして宝念あたりは薄々勘づいていたようだ。そして新九郎は、おれたちには教える気はねえ。そうだろう」

新九郎はうなずいてみせた。教えれば、今枝らの心の奥底に眠る野心に火をつけかねない。そういう意味では、頼芸の自制心は褒めるべきかもしれない。頼芸は、新左衛門を殺すことで国滅ぼしを封じようとした。悪用しようとは思わなかったのだから。

蝮ノ二十八

「結句、いつもこういう役をやらされるのはおれなんだ」

腰にある烏丸をさすりつつ、源太は愚痴をこぼした。乗る馬の足元には、菜の花がポツポツと黄色い色彩をそえている。小高い丘の上に、源太はいた。春風が心地いい。

「来たな」とつぶやき、馬の首をなでる。眼下にあらわれた武者たちの一行は、二十人ほどか。源太のいる丘の下を通りすぎようとしている。先頭の巨軀《きょく》の男は、長井越中守だ。平服だが、盛り上がる筋肉のせいで、鎧《よろい》をきているかのようだ。騎馬と徒歩《かち》が半分ずつにもかかわらず、馬は駈歩《かけあし》という走り方だ。徒歩の武者たちは肩で息をしつつ、必死に食らいついている。

「目論見通りだな」源太はつぶやく。長井越中守を待ち伏せすると決めたとき、新九郎は標的がこの道を通ると予言した。まるで行き先を知っているかのようだった。

長井越中守の一行をやりすごしてから、源太は馬の腹を蹴った。一気に丘を駆けおりる。走り方は駈歩より速い、全速力の襲歩《しゅうほ》。

「な、なんだ」最後尾の徒歩の武者が振りむく。かまわずに蹴散らした。

「うわぁ」

戸惑う武者たちが、たちまち左右に割れる。

「何事だ」先頭の長井越中守が怒鳴りつけた。腰の烏丸をぬく。長井越中守が目を見開いた。果敢に立ちむかおうとする武者の刀を、源太は次々と弾きとばした。鋭利な烏丸によって、削られた刃《やいば》の欠片《かけら》がキラキラと舞う。

「わしを小守護代、長井越中守としっての狼藉《ろうぜき》か」

戦場《いくさば》にあるかのような怒声で、長井越中守は応じる。

返答のかわりに、にやりと笑って挑発した。長井越中守の顔が朱に染まる。

「無礼者が」

一喝とともに割ってはいったのは、長身の武者だ。腰に手をやり、抜刀しようとする。

源太は烏丸を走らせた。同時に、武者は腕を頭上に振りかざす。が、刀は鞘にはいったままだ。刀をにぎった手首ごと、源太は烏丸で両断したのだ。

すれちがい様に、腕を折りたたみ刃を敵の首に沿わす。腕は動かさない。馬の走る力だけで十分だった。駆けぬけると、首から血が吹きだす音が背後でした。

「おのれ、下郎が」

長井越中守は刀をぬく。大振りの刀だ。

大刀と烏丸が空中で衝突した。火花が盛大に散る。

かえす刀を、源太は翻す。

烏丸の峰——鋒両刃をつかって横に薙《な》いだ。赤い花が一輪、長井越中守の顔に咲く。

ぽとりと地面に落ちたものを、源太は鞍《くら》からずり落ちんばかりの姿勢になって拾いあげた。

越中守の顔から、烏丸の逆刃で斬り落とした耳だ。

「大将、もらっていくぜ」

つかんだ耳をみせびらかすと、怒号が背を襲った。長井越中守は、凄《すさ》まじい形相で馬を駆る。騎馬と徒歩の武者も必死につづく。怒号が、ぐんぐんと迫ってくる。殺気は源太の背を湿らすかのようだ。背後で、きらりと何かが光る。源太のうなじをなでたのは、剣風だ。

とうとう、長井越中守の刃の間合いにつかまった。

矢叫びの音が耳をつんざいた。

つづいて、矢尻が肉に食いこむ音。悲鳴も湧きあがる。

数歩走らせてから、手綱をあやつり馬首を翻す。追ってきていた二十人の武者は、すべて地に伏していた。だけでなく、馬もだ。

見れば、弓衆がずらりと源太らを包囲していた。采配をとるのは、いうまでもなく長井新九郎、そして今枝弥八らの新左衛門尉家の郎党だ。が、矢を射た兵たちはちがう。頼芸直属の弓衆である。

「おのれ」立ちあがったのは、長井越中守。巨軀には、何本かの矢が刺さっていた。おかしい、矢が明らかにすくない。その証拠に、他の武者は十本以上の矢をうけて、全員が絶命してしまっている。にもかかわらず、一番の標的の長井越中守には矢がすくない。

理由はひとつしかない。わざと生かしておいたのだ。

弓衆が割れて、蛇矛《じゃぼう》をたずさえた長井新九郎があらわれる。

「毒へびの息子めが、同名衆《どうみょうしゅう》にしてやった恩を忘れおって」

赤く濡れた歯を見せつけるようにして、長井越中守が吠《ほ》えた。耳をふさぎたくなるような大音声だが、新九郎の顔色は変わらない。背後に親指をつきつけた。

「見えるだろう。お前を射たのは、左京大夫様のお弓衆だ。上意により、貴様を討つ」

「忌々しい。あと、もうすこしで、貴様らの武器が何かわかったのに」

源太の耳がぴくりと動いた。

「おい、あんた、今、なんといった」

「黙れっ」

長井越中守が、大刀を一閃《いっせん》させる。

足元を刈る一刀を、源太は跳んでかわした。かなり間合いをとってしまったのは、長井越中守の言葉によって、冷静さを欠いていたからだ。

「毒へびの一族めが。新左衛門のいる冥府へ送ってやるわ」

新九郎に向きなおり、大刀をうならせる。受け止めた新九郎の蛇矛が大きくしなる。反動をつかって、撥《は》ねかえした。

新九郎の体が沈みこむ。蛇矛が、銀色の斬撃に変わった。

「よせ、殺すな」源太の制止は、ふたつの意味で無駄だった。

ひとつは言葉を発したとき、すでに蛇矛は長井越中守の肉をえぐっていたこと。

もうひとつは、新九郎もそもそも殺すつもりがなかったこと。

大刀をもつ長井越中守の両腕が、だらりと落ちた。新九郎の一閃は、残酷なまでに正確だ。長井越中守の両腕の腱《けん》を断ち切っていた。えぐられた肉から、血が止めどなく流れる。

「今、なんといった」

従者に蛇矛をあずけ、新九郎がゆっくりと長井越中守に近づく。が、すぐに首をねじった。

「左京大夫様の弓衆を下がらせろ」

戸惑いつつも弓衆はにじり下がり、やがて源太らの視界から消えた。

跪く長井越中守は、失神寸前だった。両腕から血を流しすぎたのだ。新九郎は脇差をぬき、無造作に太ももに突き刺した。咆哮《ほうこう》を思わせる悲鳴とともに、長井越中守は覚醒する。

「なぜ、貴様が父の死を知っている」

つづいて、もう一方の太ももも刺す。苦悶の声が響きわたった。

「そして、なぜ、貴様が武器のことを知っている」

刺した刀を、手首をつかって回転させる。絶叫が、喉から垂れながされる。

「私が知りたいのは、そのふたつだ。答えろ、越中守。なぜ、貴様が父の死と国滅ぼしのことを知っている」

残っている耳に新九郎は手をやり、刃をあてる。その気迫に、新九郎の従者たちがにじり下がった。長井越中守が血走った目をむけた。

「毒へびめ、貴様ごときに口を割る――」

躊躇なく、新九郎は手を動かした。刃が走り、残っていた耳が呆気《あっけ》なく長井越中守の顔から切り離される。今までよりも大きな悲鳴が、源太の鼓膜を貫く。

切り取ったものを、新九郎は無表情で放りすてた。

どれほど時がたったろうか。

最初に越中守が流した血は固まり、かわりに新しい血が大地を湿らせていた。新九郎の従者たちは跪いて、嘔吐している。今枝や柴田ら歴戦の猛者《もさ》も、顔面を蒼白にしていた。辺りは、血の臭いに満ちている。晩餐《ばんさん》にありつこうと、カラスや蠅《はえ》がたかりはじめていた。

「口を割らなかったのは大したものだ。それだけは褒めてやる。冥土で誇れ」

新九郎は、刀を放り投げた。足元には、かつて長井越中守だった肉塊が転がっている。

「子細はわからねど、長井越中守が父の暗殺にかかわっていることはわかった。まあ、残りは弥次郎にでもきくか」

恐ろしく冷たい声で、新九郎はいう。長井越中守の息子の弥次郎は、襲撃した一団にはいなかった。きっと所領にいるのだろう。

肉塊になった長井越中守に、新九郎が唾を吐きすてる。

「正気か」返り血を雨のように浴びた新九郎を、源太はにらみつけた。

「私のしたことに、何か誤ったことがあったか。悪手があったなら、いってみろ」

源太の頬を、生温かい汗が流れ落ちる。

「ちがう。おれがいいたいのは――」

「わかっている。こい」

小声でいって、新九郎は歩く。あわてて、源太はついていった。

「源太、お前のいいたいことはわかっている。だが、ああせねばならなかったのだ」

こちらを見ずにいう新九郎は、決して足をゆるめない。

「芝居だったのか」

とてもそうは思えなかった。だが、ならばわかる。味方にも敵にも残酷だと思わせることは、この乱世では常套《じょうとう》手段だ。

やっと立ち止まり、新九郎は源太を見た。血に濡れた顔は、化粧を施したかのようだ。じっと源太の右手に目をやっている。ここにきて、源太は己が抜き身の烏丸を握りつづけていたことに気づいた。それほどまでに、新九郎の拷問は壮絶だった。

現に今も、酸っぱい唾が源太の口を一杯に満たしている。

「源太、お前はその刀で父を斬ると約束したそうだな」

「ああ」と、答えた声はかすれていた。

「新左衛門が魔道に墜ちたら斬る、と約束した。もう……三十年も前のことだ」

そうか、もうそんなになるのか、と源太は嘆息した。

「ならば、私が魔道に墜ちたら斬ってくれ」

源太の体に、雷のようなものが走った。

見ると、新九郎の体が小刻みにふるえている。

「父との約束を宿した、その烏丸で私の命を断ってくれ」

新九郎の瞳も戦慄《おのの》いていることに気づく。

うなずくかわりに、唾を呑んだ。

「私は、もう後戻りできない。すれば、家族や郎党を犠牲にしてしまう。豊太丸や深芳野を守るためには、ただ正気がつづく限り、この道を歩むしかない」

新九郎の顔についた血が、頬からはがれ落ちる。

「やってくれるか、源太」

父の新左衛門よりもずっと優しい顔と声で、新九郎は懇願する。

死臭をふくむ風が吹きぬけた。

「わかった」源太は声をしぼりだす。

「お前の親父《おやじ》との腐れ縁だ。新九郎がもし魔道に墜ちたら――」

源太は、烏丸を目の前にかざした。

「この刀で、お前を間違いなく斬る。親父の分もあわせてな」

屍肉の臭いをかぎつけたカラスたちが、続々と空に集まらんとしていた。

一羽二羽と舞い降りてくる。

蛇は自らを喰み、円環となる　五

松波高丸《まつなみたかまる》にわたされた報酬は、鐚銭ばかりだった。

「こ、これだけなんですか」

「仕方ねえだろう。もっと欲しけりゃ、宝をたくさんもってきな。ただし」

西岡《にしのおか》の地侍は、指を高丸の額においた。

「西軍の陣地にいかずに、だ。お前が足を踏みいれたのがばれれば、こっちまでお叱りをうける」

指で額を思いっきり叩《はた》かれた。

「さあ、もらうものをもらったら、さっさと帰れ」

今日は勝元《かつもと》も范可《はんか》も勘解由小路も、用事があっていない。夕暮れの下、とぼとぼと歩いて帰る。両側は瓦礫《がれき》の山で、茣蓙《ござ》をしいて商売をしていた男たちも店じまいをしようとしていた。

「うわあぁ」突然、悲鳴が轟《とどろ》いた。あわてて、高丸は瓦礫の陰に隠れる。賊と化した足軽の襲撃や東西両軍の小競り合いは、毎日のようにおこっていた。

そっと顔をだしてのぞく。

「かえせえ、寺の宝をかえすのだァ」

錆《さ》びた薙刀《なぎなた》を振り回す男がいる。ざんばらの髪と伸び放題の髭を振り乱していた。右の目をふさぐ腫れ物は以前より大きくなり、どす黒く変色している。

あのときの僧か、とすこし遅れて気がついた。髪も髭も長くなっていたので、わからなかった。寺の焼け跡に近づく人間に、片っぱしから斬りつけようとしている。

腰をかがめ、高丸は瓦礫の陰を通る。おかげで、道をそれて境内を通らねばならなかった。焼け焦げた柱が行く手を阻むので、右手で抱きつくようにして乗り越える。

「ひい」悲鳴が喉を突き破ろうとした。すんでのところで、大声はださなかった。

痩せた、六歳ほどの童が寝そべっている。蝿がいっぱいにたかっていた。あのときの童だ。

死んでいるのか、眠っているのか、わからない。恐る恐る近づく。襤褸《ぼろ》がはだけ、上半身があらわになっていた。肋《あばら》が、皮を食い破るようにして浮きでている。

いや、それ以上に禍々《まがまが》しいのは……。

唾を呑もうとしたが、できない。右腰から左胸にかけて、大きな火傷《やけど》の痕がある。まだ新しい。まるで蛇がはうかのようだ。いや、四本の足があるから龍か。偶然できたものとは思えない。頭をよぎったのは、ざんばら髪のさきほどの男だ。あいつがやったのだろうか。たしか親子だといっていたが、あの狂態ならありえると思った。

じりじりと近づいたのは、好奇の心からだろうか。一銭の徳にもならぬと知りつつも、足を止めることができない。

突然だった。

横たわる童が、かっと目を見開いたのだ。充血したまなこがあらわになる。枯れ木のような手を地面について支えようとする。

「誰だ」むくりと首が起きあがった。掌の下ではっていた蛆虫《うじむし》が、何匹もつぶれた。

「ま、また、お前か」

高丸は身をひるがえす。全力で逃げた。あの体では追いつけないと知っていたが、力の限り足を動かす。何度も倒れ、口の中に砂と灰が入りこむ。

やっと寝ぐらについた。日は没していたが、まだかろうじて明るい。流民たちの集まる河原だ。流木と破れた莫蓙で、雨風をしのげる住まいを造っていた。

息を整えていると「にいに、帰ったの」と声が聞こえてくる。

「あ、ああ」よろよろと、流木と莫蓙でできた住処《すみか》のひとつに体をねじこむ。十歳ほどの女童が寝そべっていた。

「雪《ゆき》、具合はどうだった」

「今日は、咳《せき》はあんまりでなかったよ」

にっこりと笑うが、顔色は悪い。頬骨が浮きでている。

「今日はお餅《もち》ないの」首をかしげた。

「そうなんだ。最近、京兆様《けいちよう》はお忙《せ》しくて」

腰をおろすと、雪がごほごほと咳きこんだ。背中をさする。ごつごつと骨ばり、岩をなでているかのようだ。ふた月ほど前に、道で出会った女童である。物乞いをしていた。亡くなった妹に似ていたので、放っておけなかった。

雪の咳がおさまってから、今日の稼ぎを壺《つぼ》にいれる。

「にいに、最近、貯《た》まらないね」雪の言葉は、高丸の心の臓を剣のようにつらぬく。

「だ、大丈夫さ」と、言葉を絞りだす。

「明日はもっと稼ぐから。じきに雪の薬代も貯まるさ」

そういって振りかえると、雪は目を細めて一生懸命に笑うのだった。

蝮ノ二十九

稲葉山には、七曲《ななまがり》という険しい山道がある。長井新九郎はひとり、頂への道を歩んでいた。あちこちに倒木があるのは、十日ほど前の嵐の跡だ。崖も時折崩れている。ただでさえ勾配の激しい道が、さらに険しくなっていた。山頂には、矢倉《やぐら》がいくつか建っている。稲葉山城は、かつて守護代斎藤一族の居城だった。二年前の天文《てんぶん》二年（一五三三）

に、長井越中守を誅殺《ちゅうさつ》したことで、褒美として新九郎に下賜されたのだ。稲葉山城は、新国府枝広館《えだひろ》を足下に見おろす好地である。新九郎らが美濃の国を盗るには、かくべからざる城だ。

道が折れ曲がり、下界を眺望できた。眼下を見はるかす。思わず胸に手をやった。鋭い痛みが、心身をえぐる。長良川が、その様子を一変させていた。堤を破り、川が二股に分かれている。新たに生まれた川は、枝広館とその周辺の町を呑みこんでいた。十日前の嵐が、長良川を怒れる龍に変えたのだ。新九郎が苦心して町割りした町は、濁流と瓦礫によって粉々になる。流戸数万、溺死者一万とも京では噂されているらしい。死者の数は誇張されているが、喪った家屋はほぼ実数に近い。枝広館の頼芸と土岐家家臣は、一早く稲葉山に避難させていたので無事だった。

拳を、痛いほどに握りしめる。

もし父が健在だったならば——そう思わざるをえない。稲葉山のふもとに枝広館と新しい町を造るにあたり、長良川をいかに御するかが最大の難事だった。勘解由小路在富の算術の力を借り、新九郎は慎重に築堤の計画を練る。が、こたびの嵐の規模は想定をはるかに超えていた。

もし神算の法蓮房が築堤をになっていれば、別の結果になったかもしれない。父の新左衛門の死は、すでに公表している。長井越中守を頼芸の弓衆とともに暗殺したとき、越中守が新左衛門の死を口走ったからだ。いずればれるなら、機先を制したほうがいい。子の長井弥次郎は恐れをなし尾張に逐電《ちくでん》、長井玄佐《げんさ》は頼芸の軍門にくだり、当面の敵がいないという情勢分析もあった。

幾度も深く呼吸して、新九郎の心身はやっと平静を取りもどさんとしていた。

刹那、全身の体毛が針に変わる。

刀の鯉口《こいぐち》をきり、鋭く振りかえった。

倒木が折り敷く深い山がある。

「誰だ」と誰何《すいか》する。「出てこい」と刀の束を握る。風が木の枝をそよがせる。ぱきぱきと枝がおれる音が耳に届いた。どっと脂汗がふきでる。あご先からもしたたる。足首を、誰かにつかまれている。目をやると、泥だらけの手が土中から突きでていた。

一本でなく何十本も。

呼吸ができない。泥に汚れた手を、忘れるはずがない。長良川が決壊したとき、呑みこまれた人々のものだ。民たちを高所に誘おうとしていた新九郎のすぐ横を、濁流がすさまじい勢いで通りすぎた。人々を、あっという間もなく呑みこんだ。老若男女の腕が、苦しげに水面から突きでていた。指を折り曲げ、必死に助けを求めている。時折、水面に出た顔が叫ぶ。

土から生えた手が、次々と新九郎の両足をつかんだ。

「助けてっ」

「この子、だけは」

「苦しいィ」

亡者たちの声が、新九郎の鼓膜に爪をたてる。幻だ、と心中で叫んだ。落ち着け、と自身を叱咤《しった》する。しかし、新九郎をつかむ掌は、あまりにも生々しい。とても幻覚とは思えなかった。大地が泡立つように盛りあがる。めくれた土から何かがのぞいていた。顔だ。濁流に呑みこまれた人々の首が、新九郎の行く手を阻むように何百何千と地を埋めつくしていた。

とうとう、新九郎は嘔吐した。

懐から短刀をだし、左腕に深々と刺す。血がほとばしる。案の定、下肢に群がる亡者の感触がうすまった。地をおおっていた亡者の顔も消えていく。

痛みが、新九郎を現《うつつ》にもどす。安堵の息をついた。

まぶたが大きくむかれる。

ひとつ、取り残された首があった。

細面で黒い雷が走るような髪、あれは——

ぽとりと短刀が落ちた。父の長井新左衛門だ。

父さえも亡者となって、己を苦しめるのか。

絶望が目眩《めまい》に変じる。天地が激しく逆転し、新九郎を嘲るように翻弄した。

山頂にある館についても、さきほど七曲の山道で見た幻が新九郎の頭にこびりついていた。短刀を刺し、幻は消えた。唯一の例外が、父の新左衛門だ。父の生首だけは、どうしても消えなかった。恐る恐る歩を進めると、眼球が動き視線が追いかけてくる。逃げるようにして新九郎は去ったが、今も父の生首に見られているような気がしてならない。

「どうしたんだ、顔色が悪いぞ」声をかけたのは、源太だった。四十代の半ばになるが、無駄な贅肉はなく若々しい。ただ口元には、かすかにしわが目立つようになった。

「大丈夫か。すこし休んだ方がいいんじゃないか」

「気休めにもならぬことをいうな。それとも、私の代わりがいるのか」

「似てきたな」

「誰にだ」ときいてから、父の新左衛門にだと思いいたった。きっと、よい意味ではない。

「で、何用なんだい」労《いたわ》るような源太の目差しが、なぜか忌々しい。

「これから、美濃の国はどうなると思う」

「難しいことはわからねえ。けど、間違いなく乱れる」

こたびの長良川決壊の隙を、敵は見逃すはずがない。あと十日もしないうちに、越前の朝倉家が陣触れを出すだろう。頼武の遺児、二郎頼純を擁した強敵だ。さらに、天下人に最も近いと言われる六角家、津島を燃やした織田弾正忠家もつづく。

「ふん、のぞむところだよ」

見通しを聞かせると、源太はすでに覚悟のうちだったのか破顔する。

「そこで源太に頼みがある。私の家族を連れて、美濃を離れてくれないか」

こたびの大氾濫の痛手は、あまりにも大きい。正直、朝倉六角織田の三者を相手に勝てる自信はない。降伏した長井玄佐や守護代斎藤家の残党も息を吹きかえす。

「家族がいれば、心の負担になる。戦いに集中できない」

源太が探るような目をむけてきた。

「自分の家族だけ無事ならいいのか、そう責められればかえす言葉はない」

重みに耐えられずに、新九郎はうつむく。源太からは、低頭したかのように映ったかもしれない。四囲の敵と国内の裏切り、そして己を苛《さいな》む亡者、何より新左衛門の仇討《あだう》ちもすんでいない。正気と狂気の狭間《はざま》で踊るような戦いを強いられる。そんな姿を、家族に見せたくない。

「豊太丸と深芳野をつれていってくれ。深芳野は懐妊もしている」

「やれやれ、久々に戦場で腕をふるえると思っていたのにな。他の者にまかせられないのか」

「私の家族だ。この役は、余人には替えられない」

「おれはそんな仕事ばかりだ。もうあきた。若い奴に――」

「父の幻を見た。亡者たちが私を責めるのだ。現ではないとわかっているが、無理だ。耐えられる自信がない」

源太が半眼になる。

「あるいは、私の心は……」とっくの昔に限界を超えているのかもしれない、とはいえなかった。が、源太には間違いなく伝わったようだ。

「ややこしい仕事ばかりを押しつけやがるのは、父親ゆずりだな。で、どこに逃れさせる」

すでに考えはあった。尾張の知多《ちた》半島か伊勢《いせ》だ。知多半島には佐治《さじ》氏や水野《みずの》氏、伊勢には伊勢御師《おんし》の福島《ふくしま》氏がいる。

「懐かしい名前だな。身を隠すにはうってつけだろう。で、いつまでだ。この大乱の決着がつけばもどっていいのか」

「いや、しばらく知多半島か伊勢にいてほしい。豊太丸が元服するまでは、だ」

「随分と長いな」

豊太丸は今、七歳だ。早くて十三歳で元服するとしても、あと六年。

「苦しい戦いになる。これから、私は蛇の道を歩まねばならん。いつ終わるかもわからん道だ」

「いつ終わるかわからない、か」

源太のつぶやきは、終わりなどくるのかといいたげだった。ごとりと突然音がした。目をやろうとして、源太が反応していないことに気づく。まさか——。襖《ふすま》の陰から、血だらけの顔がのぞいている。間違いない。父の新左衛門だ。新九郎の全身に粟《あわ》が一気に生じる。

「忘れちゃいないだろうな。お前が魔道に墜ちたら、斬る。たとえ尾張や伊勢にいても、だ。それだけは忘れるなよ」

源太の声が聞こえた途端、父の幻が霞《かすみ》のように消えていく。息づかいさえ感じられたというのに、だ。安堵の息を大きくついてしまった。

「もちろんだ。だから、源太も精進を怠るなよ。私は手強《てごわ》いぞ」

へへ、と源太の笑い声が聞こえた。

やっといつもの調子にもどったな——そういいたげな笑い方だった。

蝮ノ三十

長井新九郎のいる村を、堤がぐるりと囲っていた。川が縦横に走る美濃では、村を堤で囲うことが多く、これを輪中《わじゅう》という。平安の時代、京の貴族が美濃を旅したとき、長雨で川が増水したことがあった。ちょうど増水した川をわたる舟の姿が堤の上に見え、まるで空に浮くかのようだったと感嘆したのは有名な話だ。堤で御しきれる増水ならば、詩興もかき立てられるのだろう。甲冑《かっちゅう》に身をつつむ今は、そんな気分になるはずもない。

輪中の堤の上にたつ新九郎の眼下に広がるのは、水ではなく数千の敵の軍勢だ。

長良川が決壊して一月もたたぬうちに、朝倉六角織田弾正忠の兵が、三方から侵略を開始した。だけでなく、長井玄佐らも反旗を翻す。敵を迎え討つために稲葉山城を出撃した新九郎だったが、逆に四方から敵の圧迫をうけ、味方と合流する前に長良川河畔の輪中の村に立てこもらざるを得なくなった。

輪中を囲む敵のはるか向こうに、黒煙がいくつもたなびいている。侵攻した敵が、村や寺を焼いているのだ。後ろを見ると、堤の下に悲愴《ひそう》な顔をした新九郎の手勢たちがひかえている。

「朝方、しきりに炊煙があがっておりました。恐らく、総掛かりの支度でしょう」

報せる今枝の顔は固い。

「望むところだ」もっている蛇矛の石突《いしづき》で、堤を叩く。敵兵が前がかりに移動する様子が、ここからよく見えた。きっと四半刻（約三十分）もせぬうちに、総掛かりがはじまる。

「ならば、我らも迎え討つのみ。輪中にある兵糧蔵を焼け」

今枝が絶句した。

「この重囲をうち破らねば、明日などない。兵糧など不要だ。背水の陣をしく」

青い顔でうなずき、今枝が伝令に走る。すぐに、煙が背後から立ちあがった。

「火だ」「裏切りだぞ」

眼前の敵から、そんな声が聞こえてきた。新九郎はほくそ笑む。馬鹿め、やはり勘違いしたか。

太鼓と銅鑼《どら》、法螺貝《ほらがい》の音が、輪中に押し寄せる。朝倉六角織田、そして美濃の反乱勢の混成だけあり、総掛かりの合図は多彩だ。この機を逃すなとばかりに、敵が輪中へと襲いかかる。

「怖《おそ》れることはない。攻め急ぐ敵は、統制がとれていない」

新九郎は冷静に指示を飛ばす。右手をあげると、寝かせていた盾がずらりと立ちあがった。

「射れ」弓矢が一斉に放たれる。

「よく狙え。盾をもっている敵はすくないぞ」

柴田や道家が叫ぶ。盾よりも、梯子《はしご》をもつ敵の方がはるかに多い。

矢をものともせず前夜に築いた築山へ登り、橋をわたすようにして堤に梯子をかける。

新九郎のすぐ横にもかけられた。鎧武者が、その上を勢いよく駆ける。

「長井新九郎殿と見た。我こそは朝倉家家臣、武藤《むとう》掃部《かもん》」

十文字の槍《やり》を見せつけるようにして、武者が名乗った。蛇矛を頭上にかざし、新九郎は掌の中で回す。うねる穂先が、武藤掃部と名乗った男にぴたりとむけられた。左足を踏みだし、全体重をかける。一気に、蛇矛をもつ右腕を振りぬく。手から放たれた得物は、一直線に飛び、たちまちのうちに武藤掃部の首にめりこんだ。新九郎は飛ぶように、梯子の上を駆ける。武藤掃部が倒れようとする寸前で蛇矛をつかみ、引きぬいた。血煙を残し、武藤は奈落へと落ちていく。が、敵はひるまない。間髪をいれずに、次の武者が襲いかかる。たわむ梯子の上で、一合二合とわたりあった。膝を折り曲げ、飛ぶ。新九郎の重みを喪った梯子が激しくたわんだ。空中で石突を旋回させると、体勢を崩した敵兵が弾けるように落下していく。数人の足軽が道連れにされた。

が、その間も敵の攻勢はつづく。梯子が次々と輪中の堤にかけられる。新九郎は、梯子の上で小さく跳ねつつ、刺突を繰りだす。うねる蛇矛に傷を切り裂かれ、敵が血を盛大に噴きだした。致命傷でない太ももを切り裂かれても、流れる大量の血のせいで意識を呆気なく喪っていく。梯子が血にそまり、足を滑らせる足軽が続出した。

周囲をうかがうと、他の梯子の上でも、今枝や柴田、道家らが奮戦していた。が、苦戦は免れない。じりじりと後退している。何より、堤の上の盾は半分ほど倒されている。

「堤の上にもどれ。合図の狼煙《のろし》をあげろ」

新九郎が命ずる。同時に、敵に背をみせ、堤の上へと戻る。

「今が好機だ」「毒へびの首をあげろ」

怒号とともに、わっと敵兵が殺到した。大地が激しくゆれた。堤から土片がこぼれ落ちる。敵は最初、自分たちの足踏みが地をゆらしていると思ったようだ。無論、それもある。が、明らかに人の足では生み出しきれない揺れだった。それは、堤の上の新九郎にも感じられるほどだ。

兵糧蔵を焼く黒煙の横には、藍と灰の二色の狼煙がいつのまにかあがっている。

「か、川だ」「上流の堤が決壊したぞ」

悲鳴が湧きあがる。敵の背後から、濁流が押し寄せていた。土砂と流木と岩まじりの凶暴な流れ。こたびの大氾濫で、あちこちに新しい川や池ができていた。新九郎は、そのうちのいくつかを堤で堰《せ》き止め、そして合図の狼煙とともに破壊したのだ。決壊が生みだした濁流は、輪中の横を流れる川をあふれさせ、包囲する敵に襲いかかる。

砦ではなく、逃げ道のない輪中に立てこもったのは、このためだ。

灰色と泥色が紋様のように混じる水が、敵兵を呑みこんでいく。堤にかけた梯子を次々とへしおる。泥水の飛沫《ひまつ》が、新九郎の体を湿らせた。

敵兵は半狂乱になって、新九郎らのいる反対側へ回ろうとする。そこならば濁流の勢いは弱い。が、当然のごとく、敵も布陣している。唯一無事だった敵陣が、濁流ではなく味方の混乱に呑みこまれた。新九郎は輪中の内側に飛びおりた。大地につくと同時に、従者が黒馬をひいてくる。飛び乗り「つづけ」と下知を叫ぶ。焼ける兵糧蔵の横を、かすめるようにして駆ける。また地揺れがした。輪中の堤の一角が崩れている。昨日のうちに、細工をしたのだ。川が氾濫したとき、敵が逃げる場所を予測し、一番近い堤を壊すようにした。まさか、敵も門のない堤から新九郎らがあらわれるとは思っていないはずだ。砂煙のなかに飛びこむようにして、輪中から突撃した。決壊した川が、大地を湿らせている。

水たまりがあちこちにできていた。馬蹄《ばてい》が水煙を立ちあげる。

「ひいい、敵だァ」

悲鳴をあげたのは、朝倉勢の足軽だろうか。蛇矛を繰り出し、次々と屠《ほふ》る。柴田の変幻自在の十文字槍、鉄人の道家の刀が競うようにつづく。今枝がひきいる手勢の弓矢が援護した。

「屠れ。奴らは国土を侵略する卑劣な敵だ。家族を守るために、殺せ。情けは無用だ」

敵兵が次々と斃《たお》れていく。足の甲ほどの深さの濁流に、新鮮な血の色がそえられる。

勝ち戦の新九郎の手勢だが、みなびっしょりと汗をかいていた。当然だ。ここで多くの
敵の息の根を止めねば、次に反撃の憂き目にあう。

苦しくても、殺しつづけねばならない。歯を食いしばり、槍や太刀を味方が繰りだす。

「押せ。あそこに兜《かぶと》武者がいるぞ」

敵の旗指物《はたさしもの》が集中しており、盾が整然とならんでいた。あるいは新手か。手強いかも
しれない。新九郎は歯を食いしばる。蛇矛をにぎる力はもう半分ほどになっていた。

それでも、やるしかない。

矢叫びの音が聞こえてきた。雨のように矢が襲う。

旗指物が集まる敵に、振りそそいでいる。次々と旗が倒れていく。

「援軍です」

味方の声にこうべを巡らせると、黒地に桔梗《ききよう》紋の旗指物がならんでいた。弓衆が整然
と列をつくり、矢を次々と射る。あれは、土岐頼芸の直属の弓衆だ。

「守護様のご援軍ぞ」

加勢によって力を取りもどした新九郎の手勢が、喚声で応じる。左右に傾きがちだっ

た二頭立浪《にとうたつなみ》の旗が屹立《きつりつ》し、敵陣を切り裂いていく。

戦が終わったのは、夕刻だった。

疲れ切った武者の足元から、長い影がのびている。疲労困憊《こんぱい》のあまり、うずくまる者も多い。

頼芸の陣営は、決壊した水をよけるように高台にあった。矢が刺さった鎧のままで、新九郎一行が騎馬で乗りいれる。下馬し、大股で頼芸がいる陣幕を目指した。

「新九郎、見事な采配だ」

固い声でねぎらったのは、頼芸だ。背後には、弓衆が守るようにひかえている。遠い間合いからの加勢だったので、頼芸はじめ兵たちの鎧には血泥はついていない。

「もったいなきお言葉。守護様の加勢があってこそ。ですが、まだ戦は終わっておりません」

こくりと頼芸はうなずいた。内心では、新九郎にとどめをさす矢を射たかったはずだ。が、そうしてしまえば、頼芸は独力で敵と戦わねばならない。

「今枝、わかっている限りの戦況を報告しろ」

返り血と泥で汚れた今枝が「はっ」と応じる。

「多芸《たぎ》郡で、六角織田勢と戦っていた鷹司《たかつかさ》様、田中《たなか》様ですが、討ち死にされたとの由」

頼芸の秀麗な顔が苦しげにゆがんだ。

「敵である二郎（頼純）様は、大桑《おおが》から筵田《むしろだ》に進出し、砦《とりで》を築いております」

「くそっ」罵声をあげて、頼芸は爪《は》を食む。筵田は、穀倉地帯の西美濃を扼《やく》する要所だ。

「崇福寺《そうふくじ》、瑞龍寺《ずいりようじ》が燃やされました。また、龍泰寺《りゆうたいじ》、龍徳寺《りゆうとくじ》にも敵が押し寄せています」

頼芸の背後の弓衆がどよめいた。

「さらに織田家の大谷《おおたに》ひきいる手勢が、関に布陣しました」

こたびの勝利がささやかなものにしかすぎないことを、今枝の報告が教えてくれていた。

「ど、どうするのだ、新九郎」すがりつかんばかりの勢いで、頼芸がきく。

「今枝、お前は柴田、道家らと墨俣《すのまた》に飛べ。鷹司殿を喪い瓦解した軍を建てなおせ」

一礼して、今枝はきびすを返す。柴田と道家がつづいた。

「残った手勢は、私とともに関の織田軍を攻めます」

「筵田に進出した二郎はいかがするのだ。西美濃の田畑は無事ではすまんぞ」

「西美濃は斬り捨てます。敵も実った田畑を見れば、まずはそれを奪うはず。時を稼げます。その隙に関にこもる敵を討ち、崩れた墨俣の態勢を立て直します」

「そ、そこまでせねば、敵を食い止められぬのか」

そうです、と答える間も惜しいので新九郎は背をむけた。

もはや報告することはない。あとは敵を討つだけだ。

「ま、待て」と、頼芸が止める。

「なにか」

「こたびの働きは見事だ。褒美をとらす」

興味はなかった。いずれ、頼芸からすべてを奪うつもりだ。清廉なだけが取り柄のこの男では、美濃は守りきれない。勿論《もちろん》、命までは取るつもりはないが。

「さ、斎藤の姓を与えよう。この戦が終われば、守護代に任じようと思う」

つまり、斎藤新九郎と名乗ることになるのか。

「謹んでおうけします」応じたとき、閃《ひらめ》くものがあった。

「ならば、ひとつだけお願いがあります」

「な、なんだ。いうてみよ」

「この大乱が終われば、出家したくあります。こたび敵味方に多くの犠牲が出ています。頭を丸めることで、その菩提《ぼだい》を弔いたいと存じます」

偽らざる気持ちだった。

「無論、出家しても、土岐家家臣としての責務ははたします」

「わかった、許そう。大乱が終われば、僧号を名乗るがいい」

もっと無茶な要求をされると思っていたのだろう、頼芸の顔にはありありと安堵の色が広がっていた。

蝮ノ三十一

伊勢神宮の境内にある社のひとつに、源太はいた。すこし離れたところで、母子が祈っている。母親の深芳野のお腹は一目でわかるくらいに大きい。その横には、八歳になる豊太丸が手をあわせている。紅葉《もみじ》のような手だ。さらしをいくつも巻きつけているのは、源太との稽古でできた傷のためだ。

母子の様子を、源太は無言で見守る。ふたりが祈るのは安産か、それとも豊太丸の身の安全か、あるいは夫である新九郎こと斎藤道三《どうさん》の武運か。

源太が、豊太丸と深芳野をつれて美濃をたってから半年以上がたつ。新九郎は、土岐頼芸から斎藤姓を下賜されていた。さらに、入道し斎藤道三と号する。覇業は順調のようだ。つい先日の戦いでは、六角朝倉軍を壊滅させたという。これにより、頼芸の美濃支配が確立した。守護代こそは前の斎藤一族の遠戚のものがついているが、実質は斎藤道三が国政を手中に収めている。

風がふいて、嫌な臭いがした。数ヶ月前は尾張常滑《とこなめ》の佐治氏のもとにいた。そのときからつきまとっていた臭いだ。追っ手だということはわかっている。

どうしても、引きはなせない。どころか、さらに臭いがきつくなる。

虎視眈々と機をうかがっているのだ。敵は恐ろしく狡猾《こうかつ》だ。

気づけば、源太の裾をつまむ者がいる。さきほどまで祈っていた豊太丸だ。何かを言いたそうなので「なんだよ」と膝をおってやる。深芳野は、まだ手をあわせたままだ。

豊太丸が耳打ちした。

「源太、追っ手なのかい」まじまじと、豊太丸を見つめてしまった。

「わかるのか」

「うん、源太を見てたらね。ねえ――」

また豊太丸が、源太の耳に顔を近づける。

「囮《おとり》になろうか」

「ほお」と嘆息をついた。耳に口を近づけたまま、豊太丸はつづける。

「稽古のときに、源太がよくいうじゃないか。童なりに考えろって」

源太が豊太丸に教えるのは、型ではない。稽古を実戦と思い、いかにして敵と戦うかだ。童ならば体が小さいなりの身の丈にあった敵の屠り方を考えろと、何度もいっている。

「母上を守りたいんだ。弟か妹かわからないけど、生まれてくる子も守りたい」

「いい度胸だ。それでこそ、新九郎こと斎藤道三の子だ。いや、命知らずなところは法

「それでもいいか」

蓮房の血かもな」

荒っぽく頭をなでてやる。そして、今度は源太が豊太丸の耳に口を近づける。

「なら、ふたりで悪巧みだ。しくじれば命はないぞ。それでもいいか」

豊太丸は目を輝かせてうなずいた。

その所作は、若きころの法蓮房の名残りが色濃くただよっている。

夜になって、福島氏に宛《あて》がわれた屋敷から豊太丸が抜けだす。護身のために、弓をもっている。もちろん子供用のものだ。刀を打ち合わせる間合いになれば、童の豊太丸には勝ち目がない。ならば、弓矢のほうがまだましだろうという判断だ。

豊太丸が忍び足で屋敷をでる様子を、源太は物陰から見ていた。

辺りを凝視する。動くものがある。やはり、だ。

数人の人影が、豊太丸のあとをついていく。

源太も、そっと物陰から出た。豊太丸には碁石のはいった袋をもたせている。敵の狙いは生け捕りだろう。捕まったら、抵抗せずに碁石を密かにこぼしていくよう指示していた。それ以外にも匂い袋をもたせ、犬に追跡させることも可能だ。さらわれたときの策は、いくつも講じていた。実は、この先に伏兵も配している。無論、そうなる前に決着をつけるつもりでいるが。

豊太丸を追う人影に、ひとりふたりと武者たちが合流する。総勢で十人か。ぴたりと、長と思《おぼ》しき男が足を止めた。こちらを振りむく。隠れることはしなかった。途中から、敵も源太につけられていることを気づいているようだったからだ。

闇の中、源太は十人の敵と対峙《たいじ》する。風がふいて雲が動き、男たちの顔相をあらわにした。

「貴様は――」と、源太と敵の長が同時に口にする。

「玄佐」「源太」

源太の目の前にいるのは、僧形の武者だ。腰に鞭《むち》と分銅のついた鎖を巻きつけている。

長井玄佐――亡き長井越中守の懐刀として名をはせたが、昨年からつづく美濃の大乱でとうとう斎藤道三によって駆逐されてしまった。今は、尾張へと身を隠したと噂で聞いている。

「そういえば、あんたの渾名《あだな》は〝四人捕りの玄佐〟だったか。戦の采配より、人さらいの方が得手だったな」

烏丸をぬいて、源太は身を沈めた。玄佐も両手に鞭と鎖をにぎる。何人かが豊太丸を追おうとして「よせ」と玄佐に止められた。

「罠だ。追えば、伏兵に囲まれるぞ」

「では」

「逃げるのは、こいつを殺《や》ってからだ。執念深い男だ。生かしておけば、追ってくる」

玄佐が鞭で大地を打った。

「それに、こいつはひとりだ。手下を遣えるような器じゃない」

「器の問題じゃなくて、足手まといは連れてこない考えだ。あんたとちがってな」

烏丸を青眼にかまえた。鋒両刃がぎらりと月光を反射する。玄佐の九人の配下たちは、翼を広げるようにして源太を囲む。

無言の気合いとともに、刀をぬき襲いかかった。

敵の一刀目を横によけると同時に、烏丸で額を割る。二刀目を振りあげる手首を断った。足を薙がんとする三刀目は、飛び様に首を刎《は》ねる。四刀目は烏丸を打ち合わせて、切っ先をへしおった。「くそ」とうめく。いつになく烏丸が重い。五人までは刃をうけないつもりだったが、体が鈍《なま》っているのか、四人目にして刃を打ち合わせてしまった。切っ先をへしおった四人目を、袈裟懸《けさが》けに両断した。捨て身で突きかかる五人目を半身でよけ、すれちがい様に胴を薙いだ。

血が源太の体に振りかかる。息を大きく吸う。汗が額を流れ、目にはいった。

六刀目、七刀目を鳥居の形でうける。八刀目が背後から迫っていた。

「危ない」と声が聞こえた。背を襲わんとする八人目が「ぐわァ」とうめいた。見ると、八人目の肩に小さな矢が刺さっている。顔を前にもどす。長井玄佐のむこうに、弓をかまえる童がいる。

豊太丸だ。

「馬鹿が。なぜ、もどってきた」

人の気配は他にない。味方が潜む手前でもどってきたのだ。

力を振りしぼり、六刀目と七刀目を押しかえす。玄佐が、豊太丸へと振りむく。鞭をしならせ、大地を打った。豊太丸の矢をうけた八刀目と六、七刀目が三人同時に斬りかかる。源太は大地を転がり、刃をよけんとした。衣服が裂け、肌に熱が走った。痛みが遅れてやってくる。深くはないが、刀をうけてしまった。かまわずに、三人の足を一気に薙ぐ。

傷が開いたのか、源太の衣服の下の肌が一気に湿りだした。血の臭いが、鼻をつく。

九刀目が迫らんとしていた。源太の体勢は十分でない。手を口にやって、息をふく。

「ぎゃあ」と、悲鳴があがった。顔に手をやり、うめいている。指の隙間からのぞくのは、針だ。

ほうり投げたのは、細い筒だ。かつて、これで法蓮房という名前だった新左衛門に矢をふきかけた。三十四年も前のことだ。

十刀目である長井玄佐に、目をやる。僧形の体を斜めにし、源太と豊太丸のふたりを視界に収める場所にたっていた。玄佐の顔がゆがみ、舌打ちが聞こえた。玄佐の目的は、豊太丸の生け捕りだ。殺しては元も子もない。でなければ、今ごろ手にする鎖で豊太丸の額は割られていたはずだ。

「豊太丸、手をだすなよ。遠くへ離れろ。ゆっくりでいい」

こくりとうなずいた豊太丸は、慎重に後ずさっていく。

長井玄佐は、豊太丸を無視した。源太と正対する。

言葉はいらない。初めてあったときから、互いに相容《あいい》れない存在だった。

鞭と鎖が、間合いを結ぶように走る。

源太は、烏丸で迎えうった。

二合、四合、六合——玄佐も鋒両刃の切れ味を知っている。得物を奪うことはしない。

間合いを保つための鞭と鎖の打擲《ちようちやく》だった。

源太は肩で息をしていた。かつてなら、迫る鞭や鎖を両断できたのに、今はできない。

体が鈍っているのではない。歯を食いしばる。

源太は、老いたのだ。

烏丸を、これほど重く感じたことがあったろうか。九人を倒した疲労が、しなだれる遊女のようにこびりついていた。

源太は覚悟を決める。相打ちでもかまわない。一歩、大きく足を踏みだす。狭まったことで、鞭と鎖の打擲が鋭さを増す。掌がしびれた。二歩、三歩と間合いをつめる。鞭が源太の肌を裂き、鎖が骨を削る。

　十歩だった間合いが、九歩、八歩、七歩と近づく。玄佐の顔がゆがんだ。甲高い音がひびく。鎖が砕けている。源太の企図したものではない。烏丸と幾度も打ちあううち、鎖が限界を迎えたのだ。鞭の一打は、動揺のためか軌道がぶれていた。源太の烏丸が、今度は意図どおりに両断する。

　あと一歩踏みこめば、烏丸の間合いだった。

　源太と玄佐は同時に踏みこんでいた。

　玄佐の意図がわからない。いかに両断されたとはいえ、鎖や鞭を遣うには近すぎる。それでもなお近づくのは、組討をするためか。

　玄佐は、鎖をもつ右手を振りあげていた。

「源太、打根《うちね》だ」

　豊太丸の叫びで気づく。にぎっているのは鎖だけではない。小さな矢のような暗器は、打根だ。

　珍しい黒鷹《くろたか》の矢羽根が回転しながら、迫ってくる。首を無理矢理にねじる。こめかみをかするようにして、打根が通過した。

　玄佐の顔がゆがんでいる。いや、笑っているのか。歯茎を見せつけている。

「ぬかったわ。目的など捨て、あの餓鬼を先に殺すべきだった」

そうすれば、打根に気づかなかった源太は、今ごろ急所を貫かれていただろう。

「黒鷹の矢羽根の打根か。懐かしい得物だな。勝部《かつべ》村にいた范可の骸に、同じ打根が刺さっていた。勝部村を襲わせたのも、お前の手引きか」

十七年前、新九郎が出奔し、近江国の勝部村に滞在した。法蓮房の棒術の師の范可を訪ねたのだ。その村が襲われ、范可は急所に打根をうけて絶命していた。

玄佐は無言だ。懐から短刀を出し、鞘を払った。あえて、源太は対応しない。殺気が感じられなかったからだ。玄佐は、自身の首筋に短刀の刃をそわせる。

「随分と潔いな」

「それはそうと、貴様はあの細工いりの永楽銭をまだ持っているのか」

玄佐の問いかけの意味がわからなかった。時間稼ぎだろうか。衣の中で、首からぶら下げた永楽銭がかすかに揺れている。

「中に何が隠されているのか、知りたくないか」

源太の眉宇が固くなる。

「その顔では、何が隠されているか知らないようだな」

どうして玄佐が、永楽通宝の中身を知っているのだ。

「牛次といったか。あの木偶《でく》の坊の骸を、戦場で偶然見つけたのよ。ご丁寧に、首からあの永楽銭をぶら下げていた。だから割って中身をたしかめてみた」

「そうやっておれの動揺をさそうつもりか」

「見くびるな。貴様相手に、そんな小細工は通用せんことは知っている」

「じゃあなぜだ」なぜ、この期におよんで、多弁になる。

「教えてやりたくなったのだ。貴様らが法蓮房にだまされていることをな」

「どういうことだ。中に何が隠されていたんだ」

訊《き》いてから、しまったと内心で舌打ちをする。勝ちほこるようにして、玄佐が笑った。

「地獄で待ってるぞ」

躊躇なく短刀をひいた。血が吹きだし、どうと倒れる。

源太の手にかからなかったのは、長井一族のせめてもの意地か。

豊太丸が駆けよってくる。

「源太、無事かい」

抱きついてきたので、豊太丸の小さな頭をなでた。ため息を吐きだす。五体がぐったりと疲れている。情けねえ、とつぶやく。こんな餓鬼に助けられるなんて。この様じゃ、新九郎や法蓮房との約束を守ることも覚束《おぼつか》ない。

また風がふく。

月が隠れて、闇が源太と豊太丸を優しく抱きしめた。

龍ノ章

龍ノ一

揺れる舟の上で、ひとりの少年が槍《やり》をあやつっていた。背は大人よりはるかに高い。きっと、母方の深芳野《みよしの》の稲葉《いなば》家の血だろう。一方で、通った鼻筋と自信に満ちた切れ長の目をもっていた。こちらは、父方の祖父の法蓮房《ほうれんぼう》の血だ。

川と海が混じりあう場所に、舟は浮かんでいる。少年が棒をふる様子を、源太《げんた》は岸からじっと見ていた。揺れる足場をものともしない。法蓮房や斎藤道三《さいとうどうさん》の棒や蛇矛《じゃぼう》とはちがう。普通よりも二回りほども太い樫《かし》の柄だ。あれほど太ければ、ふつう槍はしならない。にもかかわらず、舟上であやつる少年の槍はかすかに弧を描いていた。源太も、ただ見入るしかない。

稽古が終わったのか、汗だくになった少年が源太のいる岸へと舟を近づけた。

「源太、待たせたな」

少年こと豊太丸《とよたまる》が、陸へと飛び移った。今、源太らは津島《つしま》の港にいる。豊太丸は、十六歳の少年に成長していた。母の深芳野はいない。男児を産んで、すぐに体調を崩すことが多くなったのだ。斎藤道三には田代三喜《たしろさんき》の伝手《つて》があるので、十分な治療を受けられる。何より伊勢《いせ》湾を転々とする暮らしは負担が大きい。七年前に美濃《みの》へと帰していた。

残った源太と豊太丸は、伊勢《いせ》や知多《ちた》半島、津島などを行き来して見聞を広める。源太にとっては、かつての法蓮房との旅をなぞるかのような懐かしさがあった。

ちなみに、豊太丸はすでに加冠の儀をすませ、かつての父道三と同じ新九郎《しんくろう》の仮名《けみょう》を得ている。

「源太、わかったぞ」汗をふきつつ、豊太丸が笑いかける。

「何がわかったんだ」

「祖父の策だ。毒をつかって、いかに長井越中守《ながいえっちゅうのかみ》を誅《ちゅう》するか」

源太が教えられるのは武術だけだ。より正確にいえば、本番さながらの勝負の相手をすること。が、教えることはできなくても、考えさせることはできる。法蓮房が、過去にどんな策を巡らしたのか。当時の状況を伝え、豊太丸に考えさせる。

「毒は、越中守に盛るんじゃない。祖父の法蓮房自身が呑《の》むんだ」

得意げに豊太丸は語る。法蓮房は、越中守と宴席をともにすることが多い。そのとき、法蓮房は自ら毒を服する。無論、死なない程度に。そして、越中守に毒殺の嫌疑をなすりつけ成敗する。

「祖父はそのために、毒を少量ずつ呑んで体を慣らしていたはずだ。だから、暗殺される前は体の不調が多かった」

自信に満ちた豊太丸の声は、法蓮房にそっくりだ。

「敵に毒を盛るより、はるかに確実だ。その場で殺せなくても、毒を盛ったという悪評を敵にかぶせられる。何より、敵にしたら防ぐ手がない。とはいえ、凄《すさ》まじいな。祖父は、勝つためには手段を選ばないのか」

「よくわかったな。毒をくらわば皿までも、が法蓮房の口癖だった。本当に毒を喰《く》らう策を巡らしていると聞いたときは、驚いた」

「源太、祖父の策をもっと知りたい」

「さすがに、もう種が切れた」

源太が知っている法蓮房のことはすべて伝えた。どう生きて、どんな人と交わっていたか。明《みん》国の医術を修めた田代三喜のこと、明の官僚の子に生まれ正義のために実の父を殺した范可《はんか》のことも。

「それは嘘《うそ》だ」豊太丸が目を細める。「国滅ぼしについては、まだ教えてもらってない」

ふたりの間合を支配したのは、沈黙だった。

「誰から聞いた」

「津島や伊勢で、堀田《ほった》殿や福島《ふくしま》殿と幾度もやりとりしたんだ。嫌でも耳にはいるさ」

「残念だが、おれは知らない。お前の親父の新九郎――じゃねえ道三なら知っている」

新九郎は今は、豊太丸の仮名だ。いまだに、いい間違える。

「やっぱり、そうか」予想の内だったのか、豊太丸に落胆の色はない。

「道三に訊《き》くことだな。もうすぐ美濃で大きな戦がある。そろそろ、帰国のときだろう」

美濃は、再び戦雲に覆われようとしていた。九年前の天文《てんぶん》四年（一五三五）に、道三は朝倉《あさくら》、六角《ろっかく》、織田弾正忠《おだだんじょうのじょう》、そして土岐頼純《ときよりずみ》の四者と戦い、これを退けた。

勝ちとった平穏は、長くは続かなかった。頼純は、躍進が著しい尾張《おわり》の織田弾正忠家を頼ったのだ。

尾張の虎とも恐れられる織田信秀《のぶひで》は、半月ほど前に満を持して陣触れを発する。北の朝倉家も呼応した。

「九年も遊んでたんだ。道三も首を長くしてるだろうぜ」

口には出さないが、豊太丸はもう一人前以上の武人だ。きっと道三の力になる。

「そのことだけど、源太、わがままをいっていいか」

「なんだよ」

「父の軍には加わらない。外から父の采配《さいはい》を見てみたい。稲葉山《いなばやま》城に戻れば、嫌でも父の下で戦に加わるだろう。それでは、中からしか父の凄《すご》さがわからないからね」

中も外も変わらないだろうに、頭の賢い奴《やつ》が考えることはよくわからない。

「お前がそういうなら、道三の陣に加わるのはよそう。しかし、いいのか。普通に考えれば、お前の親父《おやじ》が不利だぞ。戦に加わらなかったことで、後悔しても知らんぞ」

「単純に軍勢の数で比べると、そうなるだろうね。けど、おれも九年のあいだに色々なものを見た。父は強いよ。織田弾正忠家の備前守《びぜんのかみ》（信秀）よりもね」

法蓮房とよく似た顔と声で、豊太丸はにやりと笑ってみせる。

龍ノ二

火焔《かえん》が、稲葉山城下をなめるように広がっていた。その様を、かつての長井新九郎こと斎藤道三はじっと見ていた。織田弾正忠家を主力とする軍は、稲葉山城を包囲し、町のあちこちに火を放ったのだ。二十年前に津島を焼いただけのことはあり、織田弾正忠家の兵は苛烈だ。復興には、すくなくない時が必要だろう。

ぞわりと道三の総身が粟立《あわだ》つ。

目を足元にやると、土がめくれ上がろうとしていた。また幻だ。荒くなりそうな息を整える。呼吸は平静をつくろえても、心臓は痛いほど胸をたたいていた。

「薬湯のお時間です」背後から小姓《こしょう》の声がした。足を引きはがし、陣屋へと向かう。中で待っていたのは、かつての菖蒲丸《あやめまる》こと一渓《いっけい》だ。丸めた頭は相変わらずだが、四十代の手前ということもあり、体から貫禄《かんろく》がにじみでている。

「遅いじゃないか。薬湯の時刻は決まっているんだぞ。いちいち呼ばないとわからないようじゃ、治療もおぼつかない」

一渓の言葉に小姓は険しい顔になるが「構わん」といって、道三は床に座す。

「あんたのおかげで、とんだ災難だ。織田の軍勢に囲まれて、帰るのもままならない。師の菩提《ぼだい》を弔わねばならんのに」

ぶつぶついいつつも、一渓は脈を診《み》て道三のまぶたをめくる。

一渓の師であった田代三喜は、今年の四月に亡くなった。三喜の遺言により、道三と深芳野を診るべく一渓は美濃へと向かい、戦乱に巻きこまれてしまったのだ。

「ふむ、やはり芳しくないな。幻覚は、まだ見るのか」

「ああ、つい先ほどもな。それより、幻覚も治せるのか」

「結句、心も体の一部だ。木火土金水《もっかどごんすい》の五行《ごぎょう》の均衡を整えれば、自然と消えていく。呪いや怪異といわれるものは、心の病にすぎぬ。私は、狐憑《きつねつ》きも治したことがあるぞ」

「きっと、狐も一渓の腹黒さに怖《おそ》れたのだろうな」

「まむしと呼ばれるあんたには敵《かな》わんさ。問題は、五行の均衡を整えるためには、普段の暮らしかたが大切ということだ。あんたは今、心を司《つかさど》る火の働きが極端に不安定だ。ときに恐ろしく激しかったり、逆に消える寸前にまで弱まったりしている」

一渓は、道三の腹に手をやって診る。

「美濃守護代としての激務が原因だ。乱世を生き抜くには、心を殺さねばならんのだろう。私が処方する薬は、その場しのぎだ。完治させたければ、心を殺す原因を取り除かねばならない」

失笑した。それができるくらいなら、とっくの昔にしている。

「あんたは隠居するべきだ。誰も憎まない、誰からも憎まれない、そんな穏やかな暮らしを送るしか、完治の道はない」

「それよりも一渓よ、〝あんた〟という呼び方はどうにかならんのか」

「呼び慣れた新九郎という名は、嫡男にやったんだろう。まさか、私に〝道三〟と呼ばせるつもりか。気持ち悪い。本当に迷惑な名前をつけたものだ。どうして私に相談しなかった」

一渓も、姓名を道三同様に改めていた。理由があり、一渓は道三を〝あんた〟と呼び、道三は一渓と号で呼んでいる。

「一渓の新しい姓は悪くないな」

「上流、直にして清く、下流、曲にして渭《い》(不浄)なり。蘇東坡《そとうば》の詩からとった。私の姓の良さがわかるということは、蘇東坡の詩興もわかるということだ。治療の甲斐《かい》があったようだ。漢詩の良さがわかるようになったんだからな。西行《さいぎょう》なんかより、ずっといいだろう」

先ほどとはちがう種類の失笑がもれた。

調合した薬湯をわたされ、ゆっくりと呑み干す。

「私が無理をいっているのは承知だ。が、奥方のこともある。あんたが無理をすれば、奥方にもしわ寄せがいく。すこしずつでもいい、心身を安んじる状況を整えてくれ」

一渓には、深芳野の病状も診てもらっていた。

「心身を安んじる、か。なら、一渓に頼みがある」

手を叩《たた》き、人を呼んだ。ふたりの童が両膝をつく。

「私の子だ。孫四郎《まごしろう》と喜平次《きへいじ》という。すこし早いが、先日加冠の儀をすませた。八歳になる」

「双子か」忌子《いみご》として不吉だとされることが多い。

「そうだ。頼みというのは、このふたりを医者にしたいと思ってな」

一渓が半眼になる。

「昔、あんたは医者を目指していたな。夢を託すのか」

「そうとってもらっても構わん。孫四郎と喜平次の気性も、そっちのほうがあっているようだ。もうひとり男児がいるが、そちらは京の妙覚寺《みょうかくじ》にあずけた」

深芳野が八年前に産んだ子である。

「それがあんたの心の平安につながるなら、請け負おう。ただ、弟子にとるのはすこし待ってくれ。三喜導師の件で後片付けが残っている。それが終われば、私は京に上ろうと思う」

「ほお、京にか」

「関東は日《ひ》ノ本《もと》の中心から遠い。京で多くの後進を育てたい。三喜導師の教えを、日ノ本にあまねく広めるにはそれしかない。京に居を定めるまで、待ってくれるか」

一渓は、遅くても来年には京に上るつもりだという。

「わかった。そういうことなら待とう」

道三は、孫四郎と喜平次を退室させた。

「さて」と、膝をつき道三は立ち上がる。

「もう、日が暮れるぞ。どこへ行くつもりだ」

「そろそろ戦がはじまる」

一渓が目をむいた。小姓を呼ぶと、慌てて蛇矛を持ってくる。

「まさか、討ってでるのか」

「その前に、敵が動く。織田は町を焼いて挑発したが、私は応じなかった。稲葉山の城を攻め落とすには、織田の兵は少ない。ならば織田は兵を退《ひ》く。長陣しても兵糧の無駄だからな」

そこを道三は叩く。そのために、こたびはわざと野戦で連戦連敗を演じたのだ。敵を稲葉山城下に引きつけるためである。

「町を焼いた代償は払ってもらう。この道三を甘く見るなよ」

一渓にではなく、囲む織田軍へとつぶやいた。蛇矛を抱え、陣屋をでる。

暮れる空が真っ赤になっていた。稲葉山城下を焦がす炎と、妖《あや》しく混じりあっている。

龍ノ三

木曽《きそ》川を埋めつくすのは、織田軍の骸《むくろ》だった。その数はゆうに千を超えているだろう。

源太は、岸に打ち上げられた骸をよけつつ歩かねばならなかった。

斎藤道三は稲葉山城にこもり、織田の軍は城下を焼いた。申《さる》の刻（午後四時頃）になり、織田軍は撤退を開始する。包囲をとき、木曽川を渡りはじめたときだ。突如として、道三が稲葉山城から出撃したのだ。織田軍は迷った。このまま渡河するべきか、それとも迎えうつべきか。混乱の隙を、道三は見逃さない。織田軍のしんがりをあっという間もなく屠《ほふ》り、本隊に襲いかかる。ある者は渡河し、ある者は戦おうとする。統制のとれない敵が、百戦錬磨の道三たちに敵《かな》うはずがない。数多《あまた》の侍大将が討たれ、撤退を急ぐ足軽は舟に殺到し、次々と転覆した。夕方から夜にかけての時間が、さらに混乱を助長した。織田軍は崩壊し、総大将の織田信秀はわずかな供回《ともまわ》りだけを連れて尾張へと逃げていった。

「それにしても、凄まじいな」太い槍を肩にかついだ、豊太丸だった。

「戦場が、これほどまでに恐ろしいものだったとはな」

そういう割には、豊太丸の表情に恐怖の色は皆無だ。どころか、瞳が好奇の光で彩られている。時折、立ち止まり「あそこから渡河したのか」や「ここに伏兵をなぜおかなかったのだ」などと独りごちていた。

源太の足が止まる。一際多くの兵が折り伏していた。岸から南へと、蟻《あり》が列をつくるように骸がつづく。慎重にひとりひとりを調べた。みな、喉笛だけを斬り裂かれている。

間違いない。道三の蛇矛によってだ。額の汗をぬぐう。いかに勝ち戦とはいえ、これだけの武者を倒したのか。しかも、すべて一刺で絶命させている。

「どうしたんだ、源太」

「いや……何でもない」

「そんなわけないだろう。顔色が悪いぞ」

すぐに返答できなかった。脳裏をよぎったのは、ふたりの男の声だ。

『おれが正気を失い魔道に墜《お》ちたら――おれを殺せ』

『ならば、私が魔道に墜ちたら斬ってくれ』

法蓮房と、長井新九郎という名前だった道三だ。もし、斎藤道三が魔道に墜ちたら、斬ることができるのか。八年前、長井玄佐《げんさ》との戦いでとった不覚がありありと思いうかぶ。

「おれはもう……」次の言葉は、何とか呑みこんだ。必死に首を左右にふる。

「どうしたんだよ。らしくない」

「いや、なんでもない。気にするな」骸たちに背をむけた。「行こう。道三が待っている」

「ああ、父上とは九年ぶりだな」

源太と豊太丸は、骸が普請するかのような道をたどり、稲葉山城へと向かう。


「へえ、お前たちがおれの弟妹か。大きく育ったもんだなぁ」

豊太丸が、腕をくんで感心した。

「どうだい、源太、おれの弟や妹たちはみな賢そうな顔をしてるだろう」

語りかけられた源太は、「まったくだな」と当たり障りのない返答をする。稲葉山城に帰った豊太丸と源太を出迎えたのは、異母弟や異母妹だ。八歳の双子は孫四郎と喜平次、源太と豊太丸が美濃を出立したときは、まだ生まれていなかった。深芳野の産んだ豊太丸の実弟もいるが、すでに京都の寺へと入っている。

「お前ら顔がそっくりだなぁ。しっかりと武芸には励んでいるか」

豊太丸がしゃがみこんで、孫四郎と喜平次の頭をなでる。

「いえ、私たちは父上から医者になるようにいわれております。一渓導師に入門する予定です」

年に似合わぬ言葉遣いで、孫四郎と喜平次が答えた。

「へえ、医者か。そりゃ、すごいな。で、お前が妹の帰蝶《きちよう》か」

腰の高さほどの童女に、豊太丸は顔をむける。こちらは、喜平次らより年上の十歳だ。長く美しい髪を、首の下あたりで束ねている。

「はい、兄様、帰蝶と申します。お初にお目にかかります」

にっこりと笑って挨拶をした。帰蝶は生まれてすぐに、母方の明智《あけち》家に引き取られていたので、豊太丸と会うのは初めてらしい。

「こりゃ、大したものだ。十歳とは思えぬ。五十四歳の源太とえらいちがいだ」

豊太丸が源太にむかって笑いかける。

「馬鹿にするな。おれだって、それなりに礼儀もこなせる」

「へえ、それなら礼法をおれに教えてくれりゃよかったのに。うん、なんだい、帰蝶よ」

十歳の妹が、豊太丸の袖をひっぱっていた。

「ねえ、兄様、この棒はなに」

「ああ、これか。鉄砲さ」豊太丸が取り上げたのは、火縄銃だった。

「てっぽう」と、孫四郎、喜平次、帰蝶が首を傾《かし》げる。

「津島で購《あがな》ったんだ。海の向こうの南蛮製らしい。昔はてつはうと呼んだそうだ」

「どうやって使うのですか」孫四郎と喜平次は興味を示し、帰蝶はすこし恐がっている。

「今から使ってみせてやる。驚くなよ」

豊太丸は火縄に火をつけて、火縄挟みに固定する。

「耳をふさいでいろ」と、源太は三人の童に注意した。銃口を空にむけ、豊太丸は引き金を引く。凄まじい衝音が轟《とどろ》いた。帰蝶は「きゃあ」と悲鳴をあげて頭を伏せ、孫四郎と喜平次は飛び上がって驚く。

「これでも、まだ音は小さい方だぞ。銅製だが、もっと大きな鉄砲が海の向こうにはゴロゴロしてる。たしか、面白い渾名《あだな》がついていたな。源太、なんつったっけ。国なんとか、だ」

「知らねえよ。それより玉薬をいれすぎだ。こっちの耳がもたねえ」

残響がとれるわけでもないが、源太は耳の中に指をつっこんだ。

「そりゃ悪かったな。じゃあ、おれたちは行くぜ。お前たちも、あまり遊んでばかりいるなよ」

弟妹たちに手をふって、豊太丸は稲葉山城の本丸へいく。

源太は、豊太丸の大きな背中についていった。

「ふたりとも久しいな」

出迎えたのは、斎藤道三だ。九年ぶりの再会である。顔相がさらに険しくなっていた。

「父上、お久しゅうございます。まず、こたびの戦勝を言祝《ことほ》がせてください」

豊太丸が恭しく膝を折った。

「もう一人前の武人だな。源太、礼をいうぞ。よくぞ、ここまで育ててくれた」

「なら、褒美をはずめ。すべて宋銭《そうせん》で、だ」

「褒美なら、お前の不在のあいだ、ずっと家に送っているぞ。ただし、永楽銭《えいらくせん》混じりだがな」

「帰ったら、かかあから大目玉じゃねえか」

源太の言葉に、道三が口元を緩める。ほんのわずかだが険が和らいだことに、源太は安堵《あんど》した。

龍ノ四

常在寺《じょうざいじ》の本堂にある広間で、頼芸《よりなり》が固い笑みをたたえている。豊太丸をつれて、道三は頼芸の前に座して深々と一礼した。遊学していた豊太丸の帰還の報告、そして頼芸と豊太丸の主従の契りを結ぶための会見だ。それがなぜ守護館でなく、常在寺で行われるか。頼芸は道三と謁見するとき、常在寺を使うことが多くなった。稲葉山の麓に守護館があるというのに、だ。

きっと、暗殺を警戒しているのだろう。

頼芸は〝頼芸が新左衛門《しんざえもん》を手にかけたことを、道三が知っている〟ことに勘づいている。ゆえに、道三からの逆襲を恐れている。常在寺の住職の日運《にちうん》と花佗《かだ》夫人は、今も昵懇《じっこん》の仲だ。内通者がいるかもしれない守護館よりも、こちらの方が安全である。

「お主の嫡男は、いくつになったのじゃ」頼芸がまずは道三に訊いた。

「は、十六歳になります」

答えてから道三は、目で豊太丸をうながした。

「斎藤新九郎でございます。伊勢《いせ》、尾張の遊学より、ただいま戻って参りました」

「新九郎という仮名か。かつての道三と同じだな」

「ご面倒であれば、幼名の豊太丸で結構です。従者や家臣たちは、そう呼んでおります」

「そちらの方が助かる。で、豊太丸よ、遊学はどうであった。土産話を聞かせよ」

「は」と、豊太丸が高い上背をのばす。伊勢や津島の商いなど、当たり障りのないことを頼芸に語ってきかせる。さらに武芸の話を、ふたつみっつ頼芸はたずねた。

「うむ、頼もしい若武者だな。褒美に太刀を下賜しよう」

頼芸の小姓が太刀を捧《ささ》げ持ってきて、豊太丸が恭しく受けとる。

「土岐家の未来のために、これからも励んでくれ。さて、私はそちの父と話がある。悪いが、もう席を外してくれるか」

豊太丸が広間から出るのを待ってから、頼芸が道三に目を移す。

「お主の娘に、たしか帰蝶という名のものがおったな。年はいくつになる」

嫌な予感がしたが「今年で十歳になります」と答える。

「実はな、二郎《じろう》（頼純）めと和議を結ぼうと思っているのだ」

ぴくりと道三の耳が動いた。そんな話は聞いていない。一体、どういうことだ。

「はたして、二郎様が和議に応じるでしょうか」

道三は慎重に異を唱える。正論でもある。つい先日も、織田信秀に擁立された頼純と死闘を繰り広げた。両陣営は、あまりに多くの犠牲をだした。たやすく溝が埋まるとは思えない。

「それについては、腹案がある。ふたつの家を融和させるには、姻戚の交わりを結ぶのが一番だ。二郎めに、わが陣営の誰かの娘を娶《めと》らせたい」

そういうことか、と思った。

「そこで、私の娘の帰蝶に白羽の矢が立ったわけですな」

「さすが、話がはやい。土岐家をひとつにまとめるために、ぜひお主の娘の帰蝶を二郎に輿入《こしい》れさせることを承諾してほしい。すでに、二郎の家臣たちとは大筋で話はついている」

いつのまに根回しをしたのだ。道三は、頼芸とその家臣には警戒を怠らなかった。守護館には、内通者もいる。ここまで大きな動きがあれば、道三の耳に入るはずだ。

「その上で大桑の城を二郎めにゆずり、守護代のお主の娘を娶らせる。すでに、揖斐《いび》、岩手《いわて》、鷲巣《わしず》、明智らの諸侯も、私の案に賛同してくれている」

頼芸が、土岐一族の重鎮たちの名をあげていく。美濃では厭戦《えんせん》気分が蔓延《まんえん》していた。ここで断れば、道三は孤立しかねない。それが、頼芸の狙いだ。

「わかりました」と、声を絞りだす。

「わが娘が名門土岐家の縁につらなるのは、名誉なこと。喜んで、帰蝶を輿入れさせましょう」

舌が腐るかと思った。だが、今はこれしかない。断れば、道三の立場は著しく不利になる。一族郎党を守るために、十歳の娘を政争の具にせざるをえない。いずれはあることと覚悟はしていたが、実際にその立場になると苦い唾が口の中を満たす。

「おお、わかってくれるか」

頼芸が身を乗りだした。

「では、早速婚儀の仕度を進めてくれ。二郎は仙丹《せんたん》術や不老不死の術にいたく興味を持っておるとか。京に使いをやり、唐の仙薬や人参《にんじん》などを購えば、きっとよい結納の品になるであろう」

敵対しているとはいっても、頼純は頼芸の甥《おい》である。縁戚のつながりから、その暮らしぶりや好みまでよく耳に入ってくるようだ。

それにしても、と口の中だけでつぶやく。一体誰が、こたびの謀《はかりごと》を主導したのだ。決して油断していなかった。にもかかわらず、道三は出し抜かれた。屈辱以外のなにものでもない。

龍ノ五

常在寺の一室で、源太は座っていた。美濃に帰ってから、一年半ほどがたっている。今年の秋に頼純と頼芸の和平がなり、道三の娘の帰蝶が大桑城に入った頼純のもとへ輿入れした。

若い坊主がやってきて、湯気をたてる碗《わん》を置く。出された白湯《さゆ》を呑んだ。床の間には早咲きの桔梗《ききょう》の花が三輪生けられている。紫の光沢が美しい。

「源太、待たせたね」入ってきたのは、日運だ。

「で、なんだい、話というのは。蹴鞠《けまり》の会はまだ先だろう」

「話というのは、蹴鞠の件ではありません。花佗夫人のことです」

日運の手がかすかに震えたのを、源太は見逃さなかった。

「随分と親しくされているようですね」

「あ、ああ、よく知っているね。絵画だ。絵画の手ほどきを受けているんだ。花佗夫人にね」

狼狽《うろた》える様子を見るのはつらかった。白湯を床に置き、背をのばす。

「本日は蹴鞠の友としてではなく、道三の食客として参りました」

「ど、どうしたんだい。そんなにあらたまって」

日運の声の震えが、ますます大きくなる。

「花佗夫人と、よからぬ企《たくら》みをされておりますな」

日運の老いてはいるが秀麗な顔がゆがむ。道三らの知らぬところで、帰蝶と二郎の婚姻の話が進んでいた。首謀者はすぐにわかった。花佗夫人だ。だが、その手足となって動いているものがわからない。半月におよぶ探索の結果、網にかかったのが日運だ。明智十兵衛《じゅうべえ》という土岐明智一族の若者が、しきりに常在寺を訪れていることもつかんでいる。花佗夫人をふくめた三者で会うことも、たびたびだという。ちなみに、帰蝶の母方も明智氏の出だが、長い戦乱の結果、十兵衛の一族とは敵対しあう仲になっている。

「我らも迂闊《うかつ》でした。まさか、日運様が花佗夫人の手足となっていたとは」

日運は、道三の父の法蓮房とは義兄弟ともいうべき仲だ。さらに、源太は日運の蹴鞠の友である。

「す、すまない。花佗夫人に頼まれたのだ。最初はなんということのない、ささいな頼みだった。明智十兵衛という若者を紹介されて、その者を手伝っているうちに……。謀の全貌がわかったときには、すでに私は手をひくことができなくなっていた」

日運が両手をつく。

「花佗夫人を許してやってくれ。命だけは、助けてやってくれ。私はどうなってもいい」

「わかりました。助命の件は請け負いましょう」

がばりと、日運の顔があがった。

「あ、ありがとう。源太、感謝するよ」

「明日も花佗夫人とお会いになるそうですね」

日運が、のどを詰まらせたような顔をした。

「そこに、おれも同席させていただきます。花佗夫人からは、道三の家中に内通者をつくるようにいわれているのでしょう」

「そ、そこまで知っていたのか」

「おれを、その内通者として紹介してください。ああ、もし断れば、先ほどの約束は請け負いかねますので」

さらに日運の顔がゆがんだ。床にあった白湯をふたたび手に取り、源太は口につける。

残りを一気に呑みほした。

龍ノ六

翌日の日運は、緊張の色を露骨に顔に浮かべていた。床の間の絵の位置をしきりに整えている。下にある二輪の桔梗の花は、前日と同じだった。花弁がかすかにしおれてしまっている。

「日運様、すこし落ち着かれては」さすがの源太も心配になってきた。

「ああ……すまない」と、日運はしきりに脂汗をぬぐう。

「お客様が来られました」という喝食《かつしき》の声につづいて、襖《ふすま》が開いた。まずやってきたのは、香りだ。かつてのように過剰ではない。窓から入る薫風によりそうかのようだった。

齢《よわい》六十五を重ねた花佗夫人が、そっと日運と源太の前に座す。

「お変わりないようで、何よりでございます」

侍女と喝食が去ってから、日運が頭を下げた。

「この者はたしか」花佗夫人がちらりと源太を見る。

「源太と申します。今は道三の食客です」

「まさか、このものが件《くだん》の……」道三の内通者なのか、と疑わしげな目の色を隠さない。

「拙僧の蹴鞠の友でもありますれば、ご安心を」

「日運殿の友ならば信じるに足る、といいたいところですが、以前は新左衛門の配下だったはず」

　花佗夫人は、若き頃に源太と一度会ったのを覚えているようだ。

「左様でございます。が、この源太、新左衛門死後、子の道三とは折り合いが悪くあります」

　日運が目配せした。

「私は新左衛門の同志でしたが、その小倅《こせがれ》の道三の家臣になった覚えはありません。悪党にも流儀があります。忠よりも友情。今は、蹴鞠の友の日運様に心を寄せております」

　舌がもつれることなく言上できたのは、歳《とし》の功かもしれない。今年で源太も五十六歳になる。

「この者、花佗夫人が長井越中守の屋敷に閉じ込められたときも、私の依頼で警固の人数に加わってくれました」

「そういえば……あのときは、鉄を縫いつけた鉢巻きをしていましたね」

「鉄の鉢巻きは、私めの戦装束。花佗夫人に万一のことあらばと、日運様のご指示で包囲の勢にまぎれこんでおりました」

　もっとも、花佗夫人は越中守に捕らえられていたわけではない。そう装って頼芸をあやっっていたのだ。が、ことの真相を、源太は日運には伝えていない。花佗夫人も同様のようだ。

「まあ、頼もしい。そこまでの武人ならば、信ずるに足りましょう」

花佗夫人が、源太と日運に正対するように座りなおす。

「こたび、参りましたのは、他でもありません。このままでは、土岐家は道三めに下克《げこく》上《じょう》されてしまいます」

日運が硬い顔でうなずく。

「今は、道三は守護様のお味方。が、あのまむしは必ず裏切ります。二郎（頼純）様を滅ぼせば、次は私の多幸丸《たこうまる》に矛を向けるはず」

守護の頼芸のことを、花佗夫人は幼名で呼んだ。

「まむしめに対抗するため、土岐家はひとつにならねばなりませぬ」

花佗夫人の目が妖しく光る。じっと源太は観察した。瞳の奥に灯《とも》る光に覚えがある。法蓮房や葬った敵たちにもあったものだ。この女は、野心の甘さに取り憑《つ》かれている。虜囚を自演し頼芸をあやつったことで、計略の虜《とりこ》になったのだろう。

「しかし、ふたつに分かれた土岐家がひとつになるのは、至難なのでは」

たしかに今は和睦しているが、日運の弁のとおり憎しみの溝は広く深い。

「策があります」花佗夫人の瞳の光がさらに強まった。

「土岐家がひとつになれぬのは、花が二本あるから」

花佗夫人は、床の間に生けた二輪の桔梗の花に目をやる。

「そのひとつを、手折ってしまえばいいこと」

手をのばし、二輪のうちのひとつをくしゃりと握りつぶした。

日運の体が震えだす。つまり、花佗夫人は頼純を亡き者にしろ、といっているのだ。

「毒をつかうのですか」源太は直截《ちょくせつ》に訊く。花佗夫人からの返答はない。否定をしなかったのが、何よりの答えだ。頼純を毒殺すれば、みなは道三によってなされたと思う。土岐家の血族を手にかければ、その反発ははかりしれない。間違いなく、反道三で土岐家はひとつになる。

「花佗夫人の意にそうようにいたします。しかし、私は食客の身分ゆえ、人も銭も不如意です」

「わかりました。私で手配できるものはいたしましょう。明智十兵衛というものを、二郎様の身辺に侍《はべ》らせるようにしております。このものとそなたが連絡をとりあって、なしとげなさい」

源太は深々と頭を垂れる。衣擦《きぬず》れの音がした。花佗夫人が立ち上がったのだ。香りが、徐々にうすくなっていく。襖が静かに閉じられた。途端に、日運が源太にすがりつく。

「げ、源太、本気かい。本当に二郎様を……」

これほどまでに大それた謀略とは、思っていなかったようだ。

「日運様、あなたは花佗夫人と会うはずだった。が、所用が立て込み、かわりにたまたま来ていた私が花佗夫人のお相手をした。そして花佗夫人が去り、やっとあなたがここに来た」

聞かなかったことにしろ、と源太はいったのだ。がくりと日運はうなだれる。

源太は一礼して、日運のもとを辞す。

常在寺を出て、すぐに細い路地にはいった。「どうだった」と家の陰から声がかかる。

長身の若者がぬっと現れた。豊太丸だ。

「お前のいうとおりだ。花佗夫人に、二郎様を殺せと命じられた。毒殺を考えているようだ」

「まあ、あの女の浅知恵ではそれが限界だろう。では行こうか」

特段の動揺をみせない豊太丸に、ついて歩く。小さな館が現れた。門をくぐり、庭に回る。斎藤道三が、床几《しょうぎ》に座していた。

「思ったとおりでした。花佗夫人は、二郎様を毒殺して、父上に罪をなすりつけるつもりです」

「うむ」と、道三がうなずいた。頭は丸めているが、その顔相は悪党もたじろぐほど険しい。目には、濃い隈《くま》が浮かんでいた。その横で怒気を立ちのぼらせているのは、今枝《いまえだ》弥八《やはち》だ。

「許しがたくあります。今すぐ、下知を。この私めが、花佗夫人を捕らえて参ります」

今枝弥八が片膝をついた。

「構わん。泳がせておけ」興味がないかのように、道三はいう。

「土岐家をひとつにしたくば、それでいい。ふたつ潰す手間がはぶけるだけだ」

ぞっとするほど冷たい声だった。

「しかし、それは兵法の理《ことわり》に反するのでは」

「敵の力を分断して、ひとつずつ潰すのが兵法の常道。そういう意味では、今枝がいうようにこたびの策は下策。が、時が惜しい」

源太と豊太丸は目を見あわせた。

「ふたりにだけいっておこう。いや、源太にはすでにいっていたか」

今枝ら従者たちを人払いさせる。小鳥のさえずりが止《や》むのを待って、道三が口を開く。

「私は、正気を蝕《むしば》まれている」

豊太丸が首をかしげる。見れば、いつのまにか道三の顔から血の気が引いていた。肌には粟も立っているようだ。道三は、自身の足元を指さす。

「今、亡者が私の足首をつかんでいる」

「亡者とは」豊太丸が慎重な口調で訊く。

「私が屠ってきたものたちだ。父の新左衛門もいる。近ごろは、石弥《せきや》の幻も見るようになった」

十一年前に豊太丸と尾張へむかうとき、道三は幻に苦しめられている、と源太に告白した。

一渓の治療で、勝手によくなっていると思っていたが、どうやらそうではないらしい。

嫌でも思い出すのは、四十四年前の出来事だ。細川政元《ほそかわまさもと》の奇行を目の当たりにした。政元は自身が空を飛ぶ幻覚を見ていた。同じことが、道三の身に降りかかっても不思議ではない。

「まだ幻と現《うつつ》の区別はつくが、数年後はわからん。正気のあるうちに、美濃を統一させたい」

「そのために、二郎様を毒殺する。つくづく父上が歩むのは、蛇の道ですな」

挑発するような、豊太丸の言葉だった。

「帰蝶の話では、二郎様は不老不死の術に傾倒しているそうだ。仙丹と称する水銀を、たびたび服している。だけでなく、帰蝶にも水銀を服することを強要するそうだ」

道三の声は、恐ろしく低かった。その口ぶりから、どうやら水銀は毒であるらしい。

「つまり、帰蝶を救うためでもあるのですな」豊太丸の問いに、道三は答えない。

「そういうことならば、二郎様を処すのは難しくないでしょう。毒のたっぷりとつまった仙丹とやらを呑ませればいいだけ。仙丹にも陰と陽の考えがあるので、陽の男には薬で陰の女には毒とふれこめば、まず帰蝶の身は安全でしょう。明智十兵衛がどの程度の策士かはわかりませぬが、それほど難しくありますまい」

　豊太丸の言葉に、道三は「任せる」と短く答えた。

蛇は自らを喰み、円環となる　六

「おい、高丸《たかまる》」背後から声をかけたのは、細川勝元《かつもと》の嫡男の聡明丸《そうめいまる》だった。小さな冠をかぶっているが、位置をしきりに直していた。脇には書物を挟んでいるので、手が動かしにくそうだ。

「なんだ、今日集めた銅は、たったこれっぽっちか」

　高丸の足元を見て笑う。

「す、すいません」と、高丸は唇を食《は》む。

「まあ、いいや。高丸、こっちへこいよ」西岡《にしのおか》の地侍たちから引き離された。

「あの、いいのですか。今日は勘《か》解《で》由《の》小路《こうじ》様がくるのでは」

「いい、いい。あいつの話、おもしろくないもん。算学とかつまんないし。もっと鬼をあやつったりさ、悪霊をやっつけたりする呪文を教えてくれたらいいのに。あいつは、偽物の陰陽師《おんみようじ》だよ」

そうだろうか。高丸にとっては、勘解由小路の教える算学の法則は旅せずして遠くを旅するかのような、そんな不思議な魅力をもっている。

「それよりさ、どうしてあんなにたくさんの銅を集めていると思う」

「さあ、どうしてといわれても」

高丸は口ごもった。「だめだなぁ」と、聡明丸はわざとらしくため息をつく。

「そんなこともわからずに、毎日、銅を集めていたのかい。ぼくはね、わかったよ。父がどうして大量の銅を集めているかを」

「本当ですか」

「嘘なんかつくもんか」聡明丸はもっていた書物を開く。元寇《げんこう》のときの合戦図だ。石火矢《いしびや》やてつはう、火箭《かせん》に果敢に立ちむかう日ノ本の武者が血だらけになっている。

「このなかに、父上が造ろうとしているものがある」

勝ち誇るように聡明丸はつづける。

「わかるかい」

「いえ」

高丸の耳に、聡明丸が口を近づけた。「まさか」と、思わず口走る。ささやき声だが、たしかに聞き取れた。そんなものを、本当に造れるのか。けど、寺の柱のように大きな銅製のものもあるといっていた。

「このちっちゃな石火矢やてつはうでも、日ノ本の武者は手も足もでなかったんだ。もし、銅でできた大きなものがあれば」

聡明丸は、両手をいっぱいに広げる。

信じられない。銅をつかって聡明丸のいう、日ノ本では造られていないものを大量に生みだすなんて。

「そうなれば、もう父上には敵はいない。こたびの戦いだって、あっという間に勝っちゃう」

稲妻のようなものが、高丸の小さな体を駆けめぐる。

「勝つ……のですか。京兆《けいちょう》様が、西軍に」

「そりゃそうさ。実際、元寇では神風がふかなかったら負けてた。それより大きいものを、高丸たちが集めた銅でたくさん作るんだ。戦なんかすぐに終わっちゃうよ」

「戦が終わる」

想像だにしなかった。物心ついたころから、ずっと西軍と東軍は戦いつづけている。

この戦は、永遠につづくものだと思っていた。

だが……集めた銅を聡明丸のいうものに変えれば、乱が終わる。

脳裏をよぎったのは、雪《ゆき》の笑顔だ。

「だから、さ。高丸ももっとたくさん銅を集めないと。あれっぽっちじゃ、西軍の奴らをやっつけられないぞ」

龍ノ七

歩きながら、源太は鉄を縫いつけた鉢巻きを結んでいた。手がかじかんで、うまくいかない。ふる雪が、源太の着る陣羽織を湿らせる。背後には、稲葉山城が見えた。巡らした逆茂木《さかもぎ》の根元は凍りつき、陣幕も雪を吸って重たげだ。何度か手に息を吹きかけて、やっと鉢巻きを結ぶことができた。

「おれもなってねえな。敵を目の前にして、鉢巻き締めるのに手こずるとは」

逆茂木ごしに敵の陣が見えた。胡瓜《きゅうり》を割ったような紋――織田木瓜《もっこう》紋を染めた旗指物《はたさしもの》は、織田弾正忠家のものだ。陣幕を取り払い、撤収しようとしている。

花佗夫人の謀略で頼純が暗殺されたのが、一年前の天文十六年（一五四七）。案の定、土岐一族はひとつになる。長年の敵対が嘘のように、土岐一族は反道三の旗幟《きし》で統一された。そして今年の八月になって、土岐一族と同盟する織田信秀が数万と号する軍を北上させる。信秀の軍は苛烈だった。道三の軍は敗北を重ねる。だが、道三や豊太丸らに動揺はない。想定の内だったからだ。

裏では、着々とひとつの謀略が花開かんとしていた。

十日ほど前のことだ。尾張の清洲《きよす》で変事がおこる。清洲守護代の家臣が造反したのだ。もちろんのこと、道三の手引きである。そして、信秀の本拠の古渡《ふるわたり》城を襲った。これにより、織田軍は帰国を余儀なくされる。今、源太たちの陣の前を、織田木瓜紋を染めた旗指物が列になって動いているのがそうだ。南の尾張へ、帰ろうとしている。

が、追撃の好機にもかかわらず、源太のいる軍に動きはない。というのも――

「おい、豊太丸はまだ見つからないのか」

源太は旗本たちに怒鳴りつけた。ここ茜部《あかなべ》口の陣の采配をとるのは、豊太丸だ。道三は、西美濃にいる。大垣《おおがき》城による敵を駆逐し、今ごろは北方の山城に籠る土岐頼芸にむけて合戦を仕掛けているはずだ。

「は、はい。先ほどから探してはいるのですが……」

旗本たちの返答は要領をえない。荒小姓らをつれて、豊太丸が陣を出たのはわかっている。

「あ、来ました。豊太丸様たちです。戻られました」

旗本が指さす先に、数騎の武者がいた。雪煙をあげつつ、こちらへと近づいてくる。

先頭を走る長身の武者は、豊太丸だ。

「どこへ行ってたんだ」

「物見の真似事さ」

豊太丸は鞍から飛びおりる。よほど速く駆けてきたのか、馬体から白い湯気が立っていた。

「そんなのは小者《こもの》に任せろ」

「おお、うるせえ爺《じい》様だ」

挑発するように口にしたのは、豊太丸の供をしていた荒小姓のひとりだ。竹腰次郎兵《たけこしじろべ》衛《え》といって、若くして薙刀《なぎなた》の腕は美濃一と評判だ。

「なんだと、小僧、口のきき方に気をつけろ」

「ご老体だからといって、戦場で労《ねぎら》ってやれるほどおれはお人好《ひとよ》しじゃないんでな」

「よすんだ、竹腰」たしなめたのは同じく荒小姓のひとり、志水監物《しみずけんもつ》。長い手足を持ち、百歩先の針の穴を射抜く弓の名手だ。

「志水の兄貴がそういうなら、退いてやるよ」

今にも殴りかからんばかりだった竹腰だが、志水の言葉には従順だった。ちなみに、このふたりの父親は十六年前に法蓮房の骸を発見している。道三によって、息子だったふたりが人質として小姓に取り立てられていた。

「源太さん、そんなに怒るもんじゃないよ」

獣皮の陣羽織をきた若者が、笑顔で割ってはいった。乗っていた馬が、顔をすりつけて甘えてくる。野生の悍馬《かんば》を手なずけたようで、他の荒小姓の馬とちがいまったく息が切れていない。若者の名は長屋甚右衛門《ながやじんえもん》、流浪の民である山家衆《さんか》の出身で、獣の言葉がわかると評判だ。

「みんな、集まってくれ」

豊太丸が大きな声をだすと、荒小姓や若い近習《きんじゅ》たちがたちまち輪をつくった。

「今から敵を追撃する。が、ただ戦うだけじゃつまらん。おもしろい案があれば申せ」

荒小姓や若い近習たちの瞳が輝く。

「おれに先駆けさせてください」太い腕を竹腰が突きあげた。

「馬鹿、そんなの策じゃないだろう」兄貴分の志水がたしなめる。

「騎馬で回りこんで、本陣を奇襲しましょう」

長屋のいったことがわかったのか、愛馬がいなないた。

「一気に話すな。おれは、聖徳太子《しょうとくたいし》じゃないんだぞ」

みんながわっと笑った。雪さえも溶かしかねない熱気だ。

「よし、わかった。ここは、長屋の策をとる。馬廻《うままわり》だけをひきいて、おれたちは迂回《うかい》する。折角だ、備前守（信秀）の首を狙おう」

おおおと、どよめいた。

「おい、待て。本気でいってるのか」

思わず源太が割ってはいる。

馬廻だけで、数千の織田軍に攻撃をしかけるのだ。下手をすれば、包囲されかねない。

「爺様は黙ってろ」と、また竹腰が突っかかってくる。

「源太、老いたな。以前なら、面白がってくれたはずだぞ」

豊太丸は笑いつつ、従者がひいてきた新しい馬の鞍に乗る。荒小姓や近習、馬廻衆がつづく。

「日根野《ひねの》、お前は足軽を采配して、弓合戦をしかけろ。織田軍の目をひきつけているあいだに、おれは馬廻をひきいて備前守の首を狙う」

道三からつけられた家老の日根野に命じて、豊太丸は馬の腹を蹴った。

「げ、源太殿、お願いです。豊太丸様を追ってください。もし、万一のことがあれば……」

日根野が、半泣きの顔で懇願してくる。

「いわれるまでもねえよ」馬に飛び乗り、源太は豊太丸の跡を追った。

先をいく馬廻衆は、よく訓練されている。雪中行を襲歩《しゅうほ》で駆けぬけるが、まったく足が乱れていない。一里（約四キロメートル）ほど走ったところで、豊太丸は馬首を南へとむけた。雪煙をあげて、馬廻衆がつづく。白い大地の上に、列を作る人影が見えた。

織田木瓜紋をそめた旗指物が、冷たい風になびいている。

豊太丸は、馬を止めなかった。どころか、剛槍《ごうそう》を織田軍めがけてつきつける。

「懸かれェ」

豊太丸の下知が、冬空に轟く。武者たちが喚声《かんせい》で応えた。先頭に飛び出したのは、竹腰だ。すかさず飛んでくる矢を、薙刀で弾《はじ》く。足軽の長槍が、左右から阻もうとしていた。竹腰は、それを無視した。どころか、さらに馬の足を速める。長槍が竹腰の胴体を貫こうとしたとき、二本の銀線が宙に引かれる。

長槍が力を失い、地面に墜ちた。見れば、左右の足軽ふたりの喉に矢が刺さっている。強弓を放ったのは、荒小姓の志水だ。竹腰の背後十歩ほどのところに馬をつけ、弟分の進路を阻む敵を射抜いている。

「兜首《かぶとくび》、もらった」

竹腰の怒号が聞こえ、次の瞬間、ふる雪に血煙が色をつけた。薙刀の餌食になった敵の首が宙を飛び、雪原が優しく受けとめる。

その横を、悍馬に乗った武者が駆け抜ける。獣皮の陣羽織をきた、長屋だ。馬の四本の脚が武器にかわり、織田の兵を蹴散らす。馬上で振りまわすのは、戦斧《せんぶ》だ。山家衆が山を切り開くときの斧に、槍の柄をつけている。旗指物や陣笠《じんがさ》が、あたり一面に散らばった。

烏丸《からすま》を鞘《さや》からぬいて、源太は馬を豊太丸のそばによせた。

「おれの傅役《もりやく》は大変だな」近づいてきた源太に、豊太丸が目を細める。

「戦を遊びと勘違いするなよ」

忠告しつつも、豊太丸を襲う矢を烏丸の一閃《いっせん》で撃ち落とした。

「悪巧みの楽しみを教えたのは、源太だぞ」

そう叫んだかと思うと、豊太丸は剛槍を繰りだした。分厚い鎧《よろい》をきる武者の胸に刺さり、背中から穂先が突きでる。どっと味方が沸《わ》いた。

「なんだ、あれは」荒小姓のひとりが叫んだ。

織田木瓜紋の旗指物にまじって、九曜《くよう》紋の旗がある。かつて美濃小守護代と称された長井越中守家の紋だ。巨軀《きよく》の武者の姿が目につく。眼帯をしていた。長井弥次郎《やじろう》ではないか。尾張に亡命していたと聞いていたが、まだ生きているとは思わなかった。

長井弥次郎が、こちらへ指をつきつける。

「いたぞ、道三の息子だ。射れ。毒へびの子を殺せ」

怒声は、昔と変わらなかった。

「誰が毒へびの子だ」豊太丸が鞍から腰を浮かす。鐙《あぶみ》の上で仁王に立った。

「気をつけろ、奴は長井越中守の息子の弥次郎だ」

源太の声に「ほお」と豊太丸が微笑を深める。

「まだ生きていたのか。長井一族とおれたちは、つくづく因縁があるな」

きっと長井玄佐のことを、豊太丸はいっているのだろう。

「備前守は、近くにはいないようだ。かわりに、やつの首を父上に差し上げるか。右手を見ろォ。九曜紋の旗の下の大将を討つ。我につづけっ」

豊太丸の下知に従い、馬廻衆が一斉に右へと馬首をめぐらす。

「深追いはするなよ。一太刀だけ浴びせたら、あとは離脱しろ」

源太は、豊太丸の背中に怒鳴りつけた。返答はない。かわりに、剛槍の風切り音が返ってくる。穂先が兜武者の胸に吸いこまれ、血が吹きでた。

長井弥次郎が、弓を引きしぼっている。びゅうと矢が飛んできた。豊太丸は冷静だ。体に当たるものだけを、正確に打ち落とす。長井弥次郎の隻眼に、焦りの色が濃く浮かぶ。

「小倅めがァ」

長井弥次郎が弓を捨てた。あと数歩で、豊太丸の槍の間合いだ。槍を構えるのか、それとも背を見せて逃げるのか。長井弥次郎は構えた。

槍ではない。黒光りする鉄の筒は、火縄銃だ。

源太はうなり声をあげる。

乗る馬を、豊太丸の馬にぶつけた。無理矢理に、長井弥次郎とのあいだに割ってはいる。

長井弥次郎が、火縄銃の引き金をひいた。

大音響が耳をつんざく。

弾丸が、見えた。恐ろしく、ゆっくりと近づいてくる。

源太の額に、吸いこまれようとしていた。

できることは、歯を食いしばることだけだった。

龍ノ八

「なぜだ」ふる雪の中で斎藤道三ははげしく自問する。

積もる雪は、道三の足の甲を隠していた。目の前では、曇天を押しかえすように紅蓮《ぐれん》の炎があがる。大野郡《おおのぐん》にある長瀬《ながせ》城が燃えていた。

尾張の清洲衆を裏切らせ、信秀の本拠地古渡城を襲わせたのは十四日前のことだ。各地で道三方は反撃し、茜部口の戦場を任せた豊太丸は迂回攻撃で林権八《はやしごんぱち》などの将を討つ手柄をあげた。

道三の方では、信秀方が占拠していた西美濃の大垣城を開城せしめ、矛先を頼芸の籠る大桑《おおが》城など山あいにある城や砦《とりで》へむけた。

信秀の加勢をうしなった今、敵を駆逐するのはたやすいはずだった。

しかし、目の前に広がる結果は逆だ。

大野郡牧野《まきの》の地での五日にわたる戦いで、道三方は多くの将を喪《うしな》い、どころか長瀬城さえも燃やされたのだ。今炎を上げる城には、多くの武具や兵糧を集積していた。矢玉もなく、雪の中でこれ以上の進軍は不可能だ。

「どうして、勝ちきれぬのだ」

一際強い風がふいて、道三の前に白い壁が立ちはだかる。

主筋《しゅうすじ》の頼純殺しに手を染めても、なお足りぬのか。あるいは、と考える。

〝国滅ぼし〟を使うしかないのか。

激しく首を左右にふる。

だめだ。己に国滅ぼしを使いこなす才はない。

呼吸が荒くなる。嫌な気配がした。寒さとはちがう震えが、道三をつつむ。雪が盛り上がり、近づいてくる。蛇が雪中をはうかのようだ。

「助けて」

「なぜ殺した」

「苦しい」

亡者たちの声が聞こえてきた。あわてて背をむける。

「豊太丸様が着陣されました」気づけば、陣羽織をきた小姓がひざまずいていた。

「うむ、私の方からいく。待つように伝えろ」

足早に向かうが、亡者の声を引きはがすことはできない。背に何者かが張りつき、耳元で囁《ささや》くかのようだ。

火が焚《た》かれた広場に、豊太丸はいた。隣には、鉢巻きをした源太もいる。火縄銃の弾丸でも浴びたのか、縫いつけられた鉄に亀裂がいくつも走っていた。

「ご苦労だったな。茜部口では首をあげたと聞いた」

道三も火に近づいて、三人で暖をとる。

「はい、馬廻たちがよく働いてくれましたので。父上の方は、苦戦しているようですな」

豊太丸は誇るでもなく、謙遜するでもなく、淡々という。

「雪が降りはじめたゆえ、戦を急《せ》いた。見てのとおりの結果だ。長瀬の城なくば、これ以上の進軍はできん。春を待たねばならん」

春になれば、朝倉も動くだろう。再び、織田との南北挟撃を覚悟せねばならない。

源太はしゃがみこんで、両手を火に当てている。体つきこそは若いころと変わらないが、顔のしわは深くなり、頭には白いものが目立つようになった。

「辛抱のしどころですな」

「辛抱せぬために、あえて鬼手《きしゅ》を選んだのだ」

口調が鋭くなってしまった。鬼手とは、頼純暗殺のことだ。

「はぁ……」と、ため息をついたのは源太だ。炎に白い息が溶けていく。

「豊太丸、外せ。年寄り同士で話がある」

いったのは、源太だ。豊太丸は特に気にする風でもなく、一礼して場を去る。

「鉢巻きは、火縄銃にやられたのか」まず先に、道三は気になっていたことを問うた。

「ああ、そうだ。長井弥次郎だ。織田の陣にいた」

正直、驚いた。道三にとって、久しぶりに聞く名前だ。

「残念ながら、弥次郎には逃げられた。おれも老いた。不意をつかれたとはいえ、だ」

口調には悔しさよりも、諦念の方が濃くでているような気がする。

「それよりも、だ。新九郎よ、どうして勝てないと思う」

源太は、道三のことをかつての名前で呼んだ。

「それがわかれば、苦労はせんわ」

「それは、お前が国手《こくしゅ》の器ではないからだ」

炎が猛《たけ》り、道三の顔をあぶる。

「耳が痛い話だな」

「お前は家族のために戦っている。こたび、鬼手ともいうべき手で二郎を殺したのは、半分くらいは娘の帰蝶を救うためだろう」

道三は無言で先をうながす。

「そのこと自体は立派なもんだ。ただし、お前が侍大将や百姓だったならば、だ」

源太は、くしゃみをして間をとった。

「新九郎よ、家族のためではなく国のために戦え」

源太の言葉は、一本の槍に変じて道三の体を貫いた。

「それが、お前と法蓮房のちがいだ。その辛気くさい顔から察するに、国滅ぼしを使うか否かを悩んでたんだろう。おれにいわせれば、そんなことは関係ない。使ったとしても、今のお前では勝ちきれん。お前は、国のために戦っていないからな」

雪まじりの烈風が吹きぬける。

「そうか……なるほどな」手で顔を荒々しくぬぐう。勝ちきれぬ訳が、腑《ふ》に落ちた。やはり、己は甘かったのだ。覚悟が圧倒的に足りなかった。

「お前には、才がある。ある部分においては、法蓮房以上に、だ。あとは、心構えだけだ」

両手を顔の前にやって、源太は白い息を吹きかける。

「お前は、家族よりももっと大きなもののために戦うべきだ」

道三は静かにまぶたを閉じた。炎の残像がまぶたの裏に残る。

闇に溶ける様を、じっと見ていた。

龍ノ九

雪の中を進む道三の足取りは重かった。年は新しくなったが、ふる雪はまったく衰えていない。今ごろは、頼芸のこもる大桑城も雪で埋まっているはずだ。考えを反芻《はんすう》するように進む。稲葉山城の中腹に建立した、小さな寺へとつく。本堂の扉を軋《きし》ませて中へと入った。

銅製の仏像の前で、少女が一心に手をあわせている。肩のところでそろえた髪で、尼だとわかった。齢十五の帰蝶だ。道三が近づくと、ゆっくりとふり向く。

「帰蝶、何を祈っていたのだ」

「二郎（頼純）様の成仏です」

「そうか」と、帰蝶の前に座る。腕をのばし、娘の短い髪にふれた。今はもう、かつてのようには束ねていない。足音がして入ってきたのは、背の高い女人――深芳野だ。

「まあ、義母上《ははうえ》様、お加減はよいのですか」

帰蝶が驚きの声をあげつつ、深芳野によりそった。

「ありがとうございます。戦が終わったおかげか、随分とよくなりました。それよりも、私たちを呼んだのは、一体何の話でしょうか」

深芳野が長い足を折って、道三と帰蝶のあいだに座った。

「深芳野は、我が斎藤家の正室だ。家の内向きを宰領してもらっている」

「血はつながっておりませんが、帰蝶は我が子と思って育てて参りました」

帰蝶の生母は小見《おみ》の方といい、土岐明智一族の娘だが、早逝してしまっている。

「ふたりに伝える。帰蝶を、織田弾正忠家に輿入れさせることに決めた」

本堂の空気が一気に凍りついた。

「嫡男の織田三郎《さぶろう》（信長《のぶなが》）殿に嫁げ。年は、帰蝶のひとつ上の十六歳」

淡々と、道三は事実のみを伝える。

「しょ、正気ですか。織田家と当家の因縁をお忘れですか」

五年前の加納《かのう》口の戦いでは、千をこえる織田家の骸が川を埋めた。その中には、信秀の弟や一族もいる。織田家が、その憎悪を忘れるはずがない。また同様に昨年の動乱では、織田家によって美濃の多くの兵が殺され村を焼かれた。

両家のあいだには、憎しみが大河のように横たわっている。

「あまりにも酷《ひど》くあります。帰蝶の婿の二郎様の急死から、二年もたっていません。家臣の家に嫁がせるならまだしも……。これでは、帰蝶は政略の駒ではないですか」

「これしか手はないのだ」道三は言葉を絞りだす。

「織田弾正忠家は強い。戦っても負けはせぬが、多くの犠牲がでる。このままでは、美濃統一は覚束《おぼつか》ない。国が疲弊すれば、いずれ滅ぶ」

「私がいっているのは、そんなことではありませぬ。親としての情はないのですか。この子を不憫《ふびん》とは……」

深芳野の言葉が止まる。胸を押さえ、うずくまった。

「義母上様」帰蝶がすがりついた。道三は立ち上がり人を呼ぼうとしたが、深芳野に「大丈夫です」と制止された。

「答えてください。この子が、不憫とは思わぬのですか」

荒い息のまま、深芳野が詰《なじ》る。道三は奥歯を嚙《か》みしめた。

「国のためを思えば、答えはひとつしかない。斎藤と織田は、憎しみあっている。だからこそ、血のつながった娘を送らねば、織田との同盟はなせぬ」

わなわなと深芳野の体が震えだす。

「輿入れの仕度をしておけ。早ければ春の終わり、遅くても秋にはすませる」

道三は立ち上がり、きびすを返した。本堂の扉を開ける。来たときにつけた足跡は、新しい雪で埋まっていた。

山門のところで、ひとりの男が腕を組んでいる。源太だ。何もいわずに、じっと道三のことを見つめている。

「これで、織田家との始末はついた。あとは、大桑を攻めるだけだ」

大桑には頼芸がこもっている。朝倉家が支援するのは、亡き頼純だけだ。頼芸のために軍を派す理由はない。近江《おうみ》国の六角家とは、何年も前に道三は同盟を締結している。頼芸は独力で、道三と戦わねばならない。

「ずっと前からこうしておけば、もっと早くけりがついたのにな」

白い息とともに、道三は自嘲の言葉を吐きだす。後ろをふり向いた。本堂から、泣き声が聞こえてくる。胸にやろうとする手を必死に押しとどめた。

「これが、国手への道か」こんな道を歩みたい、などと考えたことはない。目を閉じる。思い浮かぶのは、若き日のことだ。近江国の勝部《かつべ》村での暮らし——お光《こう》が菖蒲丸をしかる声が耳によみがえる。

まぶたに雪がかかった。じんわりと溶けていく。

「皮肉なものだな。家族を犠牲にせねば、国を医《いや》す器になれぬのだから」

「おれでよければ、愚痴につきあう。槍をふって気が晴れるなら、相手もしてやる」

手をふって、道三は不要だと伝えた。

山門をくぐる。雪で化粧された稲葉山の頂きへと、黙々と歩みを進めた。

ただひとり、道三は険しい山を上りつめていく。

蛇は自らを喰み、円環となる　七

高丸が肩からかつぐ袋は、ずしりと重かった。汗がとめどなく額から流れるが、苦にはならない。やった、やったぞ、と心のなかで快哉《かいさい》を叫ぶ。

松波《まつなみ》高丸は、西軍の旗がひしめく地に足を踏みいれていた。より、たくさん銅を集めるためだ。いくつかの関所は、なんとか切りぬけることができた。何度か荷を検《あらた》められたが、中身を見て門番たちは高丸に同情した。きっと、気がふれたと思ったのだろう。

とうとう、最後の関所をぬけた。

ほっと息をなでおろす。あと、四半刻《しはんとき》（約三十分）も歩けば、完全に東軍の勢力圏だ。

「おい、小僧」背後から声が飛んだ。恐る恐る振りむく。さきほど通りぬけた関所の門番だった。手槍をもった長《おぼ》と思しき男と、配下らしき六人がいる。

もう関所は見えない。まさか、ずっとつけられていたのか。

「落としたぞ」手にもつ木切れを門番がふる。

息が止まるかと思った。門番がもっていたのは、東軍の細川勝元の陣への手形だったからだ。心臓が暴れだす。さきほどとはちがう種類の汗が吹きだした。

「どうしたんだ。この木切れはいらんのか」

ひらひらと手形をふる。気づいていないのだろうか。たしかに、高丸のような童がまさか細川勝元の陣への手形をもっているなどとは想像しないはずだ。どちらにせよ、逃げれば怪しまれる。高丸の足では、すぐに追いつかれるのは目に見えていた。

「あ、ありがとうございます」袋を地において、ゆっくりと近づく。右手で受けとろうとすると、つうと手形が空の上にあがっていく。頭上にかざした門番が笑っている。

「小僧、これは京兆の陣への手形だな」

全身の血が、すべて足下に落ちたかと思った。

「どうして、お前がこれをもっている。いや、いいかたがちがうな。どうして、これをもつお前が西軍の陣にいるのだ」

いつのまにか、門番たちに囲まれていた。手槍《てやり》をもつ長は、すこし離れたところからじっとやり取りを見守っている。

「あ、あの……いや、それは」

手槍をもつ長があごをしゃくる。ひとりが、高丸の袋を取りあげた。中のものを地面にばらまくと、銅の残骸が散乱する。

「なんですかね、これは」袋をふる門番が、手槍の長を見た。また、あごをしゃくる。

「小僧」と、部下のひとりが低い声を出した。

「わしらもまさか、お前があんな瓦礫《がれき》を運ぶために関所を通ったとは思わんさ」

門番が黄色い歯を見せて笑った。

「西軍の誰かに、密書を届けたんだろう。あるいは、その逆か。瓦礫は目くらましだ」

「ち、ちがいます。おいらは、ど、銅を運んでいたんです」

みなが嘲笑をまき散らす。

「小僧、嘘はいかんぞ」

「そうだ。嘘つきには、お仕置きをしなけりゃならん」

囲む門番たちが、じわじわと近づいてくる。

「ほ、本当なんです。信じてください」

「じゃあ、何のために銅を集めていた」

「そ、それは……」頭をよぎったのは、昨日の聡明丸の言葉だ。日ノ本にはない、銅の武器。

だめだ、あれは絶対に口にしちゃいけない。敵には決して教えちゃ駄目だ。

「うん、小僧、今、お前、何かを考えたな」

ひとりの門番が中腰になった。

「まさか、本当に銅を集めていたのか。なんのために」

高丸の瞳をのぞきこむようにして、顔を近づける。

「隠しても無駄だぞ。いえ、銅を使って、何を企んでいる」

「わかりません。おいらは、ただたのまれて」

「いや、お前は嘘をついている」

ぞっとするほど冷たい目だった。

門番がちらりと、手槍の長を見た。静かにうなずく。

「嘘つきはお仕置きだ」

太い腕が振りあげられた。右の拳が襲ってくる。

「ひぃ」高丸は手で顔を守ろうとした。が、拳は左頬に吸いこまれる。失った左腕をあざ笑うかのようだった。首がねじれ、右のこめかみに大地が激しく当たった。

口の中が血の味で満ちる。奥歯がゆれていた。腹が一気に熱くなる。遅れて痛みがやってきた。胃液を吐きだす。門番のつま先が、高丸の腹にめりこんだのだ。顔面を蹴られ、鼻がもげるかと思った。肋骨《あばらぼね》がきしむ。容赦なく蹴りが襲ってくる。口の中にある硬いものは、折れた歯だ。意識が遠くなる。気を失いかけたとき、冷たい水を浴びせられた。無理矢理に覚醒させられる。

「さあ、小僧、白状しろ」

髪をつかまれ、無理やりに持ちあげられた。腹が地から離れ、つづいてつま先も浮く。

「い、いたい」

髪の毛がぶちぶちと音をたてる。右手でなんとか、門番の手首をつかむが、それでも高丸の重みが髪に容赦なくかかる。

「さあ、いえ。お前の役目はなんだ」

「その童を連れて帰ることだ」

門番がざわついた。予想だにしない答えが、予想だにしないところからかえってきていた。

「なんだ、貴様は」

高丸にあっていた門番の目の焦点がぶれる。高丸の後ろから、誰かがあらわれたのか。高丸は振りかえることができない。

「その手を放せ」背後からの声につづいて突風が吹きぬける。刹那《せつな》、つかまれていた髪の毛が解放された。どさりと、高丸は地面に落ちる。顔をあげると、さきほどまで高丸を持ちあげていた門番がうめいていた。あごに手をやって、苦しんでいる。

顔の下半分が、真っ赤だ。あごが砕けている。あわてて背後を見る。

白髪の若者がたっていた。手にもつ棒の両端には槍の石突《いしづき》がついている。

細川勝元の食客の范可だ。

范可はゆっくりと歩み、門番と高丸のあいだに立ちふさがった。

「狼藉者《ろうぜきもの》が」門番たちが、一斉に刀をぬく。

「はなれていろ」門番たちを見たまま、范可はいう。恐怖のため高丸はうまくたてない。尻をつけたまま、後じさる。

范可の棒がしなった。まるで、棒が縄に変じたかのようだ。

門番たちの刀を次々と撥《は》ねあげていく。

だけでなく、ひとりの門番のあごが弾かれる。血と白い歯が飛んだ。

宙に線を描くかのように、棒が変幻自在に踊る。

喉、胸、腹を突かれ、あるいは肘を逆にへしおられ、次々と門番が倒れていく。

最後に残ったのは、門番たちの長だ。手槍をかまえ、穂先を范可に突きつけた。

「なめるなよ」

刺突を繰りだす。一切の迷いがない。

三つ、四つ、五つと、立て続けに穂先がうなる。一転して、范可は守勢にまわった。

手槍が棒の柄を削る。木屑《きくず》が、渡りあうふたりの周囲で舞った。

大きく跳躍して、范可が間合いをとる。着地と同時に、棒をふった。石突が狙うのは、手槍の長の足元だ。が、長も冷静だ。後ろへと、一歩飛んだ。石突が、遅れて地面を刈る。

砂煙がたち、甲高い音がひびいた。

弾けるように、石が飛んでいる。一直線に門番の顔へと吸いこまれた。

棒は、長の足元を刈ったのではない。地にある石を弾き、礫《つぶて》と化せしめたのだ。前にでていた長の片足が、一歩退《さ》がる。鼻がつぶれ、血が吹きでていた。

その隙に、范可が間合いをつめる。

手槍と棒を、ぴたりとあわせた。まるで、箸をそろえるように。あるいは、棒同士を束ねるように。

がくりと、門番がひざをつく。

ぶるぶるとふるえていた。

一体、何がおこったのだ。高丸は目をこする。束ねられた棒と手槍の間に挟まれているものがあった。門番の指だ。両の親指をのぞく、八本が搦《から》め捕られている。

范可は、にぎる手にはほとんど力をいれていない。

にもかかわらず、締めあげられたかのように長は苦しんでいる。

そうか、と高丸は思った。棒も槍も断面は円だ。そして、指の断面も円。円同士は点で接する。わずかな力も一点につどえば、凶器となる。今、長の八本の指は恐ろしい力で締めあげられている。

「ま、まいった」門番が、ふるえる声でいう。

「たのむ。助けてくれ、指を折られれば武者働きはできん」

范可はしばらく無言で、ひざまずく長を見下ろした。手は棒と手槍をにぎったままだ。

「あの童が助けを乞うたとき、お前はどうした」

長の顔がゆがむ。范可は、束ねた棒と手槍を膝の高さに落とす。そして、片足をあげた。

「や、やめろ」容赦なく、足を槍と棒に落とした。悲鳴が轟いて、八本の指が粉砕される音があとにつづく。范可は懐から布を取りだし、何事もなかったかのように棒についた血をぬぐった。

「いくぞ」と高丸に近寄り、片腕で抱きあげた。

「だ、大丈夫です。自分の足で歩けます」

「馬鹿め。あれほど西軍の陣にいくなといわれただろう」

「す、すみません」

「お前が西軍の陣へいくのを、見ていたものがいた。だから、探していたのだ」

うめく門番たちを残して、范可は歩く。高丸の鼻と目が潤んでくる。危機が去ったゆえだろうか、ぼろぼろと涙が頰を濡らす。

「ごめんなさい、范可様」首に抱きついた。

「え」と、驚いた。范可の首筋に粟がたっている。

呼吸も荒い。戦いのときは、平静だったにもかかわらずだ。

「まさか、怪我《けが》をしたのですか」

「いや、体は大丈夫だ……。この棒をふると、いつもこうなる。ちがう棒にすればよかった。万が一を考えて手に馴染《なじ》むものにしたが……やはり、よくなかった」

范可は片腕で額をぬぐう。べったりと汗がついていた。

どうして棒をもつと苦しくなるのか、高丸には理解できない。

「明国にいるとき、父をこの手で殺《あや》めたのだ」

「ど、どうして、そんなことを」

「止むをえなかった。民を救うためには、父を殺すしかなかった。覚悟の上だったが」

范可の体が、どんどんと冷たくなっていることにも気づく。

「今もつこの棒で、父を殺した。もっとも、あのときはこの先に穂先がついていたがな。これをもち戦うと、未《いま》だに嫌な汗をかく」

高丸は范可を見た。

歳に不似合いな真っ白い髪は、もしかして范可が実の父を手にかけたときに……。

龍ノ十

土岐頼芸が籠る大桑の城を、二《に》頭立浪《とうたつなみ》の旗指物が囲ったのは、深芳野と帰蝶に織田家への輿入れを告げてから、一年と八ヶ月がたってからだった。

「長かったなぁ」と、源太はつぶやいた。法蓮房と出会い、国盗《くにと》りの旅をはじめてから四十八年の月日がたっている。

本陣には道三はじめ、多くの将が集っていた。法蓮房の面影を色濃くただよわせる、豊太丸もいる。さらに背がのびて、今は諸将を睥睨《へいげい》するかのようだ。一方の道三は鎧櫃《よろいびつ》の上に腰を落とし、大桑の城をにらみすえていた。

「日運様が戻られました」

今枝弥八が声をかけた。目をやると、黒衣の老僧が歩いてくる。開城降伏をすすめる使者として、大桑城へと派遣されていた日運だ。いかに道三とて、頼芸を攻め殺しては消えぬ悪評となる。今後のことを考えれば、無血開城の後、国外追放にとどめたい。聞くところによれば、城に籠る頼芸の家臣から内通が相次いでいるという。もはや、大桑城は吹けば飛ぶ存在だ。逆にいえば、ほんのわずかな行き違いで、内通者が刺客となって頼芸を殺しかねない。それゆえにこそ、道三は慎重だった。

頼芸の生母花佗夫人の信頼の厚い日運を使者にしたのは、そのためだ。

「左京大夫《さきようのだいぶ》様でございますが、開城降伏を拒否されました」

日運の報告に、諸将がどよめく。

「愚かな。戦って滅ぶというのか。そうなれば左京大夫様だけでなく、生母の花佗夫人も無事ではすまぬぞ。そのことも、間違いなく伝えたのであろうな」

道三が鋭い口調でたしかめる。

「花佗夫人の件については、相当の逡巡《しゅんじゅん》がおありのようでした」

「では、なぜ、粘り強く説き伏せなんだ」

「し、しましたとも」日運が狼狽える。「左京大夫様はこうおっしゃいました。『国滅ぼしを手放さぬ限り、わしは降《くだ》らぬ』と」

「国滅ぼし」と、諸将がざわついた。

「国滅ぼしが何のことか、拙僧にはわかりませぬ。左京大夫様も教えてくれませんでした」

　日運の言葉に、道三は無言で腕を組む。

「みな、すまぬ。席を外してくれ。豊太丸と源太、そして日運殿は残ってよい」

　怪訝《けげん》そうな表情を隠そうともしない諸将が、陣幕の外へと出る。

「拙僧は、左京大夫様や花佗夫人をお救いしたいのです。教えてください。国滅ぼしとは、なんなのです。でなければ、説得できかねます」

「悪いが、それは教えられん」

「そんな……」日運は源太を見た。

「申し訳ありません。おれもわからないんです」

　あるいは宝念《ほうねん》なら知っているかもしれないが、まだ正気は戻らない。

「ふむ、父上、悲観するばかりではありませんぞ。日運殿の弁によれば、光明もあります」

微笑を浮かべたのは、豊太丸だ。

「左京大夫様は、国滅ぼしさえ手放せば開城するとのこと。つまり、そこを突けばいいのです」

「お前は、国滅ぼしが何かわかっているのか」

「私も父上と同じように、津島や伊勢、知多半島を旅しました。大方の想像はついております」

平然と豊太丸は答える。

「ならば、わかろう。国滅ぼしを手放すことはできない。より正確にいうなら、手放したという証《あかし》を見せることができない」

源太にも、道三のいう困難さは理解できた。頼芸の目の前で、集めた大量の銅を見せ、手妻（手品）のように消し去ってしまえば別だろうが。

「父上、私めに任せてもらえませんか。左京大夫様を、説き伏せたいと思います」

「ほお、お前が使者に立つのか」

「まさか。私が虜囚になれば、父上を不利にするだけ。左京大夫様が降伏せざるをえない仕掛けをほどこした後に、日運様に再度、使者を務めていただきます」

豊太丸は、源太に目をやった。仕事をしてもらうぞ、と瞳の色がいっている。

龍ノ十一

源太は、日運とともに大桑城のある山を上っていく。狼《おおかみ》や熊もでる深い山だ。こうべを後ろにやれば、道三の軍がぐるりと囲んでいた。幌《ほろ》で覆われた、寺鐘ほどの大きさのものが陣の最前線へと運ばれている。あれが国滅ぼしだったのか、と源太は感嘆を禁じえない。それを十日かそこらで用意した、豊太丸は恐るべき智慧《ちえ》者だと思う。奴は間違いなく法蓮房の孫だ。

日運は、再び開城降伏の使者として大桑城を目指していた。源太も、供をしている。門が見えた。門矢《や》倉《ぐら》の上の番兵が火縄銃を突きつける。来意を告げると、ひとり通れる幅だけ扉が開いた。源太、日運の順で入る。頼芸のいる本丸は、黒地に桔梗紋の旗指物が壁のように並んでいた。四隅には巨大な矢倉があり、空を支える柱を連想させる。その中央で床几に座すのは、土岐〝左京大夫〟頼芸だ。随分と頰がこけていた。

「日運でございます。こたびは、道三公よりのご返答をお持ちしました」

「返答だと」頼芸は、隈がうかぶ目をつり上げる。

「はい。国滅ぼしを手放すか、否かのご返答です」

「小癪《こしゃく》な口上よのう。大方、国滅ぼしを手放すと偽りを申して、わしに開城させる魂胆だろう。そんな虚言に惑わされると思ったか」

頼芸の剣幕に、日運がたじろぐ。

「よいか、この左京大夫頼芸を侮るな。美濃守護の座が惜しくて、城に籠っているのではない。国滅ぼしを使わせぬためだ。あれは使い方を誤れば、その名のとおり国を滅ぼしかねん」

源太は感心した。出立前に豊太丸が頼芸の弁を予想したが、そのとおりになっている。

「国滅ぼしとは、それほどのものなのですか」

日運の問いかけに、頼芸は侮蔑の笑みをかえす。

「残念ながら、御坊は使者として力不足のようだ。大方、母と言葉を交わしたくて、このたびの役をかってでたのであろう」

頼芸の言葉に、日運が唇を食む。

「おそれながら」と、源太が顔をあげた。

「控えろ、従者風情が」声を荒らげたのは、頼芸直属の弓衆たちだ。

「副使の私めが、日運様にかわり言上します」

花佗夫人のことを揶揄《やゆ》された日運には、使者の役は覚束ない。

そうなったときのために、源太も同行しているのだ。

いいだろう。が、誰が説得しようが同じだ。わしの考えは変わらん」

「国滅ぼしですが、手放すことは能《あた》いませぬ」

「ほお、本音を吐くとは殊勝だな」

「その上で、左京大夫様には無益な足掻《あが》きはやめていただきたい。なぜなら、国滅ぼしは完成してしまっているからです」

頼芸のまぶたが、ゆっくりと開かれる。

「あちらをご覧ください」

手をやって、城の外へと頼芸の目を誘《いざな》った。寺鐘のようなものが、大桑城に向けてずらりと並んでいた。かぶせていた幌《は》は剝ぎとられている。台座に乗った銅製の巨大な筒だ。

「なんだ、あれは」

弓衆たちがざわつく。頼芸がゆっくりと立ち上がった。

「あれが国滅ぼし――いえ、それは渾名にすぎませぬな。大筒《おおづつ》でございます」

「お、大筒だと」旗本たちが驚きの声をあげる。

「左様です。法蓮房こと長井新左衛門が大量の銅を駆使して鋳造していたものこそが、大筒です。海の向こうの天竺《てんじく》や南蛮では、城攻めの武器として大変に重宝されていると か。法蓮房は、とあるところで大量の銅を集め、南蛮の大筒を造りあげることに血眼になっておったのです」

みなが、しんと静まりかえる。

「そして、やっとその大筒が完成したのです。左京大夫様はどこで聞きつけたかは存じませぬが、法蓮房が大筒を鋳造しようとしていることを知った」

大筒を鋳造するために、法蓮房は関《せき》の鋳物師座を潰し、大良《おおら》に新しい鋳物師座をつくった。そして、関の座が復活してからは、大良の鋳物師座を半分にして、残りを大隅《おおすみ》国の加治木《かじき》と常陸《ひたち》国の村松《むらまつ》に移した。日ノ本中に大筒を流通させるためだ。

「聞けば、南蛮の商人は火縄銃や大筒を売りつけるために、万里の波濤《はとう》もものともしないとか。法蓮房も、同じような性根だったようです。大筒を売りつけることで、莫大《ばくだい》な銭を手に入れ、日ノ本を支配しようとしたのです。さて、今までの話で、何か間違ったところはありましたか」

頼芸はしばし沈思した後、「ない」と簡潔に答えた。

「大筒を完成させ使われることを恐れた左京大夫様は、弓衆らに命じて法蓮房を襲わせました」

頼芸を守る弓衆が数歩後じさった。

「ご安心を。左京大夫様はもちろん、城兵全員の命は助けます。ただし――」

源太は腰の刀――烏丸をにぎった。

「偽りは申されるな。これよりは、私が偽りと断じれば誰であっても斬ります」

鯉口《こいぐち》を切る。老いたとはいえ、頼芸ごときを斬るのは造作もない。守る弓衆も眼中にない。なぜなら、源太は生き残るつもりがないからだ。捨て身の太刀を防げるものは、この場にはいない。

「その上で聞きます。法蓮房を弓衆に襲わせたのは、左京大夫様で間違いないですな」

「……そうだ」頼芸の答えに、弓衆が観念するようにうつむいた。

「誰から、国滅ぼしのことを聞いたのですか」

「わからない。書き置きがあった。私がよく読む、歌集に挟んであった。無論、差し出し人の名など書いていない。そこに、国滅ぼしのことが記されていた。国滅ぼしと呼ばれる大筒を、新左衛門が密《ひそ》かに造り、使わんとしていることが書いてあった」

「その書き置きは」

「焼いた。当たり前だろう。他の者に、国滅ぼしのことを気づかれたら終わりだ」

「そして、隙をみて法蓮房を襲った。そのとき、石弥の礫を受けましたね」

「ああ、あの男の礫か」

頼芸は自身の右臑《みぎすね》に目をやった。今は、脚絆《きゃはん》と脛当《すねあ》てで覆われていて肌は見えない。

「たしかめても」

頼芸は、脛当てと脚絆を乱暴に剝がした。さらしが現れ、すぐにほどける。肉が盛り上がり目をこらさねばわからなかったが、たしかに星形の傷がある。間違いなく、石弥の礫の痕だ。

「ひとつ、訊きたい」頼芸が問い返した。「本当に、国滅ぼしを完成させたのか。それが本当なら、私の抵抗は無意味だ。国滅ぼしの完成を阻むために、城に籠っていたのだからな。何より、すべての銅を国滅ぼしに変えたわけではあるまい」

「無論です。すべての銅を変えれば、今大桑を囲む大筒の数の百倍になります」

「信じられんな」だが誇張ではない。

「火縄銃でさえ、近江の国友村《くにとも》で鋳造できたのはつい最近のことだぞ。それも、南蛮のものに比べればはるかに劣るものを、だ。火縄銃よりも大きく難しい大筒を、どうやって」

「神算の法蓮房なら、それを成せる。そう思ったから、弓衆で法蓮房を襲わせたのでしょう」

「そうか……そうだったな。しかし、本当に完成させたのか」

「お疑いはごもっともです。主《あるじ》、道三から一発だけ、お目にかけてもいいと命じられています」

日運が取りだしたのは法螺貝《ほらがい》だ。空にむけて、合図の音を三度轟かせる。

自然、みなの目は囲む大筒に吸いこまれた。

ちかりと、大筒のひとつが光った。刹那、大音響が天をつき、地を震わせる。

「な、なんだ」

旗本と弓衆がどよめく。大筒の口からは、もうもうと煙がたなびいていた。

全員があたりを見回すが、何の変化もない。

「こっ、こけおどしか」

弓衆の誰かがいったとき、大音響が再び轟いた。先ほどとちがうのは、ずっと近くだったことだ。悲鳴が振ってきた。背後をみると、矢倉のひとつが木っ端微塵《みじん》になっている。柱が折れ、倒れようとしていた。幸いなのは、本丸の外に傾いていたことだ。

「ご覧いただけましたか。これが大筒の力です。国滅ぼしが見事に完成したこと、まだお疑いになりますか」

頼芸へと目をもどす。観念したゆえだろうか、顔には血の色が戻りつつあった。

「なるほど、国滅ぼしを完成させぬために抗《あらが》っていたが、それももう無駄なわけか」

大きく長く頼芸はため息を吐きだした。がくりとうなだれる。

芝居じみて見えるのは、絶望が大きすぎるゆえだろうか。

龍ノ十二

山を下りた源太たちを出迎えたのは、銅製の大筒たちだった。そのうちの一本からは、まだ煙がたゆたっている。

「こ、これが国滅ぼしか」

日運が、その威容に立ちすくむ。初めて見る源太も、ごくりと唾を呑んだ。煙をくすぶらせる大筒に目が吸いこまれる。小さな火があがっていた。どういうことだ。後ろに回り、「ああ」と声をあげた。大筒に、巨大な亀裂が入っているではないか。火薬が零《こぼ》れおち、下の台座を焦げつかせ、火が立ち上っていた。

「なんだ、これは」あとにつづいた日運も、目をしばたたく。

「これが国滅ぼしの正体だよ」

現れたのは天を衝《つ》くような長身の若武者――豊太丸だ。

「国滅ぼしなど完成していない、ということさ」

「か、完成していない、だと」

間抜けにも、源太は復唱してしまった。

「そうだ。大筒を造ることは、まだこの日ノ本ではできない。実際に火薬を使えば、この有様さ。いうなれば、目の前のものはとてつもなく不細工な銅の筒さ」

豊太丸は足で台座の火を踏み消した。

「じゃあ、先ほどの矢倉を破壊した一発は」

源太は指を大桑城の本丸につきつけた。四本あった矢倉が三本になっている。

「弾をいれずに、火薬に火をつけた。これだけ分厚い銅に亀裂をいれるのだから、源太たちにも聞こえただろう」

「ああ、耳が潰れるかと思った。そして、矢倉が倒れたぞ」

そこまでいって、源太も閃《ひらめ》いた。

「内通者に、矢倉のひとつに火薬を仕込んでもらったのさ。大筒もどきの大音響を合図に、火をつけ爆破したわけだ」

「じゃあ、国滅ぼしは……」

「何度もいうように、完成していない。神算の法蓮房の異名をとった祖父がいてこその国滅ぼしだ」

源太は天をあおいだ。「そうだったのか」とつぶやく。

法蓮房よ、これがあんたの秘策の正体だったのか、と心中で語りかけた。

「は、はははは」

突然、笑い声が聞こえてきた。首をねじると、日運が哄笑《こうしょう》をまき散らしている。

「馬鹿馬鹿しい。何が、国滅ぼしだ。存在せぬもののために、左京大夫様は降伏したのか」

目に涙さえ浮かべて、日運は笑う。

「こんな、くだらない話があるか。これほどまでに滑稽な狂言が存在するのか。左京大夫様は……誇り高き美濃の守護家は、まがいものの国滅ぼしによって滅ぼされたのだぞ」

こめかみに血管を浮かべて、日運は笑う。

「守護代のわが斎藤一族がもり立てた土岐一族が、こんな……鳥さえも殺せぬ武器に屈したのか」

がくりと、日運は両膝をついた。

「源太よ」滂沱《ぼうだ》の涙で頰を濡《ぬ》らす日運が顔をむけた。「これが……法蓮房の兄者の国盗りの結末なのか。こんな子供欺《だま》しの結末で、お主は満足なのか」

源太は、すぐには答えられない。胸から取りだしたのは、永楽通宝だ。特殊な細工がしてあり、中央の四角い孔《あな》に油を通す曲芸をしたのが、つい最近のことのように思える。

「おれはよかったと思います」

日運が首を傾げる。

「法蓮房の描いた結末とは全くちがいます。けど、おれはこれでよかったと思っています」

永楽通宝を強く握りしめる。

きっと、法蓮房も満足しているはずです。

そう心のなかでつぶやいた。

握りしめる銭が、じんわりと温かくなってくる。

蛇は自らを喰み、円環となる　八

「禁を破り、西軍の陣へといっていたのか」

よせた眉根に、細川勝元は指をやった。目をとじると、しわが深くなる。

范可に救われた高丸は、庭にすわっていた。部屋には勝元と范可がいる。

「高丸よ」勝元がまぶたをあげた。

「今後、一切、東軍の陣への出入りを禁ずる」

「そ、そんな」思わず腰を浮かしてしまった。が、すぐに地べたにへたりこむ。

約定を破ったのは、高丸の方だと気づいたのだ。

「かわいそうだが、止むを得ぬ。わしは東軍の総大将だ。そして、お主は幼いとはいえ松波家の当主。禁を破ったものに適切な罰を下さねば、士気にかかわる。戦況が膠着《こうちゃく》しているからこそ、軍規が乱れかねんことには厳格に応じねばならぬのじゃ」

高丸はうなだれる。何も反論できない。

「以上だ。もう、二度とあうこともあるまい。達者でな」

その言葉は、さきほどよりもずっと強く高丸の心身を襲った。

そうなのだ。もう高丸は、細川勝元とまみえることはできない。

勝元が立ちあがった。礼をいわねばならない。勝元は多くのことを教えてくれた。にもかかわらず、高丸が約定を破った。

せめて、一言だけでも——だが、口は縫いつけられたかのように動かない。

ゆっくりと勝元が去っていく。「嗚呼《ああ》」とつぶやく。部屋には、勝元はおろか范可さえいない。

よろよろと立ちあがり、勝元の陣をでる。

日はまだ高かった。よろける足取りながら、なんとか歩くことができた。

父子の物乞いがいる。やせ細った童とざんばら頭の父親。右のこめかみの腫れ物からは膿《うみ》がしたたっていた。童のきる襤褸《ぼろ》ははだけている。龍の形をしたむごい火傷《やけど》の痕は化膿《かのう》して、遠くにいても嘔吐《えず》きそうなひどい悪臭を放っていた。横には錆《さ》びた薙刀がある。

また、あってしまった。道を変えようとして、やめる。様子がおかしい。

父親の体がぐらりとかしぐ。そのまま顔から地に突っこんだ。ぴくりとも動かない。

やがて一羽のカラスが降りてきて、背に止まり嘴《くちばし》で父親の肉をついばみはじめる。童の方は、わずかに首を動かしただけだ。父を見るが、諦めたようにうなだれる。

足音をたてずに前を通りすぎる。

「うう」と声がした。見ると、童が細い腕をこちらへつきだしている。

「か、かぁえ……」かえせといっているのか。たしかにこの父子の寺で、瓦礫を漁《あさ》った。そして、銅の残骸を集めた。

懐から銭袋をだす。慎重に近づいた。そっと童の前におく。

童はふるえる手で袋をとり中を開けようとするが、なかなかうまくいかない。やっとのことで、中にある銭がばらまかれた。

「かえ……せ。こんな……も、の」

「これでいいだろうッ」大声で怒鳴りつけていた。

「おいらだって必死なんだ。松波家を再興しないといけない」

「か、かえ……」

「うるさい、黙れ」びくりと、悪臭を放つ童の肩が跳ねた。

きびすを返し、走る。駆けつつ、どうしようと思った。もっていた銭を全てやってしまった。

明日生きているかどうかもわからない童に、どうしてやったんだ。心中で、自身を罵倒する。

無茶苦茶に走りまわった。

日が完全に没してから、寝ぐらを目指す。帰りたくなかった。雪になんといえばいいのか。明日からどうすればいいのだ。どうやって、これから生きていくのだ。瘧《おこり》を患ったかのようなふるえが、全身をはう。手を腹にやり、何度も嘔吐いた。

やっと寝ぐらについた。誰かがいる。雪と、あともうひとり、誰かが寝ぐらの中に。

「雪っ」と叫んで、茣蓙《ござ》をはねあげる。

「遅かったな」寝そべり咳《せき》をする雪の隣にいるのは、范可だった。月光をうけ、白髪が高丸の知らない色に輝いていた。

「は、范可様、どうしてここに」

「お前を待っていた」目ですわれと促された。

「京兆様を恨むなよ。あの方も、お主を追放したくてしたのではない」

范可がいうには、実は西軍との和平交渉が進んでいるらしい。もし、勝元の息のかかった高丸が西軍陣地に侵入していたとわかれば、和平が遠のく。それだけは阻止せねばならなかった。

手はひとつしかない。高丸を東軍の陣地から遠ざけることだ。

「そうだったんですか」

「まあ、追放は私も同じだ。あれだけ派手に西軍の武者を痛めつけたのだからな。乱が終わるまで、妙覚寺あたりにかくまってもらう」

妙覚寺は日蓮宗《にちれんしゅう》の寺だ。日蓮宗に限らずだが、仏教教団は明国との貿易をさかんにおこなっている。半用心棒として范可が乗っていた貿易船は、日蓮宗と親しく交易をしていたという。

「これは京兆様からの餞別《せんべつ》だ」范可が包みを前にだした。高丸は右手をつかって、封をとく。包みがはらりとほどけた。出てきたのは、一貫文《いっかんもん》の銭だ。全て宋銭である。

「これだけあれば、しばらくはなんとかなるだろう。そして――」

さらに、懐から紙につつまれたものをだす。こちらは、范可が封を解く。最初は何かわからなかった。赤く細長い蕪《かぶ》のようなもの。

「朝鮮人参《ちょうせんにんじん》だ」恐ろしく高価な薬ではないか。さらに、薬包も十包ほどある。

「お主の妹――でいいのか。名前は雪というらしいな」

范可が目をむけると、雪が咳《せ》きこみつつもうなずいた。本当は妹ではないが、高丸も点頭する。

「薬包の中身は、肺の病にきくように調合してもらったものだ。人参とあわせて服せばいいという話だ」

「そ、そんな、こんなにもいただけません。一貫文だけでも多すぎるのに」

高丸は押しかえそうとした。

「もし、お前が京兆様にすこしでも恩を感じているならば――」

「もちろんです。色々なことを学ばせてくれました」

「ならば、ふたりで健やかに暮らせ。それが京兆様への何よりの恩返しだ」

穏やかな声だったが、高丸の臓腑《ぞうふ》にずしりとひびいた。

「学んだことをいかし、生きぬけ。京兆様がお前に望むのはそれだけだ」

うつむいて「はい」と答えた。高丸の声は湿っている。ぽたぽたと涙がこぼれ落ちた。

「じゃあな。達者で暮らせよ」

范可が立ちあがり、莫蓙をめくる。

月光に溶けるようにして、去っていった。

龍ノ十三

一渓が道三の顔に指をやって、まぶたをめくる。口を開けさせて、舌の色を診た。脈をたしかめた次は、腹に手をあてる。

「うん、随分とよくなったな」一渓は、明るい顔でいう。

「孫四郎、喜平次」と、首をひねった。道服をきた、顔がうり二つの若者がふたりいる。

道三の子で、孫四郎と喜平次だ。一渓は今、京で〝啓迪院《けいてきいん》〟という医院を営み、治療と後進の育成に励んでいる。喜平次と孫四郎は、一渓の弟子になっていた。

「薬を処方してくれるか。呼吸を司る金の気の動きが思っていたよりいいので、当帰《とうき》と川芎《せんきゅう》はすくなくていい」

「はい、導師、わかりました」

両手をついて、ふたりは拝命する。薬をとりに、喜平次らが退室したところで「ふたりの京での学びぶりはどんな具合だ」ときいた。

「筋は悪くない。あんたと同じで、漢詩の良さがわからないのは玉に瑕《きず》だがな」

道三は苦笑でかえす。

「とはいえ、驚いたのはあんたの体調だ。快方にむかっている」

「一渓がいったではないか。心を殺す要因を取りのぞけ、とな」

頼芸を追放し美濃を統一したのが、五年前の天文十九年（一五五〇）のこと。今までの動乱が嘘のように、美濃国に平穏が訪れた。道三の武威を恐れて、近隣諸国が容易に兵を出さなくなったことがひとつ。もうひとつは、銭の価値が安定したことだ。法蓮房の時代から、善銭悪銭《ぜんせんあくせん》含めて数多の種類の銭があり地域ごとに価値がちがうだけでなく、銭価は絶えず変動していた。それによい兆候がではじめている。美濃を中心とする地域で、鐚銭《びたせん》だった永楽通宝《えいらくつうほう》の価値が、ほぼ善銭あつかいで統一されたのだ。美濃には潤沢な量の永楽通宝が出回り、それを目当てに諸国の商人が稲葉山城下に集まる。美濃の経《けい》世済民《せいさいみん》はさらにさかんになった。

四囲の国々との関係も良好だ。越前《えちぜん》朝倉家はなりをひそめ、近江の六角家とは同盟を結んでいた。

順調な経世済民と良好な他国との関係により、道三は豊太丸に家督をゆずることができた。今は稲葉山城ではなく、その麓の私邸で隠居の身分である。もちろん、豊太丸とは頻繁に政《まつりごと》のことを談合しているが、最終的な決断はすべて豊太丸にゆだねていた。

「まだ、幻には悩まされているのか」きかれて、道三はうなずいた。

「たまにだがな。大きな音を聞くと、駄目だな。戦を思いだし、嫌な汗がでる。そういうときは決まって亡者の声が聞こえるし、姿が見えることも多い」

ふたりきりなので、自分の弱さを吐露しやすかった。隠居の身とはいえ、道三が病に冒されているとわかれば、他国や敵を利することになる。しばらくもしないうちに、孫四郎と喜平次のふたりが薬湯を運んでやってきた。道三は受けとり、ぐいと呑みほす。

「まあ、今の治療をつづけていれば、いずれよくなるだろう。私は京へ帰る。しばらく、孫四郎と喜平次をおいておく。ふたりの指示に従って、薬を服してくれ」

「深芳野の方はどうだった」一渓には、深芳野の体調も診てもらっていた。

「そちらも悪くない。ふたりには奥方のことも託しておくから、安心してくれ」

「そうか」安堵の息をはく。

「それにしても、あんたは大した男だな」

まじまじと、一渓が見つめる。

「珍しいな。何か悪いものでも食ったのか」

「正直な気持ちだ。手段はどうあれ、美濃の国を統一した。経世済民をさかんにし、民の暮らしを豊かにした」

「なに、運がよかっただけだ」

「謙遜するなよ」

「銭の値が安定した。特に永楽通宝のな。これにつきる」

「そういうものなのか」

「銭の流通する量がすくなければ、物の値が下がる」

正確には、銭の価値が上がる。人々が求める量より希少であれば、物の価値は上昇するのが理だ。それは銭もしかり。銭の価値が上がるということは、物の値段が下がるということだ。

これは恐るべきことだ。物の値段が下がるなら、人々は銭を貯《た》めこむ。今でなく将来に購ったほうが得だからだ。すると物が売れなくなる。

物が売れなければ、経世済民はどんどん低調になる。

逆に銭の流通量が潤沢になればどうなるか。銭の価値が下がり、物の値段（価値）が上がる。物価の急上昇は経世済民を混乱させるが、わずかな上昇ならば望ましい。銭を貯めていても、物の値段が将来上がるなら、貯めた銭で購えるものがすくなくなる。人々は貯めることより、物の値が低いうちに購うようになる。結果、商売が活発になる。

「ほお、銭が流通する量によって、経世済民が豊かになるか否かが変わるのか」

一渓は素直に感心している。

「銭は経世済民の礎のひとつだ。いい風がふいてくれたおかげだ」

「たしかに、銭の値の変動をあやつることができるのは、神だけだ」

「そういうことだ。世の中には、ままならぬことがあまりにも大きすぎる。こたびは、たまたまうまくいっただけだ」

これは少々謙遜していた。美濃に永楽通宝が大量に集まり経世済民が上向くよう、道三は様々な策を打っていた。そのひとつが、稲葉山城下に楽市令をしくことだ。座や市に加盟していなくても、元手さえあれば誰でも商いができるようにした。それ以外にも大小様々な手を講じている。

「残念だよ。叔母上の墓前に、新九郎が立派な上医《じょうい》になったと報告しようと思っていたのに。運まかせだったとはな。やっぱり、新九郎はまだまだだったと伝えておく」

気のおけないやりとりが、心地よかった。

菖蒲丸という名前だった一渓とすごしたのは、もう三十六年も前のことだ。

龍ノ十四

源太の目の前には、四つの墓石がならんでいた。法蓮房、馬《うま》の助《すけ》、牛次《ぎゅうじ》、石弥のものだ。節くれ立ち、しわと傷がはいった手をあわせる。目をつむり、祈った。

四人と出会ったとき、源太は十二歳の少年にすぎなかった。法蓮房はたしか二十四歳、牛次、石弥らはそれよりすこし上だったはずだ。馬の助は、彼らより十ほど上か。正気は失ったものの源太同様に生き残った宝念も、同様の年回りだ。

そして、四人は五十代で死んだ。今、源太は六十五歳。彼らの享年をとっくに超えている。こうべを巡らせると、髷《まげ》を結った男たちが歩いている。冠や烏帽子《えぼし》はかぶっていない。なかには、頭を剃《そ》りあげた月代《さかやき》姿のものもいる。源太が法蓮房らとあったころは、冠をつけない露頂《ろちょう》姿は軽蔑の的だった。月代も戦のときだけだったが、今は平時でも毎日頭を剃るものも多い。

墓地を歩き、本坊にはいった。

「いつもご苦労様です」と、住職が頭をさげる。

「宝念は相変わらずかい」ここは、正気を失った宝念が引き取られている寺だ。

「よくも悪くも、変わりはありません。ただ、お歳なので寝ていることが多くなりました」

廊下を歩きつつ、そういえば宝念の歳はいくつだろうか、と考える。正確なことはわからないが、八十はもう超えている。襖を開けると、寝具に埋もれるようにして宝念が寝ていた。泥鰌髭《どじょうひげ》は真っ白で、頬はこけ、喉仏が異様に浮き出ている。

部屋のすみには行李《こうり》があり、鐚銭があふれていた。鐚銭を宝と信じ、今も集めているのだ。

寝息ともうめきともつかぬ声が、聞こえてきた。宝念のたれたまぶたがうっすらと開く。

「と、とう……父ちゃん」

「おれはお前の親父じゃねえよ」源太は優しく否定する。

「た、宝は、寺の宝は、どこ、へいった……の」

「安心しろ。向こうのすみにあるよ」

寝床の中で、宝念が頭を動かした。

「父ちゃん、駄目だ、よ。あ、あんなところに……おいちゃ。盗人《ぬすっと》にと、盗《と》られる…よ。また、あいつがやってきて、盗っていく。あの、に、し…のお……かの」

最後は呂律《ろれつ》が回っていなかった。

「大丈夫だよ。おれが守ってやるから」

「そ、そう。よかった」心底から安堵できないのか、宝念の老いた瞳がギョロリと動く。

「と、父ちゃん、それ……い、いいな」

しわだらけの指が、源太の首から下げたものをさしていた。細工のほどこされた永楽通宝だ。

「ああ、これは法蓮房にもらったものさ」

「ほうれん……ぼぉ」宝念が首をかしげる。

「覚えてないか。おれたちの親玉だよ」

寝具のなかで、宝念は幾度も首をひねる。

「父ちゃん、それ欲しい。それ、た、宝。おいらの宝」

「あん、お前ももってたろ」

法蓮房が、みんなに分けたはずだ。宝念も源太同様に、肌身離さずもっていた。ああ、と思い出す。宝念らが頼芸に襲われたときに失ったのか。川辺で倒れているときには、もうなかった。

そういえば、と思う。頼芸が降伏したとき、道三は国滅ぼしの秘密が隠された永楽通宝をどうしたかは追及しなかった。なぜだろうか。降伏すれば、その必要はないと判断したのか。どこか、詰めが甘いような気がする。道三らしくない、といおうか。

頭によぎったのは、十九年前の伊勢で長井玄佐と渡りあったときのことだ。奴は牛次の骸から細工をした永楽通宝を奪い、砕いて中に潜ませたものを見たといっていた。

『教えてやりたくなったのだ。貴様らが法蓮房にだまされていることをな』

あれは、どういう意味だったのだ。

「ちょ、ちょうだい。父ちゃん、お、お願い」

宝念の言葉が、源太を回想から戻す。枕から、老いた頭を必死に引きはがそうとしている。

「なんだ、欲しぃのか」すこし躊躇《ちゅうちょ》した。「そうか、欲しいよな。お前も昔はもってたもんな」

紐《ひも》を首から外し、細工をした永楽通宝を渡す。

「なに、これ、おかしな銭」

「妙な細工だよな。普通の永楽通宝よりも、一回り大きくできてるんだ」

源太は、四角い孔を指さした。

「だから真ん中の孔が大きい。ここから、油を通す曲芸をしていたんだ。懐かしいな」

いつのまにか、宝念が大きく目を見開いていた。

まばたきを忘れたかのように凝視している。

「ぼ、母銭《ぼせん》」

「うん、なんだって」

「あぁ、源太さん」背後から声がかかった。顔を出したのは、道三の息子の喜平次だ。

「おう、どうしたんだ。片割れの孫四郎は一緒じゃないのか」

「片割れはないでしょう。孫四郎は、稲葉山で母上と父上を診ています。私は、宝念殿のうけもちです」

孫四郎と喜平次は、交代で道三、深芳野、宝念の容態を診ている。

「今から薬湯の時間なんです。源太殿もいかがですか」

「いらねえよ。どうせ苦いんだろ」

「薬食同源ですから、薬も呑みやすく処方することも多いですよ」

そういえば法蓮房とあったころ、田代三喜が料理の味付けに薬を使っていた。懐かしいとは思ったが、腹は減っていないので辞退する。宝念の寝ている部屋を辞して、廊下で住職と世間話をしていた。突然、床を強く踏む音がひびいた。

「た、大変です」喜平次が飛びこんできた。

「どうしたんだ」

源太は、腰にさした烏丸を反射的ににぎってしまう。

「しょ、正気を――」

「正気がどうした」

「正気を取りもどしました」

一瞬、意味が理解できなかった。

「宝念殿ですっ。宝念殿が、正気を取りもどしたのです」

龍ノ十五

道三は、稲葉山城の麓の私邸から駆けに駆けていた。ついてきているのは、道服をきた孫四郎だ。源太が早馬でやってきて、宝念が正気を取りもどしたと報《しら》せてくれた。だけでなく、法蓮房こと長井新左衛門暗殺の真相も話すという。

「父上、こちらです」

寺の前で腕をふって道三を呼ぶのは、喜平次だ。山門の前で、道三は鞍から飛びおりた。

「源太殿はいないのですか」

「豊太丸を呼びにいっている。それより宝念は」

「薬湯を呑ませようとすると、急に正気を取りもどしました。今は、いつもの部屋で父上がくるのを待っております」

「わかった。他の者には、くれぐれも知られないようにしろ」

孫四郎と喜平次をつれて、道三は寺の廊下を足早に歩く。襖の前で止まり、何度も何度も呼吸をした。心臓が、いまだかつてない速さで胸を打っている。

唾を呑もうとしたが、口の中は渇ききっていた。

「新九郎か」宝念の声が聞こえてくる。それだけで、汗がどっと吹きでた。

「そうだ。はいるぞ」

慎重に襖を開けた。宝念は、窓の外を見ている。夜着ではなく、僧服に着替えていた。痩せて肉が落ちたせいで、肩や腹のところの布が余っている。かつてのように胸はそらしていない。背骨がつきでるような猫背だ。両手でもてあそぶのは、永楽通宝か。いや、一回り大きい。

あれは、永楽通宝の母銭だ。

ゆっくりと、宝念が振りむく。死神と正対したかのように、道三の全身に悪寒が走った。

「ほお、入道姿も様になるな。法蓮房を思い出す。親子だけあり、面影があるわ」

宝念は口元の白い髭を、左の指でなぶった。口調は、思っていたよりもしっかりしている。

「本当に正気を取りもどしたのだな。よかった」

「ああ、こいつの――母銭のおかげだ」

永楽通宝の母銭を、宝念は顔の高さに掲げた。大儀そうな動きが、どこか芝居じみている。

「無論、お主の息子たちの治療の甲斐もすくなくないだろうがな」

「父の死の真相を知っているというのは、本当か」

「ああ、そうだ。お前には語らねばなるまい。それより、茶をくれぬか。喉が渇いた」

「いいだろう。客間へいこう。炉があったはずだ」

「そんな大層なものはいらんよ。竈《かまど》で沸かした湯で結構だ。とはいえ、客間にはいこう。人払いするには最適だ」

道三と宝念は、ふたりで客間へといたる。孫四郎と喜平次を入り口の外で見張らせて、ふたりきりで向きあう。庫裏で沸かした湯を茶釜にいれ、略式で茶を点《た》てた。胡座《あぐら》をかいた宝念はふるえる手で受けとり、碗にしがみつくようにして飲む。半分ほど残して、茶碗を床においた。

「長い話になるやもしれん。喉を潤しながら話そう」

「わかっている。喉が渇いたなら、また茶を点てよう。で、父の死の真相とは」

「そうだったな。まず、われらを襲ったものたちだが、土岐左京大夫だ」

頼芸の凶行であることは本人からも白状させていたが、慎重に道三はうなずき先をうながす。

「法蓮房と拙僧と石弥で、川辺で月見酒をしていた。長井越中守を誅する日取りを決めていたのだ」

宝念は、右手で永楽通宝の母銭をもてあそぶ。

「左京大夫の弓衆に囲まれた。突然だった。そして、奴らはこういったんだ。永楽通宝の母銭を渡せ、とな」

「それで、お主らは……父はどのように対応したのだ」

「無論、渡したさ。川には、いつのまにか舟にのった弓衆もいた。逃げ道はない。その上で、残りの母銭の在処《ありか》をきかれた」

長いため息を、宝念は吐きだす。残りの母銭の在処は、父である法蓮房と道三しか知らないはずだ。

「法蓮房は答えなかった。目配せして、二手に分かれようといった。法蓮房が敵をひきつけた。拙僧らは逃げた。石弥は左京大夫が法蓮房に気をとられている隙に、鉛の礫を投げつけたが、そのせいで拙僧よりも逃げるのが遅れた」

そして対岸についたものの、治療の甲斐なく絶命してしまった。

「悲惨なのは、法蓮房だ。敵の第一の狙いだったからな。矢を多くうけ、川に飛びこんだ。拙僧にとって幸運だったのは、舟の弓衆の注意が法蓮房にむいていたことだ」

道三は何度も額の汗をぬぐった。落ち着け、と心の中で叫ぶ。

宝念のいうことに、目新しいことはほとんどない。頼芸の狙いが母銭であったこと以外は、誰かに聞かれても大丈夫だ。

「あとは、新九郎も知ってのとおりだ」宝念が茶碗をつかみ、喉に流しこんだ。

「もう、一杯くれるか」

冷めた湯で茶を点てる。手がふるえていた。誰かが、道三の手首をにぎっている。亡者だ。青白い肌をした長井新左衛門こと法蓮房が、道三の手首をつかんでいた。床柱のかげからは、血だらけの石弥もこちらを凝視している。氷のような肌の冷たさも伝わってきた。

幻覚だと理性ではわかっているが、本能は激しく恐懼《きょうく》している。

「どうした、顔色が悪いぞ」

酷薄な笑みを浮かべた宝念が、のぞきこむ。

「孫四郎、喜平次」道三は叫んだ。足音がして、襖が勢いよく開く。

「ち、父上、いかがしたのですか」ふたりが駆けよる。すでに道三は、両手を床についている。畳の目が、波のようにゆがんでいる。孫四郎が素早く脈を診た。

「いかん、心を司る火の働きが弱まっている。喜平次、薬を」

孫四郎の指示で喜平次が走る。

「父上、しばしお待ちを」孫四郎もすぐに部屋を出た。「ありったけの手巾をもってきてくれ。盥《たらい》に水をはれ」怒声が、道三の耳をたたく。

「大丈夫か、飲め」

宝念によって、茶碗が差しだされた。目眩《めまい》がして、受けとれない。宝念が口のところまでもっていってくれた。ぬるい茶を流しこむ。砂のようなものが、口の中でざらついた。

「どうしたのだ。ずいぶんと具合が悪そうだな」

宝念の目差《まなざ》しは鋭い。

「持病のようなものだ。気にしないでくれ」

なんとか、そう答えた。悪寒はひこうとしている。が、嫌な予感がした。このすぐ後に、何倍にも大きくなってぶりかえす。確信に近い思いがあった。手足に違和を感じる。腕を見ると、蛆虫《うじむし》がはっていた。目を碗にもどすと、緑の茶の中に米粒のようなものがいくつも泳いでいる。何匹かの蛆虫は、茶碗の縁を移動していた。

「くそう」とつぶやく。

肌をかきむしりたい衝動にかられる。

「お前が来るまでの間に、いかにして美濃を掠めとったかを喜平次から聞いた。国滅ぼしが、大筒だとはな。うまくたばかったものよ」くつくつと宝念は嗤《わら》う。

「まあ、万が一を考え、法蓮房はそうなるように仕向けたのだがな。九州の武士や倭寇《わこう》たちは、大筒のことを〝国崩し〟と呼んでいた。国滅ぼしと言葉が似ている。我らが大量の銅から何かを造りだしていることを悟られたとき、鋳造するものを大筒だと勘違いさせるように仕向けた」

肩で息をしなければ、呼吸ができない。目眩が、どんどんひどくなっていく。這《は》う蛆虫が、肌を食い破ろうとしていた。いや、ちがう。毛穴から体外へ出ようとしているのか。

「傑作なのは、お前だけでなく左京大夫もその詐術にのったということだ。左京大夫は、国滅ぼしの正体が大筒でないことを知っていたにもかかわらずだ。でなければ、拙僧らからこれを——母銭を奪うことなどしないからな」

宝念が、一回り大きい永楽通宝をふたたび見せつけた。

「一番詐術が上手かったのは、豊太丸だな。左京大夫を勘違いさせた。国滅ぼしの正体を、お主や豊太丸らが法蓮房から知らされていない、とな。だから、左京大夫は大筒を見せつけられて降伏した。大量の銅で大筒を鋳造する分には、どうということはない。たしかに恐るべき武器にはなるだろうが、法蓮房が用意していた国滅ぼしの凶暴さにくらべれば、些事《さじ》に等しい。法蓮房の国滅ぼしは、本当にこの日ノ本を破壊しつくしかねん」

老いた舌で、宝念は唇をねぶった。

「その上で、誰が左京大夫に国滅ぼしのことを教えたのか、だ」

ここで宝念は気息をととのえる。じろりと新九郎を睨《ね》めつけた。

「まあ、それは神仏のみが知りえることだ。ひとり思いあたる男がいるが、今はもう興味がない。ただ、残念なのは拙僧の手で法蓮房を殺せなかったことだ」

こきりと細い首を鳴らした。

「な、なぜだ。なぜ、宝念が父を殺す必要がある」

仲間ではなかったのか、という叫びは声にならなかった。宝念は襟に手をやり、一気に左右へと広げる。老いた肌があらわになった。肋骨が不気味に浮きでている。大きな火傷の痕があった。一匹の蛇か。ちがう、龍だ。龍の形をした火傷が、右腰から左胸へとかけてあった。

「国滅ぼしのもととなる銅は、拙僧と父の宝だったからだ。西岡の松波高丸が、拙僧ら父子から卑怯《ひきょう》にも奪った」

「ま、まつなみ……たかまる」

混濁する意識では、それが誰かはわからない。

「ああ、そうだとも。お前の祖父だ。そうそう、もう忘れてしまっているかも知れんが、お前が近江の勝部村にいることを玄佐の耳にいれたのも拙僧だ。国滅ぼしを手中にするには、法蓮房の後継ぎのお前が邪魔だった。が、これは失敗だった。拙僧自らが始末するべきだった。美濃に帰ってきた貴様は、法蓮房以上に恐るべき男に育っていた」

苦しむ道三を無視し、宝念は楽しげに続ける。

「さて、拙僧はそろそろ失礼するとしようか」

宝念は立ちあがった。

「そうだ。もうわかっているとは思うが、さきほど飲ませた茶に毒を盛った。孫四郎らの目を盗んで用意するのは、骨が折れたぞ」

ほうり投げたのは、肉荳蔲《にくずく》の実だ。

「田代三喜のいっていたことは、本当だった。肉荳蔲の実は少量なら薬だが、大量に服すると毒になる。まあ、貴様に盛った量が、はたして死にいたるか否かまではわからんがな」

宝念は、短刀をすらりと抜いた。道三の首にそわせる。殺気が肌を愛撫《あいぶ》した。

「いや、生き地獄を味わわせるのも一興か」

短刀を床に突きさした。

「肉荳蔲の実を食むと、幻覚も見えるらしいぞ。まあ、貴様は拙僧が肉荳蔲を盛る前から幻覚を見ておったようだがな。図星だろう。貴様の瞳は、細川政元と同じ光を宿しておるわ。空を飛ぶ幻を見ていたときの奴と同じ色だ」

宝念の老いた笑声が耳朶《じだ》を打つ。

「貴様は起きながら、どんな夢を見ているのだろうな。ぜひ生き残って、夢の結末を語ってくれ」

襖を開けて、宝念は足を引きずりつつも去っていく。

「父上」と、声がひびいた。足音がちかづく。孫四郎と喜平次の声だ。

なのに、なぜだろう。入り口からあらわれたのは、血だらけの長井越中守だった。もうひとりは、唐瘡《とうがさ》を患っているのか顔が潰れている。三十六年前、近江国の勝部村を襲いお光を手にかけた刺客だ。

「父上っ」孫四郎と喜平次の声で、血だらけの長井越中守と顔の潰れた刺客が近寄ってくる。

いつのまにか道三は床に刺さった短刀をとっていた。

「くるな」

「大丈夫ですか」

長井越中守と刺客が膝をおった。手を差しのべてくる。

「やめろぉぉぉおぉ」

短刀を振りかざし、近づかんとする長井越中守と刺客を道三は斬りさいた。

龍ノ十六

源太と豊太丸は、夕暮れのせまる美濃の大地を駆けている。馬は口から泡をこぼしているが、それでも足はゆるめない。宝念の正気がもどり、豊太丸に報せるために源太は走った。豊太丸は堤の普請現場の采配のために、稲葉山城にはいなかったからだ。豊太丸と落ちあい、宝念のいる寺へむかおうとしたとき、急使がやってくる。そして、恐るべき報せをもたらした。

――豊太丸が、弟の孫四郎と喜平次を殺害した。

そう、道三がいっているという。

さらに道三は、豊太丸が謀反《むほん》をおこしたと断じ、手勢をひきいて稲葉山城に攻めよせた。

源太の奥歯が軋んだ。豊太丸が弟ふたりを殺したという虚言を、どうして道三が弄したかはわからない。ひとつたしかなのは、道三が正気を失ってしまったことだ。正気を取りもどした宝念と入れ替わるようにしてなのは、何かの因果があるのか。あるいは、ただの偶然なのか。

そもそも、宝念はどうなったのだ。わからないことが多すぎる。

源太と豊太丸は手綱をひいて、馬を竿立《さおだ》たせた。

「くそったれ」源太が唾棄する。稲葉山城下が燃えていた。道三がつくりあげた町が、火焔《かえん》を吹きあげている。経世済民の都が、断末魔を奏でていた。

「豊太丸様ァ」

家老の日根野が、息をきらせ近づいてくる。顔には、小さな火傷がいっぱいに散っていた。

「ご無事でしたか」豊太丸の馬の前で跪《ひざまず》く。

「父は」と、短く豊太丸が問うた。

「手勢とともに火をかけるや否や、去りました。道三様が陣頭にたっておりました。家族を誅するものは許さぬ、と口走っておりました。とても、正気の風情ではありません」

豊太丸が弟ふたりを殺せない場所にいたのは、日根野も知っている。

「手勢というが、誰が従っていた」

「今枝弥八殿、柴田角内《しばたかくない》殿、道家六郎左衛門《どうけろくろうざえもん》殿です」

やはりな、とつぶやいたのは源太だ。この三人は道三の股肱《ここう》だ。戦場で強固な主従の契りを育んだ。三人も、道三の異変に気づかなかったわけではないだろう。だが、生死の境で結んだ情は、善悪をたやすく超越できる。道三が死ねば殉死も辞さない彼らにとっては、正気か否かなどささいなことだ。畜生道に堕すのを覚悟で、道三に最後まで従おうとしている。

「物見の報せでは、道三様は長良川《ながら》をこえ、鶴山《つるやま》の砦にはいったそうです。そして、打倒豊太丸様を叫んでいるとか」

顔をゆがめる日根野の目は充血していた。悔しいのだろう。稲葉山の城下の町割に、日根野はすくなくない貢献をした。

「いかがいたします。私めは、豊太丸様が凶行におよばぬことは知っております。しかし、他の諸侯は……」

日根野が、馬上の豊太丸を見上げた。ぽろりと、老臣の目から涙がひとつ落ちる。

一方の豊太丸は、燃える稲葉山城下を凝視していた。

「父に書状を送ろう。紙と矢立《やたて》をもってこい」

馬から降りた。

「何を書くつもりだ」源太も大地に足をつける。日根野の従者が紙と矢立をもってきた。

「父上に面会を申しこむ」

「やめろ、危険だ」

「危険のまったくない面会など、退屈なだけだろう」

すらすらと、豊太丸は筆をすすめる。最後に名前を記す段になり、手が止まった。気持ちはわかる。今の豊太丸の名は、斎藤〝新九郎〟利尚《としなお》だ。新九郎は道三の若きころの仮名。諱《いみな》の利尚も、道三の諱の利政《としまさ》から一字をとっている。父子相克の状況で、父の色が濃い名前は記し難い。

豊太丸は、大きくひとつ深呼吸した。

「今、このときから名を改める」

「この期におよんで、そんなことをしている場合じゃないだろう」

源太の言葉を無視して、豊太丸は名を記す。

「范可だ」

豊太丸は強い語調でいった。

范可――道三と法蓮房の武術の師で、明国にあったとき悪事に手をそめた実父を手にかけた。

「斎藤范可、今よりこの名でおれは父を討つ」

龍ノ十七

范可――何度、その名を聞いただろうか。

そのたびに、道三の心をおおう硬く厚い膜に亀裂がはいった。

「幾度聞いても、范可とは猪口才《ちよこざい》な名前よのぉ」

道三を囲む郎党のひとりが、怒声まじりにいう。

道三をおおう膜に、大きく亀裂がはいった。

「そうともよ、いかに豊太丸君といえど、手加減はせん」

亀裂は、どんどんと広がっていく。

「弟を手にかけ、父の道三公に鉾《ほこ》をむけるとは不忠不孝の極み」

「范可公は、我らの手で討ちとる」

刹那、道三を囲っていた膜が粉々に砕けた。

ゆっくりとこうべを巡らす。小高い山の上にある砦だ。甲冑《かっちゅう》や陣羽織を身につけた武者や足軽が大勢いる。二頭立浪の旗指物が、あちこちで翻っていた。

とてつもない悪夢を、ずっと見ていたような気がする。手をこめかみにやった。頭蓋が痛む。奔流のように、記憶が押しよせた。硬い膜におおわれていたころの記憶だ。

宝念が正気を取りもどし、肉荳蔻の毒を盛られた。そして……。

吐き気がやってきた。この手で孫四郎と喜平次を斬った。わなわなと全身が震えだす。

今枝弥八らに号令し、稲葉山の城下を焼き、長良川を北へこえた方県《かたがた》郡にある鶴山へと籠もった。豊太丸は、范可と名前を改めて打倒道三の旗をあげる。

父子は、長良川を挟んで対峙《たいじ》していた。そして、年を越し、今は一月だ。

「雪が解ければ合戦か」

「いや、織田勢と示しあわせて、初夏のころに戦うほうがよい」

鶴山に籠る郎党たちが口々にいう。

道三は懐に手をやる。一通の書状がでてきた。折り目やしわが上品にはいっている。届けられてから、ずっと大切にもっていたものだ。ただ、返書はしていない。ゆっくりと開く。豊太丸からだった。会見を望む、と短くある。末尾の署名には〝范可〟とあった。

目をつむり、空を仰いだ。

「どうされたのです」やってきたのは、今枝弥八だ。

「豊太丸は、范可と名乗ったのだな」

「そうです。謂《いわ》れはわかりませぬが、范可の名で禁制や書状を出しております」

「范可に、書をだす」

今枝は怪訝そうな顔をした。

「范可めが、面会を申しこんでいる。といっても、この書が届いたのはずっと前のことだがな。奴に伝えねばならんことがある」

今枝の表情はさらに訝《いぶか》しげになるが、それでも郎党のひとりを呼びつけて筆と机の支度をするように命じてくれた。

龍ノ十八

花をつけていない桜の下で、道三は待った。月明かりが辺りを優しく照らす。蕾《つぼみ》が、ちらほらと桜の枝についていた。月光が照らす道を、ふたりの男が歩いている。どちらも陣羽織をきていた。ひとりは中背で鉄の鉢巻きをしており、もうひとりは長身で剛槍を担いでいる。源太と豊太丸だ。

源太は、一頭の荷馬を従えていた。

桜の木の下で、豊太丸と源太、道三が対峙する。

三人は無言で見つめあった。

「不躾《ぶしつけ》やもしれませぬが」口火を切ったのは、豊太丸だ。「まずは、お父上にたしかめたいことが、いくつかあります」

「いいだろう。なんなりと訊け」

豊太丸は道三に次々と問いかける。誰に毒を盛られ正気を失ったか。孫四郎と喜平次を殺したのは誰か。道三は、すべて正直に答えた。

「蛇足やもしれませんが、宝念の狙いは国滅ぼしですな。無論のこと、大筒の方ではなくです」

「そうだ。国滅ぼしがなんなのか、お主は知っているのだな」

豊太丸が源太に目配せする。荷馬から荷をひとつおろし、封をとき中身を地面にばらまいた。

「大良の鋳物師座で父上が密かに造らせていたものを、ごく一部ですが失敬してきました」

道三の足元にばらまかれたのは、銅銭である。永楽通宝と銭銘があった。源太がしゃがみこみ、一枚を手にとる。いくつかには、枝というものがついていた。樹のように幹と枝があり、その先に実るように銅銭がついている。枝銭《えだせん》といわれるものだ。

銅銭は、ひとつの型から十数枚を造る。まず、型にあけた穴から溶けた銅を流しこむ。これが枝銭の幹になる。幹はさらに枝にわかれ、銅銭の形にへこんだ部分へと銅がたどりつく。冷えて固まれば型を壊し、枝を取り払いやすりで削って仕上げる。

「枝があるということは、これは日ノ本で鋳造された私鋳銭《しちゆうせん》です」

明国鋳造ならば、かさばらないように日本に輸入されるときに枝を完全に取り払う。

「が、日ノ本の私鋳銭とはちがう部分があります」

懐から一枚の銭を取りだしたのは、源太だ。かけといって銭の一部が欠けた粗悪な私鋳銭――鐚銭だ。ばらまかれた一枚と重ねる。大良の私鋳銭の方が一回り大きかった。

「大良で造っている私鋳銭は、銭縮みしていません。明国で鋳造した永楽通宝とまったく同じ大きさです」

豊太丸は、ここでひとつ息をすって間をとった。

「国滅ぼしとは、銭のことですな。それも、明国で鋳造されるものとまったくうりふたつの銭のこと」

「その通りだ。父は永楽通宝の母銭をもっていた」

母銭とは、一回り大きな銭のことだ。これを使って粘土などで型をとり、溶かした銅を流しこむ。銭縮みすると、正規品の大きさの永楽通宝ができる。ちなみに、種銭《たねせん》とも呼ばれている。

「母銭とはこいつのことか」源太は一回り大きい銭を出してみせた。

「馬の助が死ぬときに、法蓮房に託したものだ。無理をいって、おれが形見として後でもらっていた。おれがもっていた母銭は、宝念にくれてやった。どうも、それが悪かったらしいな。正気だけでなく、野心にも火をつけてしまった」

源太はふたりに見えるように、永楽通宝を高く掲げた。

「法蓮房は、この一回り大きな母銭のなかに鉄片を埋めたといっていた」

「それは嘘だな」と、すかさず道三が答える。

「だが、実際にひとつを潰すと小さな鉄の欠片《かけら》が出てきた」

「そういうものを一枚造っていただけだ。源太たちに見せつけるためにな。きっと私の祖父の松波高丸が造ったのだと思う」

「狙いはなんだ」

「母銭を一ヶ所に集めておくのは危険だからだろう。分散しておきたかった。そこで、源太や宝念らに託すことにした。だが、母銭のことをいってしまえば危険だ。そこで国滅ぼしの秘密を書いた鉄片を埋めこんでいると、父は偽りをいった。もし、お前たちが裏切ったときどうなる。きっと、母銭を壊し中の鉄片を見ようとするだろう」

だが、中には何もない。どころか、永楽通宝を鋳造できる母銭を壊してしまっている。

「玄佐は『法蓮房にだまされている』といっていたが」

源太はさぐるような目をむけた。

「玄佐は牛次の骸から母銭を奪い砕いたそうだな。かつての源太や父とのやりとりから、何かが隠されていると当たりをつけたのだろう。が、中からは何も出てこなかった。だまされたとはそういうことだ。幸いなことに、奴は永楽通宝を私鋳することにまで知恵がいたらなかった」

「だが、宝念だけは国滅ぼしの正体が永楽通宝だと気づいていたようだぞ。なのに、なぜさっさと母銭をもって逃げなかった」

「母銭のほかに銅が必要だ。永楽通宝は鐚銭扱いもされることが多い。普通に銅を買って、母銭一枚で価値の高くない永楽銭を造るのはわりにあわん」

つまり、国滅ぼしには複数の母銭と大量の銅が必要なのだ。

「私の父は、母銭と細川勝元公の遺産である大量の銅を駆使し、本物同様の永楽通宝を造っていた。それが、なぜ国滅ぼしというかわかるか」

「銭が国を滅ぼすことがあるからですな」

豊太丸の簡潔な答えに、道三は満足した。懐から一冊の書を取りだす。『三国志《さんごくし》　正史』とあった。こよりを挟んでいた部分を開く。「董卓《とうたく》伝」だ。約千四百年前、三国志最大の奸雄《かんゆう》董卓は、国庫の銭をかき集め、鋳つぶして新たな銭を鋳造した。大きさを五分の三にして銅の量を減らし鉛でかさを増し、中央にある四角い孔もなく、銭銘ややすりがけなどの細かい加工も省いた。そうやって、国庫の銭を何倍にもしたのだ。

その代償は大きかった。物価が急激にはねあがり、米にいたっては数百倍の値になる。後漢《ごかん》の経世済民は崩壊した。以後、動乱が治まりひとつの王朝に統一されるまで、百年近くの歳月を必要とした。

「父は、大量の銅と永楽通宝の母銭を使い、董卓にならんとした。粗悪な銭を敵地に流通させれば、経世済民を崩壊させられるからな」

「法蓮房は天気を予知するように、銭の価値の変動を言い当てた。が、からくりがあった。奴は予知していたんじゃない。自ら銭の価値を操っていた」

敵の保有している私鋳銭や永楽通宝に狙いをつけ、銅の量を減らし鉛を大量に混ぜたものを流通させる。粗悪な銭は貨幣の価値を急落させ、敵の国庫に大打撃を与える。荷留めとあわせれば、さらに効果は絶大だ。

そして法蓮房は美濃の実権をにぎり、国滅ぼしを郡単位ではなく尾張や近江などの一国単位で使おうとした。

「董卓の粗悪な銭が後漢を滅ぼしたように、悪貨は国を滅ぼす毒だ。銭の力を御しきれねば、恐ろしい惨事が引きおこされる」

法蓮房も、それを危惧していた。だから銭を御するために、日ノ本随一の天文学者である陰陽師の勘解由小路在富《ありとみ》の力を借りた。

「だが、父は銭の力に魅入《みい》られてしまったのかもしれない」

大良だけでなく、大隅国の加治木、常陸国の村松に鋳物師座を移し、日ノ本全土に対して国滅ぼしを流布する仕組みを造りあげた。

「私は、あまりにも危ういと思った。近隣の国にだけ使うならば、まだなんとか御することも能うだろう。が、日ノ本全土に国滅ぼしが蔓延すれば、いかに父といえど御することはできない。決壊した川と同じだ。何より、敵国とはいえ民たちを苦しめるのは、許せなかった」

そして、頼芸に父、法蓮房を殺させることを決意した。

今から二十四年前のことだ。福光《ふくみつ》館を訪れたとき、若き道三は隙をみて頼芸の歌集に国滅ぼしの全容を書いた紙を挟んでおいた。無論、筆跡は変えてだ。苦渋の決断だった。国滅ぼしは、自国や近隣に地獄の苦しみを現出させる。最短で楽土を目指す代償としてだ。父は、それをよしとした。腐った患部を切らねば、国は医せない。そう思っていた。

だが、道三はちがう。国滅ぼしによる荒廃で、犠牲になるのは腐った患部ではない。弱き民だ。血のかよった無辜《むこ》の人々だ。それを、道三は知っていた。近江国勝部村で、お光や菖蒲丸と一緒に働き痛感した。なんとかして、父を止めねばならなかった。

策はひとつしかない。国滅ぼしを使う前に、父を亡き者にする。

「では、左京大夫にやらせたのはなぜだ」

答えは簡単だ。自身で父を殺すには、あまりにも障害が多い。長井新左衛門尉家の濃密な人間関係のなかで、証拠を一切残さず殺すことは不可能だ。自分が父を殺したと万が一にもばれてはいけない。そうすれば新左衛門尉家の誰かが、国滅ぼしを悪用するかもしれない。父でもあつかいが至難なのに、余人になせるわけがない。国滅ぼしという毒から日ノ本を守るためにも、道三がやったとわからないように父を亡き者にする必要があった。

「頭は、殺すことよりも殺した後のことのために使え——父の言葉だ。父の死をいかに活用するかを考えた。そこで左京大夫様に目をつけた。左京大夫様に殺させることで、家中の追及を逃れることができる。何より、左京大夫様がやったとわかれば、郎党たちの怒りを土岐家を下克上するときの武器にできる」

　他にも色々と工作をした。長井越中守に投げ文で法蓮房の国滅ぼしのことを――ただし永楽通宝ではなく大筒と偽って――あえて教えた。それが大良周辺にあることも匂わせた。案の定、大良に向かった長井越中守を待ち伏せできた。そして誰に教えられたかについて越中守を苛烈に尋問し殺すことで、道三が法蓮房暗殺の手引きをしたという疑いから逃れた。長井玄佐が牛次の母銭を砕いたとすれば、この時だろう。それまでは取引の材とするために持っていた。しかし、大筒の秘密が隠されていると長井越中守への投げ文で知り、母銭を砕いてしまった。

「なぜ、土岐家を下克上しようと思った」

「左京大夫様では、美濃の国を采配できない。清廉潔白だが、実の母や長井越中守にいいようにあやつられている。もし父が死ねば、間違いなく国は誤った道へ進む。美濃の民のためにも、下克上するべきだと結論づけた」

　道三は、大きく息を吐きだした。しばし沈黙を味わう。

「だが、代償は大きかった」自然と、言葉が口をついて出ていた。

「私は、心を病み、屠った亡者の幻に苦しめられるようになった」

「幻のなかに法蓮房や石弥がいて、馬の助や牛次がいなかったのは、お前の手引きで死んだか否かのちがいか」

源太の言葉に、道三はうなずく。

「なるほど、よくわかりました」

豊太丸の声は、すべてを知っていたかのように淡々としていた。

「その上で、今美濃はこの私めこと范可と、父上こと道三の二派に分かれています」

「その件だが、私が退くのが筋だろうな。あとは豊太丸に任せたい」

豊太丸は首を横に鋭くふった。

「おれでは美濃の国をまとめきれません。二十八歳の若造のいうことを聞くはずがありません」

たしかに無理だろう。法蓮房の代から急速に成り上がったがゆえに、道三や豊太丸には縁者が極端にすくない。一方で下克上された土岐家、前守護代斎藤家、長井家には一族郎党が多い。何世代も前から張りめぐらされた血縁が、美濃をおおっている。豊太丸が家督をついでも、土岐家らの残党が蠢動《しゅんどう》すれば、美濃の過半が敵にまわる。

数ヶ月前まで大過なく道三が支配を確立していたのは、長年の戦乱を勝ち抜くことで、美濃の諸侯に強さを認めさせたからだ。豊太丸には、強さを認めさせる実績はない。

「とはいえ、こたびの凶行におよんだ父上がふたたび国主となるのは、みなが納得しません」

豊太丸が眼光を強める。

「そこでです。我ら父子で互いに戦いあいましょう。どちらかを滅ぼすことで、美濃の諸侯に力を認めさせることができます。無論、負けたほうの命はないでしょうが」

「恐ろしいことを考える男だ」道三は苦笑した。しかし、哀しいかな理にはかなっている。

「まあ、まとめるとこうですな」

豊太丸が柏手《かしわで》をひとつ打った。

「父上は、私と全身全霊をかけて戦う。決して手加減はしない。どちらかがわざと負ければ、きっと美濃の諸侯は気づきますからな。互いに死力をつくした上で、父上がおれに負ける」

「無茶苦茶だ」源太が夜空をあおぐ。

「手加減しないのは請け合おう。豊太丸のいうとおり、小細工は美濃の諸侯に通用しない。が、その上でお主を勝たせるのは難しいな」

「それについては、ご心配にはおよびません」

またひとつ、豊太丸は柏手を打った。

「なぜなら、おれは——強いからです。父である、あなたよりずっとです」

口元には微笑をたたえていたが、法蓮房に似た目は真剣そのものだった。

龍ノ十九

満開の桜の下を、馬たちが疾駆していた。

「ちっ、日根野の大将も世話が焼けるぜ」

馬の上で叫んだのは、竹腰次郎兵衛だ。そのすぐ後ろには、弓をもつ志水監物がつづく。さらにすこし離れて悍馬を楽しげにあやつるのは、長屋甚右衛門。

「おい、走りすぎだ。足軽がついてきていないぞ」

怒鳴りつけたのは、源太だ。道三と豊太丸が桜の木の下で会談し、互いに戦いあうことが決まった。今は美濃の諸侯を互いの陣営へとつけるために、様々に工作している。豊太丸陣営では、日根野が使者として美濃の諸侯を精力的に説得していた。

そんなおり、日根野が稲葉山城への帰路に襲われていると急報がはいってきた。

「ご老体、そんなことをいっている場合じゃない。日根野の大将が死んでからじゃ遅えぞ」

竹腰が馬脚を速める。

「見えたぞ」叫んだのは、目のいい志水だ。

十数騎の逃げる武者たちの一団を、百人ほどが襲っていた。

「ありゃあ、そっちに逃げちゃ駄目だぜ」

悍馬の上で、長屋が嘆く。肩に背負うのは戦斧だ。

十数人の日根野の一団は、救援に駆けつける源太らから遠ざかるようにして逃げていた。百人ほどの道三勢が、矢を射る。矢尻が容赦なく日根野に襲いかかり、ひとりふたりと力つき倒れていく。

「くそう、灌木《かんぼく》が邪魔だ」

竹腰が怒鳴る。迂回せねば、救うことはできない。そのころには、日根野の勢の過半が討たれているはずだ。

「灌木を突っ切るぞ」

竹腰の声に「よせ」と制止したのは、源太だけではない。志水も長屋も声をそろえた。あまりにも灌木は深く生い茂っている。馬は無事ではすまないし、足軽がつづくのも不可能だ。そうしているうちに、日根野の勢は半分ほどになっていた。肩に深々と矢をうけているのは、日根野だ。馬の鞍からずり落ちそうになっている。

風が視《み》えたのかと思った。無論、そんなはずはない。急速に近づく旗指物の一団を、風と見誤ったのだ。三十騎ほどの一団は、源太らの反対側から駆けていた。日根野と、それを襲う道三勢へと肉薄せんとしている。

先頭の武者は、灰髪灰髭。肩にかつぐのは、長大な野太刀だ。

「何者だ」迂回する竹腰が怒鳴った。疑問に答えるように、灰髪灰髭の武者の野太刀がうなる。一太刀で、道三勢の足軽の首みっつが飛んだ。敵が血煙に彩られる。三倍の敵をものともしない。灰髪灰髭の武者も恐るべき手練《てだ》れだが、麾下《きか》の三十人もみな百戦錬磨だった。異様なのは、みなの得物が刀だったことだ。太刀、湾刀、野太刀、大刀など種類は様々だが、槍や薙刀は一切ない。

源太らが迂回するころには、百人ほどいた道三勢はあっという間に半数以下になった。散り散りになって逃げていく。

「大丈夫か」源太は馬を下り、矢が刺さった日根野に駆けよった。

「よかった、急所は外れてるよ」馬に乗ったまま近づいた長屋が、呑気《のんき》な声でいう。だが、日根野の顔は血の気が失《う》せている。尻をつく地面が赤くそまっていた。できるだけ早く、本陣に運んだほうがいいだろう。

振りむくと、竹腰と志水が敵をにらむように灰髪灰髭の武者と対峙していた。血肉がべったりとついた野太刀を肩にかついで、ふたりの殺気をそよ風のように受け流している。

「よ、よせ、ふたりとも、その方はわしの恩人だ。命を救ってくれたのだぞ」

青い顔をした日根野が声を絞りだす。

「抜刀隊をひきい、かつその野太刀——杉先《すぎさき》こと長井忠左衛門《ちゆうざえもん》殿とお見受けした」

日根野の問いかけに、灰髭をおりまげるようにしてうなずく。こいつが、杉先こと長井忠左衛門か。源太も知っていた。長井姓がしめすとおり、小守護代長井一族の出だ。道三の下克上により、忠左衛門は美濃を逐電《ちくでん》した。噂《うわさ》では諸国を放浪し、戦場に身を投じていたと聞く。野太刀で堅陣を崩す様が、天に伸びる杉の大樹を思わせることから、杉先と呼ばれていた。

どうしたことか、長井忠左衛門は一言もしゃべらない。あわてて駆けよったのは、場違いな能衣装をまとった小男だ。

「いかにも、こちらの御仁は長井忠左衛門にございます」

謡《うた》うように、能衣装の小男はいう。顔は白い布で隠されている。

「なんだ、貴様は」竹腰がねめつける。

「拙者は桔梗大夫《ききようだゆう》と申します。長井忠左衛門殿の口がわりと思し召し下され」

桔梗大夫がいうには、長井忠左衛門は口がきけぬという。若い頃はそうでなかったが、戦場で修羅場をくぐるうちに、いつしか言葉を失ってしまった。

「わが主、長井忠左衛門にかわり、桔梗大夫が言上いたします」

芝居がかった所作で、桔梗大夫は扇子を開きみなの注意を惹きつけた。

「こたび、我らは豊太丸殿にご助力するために参った。道三めは、われら長井一族の仇敵《きゆうてき》。見事にその首をあげて、一族の宿願を果たさん。ゆえに、陣借りを所望いたす」

能で鍛えたと思しき喉で、桔梗大夫が朗々と述べる。その横では、血肉がこびりついた野太刀をかついだ杉先こと忠左衛門が無言でたたずんでいた。

蛇は自らを喰み、円環となる　九

「油ァ、大山崎《おおやまざき》の神油だよォ」高丸が高らかな声で叫んだ。もう十三歳の童ではない。細川勝元と別れてから、八年のときがたっていた。追放されてすぐに、西軍総大将の山《やま》名宗全《なそうぜん》が死んだという報せがきた。後を追うように、細川勝元も二ヶ月後に亡くなっている。応仁《おうにん》の乱《らん》は以後も続き、やっと終わったのが四年前の文明九年（一四七七）のことだ。あまりにも長い戦いだった。

「よお、一升くれ」

「あいよ」客の壺《つぼ》を地面におき、荷の中から柄杓《ひしやく》をとり油をすくう。片手なので、客自身に壺をもってもらった。糸のようにして油を垂らし、そそぐ。

「ところで旦那、近くの村の銭の値を知ってるかい。教えてくれたら、すこし安くするよ」

「なら、わしは昨日まで隣村にいってたんだ。あそこは、百文に明銭《みんせん》や鐚銭は三十枚までは混ぜていいってよ」

「三十枚ね。けど、明銭は鐚あつかいか。渋い村だな」

旅しつつきくのは、銭の値段だ。油の行商のあいまに、悪銭替で宋銭をためた。

「じゃあ、旦那、すこし安くしとくよ」

銭をうけとった高丸は、荷馬の方へと歩みよる。貯めた銭と油壺をのせて、馬の首をなでる。

「隣村へいって悪銭替をすれば、もうすこし荷が軽くなるからな。気張ってくれよ」

荷馬を励ましつつ、街道を進む。

時折、すれちがう商人たちと情報を交換した。

客から聞いた銭の値がまちがっていて、たまに無駄足を踏むこともあった。

その話を宿場でするると、他の客や飯炊き女が腹をかかえて笑ってくれる。

油が空になるころ、近江国の宿場に高丸はついた。荷馬をかえし、銭を銀や織物に替える。

行李をかつぎ、山中と呼ばれる近江と山城の国境の峠をこえる。山に囲まれた、京の町が見えてきた。縦横の道が何本も走っている。応仁の乱のころとちがい、屋根がひしめき寺社の甍《いらか》が輝いていた。といっても、流民たちが河原にあふれる様子は相変わらずだ。峠からみる貧富の差は残酷なまでに明らかで、それは紋様のようにも見えた。

美しいと高丸が思ってしまうのは、不謹慎だろうか。

京の町で土産を買い、西国《さいごく》街道を歩く。

やっと大山崎についた。

板屋根の粗末な小屋が見えてくる。庇《ひさし》の下にある大人の胸ほどの高さのからくりは、荏胡麻《えごま》油を絞るもので長木《ながき》という。

「あなた、お帰りなさい」入り口で待っていたのは、雪だ。もう数えで十八歳になる。

「みろ、たっぷりと稼いだぞ」銀のつまった袋を右手でつきあげた。雪が目尻をさげて喜ぶ。

「ほら、お父ちゃんが帰ってきたよ」家の中に声をかけるが、誰もこない。入り口をくぐると、広い土間が広がっていた。大人の背丈ほどの巨大な壺が、半分埋まっている。この中に油を貯めているのだ。奥の板間に腰を落とす。雪が足を洗ってくれた。

「おい、元気にしていたか」

囲炉裏の向こうに、三歳ほどの童がいた。高丸と雪のあいだにできた子供だ。振りむかないのは、きっと算術に夢中なのだろう。算盤《さんばん》にかじりつき、算木《さんぎ》を小さな指でしきりに動かしている。答えがでたのか、にんまりと笑う。くふふ、とくすぐったそうに喜んでいた。言葉はまだろくにしゃべれないが、算術の理はもう理解しているようだ。

「つう」と、高丸は顔をしかめた。

「大丈夫」雪がすかさず左肩をさする。たまに失った左腕が痛むのだ。

「ああ、ありがとう。そんなにひどくはないから、じきに痛みはひくさ」

板の間にあがろうとしたときだ。

「そうだ。范可様が、近いうちにこられるって」

「へえ、久しぶりだな」

「なんでも明国へ帰られるそうよ」

「嘘だろう」思わず強い声でいってしまった。

「嘘じゃないわよ。私が范可様に直《じか》に聞いたもの。ちょっと、どこへいくの」

高丸は立ちあがり、また土間に足をだす。脚絆を巻きつけた。算木を手にしていた幼い息子が、不思議そうにこちらを見ている。

「范可様にあってくる」

「そんな、今じゃなくても。それにきてくれるって」

「明国へもどるんだろう。きっと挨拶回りで忙しいはずだ。おれの方からいくよ。今日は、妙覚寺の僧坊に泊まるかもしれない」

「もう」と、雪がしゃがみこむ。脚絆を結ぶのを手伝ってくれた。慣れたとはいえ、片手で紐を結ぶのはやはり手間がかかる。

「じゃあ、いってくる」小屋を飛びだし、息を切らせ走る。

妙覚寺につくころには、日は半ば没していた。

「おお、高丸ではないか」

範可は白髪こそ変わらないが、目尻にはしわがはいるようになっていた。着るものも明風の服ではなくなり、小袖姿だ。

「聞きました。明国へお戻りになるとか」

「ああ、もう十分だろうと思ってな」

「銅は、いかがあいなるのですか」

範可の眉尻がかすかにあがった。応仁の乱で集めていた銅を、何かに変えた形跡は今のところない。あのまま死蔵するつもりだろうか。範可ならば、詳しいことを知っているはずだ。

「やはり、気になるか」

「もちろんです」

「今の京兆（政元）様が引き継ぐ」

銅の隠し場所は、範可も知らされていないという。知っているのは聡明丸という名だった、現京兆家当主の細川政元のみらしい。

「今の京兆様は、銅を何に変えるのか知っているのですか」

「なぜ、そんなことをきく」

「ずっと以前ですが、京兆様は銅で巨大なてつはうを造るといっておりました」

範可が半眼になる。

「私もそう思っていました。ですが、今はちがうと思っています」

巨大なてつはうを造っても、火薬や硝石がなければ意味がない。それらを日ノ本で造るのは難しい。無論、将来はわからない。しかし、そんなあやふやな未来のために、あれだけの大量の銅を細川勝元が集めるだろうか。

范可はため息をついた。

「実は今の京兆様は、銅をつかって大てつはうを造ろうとしている。そのため火薬や硝石を配合しようと躍起になっている。が、何を誤ったか、修験道《しゅげんどう》に傾倒しつつある」

修験道は忘我の境地にいたるために、様々な薬を配合する。火薬や硝石は、様々なものを配合する点が薬と似ている。范可がいうには、明国にある硝石は始皇帝が不老不死の妙薬をつくる過程で、偶然生まれたという言い伝えがあるという。火薬の配合を試行錯誤するうちに、修験道の道に足を踏みいれてしまったのか。あるいは、もともとの素質ゆえか。数えで十六歳になっている細川政元の姿を想像し、高丸は暗澹《あんたん》とした気分になる。

「前の京兆様は、銅で何を造るかを決して誰にも明かすなとおっしゃった。正しき答えを導きだせぬ者に、あれはあつかえんからな」

范可が高丸を見た。お前はわかったのか、と無言で問いかける。

高丸は懐から紙を取りだした。范可が覗《のぞ》きこむ。紙には、縦横に線がいくつも走っている。碁盤よりもずっと細かい。そこに描かれているのは、銭の絵図だ。

数種類の宋銭——そして永楽通宝。

范可は懐から銭を取りだす。何種類もの宋銭や明銭だった。絵図に描かれた、それぞれの銭の上においた。絵図の銭は、本物の銭より一回り大きい。

「母銭の絵図か」

「なるほど、銭のもとになるものは母銭というのですね」

銅をつかって大量の銭を鋳造する——それが細川勝元の狙いだ。銭縮みした私鋳銭ではなく、明や宋の王朝が鋳造したものと寸分変わらない善銭をだ。

大てつはうを造っても、火薬や硝石の問題がある。それらを輸入にたよるしかないのであれば、明国に近い大内政弘《おおうちまさひろ》が圧倒的に有利だ。だが、銅銭ならばちがう。すでに、明王朝は銅銭の鋳造を停止していた。原資となる銅が中国では枯渇し、紙幣に切り替えたのだ。市場で用無しになった銅銭は、日本に輸出される。米や織物を通貨がわりにしていた日本は、銅銭に飛びついた。経世済民を発展させるには、必要不可欠な品だったからだ。

銅銭の需要は高まり、それは日明貿易をになっていた大内家と細川家のあいだに熾烈《しれつ》な競争を生むことになる。が、何十年か前から明国から輸入される銅銭が減りはじめた。当然だ。明国では、もう銅銭を鋳造していない。質の悪い私鋳銭ばかりが、輸入されるようになった。銭縮みしたそれらは、日本の経世済民を支えるにはいたらない。商いの品の量に比して、銭の量が圧倒的に不足する。

貧しさは、内乱を創りだす。各地で騒乱がおこり、とうとう応仁の乱が勃発した。乱は長引き、日ノ本は大病を罹患《りかん》したも同然の状態になる。

「前の京兆様は応仁の乱に勝つためではなく、この日ノ本を医すために銅を集めていたのです」

范可は瞑目《めいもく》する。まぶたの隙間から涙が盛り上がったが、すぐに節くれだった指でぬぐった。

「よく経世済民の理に通じているな。勘解由小路殿に教えてもらったのか」

「はい、今もたまに算学の手ほどきをうけております」

勘解由小路にとっては、暦作りをいずれ手伝わせるという下心もあるのだろうが、惜しみなく知識を高丸に教えてくれた。

「勘解由小路様の教える算学のなかには、経世済民の理についてもいくつかありました。それらを学ぶうちに、前京兆様の企みに気づきました。そして、銭縮みに考えがいたりました。銭縮みした私鋳銭では、造る意味が薄くあります。この日ノ本を救うには本物の――いえ本物以上の善銭を造らねばなりませぬ」

高丸は、絵図を見た。まず、縦横に線をひいた紙の上に銅銭を寸分たがわず写す。そして、算術を使い銭縮みの比を導きだし、線の幅を大きくした紙の上に母銭の姿をまた写す。

いつか、これが亡き勝元の事業の扶《たす》けになると信じていた。

「見事だ。よくぞ、京兆様のお考えを見抜いた」

范可は立ちあがり、部屋の奥の棚を開ける。じゃらりと鳴る袋を取りだした。高丸の前で口を開けた。一枚を取りだし、絵図の上に重ねる。永楽通宝だった。ぴたりと母銭の絵図の輪郭と一致した。

「まさか、これは母銭ですか」

「わが一族は、明王朝の官僚だった。銭の鋳造所を取り仕切っていた。まあ、すぐにそれは閉鎖されて紙幣を造るようになったがな」

范可は語る。様々な種類の母銭を持ち、船で日ノ本へ渡った。が途中で嵐にあい、沈没。遭難の最中、范可が決死の思いでもちだしたのが、永楽通宝の三十枚の母銭だった。それ以外の母銭は海の底に消える。

母銭をずらし、范可は高丸の描いた絵とならべる。視界がゆがんだ。大きさは一致しているが、細部がちがう。とくに永楽通宝の銭銘だ。字の微妙な払いや止めが似ていない。小さいものから大きいものを再現するのは、想像以上に至難なのだと悟る。

「前の京兆様から言付かっていた。企みの真相に気づいたものに、この母銭を託せ、とな」

　高丸は范可に目をもどした。

「京兆家の血をわけていなくてもよい、といっていた。身分が低くてもかまわない、とも。高丸、受けとってくれるな」

　母銭のつまった袋を突きだされる。だが、受けとれない。これは、途方もないことだからだ。日ノ本の経世済民を左右しかねないものが、今目の前にある。躊躇しない方がおかしい。

「お前がもらってくれるなら、きっと京兆様も喜ぶはずだ」

　ぶるりと、高丸の総身がふるえた。

「ならば、ひとつお願いがあります。范可様、この日ノ本にとどまってください」

　いつのまにか、鼻声になっていた。

「この乱世は無情です。隻腕の私では、世をわたりきれないこともあります。私は、この母銭を護《まも》るだけで精一杯でしょう。とても善銭を鋳造して、使うところまではできません。ただ余人の手にわたらぬように全力で護り、これはという人物にわたしたくあります」

　脳裏によぎったのは、家で算木をあつかう己の息子だ。もし、高丸の才を受け継いでくれているなら、この母銭と大量の銅を託すに足りるのかもしれない。

「誰か思いあたる者がいるのか」

「頭にひとり浮かびましたが、まだ幼すぎます」

　范可は腕を組んだ。誰のことをいっているのか、わかっているようだった。

「いいだろう。そういうことであれば、わしは日ノ本に残ろう。微力ながら、高丸が母銭を護ることも助ける。だが、条件がある。お主の子を──いや母銭を託するに足る童といったほうがいいかな。その者を、ここ妙覚寺にいれろ。東班衆《とうばんしゅう》として鍛えよう。無論、わしでよければ武術の手ほどきもする」

　東班衆とは、寺の財務をになう僧侶たちのことである。

「勘解由小路殿にも算術の基礎を学べばいい。が、実践もそれ以上に必要だ。妙覚寺の東班衆ならば、経験を積むにうってつけだ」

　日蓮宗は、明や朝鮮、天竺と交易している。そこで実務を身につけるということは、経世済民の機微を知りつくすということと同義だ。

「そういうことならば、さっそくその童の法名を決めるか」

「ず、随分と気が早くありませぬか」高丸の子は、まだ三歳。出家するとしても、当分先だ。

「いや、決心が鈍る前に、逃げ道をふさいでおきたいのでな」

　にやりと笑って、范可は立ちあがる。硯《すずり》と紙がおいてある文机《ふづくえ》の前にすわった。筆をもち、迷うことなく腕を走らせる。戻ってきて、高丸の前に紙をおく。

――法蓮房。

瑞々《みずみず》しい墨で、松波高丸の嫡男の将来の法名が書かれていた。

龍ノ二十

初夏の薫風が、心地よく美濃の地を吹きぬけていた。

小鳥のさえずりは、美姫《びき》の歌声のようだ。

それらを圧するのは、長良川をはさむ軍勢である。

鉄を縫いつけた鉢巻きを締めなおし、源太は対岸を見た。二頭立浪の旗指物がひるがえっている。兵の数は三千ほどか。鶴山の砦にこもっていた道三は大胆不敵にも山をおり、長良川の河畔に陣をしいていた。

とうとう決戦の刻《とき》がきたのだ。

一方の此岸《しがん》の豊太丸の軍勢は――五三《ごさん》の桐《きり》紋の旗指物が堤のように壁をつくっている。

総数は一万七千。道三勢の五倍以上。道三が、いかに無謀な布陣をしたかがわかる。

が、豊太丸は苛立《いらだ》たしげに膝をゆらしている。

「お父上のことを甘くみていた。やはり、手強《てごわ》い」

旗本たちが、不審げな目を向ける。この戦場だけに限れば、豊太丸は圧倒している。が、もっと広く戦場を俯瞰《ふかん》すればちがった。織田信長勢の北上だ。その数、一万五千。すでにここから南に三里（約十二キロメートル）ほどいった大良の港の戸島東蔵坊《とじまとうぞうぼう》に本陣をしき、虎視《こし》眈々《たんたん》と美濃の中心部を狙っている。本来なら道三を無視して、信長と当たりたい。でなければ、稲葉山城を落とされてしまう。そんなとき、道三が寡兵で山を下りてさかんに鯨波《げいは》の声をあげたのだ。信長に対するために稲葉山にもどれば、豊太丸は道三に背を見せたことになる。

味方についた美濃の諸侯の過半が、豊太丸を見限りかねない。

「かといってだ。もし、ここで川を渡って攻めてみろ、きっとお父上は退く」

敗退するふりをして、豊太丸を北の山間部へと導く。その間に信長は軍を一気に北上させ、稲葉山城を奪取するだろう。

「源太、前言を撤回したい気分だよ」雌雄を決しようと桜の下で道三と誓ったことだ。

「互いに死力をつくし、どちらかが生き残るからこそ、力を認めてもらえるんだろう」

「源太に小言をいわれているようじゃ、おれもまだまだだな」

豊太丸は立ちあがった。

「ひとつ、たしかなのは、こうして悩んでいる今も織田は北上しているということだ。日根野」

肩にさらしを巻いた日根野がやってくる。

襲撃から二月ほどたつが、傷はまだ癒えきっていない。

「決めたぞ。こちらから動く。川を渡り、お父上を討つ」

「しかし、北に逃げられれば厄介ですぞ」

渡河すれば、動きがままならなくなる。

「お父上を後退させせぬ手がある。全軍では渡らない。こちらも同数の三千で当たる」

「な、何を馬鹿なことを」日根野が目をむいた。

「もし、これでお父上が北に逃げるなら、しめたものだ。同数のおれに背をむけたのだからな。そんな臆病な将に誰がついていく」

豊太丸は、自身の掌《てのひら》で法蓮房によく似た顔をなでた。

「た、たしかにそうですが、同数で川を渡り戦うのは、あまりにも危険です」

「だからこそ、強さを証《あか》せるし、何より父も北へ退くことができなくなる。そうすれば臆病者のそしりをうけるからな。日根野は、ここで残りの兵を采配しろ。おれが討たれたら、お前が大将だ。後は好きなようにしたらいい」

日根野が絶句する。かまわずに、豊太丸はすうと息を吸いこんだ。

「竹腰、志水、長屋」股肱の三名を呼ぶ。

「はっ」と、三者が跪いた。

「馬廻と旗本の三千で、今より渡河する。お父上と雌雄を決する」

三人は無言でたつ。全身から闘気がにじんでいた。と同時に、九曜紋の旗を従える武者も静かに近づいてきていた。灰髪灰髭の長井忠左衛門だ。横には、覆面と能衣装の桔梗大夫もいる。豊太丸の前で膝をおった。

「長井一族を代表して、決戦の三千の陣に加わることお許しください。憎き道三めを、この手で屠るは我ら一族が悲願」

無言の忠左衛門にかわり、桔梗大夫の美声が決意を謡う。

「いいだろう」豊太丸は返答を躊躇しなかった。「ただし、先手は竹腰と志水だ。それだけは守ってもらう。あとは本陣でも第二陣でも遊軍でも、好きなところに陣借りするがいいさ」

狼を思わせる眼光とともに、長井忠左衛門が点頭する。何事かをいっているが、唇が動くだけだ。

「では遊軍として」

唇を読んだのか、桔梗大夫が胸をはる。

「さて、どうする」と、豊太丸が源太を見た。一緒に戦うのか、ときいている。

源太は腰の烏丸を鞘ごとぬく。豊太丸に差しだした。

「道三討ちの大仕事は、お前に託す。おれはもう老いた。正直、この烏丸も手に余る」

烏丸をずいと近づけると、豊太丸が目を細めた。

「が、陣にはついていく。お前のそばにいる。父子三代の国盗りの結末、この目に刻みつける」

「過去に、祖父とお父上を討つと約束したらしいな。それを、おれに引き継げ、と。まあ、范可の名にふさわしい贈り物だ。源太、お前の思いはたしかに受けとった。ただし——」

豊太丸は、源太の刀を右手で押しかえした。

「烏丸は遠慮しておく。手になじまない得物で、お父上の蛇矛と渡りあうほどの蛮勇はない」

従者が剛槍をささげもって近づく。大きな掌で豊太丸はつかんだ。頭上にかざし、片手で一気に振りぬく。風が両断され、空気が啼《な》いた。

龍ノ二十一

長良川の水面がうねり、盛りあがった。

道三の周りにいる旗本たちがざわつきだす。見ると、対岸の豊太丸の勢が俵を次々と川の中へと投げいれていた。砂のつまった俵で、水底《みなそこ》を浅くしようとしているのだ。敵の軍が、前後ふたつに分かれている。道三とほぼ同数の三千が前軍で、残りの一万四千は岸から離れたところに布陣していた。

「こちらの打つ手は見透かされていたようだな」

三千対三千に持ちこまれれば、北へ逃げて誘う手は使えない。

「大した自信ですな。渡河という不利を背負っても、勝てると思っているとは」

冷静な声で今枝弥八がいう。

「若造どもがなめやがって」

憤ったのは柴田角内だ。手の中で十文字の槍の柄を転がす。穂先が風車のように回転した。

「我らと闘うのに三千で十分とは、許しがたいうぬぼれだ」

二枚重ねの甲冑を着る道家六郎左衛門が、太い腕を胸の前で組んだ。

三人が道三を見た。先駆けの許しを目で乞う。

「今枝、柴田、道家が出ても、敵の予想を超えることはできん」

「では」と、三人同時に問う。

「私がでる」道三は小姓から蛇矛を受けとった。黒馬の鞍に飛びのる。

「その上で、今枝は右翼、道家は左翼の采配をとれ。柴田、お主は中軍だ」

復命の返事と同時に三人が散り、道三も馬の腹を蹴った。五百の旗本がつづく。

対岸にならぶ五三の桐紋の旗指物もゆれた。

「ど、道三公だ」

「まさか、総大将が先陣を切るのか」

敵の戸惑いの声が道三の耳にも聞こえてきた。一際大きな武者が、対岸にたっているのが見える。豊太丸だ。道三と豊太丸の目差しが、川の中央でぶつかる。

豊太丸が剛槍をふりおろした。攻め太鼓の音が鳴りひびき、川面《かわも》がゆれる。

道三は、乗る黒馬を川縁《かわべり》まで進めた。水煙をあげて、敵の騎馬武者や足軽たちが川を突き切らんとしている。その数は六百ほどか。長良川の水面に波紋が重なり、波となって道三の黒馬の蹄《ひづめ》を濡らした。先頭を駆ける武者は、大きな薙刀をもっている。斜め後ろには、弓をかまえた武者もつづく。竹腰次郎兵衛と志水監物だ。音が聞こえるかと思うほど強く、志水は弓を引き絞っている。びゅうと矢が放たれた。かなりの間合いがあるというのに、道三の急所を過たず狙ってくる。勢いも十分だ。蛇矛で一本、二本と叩き落とすうちに、竹腰が間合いをつめる。

薙刀が閃いた。同時に矢も飛来する。

道三は蛇矛をしならせた。矢と薙刀を迎え撃つ。

薙刀の間隙をぬって、矢が飛ぶ。矢の狭間《はざま》をついて、薙刀が斬る。

すべての攻めを蛇矛で受けとめてはいたが、道三の馬が一歩二歩と後退する。

優勢を確信したのか、竹腰の攻めに力がこもる。斬撃がさらに大胆になった。馬の腹を強くけり、前へ前へと道三を追いつめる。

道三の掌中に、鈍い衝撃が爆《は》ぜた。刃が、何度も道三の鎧を削る。

「一番首が大将首とは僥倖《ぎょうこう》なり」

竹腰が薙刀を頭上にかざした。必殺の気合いが馬をさらに進めさせる。薙刀がきらりと太陽を跳ねかえした。道三はよけなかった。斬撃をうけることもしない。

突如、竹腰の馬が体勢をくずした。道三の首を狙っていた薙刀が、空を切る。

見ると、右前足の蹄が泥にとられていた。

「お、おのれ」竹腰はあわてて馬をあやつろうとするが、もがけばもがくほど蹄が深くめりこむ。

「足元を馬任せにした報いだ」

竹腰の首に赤い線がひかれた。道三が、蛇矛を薙《な》いだのだ。

口を開くようにして、傷口が大きくなる。赤い血が噴きだし、首が竹腰の背中側へと落ちた。

「竹腰ィ」叫んだのは、志水だ。空穂《うつほ》から矢を二本とり、弓に番《つが》える。馬を走らせつつ、同時に二矢を射る。二本の銀線が空に轍《わだち》をひいた。

ぐさりと刺さった。鳥居にかまえた道三の蛇矛の柄に、矢尻が食いこんでいる。

道三も馬を走らせる。竹腰によって後退させられた分を、一気に取りもどさんとする。矢を射つつ、志水も馬足を速めた。弓だからといって間合いをとらない。より至近から絶命確実の一矢を放とうというのだ。岸と川の境界線めがけて、二騎の間合いが急速に近づく。

志水の顔がゆがんだ。

次々と矢を放つが、道三が苦もなく打ち落としていくからだ。

間合いが短くなればなるほど、矢をよけがたくなる。そう思っていたのだろう。

「若造、矢筋が素直すぎるわ」

正確無比な矢は、道三には予測しやすかった。わざと隙をつくれば、そこを狙ってくる。

「おのれ」志水がとうとう弓を捨てた。そして鞍にかけていた手槍をかまえる。賢明な判断だ。が、すでに道三の間合いになっていた。

矛が蛇に変わる。喉笛を狙った一刺を、志水はよけなかった。先が二股になった蛇矛が肉に食いこむ寸前で、首をひねる。道三はあえて得物をあやつる手に修正は加えない。たとえ首をねじったとしても、頸動脈《けいどうみゃく》を過たず切り裂くからだ。

蛇矛が、志水の首をなでた。爆ぜるように血が噴きだす。

「ぬう」思わず、道三はうめいた。鮮血を流す志水は馬速をゆるめない。最初から生き残るつもりなどなかったのだ。

失血死するわずかの間に、道三を仕止めんとする。

半死半生の志水の手槍が勢いよくのびた。間合いは完全に殺されている。

ずぶりと、道三の右肩に刺さった。

「竹腰の仇《かたき》」

怒声とともに、志水が手槍に体をあずける。穂先が肉に深く食いこみ、刃が骨を削った。

半身になって逃れたとき、ぽろりと志水の手から槍が落ちる。目には、すでに生気の色が消えていた。道三の右肩を完全に不具にする一歩手前で、志水は血を流しきってしまったのだ。

鞍から転げ落ち、川と岸の境界に骸を横たえる。

龍ノ二十二

彼岸では竹腰と志水から噴きでた血煙が、まだかすかに赤い霧となってただよっていた。

源太のいる豊太丸の陣は、完全に静まりかえっている。ふたりの死と引き換えに、道三の右肩を傷つけたようだ。はたして、犠牲につりあう成果なのか。源太にはわからない。

「ふたりの死を無駄にはしない」

重々しくいったのは、豊太丸だ。剛槍をつきあげる。

「父は手《て》疵《きず》を負った。この機を逃すな。全軍で攻めろ」

豊太丸の馬が躍動した。鯨波の声とともに、此岸に残っていた二千四百の兵が川へと踏みこむ。源太もつづく。水しぶきをあげつつ、軍勢が川を渡る。竹腰と志水の手勢が退いていくところだ。左手の川下側に壁をつくるようにして、一列で自陣を目指している。進軍する豊太丸や源太らとすれちがった。

何人かは手に壺をもち、中のものを川に流している。

一方の道三は――退いていく。肩の傷が深いのか。入れ替わるようにしてあらわれたのは、全身を朱色の武具でつつんだ美丈夫。十文字槍を小脇にかかえる柴田角内だ。同時に、左右に道三の軍が開く。下流にあたる左手からは今枝弥八が。上流にあたる右手からは、二枚重ねの甲冑で鉄人と恐れられる道家六郎左衛門が。鶴翼《かくよく》の陣を布《し》いて、豊太丸らを迎え討たんとしている。

豊太丸ひきいる軍勢は、縦に長くのびていた。

砂をつめた俵で川底を埋めたが、幅は広くないからだ。ゆえに、渡河する軍は縦に長くのびざるをえない。横腹があまりにも手薄なことは、一緒に川を渡る源太にも理解できた。

敵の鶴翼の陣に変化がおきる。両側の翼が、爪に変じた。左翼と右翼の先端が、鋭く動きだす。先頭は、それぞれ今枝と道家。川に足を踏みいれ、手薄な豊太丸勢の横腹を襲わんとしている。狙いは、豊太丸だ。すでに半分以上渡河し、川底は俵ではなくなっていた。長身ゆえに、敵にとっては位置がすぐにわかるらしい。大将首に狙いを定め、今枝と道家の乗る馬が川をかきわける。合戦を一気に終わらせんとしている。

「止まれ」豊太丸は剛槍をふって、全軍に停止を命じた。

豊太丸は、両側からの攻めを冷静に待ちうけた。あえて、矢は射ない。

源太が目をやったのは、下流側だ。竹腰と志水の勢が撤退しながら壺から流したものが、水面に薄く膜をはり、虹色に輝いていた。

「お命頂戴します」

水煙とともに迫る今枝が、槍の穂先を豊太丸へと突きつける。

「放てェ」

豊太丸が下知する。突如として、赤い壁が立ちはだかった。

壺から流していたのは、油だったのだ。

下流側に出現した炎は流れにのって、今枝らを襲いだす。

「ぎゃあぁァ」

「逃げろぉォ」

悲鳴が熱風と一緒にとどく。

「弓をかまえ、上流にむけろ」

豊太丸がすかさず命じる。炎を背にして、上流に全員が向きなおった。馬にのった道家にひきいられた兵たちがいた。

「射よ」

一斉に矢が放たれる。先頭を駆ける道家に集中した。さながら、扇の骨が要《かなめ》に集まるかのようだ。両手にもった刀で道家は応じる。二枚重ねの甲冑だが、体のすべてを覆っているわけではない。一矢、二矢、三矢と、次々と体に刺さっていく。どうと、まず馬が倒れた。水面に叩きつけられた道家に、矢が吸いこまれていく。それでもなお立ちあがる。体中に矢が刺さっている。

もはや、道家は刀で矢を叩きおとそうとはしなかった。

「ぐうぁァ」

絶叫とともに豊太丸への間合いをつめ、双刀を振りかざす。豊太丸は剛槍で応じようとした。右手だけで肩の上でかまえ、穂先を道家の眉間に狙いをつける。が、槍を繰りだささない。

どうしたことか、道家の動きが止まっている。頭上に双刀をかざしたままだ。たったまま、絶命していた。

豊太丸は空いている手を顔の前にやり、念仏を唱えた。

ぞくりと、源太のうなじが粟立つ。炎の壁を突破せんとする影がある。

「後ろだァ」

源太は叫んでいた。

祈っていた豊太丸が、あわてて後ろをむく。が、馬にのっているので、完全には反転できない。

火焔を突き破ったのは、今枝だ。

馬を捨て、果敢にも飛びこんできた。体のあちこちに炎をまとわりつかせている。

「お覚悟ォ」突きだす槍さえも業火をまとう。

「くそったれ」

源太は烏丸をぬこうとするが、すでに遅かった。豊太丸の脇腹に槍が吸いこまれていく。

突き刺さる寸前で、穂先が止まった。

炎をまとう槍の柄を、豊太丸が素手でつかんでいる。

「今枝、見事だ」

残った手にもつ剛槍がうなった。今枝の甲冑が爆ぜる。火花と鉄片が盛大に散った。

豊太丸の槍が、今枝の心臓を深々とうがっていた。

今枝が、両手で己を貫く槍をにぎる。ずるずると川の中へと没していく。体をつつんでいた炎が消え、かわりに灰色の煙が川面を濁らせた。

龍ノ二十三

今枝弥八、道家六郎左衛門の二将を討ちとった敵軍が、どっと河原へと押しよせた。その様を、本陣の床几に座す斎藤道三は見ている。

僧形の金創医《きんそうい》がやってきて、鎧直垂《ひたたれ》を切り裂き、酒で傷口を洗う。

「失礼いたします」針と糸で傷口を縫いはじめた。

「両翼の兵を本陣へ集めろ。柴田に伝令を飛ばせ。時を稼げ、とな」

痛みに耐えつつ下知を飛ばす。前を見た。苦笑する。指示するまでもなかった。中軍を守る柴田角内は、手勢をすでに壁のように配していたからだ。

豊太丸ひきいる二千四百の兵が襲いかかる。柴田角内は人の壁のすこし後ろで、十文字槍を采配がわりにして大声で指示を発していた。

いつもは華麗に先陣をきる美丈夫が、守勢に徹する。

その間に、道三の本陣に続々と敗兵が収容された。これならば、もう一戦できる。

あとは――ちらりと金創医を見た。汗をびっしょりとかいている。ふるえる手で、道三の傷口を縫わんとしていた。

「焦る必要はない。ゆっくりでいい」

「は、はい」また目を前にもどす。眉宇が固くなった。柴田の堅陣にほころびができている。孔をうがとうとしているのは、一騎の武者だ。巨大な悍馬に乗っている。長屋甚右衛門か。馬の太い脚が足軽たちを蹴散らし、排除せんとした騎馬武者は馬体を当てられて吹き飛ばされる。

戦斧をふりまわし、逃げ遅れた兵を次々と刈った。

ほころびが、さらに大きくなる。

朱の具足をまとった騎馬武者が動きだした。それまで采配に集中していた、柴田だ。

「我こそは、長屋甚右衛門」

「名乗らんでもわかるわ」

ふたりの怒号がぶつかった。長屋の戦斧と柴田の十文字槍が、それまでで一番大きな火花を戦場に咲かせる。

力量の差は、一合目から明らかだった。

戦斧が吹き飛ばされる。手からこぼれそうになり、長屋は体勢を崩した。

柴田が、長屋を圧倒している。何度か、十文字槍が急所をかすった。

形勢が逆転したのは、人の技によってではなかった。

長屋の悍馬が竿立ちになり、柴田の馬に蹴りを見舞ったのだ。苦しげないななきが、戦場にひびく。悍馬が、柴田の馬を容赦なく責める。自然、馬上の柴田もよろめいた。

十文字槍をあやつるのさえままならない。柴田めがけて、長屋の戦斧が襲う。

甲高い音がした。十文字槍の左右に突きでる刃のひとつが折れたのだ。

さらに悍馬が猛る。馬体を激しくぶつけ、柴田が鞍からずり落ちそうになった。

戦斧をうけた十文字槍が、またしても折れる。

数多の敵将の血をすった十字の穂先は、すでに素槍と変わらなくなっていた。

勝負は呆気《あっけ》なく決する。

柴田角内が、狼狽《ろうばい》する馬の上から刺突を突きだした。体勢不十分のそれは、必殺にはほど遠い。ただし、長屋にむけて穂先が繰りだされていれば、だ。

両翼を失った十文字槍は、悍馬の太い首に深々と突き刺さっていた。

「うぅぅあぁァ」

絶叫が聞こえた。長屋が咆哮《ほうこう》している。戦斧を振りあげる。息絶えた悍馬が横倒れになったことで、斧は虚空を斬る。

水中の魚でもつくかのように、柴田が槍を逆手に持ちかえた。長屋が大地に接するや否や、穂先を一気に落とす。

鮮血が噴きあがった。

「態勢を立て直せ」

朱と血で彩られた柴田が、馬を陣の前へと進めた。息を吹きかえした中軍が、一歩二歩三歩とつづく。川の中へと、豊太丸の軍勢を押しかえさんとする。

人がいなくなった大地には、ひとりと一頭が横たわっていた。

龍ノ二十四

源太は、兜武者と鍔迫《つばぜ》りあいしていた。あえて鞘は抜かずに、敵の太刀をうける。敵の肩ごしに柴田角内を見た。十文字の槍は両翼ともいうべき刃が途中で折れ、さながら人骨を刃と化したかのようだ。掌の中で柄を転がして、穂先を回転させている。

源太は、烏丸で兜武者を押す。傷だらけの鞘にひびが幾条も入った。蹴りを見舞い、やっと間合いをとるが、すぐに別の武者が割ってはいった。

今まで何合もわたりあっているが、一歩たりとも前に進めない。時には、川に押しかえされるほどだ。

横を駆け抜ける、大きな影があった。源太と斬りむすぶ武者が、弾きとばされる。馬に乗る豊太丸だ。剛槍をかまえて、柴田と対峙した。

　両者、にやりと笑う。

「御曹司、いざ」

「おう、手合わせしようぞ」

柴田と豊太丸が吠《ほ》えた。武者と渡りあう源太は、足軽ごしに見守ることしかできない。

顔をゆがめたのは、柴田だ。劣勢だったからではない。

　逆に優勢だった。

「御曹司、愚弄するのか」柴田が叫ぶ。

豊太丸は、片手で槍をあやつっていた。気合いとともに繰りだされた三連続の柴田の刺突を、片手でもつ槍で防げるはずもない。豊太丸の鎧が削られ、血が流れる。

「愚弄はしていないさ。今枝にやられたのよ」

守勢にまわりつつも、豊太丸の声は楽しげだ。使わない左手を開いて、前につきだす。

柴田の秀麗な顔がさらにゆがむ。燃える今枝の槍をつかみ、ただれた掌が見えたのだろう。

「今枝め、余計なことを」

柴田は刺突から斬撃へと槍筋を変化させた。豊太丸の腕や肩から、一際濃い血が噴きだす。

互いに鐙の上にたち、わたりあった。

柴田の横薙ぎの斬撃が襲う。剛槍で受け止めようとすると、軌道が変化した。横から、縦の一閃へ。豊太丸は右に体を傾け、剛槍で迎え撃つ。

逆手のにぎりで、石突をうならせる。

が、柴田の斬撃の方が速かった。

柄が両断され、石突のある方がぽろりと落ちる。

「礼をいうぞ」

豊太丸は、残った槍を握りなおす。刀をあやつるようにしてふった。

一合、二合、三合――槍が打ちあわさるたびに、柴田の馬が後ずさる。苦しげに首を左右にふりさえした。うけた柴田の顔には、脂汗がいっぱいに浮いている。

剛槍を両断されたのではない。させたのだ。

片手になじむ重さになった得物が、柴田の槍を圧倒する。

豊太丸は剛槍をふりあげた。柴田は、鳥居の形でうけようとする。

「おおおォ」思わず源太は、感嘆の声をあげた。

豊太丸の槍が、天を高々と衝いている。馬を竿立たせたのだ。

馬の前足と豊太丸の剛槍が、同時に振り下ろされる。

人馬一体となった斬撃は、長屋甚右衛門の得意とする術だ。

剛槍の穂先が、柴田の槍を両断する。勢いは衰えない。柴田の頭頂に吸いこまれる。決死の形相で首をかしげ刃をよけた。右の鎖骨に刃が喰いこんだ。

薪《まき》でも割るように、柴田の肉と骨を、剛槍が断っていく。心臓のあたりで、やっと止まった。

足軽を押しかえした源太が、駆けよる。

「御曹司よ」柴田は、血にぬれた歯をみせて笑った。

「願わくば、冥土にてもう一戦、所望する」

血とともに言葉を吹きだし、鞍から転げおちる。

十文字だった槍が、骸のすぐそばの大地に突き刺さった。

龍ノ二十五

あの柴田角内さえも倒すのか。

道三は嘆息をこぼした。

中軍はくずれ、集まろうとしていた敗兵もふたたび散り散りになる。

この合戦の勝敗は決したも同然だ。

「潔く切腹か。あるいは、一兵でも多く道連れにするか」

からりと道三は笑った。

「どちらも、ご免だな。豊太丸との約定どおり、全力で戦う。勝つために、退く」

ちょうど、金創医がさらしを巻きおわったところだ。

「旗本よ、集まれ。本陣は捨てる。北の山へと、豊太丸を引きこむ」

そうすれば、信長が北上する隙ができる。三十騎ほどの旗本が、一斉に馬に乗った。

道三も同様に黒馬の鞍に腰を落ち着ける。鶴山の陣を下りていく。

「抜刀ォ」

突如、声がひびいた。戦場には似つかわしくない美声だった。見ると、木の陰に能衣装をきた覆面の男が立っている。

藪《やぶ》を切り裂くようにしてあらわれたのは、九曜紋の旗指物だ。

「伏兵か」気がついたときには、敵が躍りでて旗本たちと白刃を斬り結んでいた。異様なのは、槍や薙刀などの長柄武器を一切もっていないことだ。太刀、大刀、野太刀、湾刀と様々ながら、みな片刃の刀をにぎっている。

「長井一族がひとり、長井忠左衛門様なり。道三公よ、お覚悟」

覆面の男の声につづいて現れたのは、灰髪灰髭の将だ。無言で野太刀を突きつける。

杉先こと、長井忠左衛門か。名は知っている。長井一族でも一、二を争う手練れだ。

抜刀隊の苛烈さは、聞きしにまさる。決して弱くない道三の旗本が、次々と血煙をあげて倒れていく。

道三は鞍から下りた。尻をたたいて黒馬を逃がす。両足で足場をたしかめた。何度か踏みかためる。蛇矛をしごく。右肩の痛みが、それだけで和らいだ。

「道三っ」「覚悟ォ」

大刀と太刀を振りかざした、ふたりの武者が襲いかかる。

「名乗れ。ただし、その暇があれば、だ」

蛇矛がしなる。ふたりの武者の目が見開かれた。喉に赤い線がひかれ、次の刹那、頭が宙を飛んだ。しかし、攻め手は緩まない。湾刀をもつ武者数人が、殺気とともに間合いをつめる。

道三は手で槍をしごく。それだけで蛇矛の先端がしなる。穂先が振り子のように、激しくゆれた。

まっすぐに突く。

湾刀をもつ武者たちの顔がゆがんだ。槍の軌道はまっすぐである。しかし、穂先は振動している。人の目では、とらえきれぬほどに。

湾刀で迎えうとうとするが、不可能だった。蛇矛に弾かれ、次々と二股の穂先の餌食になる。

足をいれかえて、一気に反転する。背後から襲おうとする敵だった。喉笛を切り裂かれ、音のしない断末魔を口から垂れながす。

影がさす。見ると、野太刀が道三を襲わんとしていた。忠左衛門だ。足元には、十人ほどの骸が折り伏していた。道三の旗本だ。すでに全員が討たれている。野太刀にこびりつく血肉から、忠左衛門によってだとわかった。頭蓋の一刀両断を狙った太刀を、鼻先をかすめさせるようにしてよけた。地を蹴り、間合いをつくる。

空中で蛇矛をしごき穂先を振動させ、大地に足がつくや否やまっすぐに繰り出す。刺突は、蛇がうねるような穂先の残像を生んだ。

甲高い音が響いた。

忠左衛門が、一刺を弾きかえしたのだ。もつ野太刀に殺気がこもる。

「道三公、小細工は忠左衛門様には通用しませぬぞ」

覆面の男が、能衣装を揺らして笑う。

再び、道三は蛇矛をしごき穂先を振動させた。

一直線に突く。野太刀が迎え撃とうとした刹那、掌の中で柄を回転させる。うねっていた穂先の残像が、螺旋《らせん》に変わる。凶暴な野太刀をすり抜け、蛇矛が忠左衛門の心臓に吸い込まれた。

どうと、忠左衛門が倒れた。

「ほお」と、道三は感嘆の声をあげる。右手に野太刀を持ち、左手で胸を押さえていた。

甲冑に亀裂はいれたが、肉を傷つけるまでにはいたっていない。体勢を崩すことで、致命傷を避けたのだ。

「か、囲め」指示を発したのは、覆面の男だ。抜刀隊が、道三を一気に包む。妙だな、と思った。手練れが片側に集中している。本当に討ち取るつもりなら、四方に均等に配置するはずだ。

乱戦ゆえに、その暇がなかったのか。

わっと抜刀隊が襲いかかる。まず手練れたちに向きなおった。

背後から、大音響が耳をつんざく。これは——銃声だ。

刀をもった武者が、銃弾をうけて躍りだす。味方か。いや、ちがう。己の体を見た。

鉛玉が数発、体にめりこんでいた。すこし遅れて、血が噴きだす。

新手だ。巨軀の武者がひきいている。右目に眼帯を巻いていた。二十人ほどの鉄砲足軽を従えている。足軽が鉄砲を捨てた。

用意のいいことに、背に負っていたもう一丁の鉄砲を道三にむけてかまえる。

「弥次郎か」

呼びかけると、巨軀の武者が隻眼をゆがめるようにして嗤った。

「久しぶりだな、新九郎。このときを待ちわびたぞ」

舌で唇をねぶる。

「道三公、長井一族を侮った報いですぞ」

いったのは、覆面の男だった。忠左衛門も同調するように野太刀をつきつける。

長井忠左衛門は、弥次郎の手先なのか。

道三の疑問に答えるように、弥次郎と忠左衛門は目差しを交わらせる。

そして同時に、笑った。

弥次郎が太い右腕をあげる。鉄砲が一斉に火を噴いた。

道三は叫ぶ。蛇矛を振って、鉛玉をうけつつも鉄砲足軽たちに斬りかかった。

龍ノ二十六

「気がついたか」

まぶたをあけた道三をのぞきこんだのは、長井弥次郎だった。血走った片目には、妖しい光がたたえられている。視界のすみに、道三の旗本や喉笛を斬られた抜刀隊の骸が折り伏していた。

「喜べ。玉薬こそはたっぷりとこめたが、鉛弾は小さくしてやった。この程度で死なれては、長井一族の恨みと釣りあわんからな」

歯茎を見せつけて嗤う。遅れて、道三の体に痛みが走った。見れば、きている鎧が孔だらけになっている。蛇が巣穴から顔を出すかのように、赤い血が流れだす。

腕を動かそうとして、痛みが食いこんだ。すでに、後ろ手に縛られていた。

「それにしても恐ろしい男だ。これだけの鉛玉を浴びてなお、鉄砲足軽を全滅させるとはな」

道三の周りには、鉄砲をもったまま喉を斬りさかれた足軽が大勢折り伏していた。

弥次郎の太い指が、道三の耳をつまんだ。短刀の刃がそわされる。

「随分とわが父をいたぶってくれたそうだな」

ゆっくりと弥次郎の手が動いた。歯を食いしばり、道三は悲鳴を殺す。刃が、道三の耳の肉を削《そ》いでいく。

血が顔の半面にふりかかる。最後は、弥次郎は斬らずに耳をひきちぎった。

口をあけ、何度も息を吸い、吐いた。

視界のすみで、弥次郎が道三の耳の欠片を放りなげているところだ。

「弥次郎様、いたぶるのはよいですが、くれぐれも殺すことはなきように」

助言したのは、覆面の男だ。横には、灰髪灰髭の武者——長井忠左衛門もいる。

「わかっておる」

歓喜のあまりか、長井弥次郎は肩で息をしている。

「なぜだ」道三が問うた。

「どうして、私を生かす。いたぶった上で殺せばよかろう」

「馬鹿め。貴様だけを殺して、気が晴れると思っているのか。息子の豊太丸、お前の妻の深芳野、そして郎党どもとその家族、ひとり残らず嬲《なぶ》り殺しにしてやる」

道三の残った耳に、弥次郎がふたたび短刀をあてた。道三は歯を食いしばる。奥歯が音をたてた。またしても、耳がゆっくりと切りさかれる。干し肉でも削《そ》ぐような手つきだ。

つづいて、道三の顔に短刀があてられた。

「痛かろう」

親切を装った声で、弥次郎がきいた。包丁をあつかう手の動きだった。前後左右に刃を走らせる。切っ先が顔の肉に突き刺さる。皮が裂け、肉が破れ、骨が削られた。血が鼻の穴と口の中に入りこみ、呼吸ができない。目にもはいり、涙と混じりあった。

「弥次郎様、そのぐらいにせねば死んでしまいます」

覆面の男の制止の声が聞こえてきた。荒い息づかいは、弥次郎のものか。

道三は、血を吐きだし、なんとか息を吸おうとする。

「道三公よ、我らは今よりあなた様をつれて織田の陣へといきます」

覆面の男は声に喜色をにじませていた。まぶたをあげると、視界には朱色の膜が貼られていた。そういえば、とつぶやく。弥次郎は織田弾正忠家の陣にいた、と源太がいっていた。その弥次郎と忠左衛門が一緒にいるということは、忠左衛門も信長に内通しているのか。

「こたびの合戦の勝者は、豊太丸などではない。生きた屍《しかばね》となった貴様でもない。無論、道三よ、貴様でもない。織田弾正忠家とそれを助ける長井一族だ。生きた屍となった貴様を織田家が傀儡《かいらい》として、美濃を支配する」

弥次郎が勝ち誇る。野太刀をかつぐ忠左衛門も、灰色の髭をゆがめて嗤った。

道三を討ち漏らした豊太丸と、生きた道三を形ばかりとはいえ擁する織田家。いかな豊太丸でも勝ち目はない。美濃の諸侯は、道三を逃した豊太丸を不甲斐《ふがい》ないと思う。きっと、今いる一万七千の軍は四散する。

「息の根を止めるのは、いつでもできる。死ぬよりも苦しい生き恥を、さらさせてやる」

弥次郎は地にある石をつかんだ。振りあげ、道三の顔面めがけて落とす。またしても血が口の中にあふれ、折れた歯が口と喉の内側を傷つけた。

「これで、舌を嚙みきることも能うまい」

さらに石をふりあげ、道三の歯が粉砕される。

「念のため、もう一回」石を振りあげる気配が届いた。

が、打擲《ちようちやく》はこない。

道三は、うっすらとまぶたをあげた。石をつかむ手が虚空で止まっている。

弥次郎は首をひねっていた。目差しの先をたどると、ひとりの男がいる。

中背で引き締まった体軀。要所の筋肉は、木の瘤《こぶ》のように膨らんでいた。額には、鉄を縫いつけた鉢巻きが締められている。

手にもつ刀の鞘を抜き払った。傷だらけの鞘が、からんと大地を転がる。

異形の刀身があらわになった。

刃は切っ先をとおりこし、裏側の峰までつづき、途中で止まっている。

まるで、刃が意志をもち、峰を侵食するかのようだ。

鋒両刃《きっさきもろは》の烏丸を抜きはなった、源太がたっている。

「嫌な臭いがした。虫の報せかな。自分では最初は気づかなかったが、どうやら烏丸は臭いを嗅ぎとってたんだろうな」

源太は、ひとり語りをしつつ歩く。

「無駄な力は使うな、そう烏丸がいってるようだった。だから、若造どもに一番槍や兜首をゆずった。敵の命もとらなかった。体力と気力を蓄えていた。道三が鶴山をおりたとき、やっと臭いに気づいた。とてつもなく、不吉な臭いにな」

いいつつ、源太はまっすぐに道三のもとに歩みよる。

まず反応したのは、抜刀隊だ。味方ごと道三を襲った情け容赦ない弥次郎の銃撃で、数は五人に減っていた。が、士気は衰えていない。鉄砲足軽の反対側に配置された手練れたちだった。

怒声とともに襲いかかる。

源太がというよりも、烏丸が動いたように見えた。生き物のように躍動する。

鋒両刃に、命が宿った。

抜刀隊の刀が、次々とへしおられる。

狼狽える敵を無視して、源太は駆けぬけた。

一直線に、道三のもとへと。

それを阻むのは――

「おのれェ」弥次郎が銃をかまえた。源太はにぎった拳を口にやった。細い筒――吹き矢がにぎられている。

「ぐぅあァァ」弥次郎の残った片目に、針が深々と刺さる。

つづいて銃声が轟く。銃弾は、まっすぐに駆ける源太のこめかみをかすった。

源太が弥次郎の巨軀を蹴る。どうと倒れたときには、すでに首はない。弥次郎が引き金をひくのと、源太が断頭の太刀をふるうのは、まったく同時だった。

灰髪灰髭の長井忠左衛門が、野太刀をかまえる。

切っ先をまっすぐに、源太の胸に突きつけた。源太も足を止める。

「忠左衛門様、気をつけるのです」

叫んだのは、覆面の男だ。いつのまにか、忠左衛門から二十歩ほども距離をとっていた。じりじりと逃げるように後退している。

一瞬が恐ろしく長く感じられた。だが、気迫が拮抗《きっこう》していたのはわずかな間だけだ。

寝そべる道三からも、忠左衛門のあごや腕から脂汗がしたたっているのが見えた。

さきほどまでの戦いぶりが嘘のように、忠左衛門の両肩が硬く強張《こわば》っている。

一方の源太は、右手で烏丸を無造作ににぎるだけだ。

源太は、ゆっくりと歩みを再開した。胸を、自ら貫かれにいくかのように。あと半歩で切っ先にふれるというとき、忠左衛門が数歩後ずさった。一合もあわせていないのに、肩で息をしている。いや、きっと互いの頭の中ではすでに数十合が打ちあわされているのだろう。

その結果が、先ほどの後退だ。

源太と烏丸に威圧され、忠左衛門は後ろへ後ろへと退く。

踏みとどまったのは、地に転がっていた道三の耳の欠片を踏んだときだ。

口を大きく開けて、無音の叫びを放った。野太刀を振りあげる。一刀両断の軌道は、あっけなく横にそれた。

切っ先が大地にめりこむ。

烏丸の鋒両刃が、忠左衛門の左手首を切断していた。片側の支えを失い、野太刀の太刀筋がぶれたのだ。

血ぶりをして、源太はさらに進む。

「ひいい」と声がした。見ると、覆面の男が背を向けて逃散するところだった。

とうとう、忠左衛門は道をあけた。

「お前は殺さん。処断は、豊太丸の判断に任せる」

いい捨てた源太が、道三に近づいてくる。縛《いまし》める縄を断ってくれた。

道三は身をおこす。血が、顔から止めどなく流れていた。皮がべろりと剝がれているのもわかる。

「げ、源……太ァ」

なんとか、そうつぶやく。こくりとうなずいてくれた。それだけで十分だった。

正座をして、両手をあわせた。切り裂かれた口で、法華経《ほけきよう》の題目を短く唱える。

そして、うなだれた。

目をつむっていてもわかる。すべてを終わらせる太刀を、源太がふりかぶっていることを。

鋒両刃が、断頭の軌道を描く。

龍ノ二十七

重い胴丸をきた源太は、陣笠《じんがさ》をかぶりあごの下で強く結びつけていた。手になじまない槍をもっている。肩には、黒色の合印を縫いつけていた。織田弾正忠家の足軽という目印だ。

源太がいるのは、大良の港である。ここにある戸島東蔵坊に織田信長が陣をしいていた。

敵にまじって、戸島東蔵坊の門をくぐる。

「道三公が討たれたってのは、本当らしい」

「じゃあ、援軍にきた我らはどうなるんだ」

「弔い合戦を挑むらしいぞ」

「敵の軍勢も南下している。きっと、明日か明後日には合戦だ」

足軽たちは口々にいいつつ、土のついた大きな壺を運んでいる。

先日の合戦で、斎藤道三の首を源太がとった。長良川の合戦は、斎藤范可こと豊太丸が勝利する。豊太丸は、あえて長井忠左衛門を罰さなかった。美濃に根をはる、長井一族の反発を考慮してのことだ。首実検で道三の傷だらけの首を検めるや、豊太丸はただちに軍を南へむけた。

そして行軍の最中に源太をよび、最後の仕事を指示する。

信長が布陣する大良の戸島東蔵坊——道三の私鋳銭工房への潜入だった。

「こりゃ、すげえな」境内にはいった源太が声をあげる。胸の高さほどの壺が、目の前にひしめいている。どれも土がいっぱいについていた。中をのぞきこむと、ぎっしりとつまった永楽通宝があった。大良の鋳物師座が鋳造した銅銭である。道三と豊太丸が長良川で対峙し、織田軍が北上したとき、大良の鋳物師座は銅銭を山中に隠した。隠しものといって、村や町は近くの山や森に家財を隠す場所をもっている。とはいえ、これだけ大きな工房になると隠せるのはごく一部だけだ。そのほとんどを、戸島東蔵坊の土中の隠し蔵に埋めた。それを織田軍が掘りかえしたのだ。

土中銭といい、土の中に銭を隠すのは日常に行われている。隠しものと並ぶ、民たちの処世術のひとつだ。足軽のひとりが、それを目当てに境内の土を掘りかえすと、予想をはるかに超える量が出てきた。

足軽たちが、数人がかりで銭のつまった壺を運んでいた。舟に乗せて、尾張へと運ぶようだ。

「なんだ、この爺《じじい》は」

「銭壺をだいて死んでやがる」

声の方へと、源太は足をすすめた。死臭もかすかに漂っている。

「畜生、いくら引っ張っても放しやがらねえ。体が固まってる」

足軽たちの隙間からのぞくと、痩せた老僧の骸があった。白い泥鰌髭は、枯れた雑草を思わせる。まぶたの隙間から、白く濁った瞳がのぞいていた。細い腕は、銭のつまった小さな壺をだいている。ふたりがかりで壺から引きはがそうとするが、宝念の腕の関節は石のように硬い。

「おれがやってやるよ。あんたらは、他の壺を運びな」

源太が苦闘する足軽の肩をたたいた。

「助かるよ、爺さん」と、足軽たちが去っていく。

源太は宝念の骸をひきずり、足軽たちが掘った穴のひとつへといく。だいた壺ごと宝念の骸を放りこんだ。

上からのぞきこむ。宝念の口の両端はつりあがり、目尻は下がっていた。どんな顔をして銭に飛びついたかがよくわかる。

「宝念よ、理屈じゃおれはあんたを許しちゃいけない」

道三に毒を盛り、孫四郎と喜平次を殺させた。

「けど、あんたのその顔を見てると、なぜかほっとしたよ。あんたはあんたなりに、生をまっとうしたんだな。少々、都合がいい気がするが、そう思うことにするぜ」

首にかけたものを取りだす。馬の助から託され、自分の家の神棚においていた永楽通宝の母銭だ。穴の中に放りなげる。宝念のだく壺にあたり、首のちかくへと落ちた。転がっていた鋤《すき》を手にとり、土をいっぱいにすくい穴の中へと落とす。何度も何度も土を土中へと運んだ。

銭をだいて眠る宝念が隠れて、穴が完全に塞がるまで源太は手を止めなかった。

龍ノ二十八

木曽川の川縁に、折れた槍や旗指物が散らばっている。その隙間をぬうように、人馬の骸が転がっていた。ほとんどが、織田弾正忠家のものだ。道三を討ち軍をかえした豊太丸は、信長と鉾《ほこ》を交えた。結果は、豊太丸の圧勝だった。道三との長良川の戦いで、一万以上の兵を温存したのが奏功した。山口取手介《やまぐちとりでのすけ》や土方彦三郎《ひじかたひこさぶろう》らの織田家の将を討ちとり、猛将で知られる森可成《もりよしなり》には深傷《ふかで》を負わせた。

下流の方に、源太は目をやる。

尾張へ引きかえす、織田の軍舟が小さくあった。

丘の上の岩に腰をおろし、源太はその様子を見守る。

影が落ちた。首をひねると、斎藤范可こと豊太丸がたっている。

「いいのか。銭を——国滅ぼしをもっていかれちまうぞ」

大良の戸島東蔵坊にあった、私鋳銭のことだ。だけでなく、原資となる大量の銅も織田家に持ち去られた。

「ああ、頭の痛いところだな」豊太丸も、隣に腰をおろした。

「まあ、父上は三郎（信長）のことをかっていたから、遺産代わりにくれてやった」

妙ないい方だ。くれてやる、ではなく、くれてやった、なのはなぜなのか。

「実は、母銭も半分くれてやった。先日、帰蝶への使者にもたせるように手配した」

「おいおい」さすがの源太も呆《あき》れた。母銭は、隠しものに避難させており無事だった。それを帰蝶経由で、信長に託すという。

「実はな、こんな悪巧みをしているんだ」

豊太丸が取りだしたのは、起請文《きしようもん》だ。尾張守護代である織田伊勢守《いせのかみ》の血判《けつぱん》があり、信長に反旗をひるがえすことが誓われている。

「弾正忠家が、お父上につくのはわかっていた。なんの手もうたないわけがないだろう」

織田伊勢守が決起すれば、こたびの敗戦に動揺する尾張は激震に襲われる。美濃に近い北側の半国は信長の支配を脱し、さらに南の半国も同様に過半が裏切る。

信長にとっては、絶体絶命だ。

「えげつない男だな。法蓮房以上だ」

「最上の褒め言葉だな。まあ、嫁いだ帰蝶のこともある。母銭を手土産にすれば、織田家中でも軽んじられることはないだろう」

「妹思いなんだな」

「それに、あの義弟はおもしろい」

くつくつと、かつての源太の同志のように豊太丸は笑う。

「まさか、舟ひとつでしんがりをかってでるとはな。また、戦場で語りあいたい。織田伊勢守程度の男に、首をやるのはつまらん」

さきほどの合戦で、織田軍のしんがりを受けもったのは信長自身だった。鉄砲を駆使して、追いすがろうとする豊太丸の軍勢をはじきかえした。自身を囮《おとり》にし美濃勢の目をひきつけることで、銅を大量に積んだ舟団を逃がした。さらに調べると兵糧や武具を川に捨て、積めるだけの銅を積んだという。信長も国滅ぼしの正体を、直感で見抜いたのだ。

豊太丸は、そんな慧眼《けいがん》をもつ男ともう一度戦いたいという。

「きっと、お前は長生きできんぞ」

源太は、空を見上げた。心地よい風が吹きぬける。

「そういえば、豊太丸よ。道三は、国滅ぼしを毒ではなく薬に変えていたのだな」

豊太丸の目差しを感じたが、振りかえらなかった。

「なんだ、わかっていたのか」

「戸島東蔵坊にあった銭は、銭縮みしていない永楽通宝ばかりだった。母銭をつかって鋳造したものだ。一枚嚙んでみたが、銅がぎっしりとつまっていやがった。それが大量にあった」

「そうだ。父は、国滅ぼしを薬に変えた」

永楽通宝の母銭を使い、永楽通宝を鋳造する。その銭に大量の鉛を混ぜれば、価値が大暴落し、経世済民は混乱をきたす。が、その逆——銅の純度を高め、それを潤沢に流通させればどうなるか。銭の信用は高まり、経世済民が上向き、国は病から脱する。

道三は良質の銭を私鋳することで、永楽通宝の地位を善銭まで引きあげた。さらに日蓮宗の勢力の強い大隅国の加治木や常陸国の村松の私鋳銭工房を駆使することで、それを日ノ本中に行き渡らせる。

「今じゃ、永楽通宝はどこにいっても善銭あつかいだ。昔じゃ考えられない。けど、それを成し遂げた。あいつは大したものだよ」

「いや、ちがうな」

源太は首をひねり、豊太丸を見る。

「あいつじゃない。あいつらだ」

しばし考える必要があった。

なるほどな、と源太は思う。

「あの方たちの功績だ。父子三代の力で、国を医したのだ。本当に、大したもんだよ。おれなんかは、およびもつかない」

斎藤道三――永楽通宝の良貨を日ノ本中に行き渡らせた。

法蓮房――永楽通宝の私鋳銭を造る体制を難敵と戦いつつ整えた。

そして松波高丸――永楽通宝の原資となる銅を大量に集め、貴重な母銭を手にいれた。

国を医すための、父子三代の永い戦いだった。

「松波高丸か。名前は法蓮房から聞いていたが、こうなってみると一度でいいからまみえたかったな。心残りだよ。国を医したまむしの親玉を、おれは知らないんだからな」

源太は腰を浮かす。「さあ」と、手を豊太丸につきだした。ずしりと重みがかかる。

褒美の一貫文の束だった。しっかりと一枚一枚をあらためる。

「宋銭が一枚もねえじゃねえか。美濃の民は悲惨だな。こんなけちが国主なんだから」

源太は銭の束を首にかける。

「じゃあな、おれは帰る。あまり老人をこき使うなよ」

手をふって、源太と豊太丸は別れる。

風景を味わいつつ、源太は歩む。

風をかぎつつ、源太は村をとおりすぎる。

花の香りを聞きつつ、源太は街道をいく。

鳥の歌声が、肌をなでた。

やがて、家が見えてくる。

「かかあ、帰ったぞ」

土間には、すでに盥がおかれていた。井戸へいって、水を汲《く》む。自分で足を洗った。

「あんた、今度はちゃんと働いてきたんだろうね」

妻のお景《けい》がいた。腰はまがっているが、ふてぶてしさは相変わらずだ。

「当たり前だ。とくと拝め」

どさりと銭の束をおく。座りこんだお景が、一貫文に顔を近づける。

「宋銭が一枚もないじゃないか」

「おれじゃなくて、豊太丸にいえ」

板間にあがり、壁に烏丸をたてる。両手をつきあげ、体をのばした。固まっていた筋肉が、それだけでほぐれていく。あくびともため息ともつかない息が、口からこぼれた。

お景は、竈の前で飯の仕度をしている。まずは漬物がきたので、それを齧《かじ》る。よく味がしみた瓜《うり》だ。歯ごたえがいい。が、喉が渇いてくる。柔らかく煮た山菜がやってきて、つづいて芳《こう》ばしい炭の香りをまとった焼鮎《やきあゆ》が運ばれる。どちらも半分ほどを平らげた。

歯に挟まった骨に悪戦苦闘していると、湯気をあげる丼がとうとうおかれた。

「おい、なんだ、こりゃ」

「なにって、飯だよ。いらないのかい」

「んなわけないだろう。おれがいってるのは、飯の中身だ。どうして雑穀がまじってないんだ」

源太の丼の中に盛られていたのは、ふっくらと炊きあがった白米だった。雑穀は一粒たりとも混じっていない。その輝きは、黄金よりも尊いのではと源太は大げさでなく本当にそう思った。

「ご不満なら、かえしてもらおうかね」

「不満なわけあるかよ」

あわてて源太は、丼を抱きかかえる。甘い湯気が鼻腔《びこう》をくすぐり、唾が口の中を満たす。

「今度の褒美は、宋銭が一枚もねえんだぞ」

お景は、宋銭以外は鐚だといってゆずらなかった。明銭である永楽通宝が半分まじっていれば、見事に雑穀が半分まじった飯しか用意しなかった。その理屈でいえば、こたびはすべて雑穀飯でないといけない。

「それとも、お景はぼけたのか」しゃもじで頭を強くなぐられる。

「痛えな。よく見ろよ。褒美の銭は、すべて永楽銭だぞ。鐚銭だって、散々おれにいったろ」

「はあ、永楽銭が鐚。あんた、なにいってんだい。たしかに永楽銭は鐚だったけど、ずっと昔の話だ。今は立派な善銭だよ」

哀れなものを見るような目で、お景はまたため息をついた。

「さあ、さっさと食べとくれよ。じゃないと洗いものを手伝わせるよ」

また竈にもどっていく。どうやら、もう一品つくってくれるらしい。

源太は、褒美の一貫文に目をやった。

真新しい永楽通宝だ。きっと、大良の私鋳銭工房のものだろう。

「そっか、永楽銭はもう鐚じゃないのか」

天井を見上げた。そして、床においた一貫文に目をもどす。

「お前は大したもんだよ」

自分に語りかけられたと思ったのか、お景が振りむいた。が、すぐに顔を前にもどす。

包丁がまな板を打つ音が、心地よく耳をなでる。

「永楽通宝よ、あんたは大したもんだ」

銭の世の世界で、見事に下克上を成し遂げた。

銭の世の天下人として、今は君臨している。

箸で、湯気をたてる飯をつまんだ。真っ白く輝く米を口の中にいれる。

源太は噛みしめた。

じんわりと甘味が広がる。

源太は、ただ無言で飯の味を噛みしめつづけた。

蛇ノ足

ここまでくるのに、随分とかかってしまったな。

そう道三はひとりごちた。もう歳だ。昔のような体力はない。いつまで旅を続けられるだろうか。

きっと、足が動く限り旅するだろう。苦しくても、道三には止まることは許されない。

長良川の河原に、道三はたたずんでいる。川面が夏の陽光をはね返していた。

暑さをはらむ風が吹きぬける。河原の石を押しのけるようにして生える雑草が、波のようにゆれた。草同士がすれる音が、心地いい。

目の前には、膝の高さほどの塚がある。まだ新しく、石の表面は宝石のように輝いていた。苔《こけ》なども生えていない。当然だ。父子相克の戦いから、まだ二年しかたっていない。勝者である斎藤范可は名を義龍《よしたつ》と改めて、今、道三の背後にそびえている稲葉山城の主となった。

敗者は、道三の目の前の塚の下に埋まっている。

弔ったのは、小牧《こまき》〝源太〟道家《みちいえ》という斎藤義龍の家臣のひとりだ。なんでも生け捕った長井忠左衛門から、無理やりに手柄を奪い首を討ったという。どういう経緯があったかは知らぬが、敗者の首は顔相がわからぬほど斬りさかれていたとも聞いた。

塚の前で膝をおり、道三は両手をあわせる。

そして瞑目した。

「道三様ではございませぬか」

背後から突然声がかかった。

まずいな、と道三は思った。ここ美濃の地では、道三という名では呼ばれたくない。

首をひねると、行商人の男がこちらを見ている。

「道三様ですよね。どうして美濃にいるのですか」

見覚えのない男だ。どこかですれ違っただろうか。

「治すべき病人がいるからだ。それ以外に私がいる理由があるか」

「まさか、稲葉山城にですか」

行商人は体をずらして、道三と稲葉山城に目を何度も往復させた。

「道三様ほどのお方がどうして」

「できれば、その名前では呼ばないでほしい」

「はあ、ではどうお呼びすれば」

道三は行商人と向きあう。

「名字で呼んでくれればいい。あるいは、号か」

「そういうことならば。とはいえ、ご名字は変わった響きでございましたな。何か謂れがおありですか」

「上流、直にして清く、下流、曲にして渭《い》（不浄）なり——蘇東坡の詩からとった」

「なるほど、それで曲直瀬《まなせ》ですか。珍しい名字なので、口にすると舌がびっくりしてしまいますな」

行商人が白い歯をみせて、曲直瀬道三に笑いかける。

「曲直瀬が言いにくければ、号の一渓でもいい。ここ美濃では、そちらの呼び方で通っている」

今、足元に眠る男が、曲直瀬道三と同じ道三という名前だったためだ。

「一渓ですか」

納得しかねるように、行商人が首をひねる。

「それでも嫌なら、雖知苦斎《すいちくさい》とでも呼んでくれ」

「ははは、それは愉快ですな。しかし、どうして道三と呼ばれることをはばかるのでしょう……ああ、そういうことか」

曲直瀬道三の前にある塚が、前美濃国主斎藤道三のものだと行商人の男はやっと気づいたようだ。

――まったく、あんたはややこしい名前のまま死んでくれたもんだよ。

かつての一渓こと曲直瀬道三は心中で毒づいた。

「それにしても、こんなところで名医の道三……いえ雖知苦斎様とお会いできるとは思いませんでした」

まさか本当に雖知苦斎と呼ぶとは思わなかったので、さすがの道三も苦笑してしまった。

「それはそうと先ほど病人がいると申されましたが、まさか……」

行商人が恐る恐る道三の顔を覗きこむ。

「そうだ。私の患者は稲葉山城にいる」

道三が目をやった先には稲葉山があり、頂には城の甍が輝いていた。

「まさか、あの城の人々を治療するのですか」

「何年も前から診ているご婦人がいる。二年前にひどいことがあったから、ずっと心配していた。やっと時間ができてね」

荷を担ぎなおし、稲葉山へと足を向ける。きっと、弟子たちはとっくの昔についているはずだ。

「およしなさい。あの城の住人たちは畜生の一族です。二年前に、ここ長良川で父子相克の合戦があったのは知っていましょう。雖知苦斎様の医術をほどこす相手ではございません」

足を止め、行商人をにらみつけた。

「な、何か気に障ることでも」

「医術は、等しく万民のものだ。貴賤《きせん》や敵味方などはない」

穏やかにいったつもりだったが、行商人は一歩二歩と後ずさる。

「な、なるほど、感服しました。それが上医の心構えなのですな」

「ほお、上医という言葉を知っているのか」

「雖知苦斎様を上医と称賛する京の人は多くございますゆえ」

「残念ながら、私は上医には程遠いよ。少なくとも奴に比べればな」

目を背後にやる。雑草ごしに、塚が見えた。

「奴とは──」

「道三だよ。お主が畜生といった一族の親玉さ」

行商人に背をむけて、稲葉山城へと足を進める。

「あの斎藤道三が上医というのですか」

追いかけてきた声を無視して歩む。

しばらくして振り返ると、もう行商人の姿はなかった。
薫風がふいて、雑草が左右に大きく割れる。
長良川の輝く水面を背にして、斎藤道三の塚がたたずんでいる。
一輪の花と握り飯が供えられていることに、今さらながら曲直瀬道三は気づいた。

蛇は自らを喰み、円環となる　零

等しく人は齢《よわい》を重ねる。
赤子は童になり、
童は少年になり、
少年はやがて青年に成長する。
法蓮房《ほうれんぼう》と名付けられた高丸《たかまる》の子は、九歳で妙覚寺《みょうかくじ》に入山した。そのころ明国《みん》への遊学を期する田代三喜《たしろさんき》という人物が寺を訪れた。息子はすくなくない影響をうけたようだ。範可《はんか》の伝手《つて》をたより、三喜は明国へとわたっていく。
息子の修行の様子は、たびたび高丸と雪《ゆき》の耳に届いてきた。〝神算の法蓮房〟という名誉なものもあった。同郷の女子や同門の弟子たちからは過剰に慕われているようで、〝罪つくりの法蓮房〟というやや不名誉な二つ名もたびたび耳にした。

法蓮房が二十歳のころ、西国に旅にでた。帰国するという田代三喜を迎えるためだ。その姿を、三十八歳の高丸は見送った。雪はもういなかった。一年前に鬼籍にはいっていた。

すぐには、法蓮房は戻ってこないという。田代三喜と西国を行脚《あんぎゃ》するといっていた。

四年がたって、文がとどく。二十四歳になった法蓮房からだ。『答えを見つけた』と記されていた。旅立つとき、高丸と范可は謎かけをしたのだ。お伽話《とぎばなし》を語るように、細《ほそ》川勝元《かわかつもと》が応仁《おうにん》の乱《らん》で大量の銅を集めていることを教え、その上で何を造るつもりかを考えさせていた。

高丸と范可は、丘の上で待つ。

やがて、街道にふたつの影があらわれた。きっと、法蓮房と田代三喜だろう。芯が細かった体は、たくましくなっている。旅の途中で、すくなくない修羅場をくぐったのだ。

こちらに気づき、范可ゆずりの棒をふって合図を送ってきた。

「もし、答えを導いたら、母銭《ぼせん》をわたすつもりか」

范可の声は低かった。応仁の乱で初めて范可と出会ってから、三十年近くがたっている。髪の白さは今は歳相応《とし》で、肌にはしみも増えた。

「何か不安でも」口調に違和を感じ、高丸は尋ねかえした。

「法蓮房は、すこし才が勝ちすぎる。何より、危難を友として愛しすぎる」

「では、答えを導いても、母銭はわたさぬというのですか」

「いや、母銭はもうお主のものだ。わしが口出しすることではない」

法蓮房と田代三喜が目の前までやってきた。

まず頭を下げたのは、田代三喜だ。

「お久しぶりでございます。彼《か》の地の李《り》朱《しゅ》医学を能《あた》うかぎり、この身で学んでまいりました」

「三喜導師、お疲れ様です。范可様が今、近江の勝部《かつべ》村に居を落ち着けております。よければそちらに逗留《とうりゅう》し、村人に色々と教えてやってはくれませぬか」

高丸の提案に、田代三喜は力強くうなずく。范可は老齢のため、妙覚寺の食客を辞した。今は、棒術の弟子が多く住む勝部村にいる。

「范可殿、高丸殿もおかわりないようで」

名前のでた順に、三喜は目をやった。高丸をみて、表情が固まった。あるいは、ばれたかもしれない。腹に右手をやると、硬いしこりがあった。数ヶ月前から血便がとまらず、何度も吐血している。それでなくとも、幼いころの苦労のせいか高丸は老いて見える。年齢は三喜が三十八歳で、高丸は四十二歳だが、六十歳の范可と同年齢にみられることもあった。

「つもる話は、わが家で。ささやかな宴《うたげ》を用意しております。その前に——」

高丸は法蓮房を見た。健やかな青年が棒を手にたっている。

「答えは導けたか」

「無論のこと」

握り拳を、法蓮房はつきだした。高丸は右手を下におく。掌《てのひら》に落ちてきたのは、永楽通宝《つうほう》だ。私鋳銭《しちゆうせん》ではない。明国で手に入れたものかもしれない。

田代三喜には見られぬように、握りしめる。気配を察したのか、田代三喜は一礼して場を外す。

「亡き勝元公の企《たくら》みは、銭ですな。それも私鋳銭ではなく、正真正銘の善銭を私鋳する」

「見事だ」短く高丸はいう。咳《せ》きこんだ。血の味が迫《せ》りあがるが、なんとか呑《の》みこむ。

「お主に託さねばならぬものがある」

ここからは父子のやりとりになると判断したのか、范可も場を外した。

「これが母銭だ。永楽通宝のな」懐から袋を取りだす。

「よいのですか。それは、日ノ本の未来を私に託すことと同義」

「勝元公の遺言だ。謎を明かしたものに、母銭を託せ、とな」

息子のしなやかな胸に押しつけた。

法蓮房は素早く母銭を検《あらた》める。慣れた手つきで、十枚を選りすぐった。他のものよりもさらに大振りにできている。

「その十枚は錫母《すずぼ》だ」

「なるほど、錫母というのですな」

母銭にも二種類ある。錫母と銅母《どうぼ》だ。銅母は流通する銭の鋳型をつくるもの。その銅母をつくる鋳型も必要で、錫母と呼ぶ。銭縮みするので、錫母は銅母よりも一回り大きい。今の法蓮房が選りすぐった十枚がそれだ。

つまり流通する銭を子とすれば一回り大きな銅母は親、さらに大きな錫母は祖父母ということになる。

「これだけ大きいと、薄い鉄片を仕込めそうですな」

法蓮房はしげしげと錫母を見つめる。

「錫母だけは失うな。この十枚しかない。命に等しいものだ」

「ならば、半分は誰かに託した方がよいやもしれませんな。命を預けるに足る仲間を五人見つけ、それぞれに一枚ずつ預けるのが面白いやもしれません」

「好きにしろ。それはもうお前のものだ」

あえて突き放すようにして、高丸は答えた。法蓮房は錫母の一枚を天にかざし、にやりと笑う。その顔が善なるものか、悪なるものか、高丸には判断がつかなかった。

「まず、目指すべきは今の京兆《けいちょう》様への仕官。さて、どんな悪巧みで、仕官をしてやりましょうか」

普通に仕官を申してでるつもりはないようだ。己の実力を見せつける策を思案しているらしい。

なるほど、范可のいうとおりだ。

「幸か不幸か、京兆様は敵が多いですな。それを利用するのが、一番愉快そうだ」

母銭を袋になおし、懐にねじこんだ。

それから何日もしないうちに、法蓮房は恐るべきことをいってのけた。

細川政元暗殺の一団に紛れこむ、と。

その上で、政元の身を守り、側近《そば》くつかえる好機に変える。

危ういと思ったが、黙っていた。すでに母銭は託した。なぜか、鉄片を一枚混ぜた永楽通宝の母銭を偽造してほしいといわれた。すぐに砕くから、精巧でなくてよいといわれた。なら、簡単なことだ。図面はある。

あとは、成長した息子にまかせるだけだ。

何より、法蓮房とあい安堵《あんど》したせいか、急速に病魔が高丸の体を蝕《むしば》んでいた。

手助けできることがないなら、後悔のないように法蓮房自身が判断するべきだ。

決行の日、法蓮房は京の外れの荒堂へいくという。高丸もついていった。もう、杖《つえ》を使わないと歩けなくなっていたので、随分と時間がかかった。

まっすぐの坂道があり、先には屋根が破れた山門が見えた。カラスが何十羽もとまっている。

「では、父上、いってまいります」

「ああ、思う存分にやるがいいさ」

別れの挨拶はそれだけだった。きびすを返し、法蓮房は坂道をあがっていく。山門に吸いこまれていく様を、じっと見守った。法蓮房は振りかえることなく、高丸の視界から消える。

力つき、高丸は石の上に座りこんだ。

ぜえぜえと、息を吐く。咳《せき》をしたら、赤いものが地面に飛びちった。

急速に意識がうすれていく。

これでいいのだ、と思った。雪よ、待っていてくれ。勝元様、もうすぐいきます。

「おい、死にかけのじじいがいるぞ」

声がして、まぶたをあげる。柿帷子《かきかたびら》をきた馬借《ばしやく》くずれだ。酒に酔っているのか、顔が赤い。

「あんた、坊さんだろう。念仏をあげてやれ」泥鰌髭《どじようひげ》をもつ僧兵くずれに声をかける。こちらを見て、にやりと笑った。どこかで見た顔だ。

「拙僧は、金のない奴には念仏をあげぬ。これも寺宝を盗んだ天罰よ。苦しんで死ね。地獄で残った右腕をもがれるがいいさ」

寺宝――なんのことだろうか。

「だから、飯よりも女だって」

怒鳴り声がした。礫《つぶて》をもてあそぶ、足軽くずれだ。

馬借くずれらと入れ替わるようにして、高丸の前にきた。

「女で腹が膨れるか。銭をもらったら、まずは飯だ」

大柄な百姓くずれは、大槌《おおづち》をかついでいた。行倒れなど珍しくないので、高丸に一瞥《いちべつ》だけくれて坂道をあがっていく。

すうと、体が軽くなった。魂が、高丸の体から離れていく。

「おい、じいさん」

またも声がした。ずいぶんと若い。まだ声がわりしていないのではないか。

現《うつつ》に引きもどされた高丸は、顔をあげる。

十二歳ほどの童だ。大振りの刀を背負い、頭には鉄を縫いつけた鉢巻きをしめている。

「ほれ」突きだした腕には、握り飯があった。雑穀ばかりで、白い米は一粒たりともない。

「やるよ。食いな」童はさも不機嫌そうな口調でいう。

「いらん。わしはもうすぐ死ぬ」

「んなことはわかってるよ。わかってて、やったんだ。まあ、けどことわってくれて助かったぜ。実は、死にかけのあんたに情けをかけたことを後悔してたんだ」

童は、さっさと握り飯をひっこめた。坂道の上の山門に顔をむける。

「まさか……お主もいくのか」

「ああ、銭がもらえるからな」

「お主のような童までも、か。まさに世も末だな」

「死にかけのくせに、賢《さか》しげなことをいうな。じいさん……うん、よく見ればじいさんほどの歳じゃあねえのか。まあ、いいや」

完全に山門に体をむける。

「世も末――おいらが物心ついたときからみんなそういってやがる。けどな、おいらはちがう。どんなに酷《ひど》い地獄になっても、生きぬいてやる。あんたみたいに、道端で野垂《のた》れ死ぬなんて反吐《へど》がでるぜ。死ぬときは、この世とやらと刺し違えてやる」

なんと心地いい強がりだろうか。ふふふと、気づけば高丸は笑っていた。

が、童には聞こえなかったようだ。

「じゃあな、死にかけのじいさんもどきよ。縁があったら、あの世であおうぜ」

手をふって童は歩きだす。大振りの刀が背中でゆれている。カラスたちが鳴きわめいているのは、歓迎しているのか、それとも威嚇しているのか。

法蓮房がたどった道をなぞるようにして、高丸の視界から童が消える。

主要参考文献

斎藤道三と義龍・龍興　横山住雄／戎光祥出版
美濃斎藤氏　木下聡（編）／岩田書院
経済で読み解く日本史　上念司／飛鳥新社

※当時の美濃国の勢力盛衰は複雑多岐にわたるため、作中の状況や人物名は簡略化させています。

あとがき

どうして本書『まむし三代記』は〝書き下ろし〟作品なのか。

もともと『蝮《まむし》三代記』と題して、「小説トリッパー」誌上で連載していたものだ。二〇一九年の四月に連載を書き終わり、単行本化するにあたり大幅に加筆しようと思った。小説家としてデビューして七年目、同業者の方とお話しする機会を重ねるうち、とてつもない努力をしている作家が何人もおられることを知った。そんな人たちと書店の本棚のスペースを争うのだ。連載作品は決して悪いできとは思わないが、これでは私の作品は埋没してしまう、という危機感があった。

そこで、大幅改稿を決意する。まずプロットから見直した。連載原稿は約一千枚と分量も多いので、少なくしなければならない。また連載途中に「国を医《いや》す」というキーワードをいれたので、それを冒頭に配置する必要があった。二〇一九年の五月くらいから、他の仕事と並行しつつプロットをなおした。が、満足いくものができない。原因のひとつに〝一冊に収めるには三代記は長すぎる〟というものがある。そこで思いついたのが、斎藤道三《さいとうどうさん》一族の三代記ではなく、道三一族三代によりそった男の一代記とすることだ。急遽《きゅうきょ》、主人公を源太《げんた》という少年にした。源太の目から見た物語にプロットを大改造した。

それが七月くらいだったと思う。

ただ、それでもまだ物足りない。とはいえ〆切は待ってくれない。六月から十月までの五ヶ月間、『まむし三代記』の改稿に取り組んだ。そんな時、閃《ひらめ》いたのが「国滅ぼし」というアイデアだ。あるものを、戦国大名はずっと早くから国産化していたのではないか。技術的に容易ではない部分もあるが、当時の日本人なら十分にクリアできると判断した。何より、遺跡調査により国産化はずっと早かったのではないか、という新説も提示されている。では、誰がそれをいち早く国産化したのか……私は妄想した。斎藤道三はどうだろうか。『信長公記』記載の史実を張り巡らせれば、面白いフィクションができるのではないか。正直、うまくいく自信はなかったがやってみることにした。そのために、あえて応仁《おうにん》の乱《らん》のパートも新たに作中にいれた。

こうしてできた物語は、連載とは大きく異なるものとなった。まず、連載原稿からコピペした部分がひとつもない。登場人物の造形や役割もすべて変わった（唯一同じなのは、道三の腹心の今枝弥八《いまえだやはち》くらいか）。書いている内に宝念《ほうねん》、馬《うま》の助《すけ》、石弥《せきや》、牛次《ぎゅうじ》の人物が動き出し、冒頭だけの登場で終わらせるはずが、何人かは物語の最後まで付き合ってもらうことになった。

そして、疑問が湧き上がる。通常なら巻末に〝これは連載原稿を大幅に改稿したものです〟などと表記される。この表現は正しいのか。そもそも、元原稿の素材を一切使っていない。そこで編集者と相談した結果、〝書き下ろし〟と表記してもらうことになった。これが、自分の中で一番しっくりくる表現だったからだ。

ちなみに、初の完全書き下ろし作品である。

参考までに、連載版『蝮三代記』の粗筋を書いておく。

還俗《げんぞく》した法蓮房《ほうれんぼう》（道三の父）は美濃国へ行き、守護代の斎藤妙純《さいとうみょうじゅん》に仕える。妙純は美濃だけでなく、越前《えちぜん》、近江《おうみ》、伊勢《いせ》、尾張《おわり》の諸侯を将棋の駒のように操る実力者だ。法蓮房は理想の国を創るため、妙純の手先となり活躍する。しかし、法蓮房は、どうしても妙純を上回れない。そんな時、美濃の軍が近江の村を襲ったことを知る。村のひとつには、法蓮房の妻がいた。妻は無事だったものの、民さえも容赦しない妙純の戦い方に法蓮房はある決意をする。村を焼かれた郷民を糾合し、馬借《ばしゃく》の力を借り、馬借一揆《いっき》という郷民クーデターを起こすのだ。美濃へ帰還する妙純に、法蓮房率いる馬借一揆が襲いかかる――ここまでが『蝮三代記』の第一部だ。

こうして書いてみると、実に面白い！　どうして没にしてしまったのか。もったいない。

斎藤道三が主人公の第二部のスタートもちがう。『蝮三代記』は、男装の麗人の深芳《みよし》野《の》と若き道三が戦場で出会う設定だ。深芳野は土岐頼芸の愛妾となり、義龍を生む。義龍と道三は血のつながりがないという有名な逸話を下敷きにした。
『まむし三代記』の方は、最新の学説をとり義龍と道三は実の父子とした。

連載していたのに、書き下ろしとなぜ表記したのか。たわいもない理由だが、説明しないのは読者への誠意にかけるのではないか。そう判断して、今回、あとがきを書かせていただいた。ちなみに、あとがきを書くのは今回が初めてだ。なかなか要領を得ずに、これでよいのかと不安である。

連載したにもかかわらず、書き下ろしになったのは、ひとえに私の力不足である。プロの仕事として恥ずかしい限りだ。反省している。だが、読者の方々によい物語を届けたいと思った結果なので後悔はない。願わくば、『まむし三代記』文庫化の際は書き下ろしにならないようにしたい。

というような文章を書いたのが、二〇二〇年の単行本化の時のことだ。そして、今回、文庫化されることになった。念の為、言い添えておくと文庫の方は読み易くなるよう修正は加えたが、書き下ろしではない。

木下昌輝

解説

高橋敏夫

まむし三代記。

暗い輝きが幾重にもつづく、なんとも刺激的で、魅力あふれるタイトルではないか。このタイトルに魅かれて本作品を手にとった読者も、けっして少なくあるまい。わたしもそんな読者のひとりである。

ピカレスク（悪漢、悪党）歴史時代小説というジャンルがあるなら、木下昌輝の『まむし三代記』は、タイトルからしてすでにそれを予想させる。灰褐色まれに赤褐色の体色で、鋭い毒牙をたてて相手に襲いかかり、親を殺して生まれてくるという俗説まである毒蛇「まむし」は、他人にひどく怖れられ嫌われ遠ざけられる者の、不気味な異名ともなっている。

そんな忌むべき「まむし」が堂々とかかげられ、しかも「まむし」は一代でおわらずに、二代、そして三代とつづくというのだ。

明朗快活で誰にも好かれ、裏表のない薄っぺらな英雄豪傑の物語など大嫌い、という読者に、タイトルどおりダークで大胆不敵、加えて奇想天外でときにユーモラスでもある『まむし三代記』は、うってつけの物語となっている。

＊

歴史時代小説で「まむし」（蝮、マムシ）といえば、斎藤道三である。

室町時代後期、応仁の乱のはじまった一四六七年からほぼ百年つづく動乱の戦国時代に、低い身分から並はずれた権謀術数をめぐらして次つぎに上位の者を倒し、ついにはそれぞれに頂点をきわめて「下剋上」をなしとげた者たち。その代表格には、道三、松永久秀、宇喜多直家が、戦国三大梟雄《きょうゆう》としてならぶ。

とはいえ、三人のなかで、特に「まむし」と称され広く知られるのは道三だけである。ここには、司馬遼太郎の代表作のひとつ『国盗り物語』（一九六三～六六年連載）が深くかかわっていよう。前編で道三を、後編で織田信長を主役にすえたこの作品で、道三は「蝮」とくりかえし、くりかえし呼ばれる。

物語中、「美濃の蝮」との人々の陰口に閉口した道三は、「蝮なんぞで、あるものか」と抗う。「蝮は蝮でも、この男は人気のある蝮だった」と道三の善政を領民の側から讃えるこの物語は、刊行時の帯に記された「作者のことば」（『司馬遼太郎全集 第三十二巻』

一九七四年）にもある、「道三は過去の秩序を勇気をもって、しかも平然としてやぶった『悪人』であり、悪人であるが故に近世を創造する最初の人になった。そのみごとな悪と、創造性に富んだ悪はもはや美である」云々という、道三への最大級の評価を作品化したものだった。「悪人」のみごとな逆転劇が多くの読者にうけいれられぬはずはない。

しかし――。

＊

しかし、退屈な寺をとびだし京の油問屋の商人として財をなすも、「国主になりたい」思いをつのらせ、美濃の武士になってからは猛スピードでのしあがり、ついに無能な守護を退けて美濃の「国盗り」を実現する司馬の「蝮の道三」は、実際は一人ではなかった。美濃の国盗りをしたのは道三一代ではなく、道三の父（長井新左衛門）と道三本人の二代にわたるものであった。

これがはっきりするのは、戦後の『岐阜県史』の編纂過程で見いだされ、一九七三年の刊行本に収められた「六角承禎条書写《ろつかくじようていじようしようつし》」による。中世政治史学者の木下聡は編著『論集　戦国大名と国衆16　美濃斎藤氏』（二〇一四年）の総論で、国盗り一代説から二代説への転換の経緯とその意義をまとめている。長く道三について書いてきた歴史家の横山住雄は、『中世武士選書29　斎藤道三と義龍・龍興　戦国美濃の下克上』（二〇一五年）

の第一章を「道三の父・長井新左衛門」としている。

歴史的常識の解体からは、新たな歴史時代小説の沃野《よくや》がひろがる。道三の国盗り二代説が、歴史時代小説にもうけとめられて、たとえば岩井三四二《みよじ》の『簒奪者』（一九九九年）が、また、宮本昌孝の大長篇『ふたり道三』（二〇〇二～〇三年）が書かれた。『まむし三代記』も、道三の国盗り二代説をふまえている。それだけではない。ふまえたうえで、二代説を「国盗り」を超えて、戦国の世の争いと戦いに病んだ「国を医《いや》す」こと、すなわち経世済民をより良く発展させ、理想の国を実現するための不可欠のプロセスとみなしている、といってよい。二代では済まず、三代となるのはそのためである。

＊

では、『まむし三代記』で、三代とはいったい誰々なのか。

「蛇ノ章」、「蝮ノ章」、「龍ノ章」という三章立てからすれば、道三の父で謎の死を遂げる法蓮房（松波庄五郎、長井新左衛門などと名乗る）、道三本人（峰丸、長井新九郎）、道三の嫡男で長良川の戦いで道三を討つ義龍（豊太丸、新九郎、范可）の三代である。

他方、物語の結末近くでの義龍その人の言葉、「あの方たちの功績だ。父子三代の力で、国を医したのだ。本当に、大したもんだよ。おれなんかは、およびもつかない」からすれば、道三、法蓮房、法蓮房の父の松波高丸の三代となる。

ただし、「およびもつかない」ことに思い至る義龍に、三代を讃え、そして三代につらなる自覚があるとみなせば、四代となろう。実際、「蛇ノ章」、「蝮ノ章」、「龍ノ章」三章すべてに出現する高丸視点の「蛇は自らを喰み、円環となる」は、「国を医す」ことにそれぞれの仕方でかかわる三代の始まりに、高丸の存在があるのをつよく印象づける。司馬の『国盗り物語』が「まむし一代記」なら、『まむし三代記』は「まむし四代記」か。

さらにいえば、「国を医す」のをそれぞれに切望するこの四代のあとは、さらにつづき、つづき、つづいて——今の世に「国を医す」ことを求めるわたしたち読者の現在にまでとどくのではあるまいか。優れた歴史時代小説はときに、現代小説以上に「現在」をくっきりとうかびあがらせる。

＊

さて、「国滅ぼし」である。

物語冒頭の短いプロローグで、表現を微妙に変え執拗にあらわれる「国滅ぼし」は、いうまでもなく、『まむし三代記』独自の禍々《まがまが》しき表現にして、物語を最初から最後までひっぱりつづける凶悪なる「主役」にほかならない。

作者は、「あとがき」でも「国滅ぼし」自体はもとより、「国滅ぼし」に深く関係するものについても「あるもの」と称し、あくまでも本作品を注意深く丁寧に読みすすめる読者みずからによって、謎めいた「国滅ぼし」なる凶器の解明がなされるのを求めている。だから、この解説でも、「国滅ぼし」を、「国を医す」ことの対極に位置する禍々しいなにかと示唆するにとどめよう。

「あとがき」で「あるものを、戦国大名はずっと早くから国産化していたのではないか」と記される「あるもの」。そのいち早い実現に道三がかかわっていたというのは、たしかに作者の「妄想」かもしれない。しかし、この「妄想」によってのみ、従来にない、まったく新たな「まむし四代」の物語が黒光りする姿をあらわし、同時代の政治、社会、経済を背景に躍動することになった。

＊

そして、源太だ。

物語の終わり近く、「お前は大したもんだよ」、と「あるもの」を讃えつつ源太は、女房の炊いた温かい飯をかみしめる。

若き法蓮房の最初の謀《はかりごと》の仲間にして、法蓮房亡きあとは道三に、さらには義龍に仕えて、時に深刻に時にユーモラスに「まむし三代」のダークで苛烈な歴史を語りつづけてきた源太は、物語になくてはならぬ存在である。

だが、まだ物語は終わらない。

「蛇ノ足」は物語の蛇足ではなく、「蛇は自らを喰み、円環となる　零」は零そのものではない。凝りに凝ったタイトルのもと、おどろきの事柄がつぎつぎに出現して――。

それらは、わたしたち読者を物語の始まりへとさしもどし、物語をより豊かに、より濃密に生きなおすことをつよく、執拗に求める。

大したもんだよ、『まむし三代記』。

歴史時代小説界の華麗なる梟雄にして稀代の物語策士、木下昌輝を讃えたい。

（たかはし　としお／文芸評論家）

まむし三代記《さんだいき》　朝日文庫

2023年4月30日　第1刷発行

著　者　木下昌輝《きのしたまさき》

発行者　宇都宮健太朗
発行所　朝日新聞出版
〒104-8011　東京都中央区築地5-3-2
電話　03-5541-8832(編集)
03-5540-7793(販売)
印刷製本　大日本印刷株式会社

ISBN978-4-02-265094-8

浅田 次郎
椿山課長の七日間
突然死した椿山和昭は家族に別れを告げるため、美女の肉体を借りて七日間だけ〝現世〟に舞い戻った！ 涙と笑いの感動巨編。《解説・北上次郎》

伊坂 幸太郎
ガソリン生活
望月兄弟の前に現れた女優と強面の芸能記者⁉ 次々に謎が降りかかる、仲良し一家の冒険譚！ 愛すべき長編ミステリー。《解説・津村記久子》

伊東 潤
江戸を造った男
海運航路整備、治水、灌漑、鉱山採掘……江戸の都市計画・日本大改造の総指揮者、河村瑞賢の波瀾万丈の生涯を描く長編時代小説。《解説・飯田泰之》

今村 夏子
星の子
《野間文芸新人賞受賞作》
病弱だったちひろを救いたい一心で、両親は「あやしい宗教」にのめり込み、少しずつ家族のかたちを歪めていく……。《巻末対談・小川洋子》

宇江佐 真理
うめ婆《ばあ》行状記
北町奉行同心の夫を亡くしたうめ。念願の独り暮らしを始めるが、隠し子騒動に巻き込まれてひと肌脱ぐことにするが。《解説・諸田玲子、末國善己》

江國 香織
いつか記憶からこぼれおちるとしても
私たちは、いつまでも「あのころ」のままだ——。少女と大人のあわいで揺れる一七歳の孤独と幸福を鮮やかに描く。《解説・石井睦美》